MANHATTAN
by Goldmann

Buch

Es war ein großartiges Gelage. Niemand konnte sich an Vergleichbares erinnern. Und das, obwohl das Porterhouse College in der ehrwürdigen Universitätsstadt Cambridge seit jeher weniger für akademische Qualitäten als für seine exzellente Küche bekannt war. Aber die Zukunft soll ganz anders aussehen, denn der neue Rektor Sir Godber plant Ungeheuerliches: Porterhouse soll nicht nur wieder zu einem Hort der Bildung werden, sondern in der Küche sollen Sparmaßnahmen eingeführt und in den heiligen Hallen Kondom-Automaten aufgestellt werden. Der Gipfel der Neuerungen allerdings ist die erstmalige Aufnahme von Studentinnen. Aber selbst die folgenden amourösen Abenteuer eines Doktoranden und die mutige Abschaffung des schönen Brauchs, akademische Titel an die Meistbietenden zu verhökern, brechen Sir Godber nicht das Genick. Erst die Entlassung des Oberpförtners Skullion, dem Sir Godber nach 45 Dienstjahren kündigt, gefährdet die Karriere des neuen Rektors. Denn an Skullion ist bisher noch keiner vorbeigekommen…

Autor

Tom Sharpe wurde 1928 in England geboren, studierte in Cambridge, arbeitete als Buchhalter, Sozialarbeiter und Fotograf in Südafrika, bis er von dort ausgewiesen wurde. Danach unterrichtete er als Hilfslehrer an einer Berufsschule in Cambridge, bis es ihm der große Erfolg seiner Bücher ermöglichte, sich als freier Schriftsteller niederzulassen.

Bereits bei Goldmann erschienen:

Der Renner. Roman (54019)
Ein dicker Hund. Roman (gebunden 30673)

Tom Sharpe

SCHWANEN-SCHMAUS IN PORTER-HOUSE

Roman

Aus dem Englischen
von Hans M. Herzog

MANHATTAN
by Goldmann

Originaltitel: Porterhouse Blue

Umwelthinweis:
Alle bedruckten Materialien dieses Buches
sind chlorfrei und umweltschonend.

Manhattan Bücher erscheinen im Goldmann Verlag,
einem Unternehmen der Verlagsgruppe Bertelsmann

Genehmigte Taschenbuchausgabe 8/97

Die Nutzung des Labels Manhattan
erfolgt mit freundlicher Genehmigung
des Hans-im-Glück-Verlags, München
Umschlaggestaltung: Design Team München
Umschlagfoto: G + J/Photonica
Satz: Uhl + Massopust, Aalen
Druck: Graphischer Großbetrieb Pößneck
Verlagsnummer: 54020
Ge · Herstellung: Sebastian Strohmaier
Made in Germany
ISBN 3-442-54020-8

1 3 5 7 9 10 8 6 4 2

Für Ivan und Pam Hattingh

- 1 -

Es war ein großartiges Gelage. Niemand, nicht einmal der Prälektor, der so alt war, daß ihm noch das Festmahl des Jahrganges 09 im Gedächtnis haftete, konnte sich an Vergleichbares erinnern – und dabei ist Porterhouse für sein Essen berühmt. Man reichte Kaviar und Soupe à l'Oignon, Turbot au Champagne, mit Pfeifenente gefüllten Schwan und schließlich, in Gedenken an den Gründer, Beefsteak von einem im großen Kamin des College-Speisesaals gebratenen ganzen Ochsen. Zu jedem Gang gab es eine andere Weinsorte, und zu jedem Gedeck gehörten fünf Gläser. Es gab Pouilly Fumé zum Fisch, Champagner zum Geflügel und den edelsten Burgunder aus dem collegeeigenen Weinkeller zum Beef. Zwei Stunden lang wurden die silbernen Platten aufgetragen, angekündigt durch das Schwirren der Flügeltüren in den Zwischenwänden, wenn die Kellner hin und her huschten, von ihrem Gefühl für den besonderen Anlaß und der Last der Speisen gebeugt. Zwei Stunden lang waren die Mitglieder von Porterhouse College von der Welt abgeschnitten, versunken in ein uraltes Ritual, das die Jahrhunderte überdauert hatte. Unter dem Geklapper der Messer und Gabeln, dem Klirren der Gläser, dem Rascheln der Servietten und den schlurfenden Schritten der College-Bediensteten verblaßte die Gegenwart. Draußen fegte der Winterwind durch die Straßen von Cambridge. Drinnen herrschte eitel Wärme und Geborgenheit. Auf den Tischen warfen Hunderte in silbernen Leuchtern steckende Kerzen die länglichen Schatten gebückter Kellner auf die Porträts ehemaliger Rektoren, welche die Wände schmückten. Ob ernst oder leutselig, Gelehrte oder Politiker, den Porträtierten war eines gemeinsam: Sie sahen allesamt rosig und feist aus. Der Ruf der Küche von Porterhouse war uralt. Nur der neue Rektor unterschied sich von seinen Vorgängern. Sir Godber Evans saß am High Table, dem erhöhten Ehrentisch für die Fellows des Colleges, und das mäkelige Zögern, mit dem er an seinem Schwan knabberte, wich deutlich vom unverhohlenen Genuß der anderen Fellows ab. Ein starres mürrisches Lächeln brachte etwas verbissene Bewegung in Sir Godbers blasses Gesicht, als erhole sich sein Geist bei einem abwegigen und rein intellektuellen Scherz von den gegenwärtigen fleischlichen Beschwerden.

»Ein Abend, den man nicht so leicht vergißt, Rektor«, sagte der Obertutor salbungsvoll.

»Allerdings, Obertutor, allerdings«, murmelte der Rektor, dessen im stillen gehüteter Scherz durch diese unerwartete Prophezeiung nur noch gewann.

»Der Schwan ist ausgezeichnet«, befand der Dekan. »Ein angenehmer Vogel, der durch die Pfeifenente erst den richtigen Pfiff bekommt.«

»Wirklich sehr freundlich von Ihrer Majestät, uns Ihre Genehmigung zum Verzehr von Schwänen zu erteilen«, sagte der Schatzmeister. »Das ist ein nur höchst selten gewährtes Privileg, müssen Sie wissen.«

»Höchst selten«, bestätigte der Kaplan.

»Allerdings, Kaplan, allerdings«, murmelte der Rektor und legte Messer und Gabel über Kreuz. »Ich werde wohl das Beefsteak abwarten.« Er lehnte sich zurück und musterte die Gesichter der Fellows mit frischem Widerwillen. Sie waren, dachte er zum wiederholten Mal, ein atavistischer Haufen, und ganz besonders jetzt, wo sie die Servietten in ihre Krägen gestopft hatten – ein uralter Brauch dieses Colleges –, da ihre Stirnen von Schweiß glänzten und ihre Münder ununterbrochen gefüllt waren. Wie wenig hatte sich doch verändert, seit er selbst in Porterhouse studiert hatte. Sogar die College-Bediensteten waren dieselben – wenigstens hatte es den Anschein. Der gleiche schlurfende Gang, die wegen Drüsenfehlfunktionen offenstehenden Münder und zitternden Unterlippen, die gleiche Unterwürfigkeit, die sein Gefühl für soziale Gerechtigkeit so oft beleidigt hatte, als er jung war. Und es immer noch beleidigte. Vierzig Jahre lang war Sir Godber unter dem Banner sozialer Gerechtigkeit marschiert – oder wenigstens flaniert –, und wenn er etwas erreicht hatte (einige Zyniker bezweifelten selbst dies), so ließ es sich auf das feine Gespür zurückführen, das er angesichts der zwischen den College-Bediensteten und den jungen Herren von Porterhouse gähnenden Kluft entwickelt hatte. Seine anschließende Karriere in der Politik zeichnete sich durch die größten Ambitionen und, wie einige sagten, geringsten Erfolge seit Asquith aus; so hatte er eine Reihe von Gesetzen durchs Parlament laviert, die – mit dem Ziel, die Unterprivilegierten irgendwie zu unterstützen – »Aufbauzuschüsse« genannte Subventionen für die Mittelklasse eingeführt hatten. Seine Kampagne »Ein Badezimmer in jedem Heim« hatte ihm den Spitznamen »Soapy« und die Ritterwürde eingebracht, wohingegen seine Leistungen als Minister für Forschung und Entwicklung lediglich mit vorzeitiger Pensionierung und dem Rektorat von Porterhouse College belohnt worden waren. Das Ironische an seiner Ernennung war unter anderem, daß er sie eben der Einrichtung verdankte, die er am meisten verachtete; nämlich dem königlichen Patronat; vielleicht hatte die Kenntnis dieser Tatsache ihm zu dem Entschluß verholfen, seine Karriere als Initiator sozialer Veränderungen zu beenden, indem er den sozialen Charakter und die Traditionen seines alten Colleges von Grund auf umkrempelte. Dies und das Wissen, daß seine Berufung auf die massive Ablehnung fast aller Fellows gestoßen war. Nur der Kaplan hatte ihn freundlich aufgenommen, was aller Wahrscheinlichkeit auch daran lag, daß er taub war und Sir Godbers vollen Namen nicht verstanden hatte. Nein, sogar in seiner eigenen Einschätzung war er nur mangels anderer geeigneter Kandidaten Rektor geworden, und weil die Fellows sich nicht untereinander geeinigt und einen neuen Rektor gewählt hatten. Auch hatte der verblichene Rektor versäumt, auf dem Totenbett seinen Nachfolger zu benennen – ein Privileg, das ihm nach alter Porterhouse-Tradition zustand; da diese beiden Auswege wegfielen, hatte sich der Premierminister, dessen Regierung in den letzten Zuckungen lag, von einem Klotz am Bein befreit und Sir Godber ernannt.

Wenn auch nicht in akademischen, so doch in parlamentarischen Kreisen war diese Ernennung erleichtert begrüßt worden. »Endlich etwas, in das Sie sich so richtig verbeißen können«, hatte ein Kabinettskollege zu dem neuen Rektor gesagt, was sich weniger auf die ausgezeichnete Küche als auf den tiefverwurzelten Konservatismus des Colleges bezog. In dieser Hinsicht war Porterhouse einzigartig. Was das Festhalten an alten Traditionen betrifft, kann kein anderes College in Cambridge Porterhouse das Wasser reichen, und bis auf den heutigen Tag zeichnen sich die Mitglieder von Porterhouse durch den Schnitt ihrer Mäntel und Haare und durch ihr standhaftes Festhalten an Talaren aus. »Bauernburschen beim Stadtausflug« und »Der Landmann drückt die Schulbank« hatten die anderen Colleges in der guten alten Zeit gelästert, ein Spott, der auch heute noch nicht gänzlich unbegründet ist. Den typischen Porterhouse-Studenten zeichnet, außer auf akademischem Gebiet, solides Selbstvertrauen aus, und kaum ein Jahr vergeht, in dem Porterhouse nicht das traditionelle Wettrudern gewinnt. Und doch ist dieses College keineswegs reich. Im Gegensatz zu fast allen anderen Colleges kann Porterhouse auf nur wenige Vermögenswerte zurückgreifen. Mit nichts als ein paar Reihen baufälliger Häuser, einigen Farmen in Radnorshire sowie einer Handvoll Aktien heruntergewirtschafteter Betriebe ist Porterhouse arm zu nennen. Seine jährlichen Einkünfte belaufen sich auf weniger als 50 000 Pfund, und dieser Mittellosigkeit verdankt es seinen dauerhaften Ruf als das gesellschaftlich exklusivste College von Cambridge. Während Porterhouse arm ist, sind seine Studenten reich. Im Gegensatz zu anderen Colleges, die Erstsemester mit herausragenden wissenschaftlichen Leistungen bevorzugen, schlägt Porterhouse den demokratischeren Weg ein, ignoriert ein die Ungleichheit zementierendes intellektuelles Niveau und konzentriert sich statt dessen auf offenkundig vorhandene Reichtümer. *Dives in Omnia* lautet der Wahlspruch dieses Colleges, den die Fellows wörtlich nehmen, wenn es gilt, die Kandidaten unter die Lupe zu nehmen. Als Gegenleistung bietet das College gesellschaftliches Prestige und eine beneidenswerte Verpflegung. Zwar existieren ein paar Stipendien und Fördermittel, die man an Leute verteilen muß, deren Talente nicht gleichbedeutend mit Vermögen sind, doch wer sich hält, den zieren bald die Kennzeichen eines echten Porterhouse-Mannes.

Den Rektor ließ die Erinnerung an seine eigene Zeit als Student auch heute noch erschaudern. Der Stipendiat Sir Godber, damals schlicht G. Evans, war von einem Gymnasium in Brierley nach Porterhouse gekommen. Diese Erfahrung hatte ihn gründlich geprägt. Von seiner Ankunft her blieb ihm das Gefühl, gesellschaftlich minderwertig zu sein, das, mehr als jedes Talent, der Motor seines Ehrgeizes geworden war und ihn durch Mißerfolge gepeitscht hatte, die einen begabteren Mann entmutigt hätten. Nach Porterhouse, rief er sich bei solchen Gelegenheiten ins Gedächtnis, braucht ein Mensch nichts mehr zu fürchten. Jedenfalls hatte ihm das College eine dicke Haut in gesellschaftlichen Dingen verpaßt. Porterhouse verdankte er seine Unverfrorenheit, die er einige Jahre später als Parlamentarischer Privatsekretär des Verkehrsministers brauchte, um Mary Lacey einen Heiratsantrag zu machen, der einzigen Tochter des Earl of Sonderstead, eines liberalen Peers, die Unverfrorenheit, seinen Antrag Jahr für Jahr zu wiederholen und ihre alljährliche Weigerung so barsch entgegenzunehmen, daß sie sich schließlich von der Intensität seiner Gefühle überzeugen ließ. Ja, wenn er seine lange Karriere betrachtete, führte Sir Godber viel auf Porterhouse zurück, an erster Stelle seine Entschlossenheit, ein für allemal den Charakter des Colleges zu ändern, das ihn zu dem gemacht hatte, was er war. Wenn er durch den Saal auf die vom Kerzenlicht erleuchteten Gesichter schaute und sich die lauten Erklärungen anhörte, die man für Gespräche hielt, fand er sich in seinem Entschluß bestärkt. Beefsteak und Burgunder kamen und gingen, gefolgt von in Weinbrand getränktem Biskuitkuchen und Stiltonkäse, und am Schluß machte die Portweinkaraffe die Runde. Sir Godber sah zu und blieb abstinent. Erst als das Zeremoniell, seine Serviette in eine Silberschüssel zu tauchen und sich damit über die Stirn zu wischen, beendet war, schritt er zur Tat. Nachdem er mit dem Griff seines Messers ruheheischend auf den Tisch gepocht hatte, erhob sich der neue Rektor von Porterhouse.

Von der Musikantenempore aus sah Skullion dem Festmahl zu. In der Dunkelheit hinter ihm drängten sich die niederen College-Bediensteten und starrten mit offenen Mündern auf die Szenerie unter ihnen, ihre feuchten, blassen Gesichter vom Abglanz der Festivität beschienen. Unterdrücktes Seufzen wurde laut, wenn man ein neues Gericht auftischte. Ihre Augen leuchteten kurz auf und wurden wieder glasig. Nur Skullion, der Oberpförtner, musterte die Szenerie mit kritisch-korrekter Miene. In seinem Blick fand sich kein Neid, nur Zustimmung angesichts der gelungenen Arrangements und gelegentlich ein stummer Tadel, wenn ein Kellner etwas Sauce verschüttete oder eins der Gläser übersah, das darauf wartete, gefüllt zu werden. Alles war, wie es sein sollte, wie es gewesen war, seit Skullion das College vor vielen Jahren zum ersten Mal als Unterpförtner betreten hatte. Seitdem hatte es fünfundvierzig Festessen gegeben, und bei jedem hatte Skullion von der Musikantenempore zugesehen, so wie seine Vorfahren seit Gründung des Colleges. »Skullion, wie? Interessanter Name, Skullion«, hatte der alte Lord Wurford gesagt, als er 1928 am Pförtnerhaus angehalten und den neuen Pförtner bemerkt hatte. »Ein sehr interessanter Name, Skullion. Ein Name ohne Heckmeck und Firlefanz. Seit der Zeit des Gründers gab es in Porterhouse Skullions. Das können Sie mir abnehmen, die gab's. Steht in den ältesten Verzeichnissen. Ein Viertelpenny für den Skullion. Seien Sie stolz darauf.« Und Skullion war stolz darauf gewesen, als sei er von dem alten Rektor aufs neue getauft worden. Doch das waren noch Zeiten, und das waren noch Männer gewesen! Der alte Lord Wurford, ein Rektor ohne Heckmeck und Firlefanz. Ihm hätte solch ein Festmahl gefallen. Der hätte nicht dagesessen, mit seiner Gabel herumgestochert und am Wein genippt. Er hätte ihn sich wie immer übers Hemd gekippt, den Schwan gefuttert, als wäre er ein Hähnchen, und die Knochen über die Schulter geschmissen. Aber er war auch ein Gentleman und Ruderer gewesen und hatte an den alten Bootsclub-Traditionen festgehalten.

»Einen Knochen für den Achter vor uns«, hatten sie immer gerufen.

»Welcher Achter? Vor uns ist kein Achter.«

»Einen Knochen für die Fische vor uns.« Und schon flogen die Knochen über ihre Schultern, und wenn es ein guter Abend war, hing noch Fleisch dran, und wir waren verdammt froh, daß wir es bekamen. Außerdem hatten sie recht. Vor ihnen gab es damals wirklich keinen Achter, sondern nur die Fische. Im Dunkeln der Musikantenempore lächelte Skullion über seine Jugenderinnerungen. Jetzt war alles anders. Die jungen Herren hatten sich verändert. Seit dem Krieg war der Schwung raus. Heute bekamen sie Stipendien und arbeiteten. Wer hatte damals schon von einem arbeitenden Porterhouse-Mann gehört? Sie waren viel zu sehr mit Trinken und Pferdewetten beschäftigt gewesen. Wie viele dieser Figuren nahmen heutzutage noch ein Taxi zur Rennbahn Newmarket und kamen, ohne mit der Wimper zu zucken, um fünfhundert Pfund ärmer zurück? So war es dem Sehr Ehrenwerten Mr. Newland Anno 33 ergangen. Hatte im Aufgang Q gewohnt und war in Boulogne von den Deutschen getötet worden. Skullion fielen noch Dutzende seines Kalibers ein. Das waren noch Gentlemen gewesen. Gentlemen ohne Heckmeck und Firlefanz.

Sobald die Hauptgänge abgetragen waren und der Stilton seinen Platz einnahm, stieg der Koch die Treppe von der Küche herauf und setzte sich neben Skullion.

»Ah, Koch, ein erlesenes Festessen. Kann mich an kein besseres erinnern«, teilte Skullion ihm mit.

»Wirklich nett, daß Sie das sagen, Mr. Skullion«, sagte der Koch.

»Besser als die es verdienen.«

»Irgendwer muß die alten Traditionen hochhalten, Mr. Skullion.«

»Richtig, Koch, sehr richtig.« Skullion nickte. Schweigend beobachteten sie, wie die Kellner das Geschirr abräumten und der Portwein seine zeremonielle Runde machte.

»Und was halten Sie von dem neuen Rektor, Mr. Skullion?« erkundigte sich der Koch.

Skullion blickte ins bemalte Dachgebälk hoch und schüttelte betrübt den Kopf. »Ein trauriger Tag für das College, Koch, ein trauriger Tag«, seufzte er.

»Kein sehr beliebter Gentleman?« versuchte es der Koch.

»Kein Gentleman«, erklärte Skullion.

»Aha«, sagte der Koch. Damit war das Urteil über den neuen Rektor gefällt. In der Küche würde er fürderhin das Opfer gesellschaftlicher Schmach sein. »Kein Gentleman, wie? Dabei hat man ihn doch in den Ritterstand erhoben.«

Skullion sah ihn mißbilligend an. »Gentlemen sind nicht vom Ritterstand abhängig, Smutje. Gentlemen sind Gentlemen«, sagte er, und der angemessen gerügte Küchenchef nickte. Mit Mr. Skullion stritt man sich nicht, nicht über Fragen gesellschaftlicher Etikette und nicht in Porterhouse. Nicht wenn man wußte, was gut für einen war. Im College war Mr. Skullion eine Institution.

Schweigend betrauerten sie das Ableben des alten Rektors und den Niedergang des Collegelebens, das die Einsetzung eines neuen Rektors, der kein Gentleman war, mit sich bringen würde.

»Dennoch«, befand Skullion schließlich, »war es ein erlesenes Festmahl. Kann mich an kein besseres erinnern.« Das sagte er aus Respekt für die Vergangenheit, halb widerwillig. Gerade wollte er nach unten gehen, als der Rektor ruhegebietend auf den High Table klopfte und sich erhob. Von der Musikantenempore glotzten Skullion und der Chefkoch entsetzt auf dieses Schauspiel. Eine Rede beim Festmahl? Nein. Niemals. Das verbot das Gewicht fünfhundertzweiunddreißig vorangegangener Festessen.

Sir Godber starrte auf die ihm so ungläubig zugewandten Köpfe hinab. Er war zufrieden. Das verblüffte Schweigen, die ungläubigen Blicke und die Spannung, genau das hatte er gewollt. Und nicht ein Kichern. Sir Godber lächelte.

»Fellows von Porterhouse, Mitglieder dieses Colleges«, hob er mit der routinierten Weltgewandtheit eines Politikers an, »als Ihr neuer Rektor ist es nach meinem Empfinden die geeignete Gelegenheit, Ihnen einige neue Gedanken zur Rolle von Institutionen wie dieser in unserer modernen Welt zu unterbreiten.« Kalkuliert, jede Beleidigung raffiniert kalkuliert. Porterhouse eine Institution, neu, modern, Rolle. Diese Begriffe, diese Klischees besudelten die

Atmosphäre. Sir Godber lächelte. Sein Gespür für Beleidigungen traf ins Schwarze. »Nach einem solchen Mahl«, (auf der Empore zuckte der Koch zusammen), »ist es sicherlich nicht unangebracht, sich über die Zukunft und die Veränderungen Gedanken zu machen, die zweifellos unumgänglich sind, wenn wir in der Welt von heute bestehen wollen...«

Leichtfüßig rollten die Platitüden dahin, bedeutungslos, aber wirkungsvoll. Niemand im Saal achtete auf die Worte. Sir Godber hätte die Wiederkunft Christi verkünden können, ohne auf Einwände zu stoßen. Es reichte, daß er anwesend war, sich über die Tradition hinwegsetzte und wissentlich das ihm anvertraute Amt in den Schmutz zog. So etwas war in Porterhouse noch nie dagewesen. Das stellte nicht nur ein Sakrileg dar, sondern Blasphemie reinsten Wassers. Ganz Porterhouse saß schweigend da, von dem sich bietenden Schauspiel wie vom Donner gerührt.

»Und so lassen Sie mich mit folgendem Versprechen schließen«, kam Sir Godber zu einem entsetzlichen Ende. »Porterhouse wird expandieren. Porterhouse wird wieder zu dem werden, was es einmal war: ein Hort der Bildung. Porterhouse wird sich wandeln.« Er schloß mit einem letzten Lächeln, um dann, ehe die Spannung nachließ, auf dem Absatz kehrtzumachen und in den Gemeinschaftsraum zu enteilen. Mit abruptem Ausatmen wurde hinter ihm das Festmahl beendet. Jemand lachte nervös, das für das Porterhouse-Lachen typische kurze Bellen, und dann wurden die Bänke weggeschoben, und die Esser strömten aus dem Speisesaal in die kalte Nachtluft, ihren Stimmen hinterher, die schon vor ihnen im Hof eingetroffen waren. Es hatte angefangen zu schneien. Auf dem Rasen beschleunigte Sir Godber seine Schritte. Er hatte das Bellen und das Bänkeschieben vernommen, und da er sich so verausgabt hatte, fühlte er sich nun geschwächt. Er hatte das College absichtlich herausgefordert, hatte gesagt, was er sagen wollte, und sich Gehör verschafft. Im Moment konnte er nichts weiter unternehmen. Er war das Risiko eingegangen, von trampelnden Füßen und Zischen unterbrochen zu werden; soweit war es nicht gekommen, doch jetzt, wo um ihn her Schneeflocken auf den Rasen fielen, bekam er es plötzlich mit der Angst zu tun. Rasch lief er weiter, und mit einem Seufzer der Erleichterung schloß er die Tür des Rektorenhauses hinter sich.

Als der Saal sich leerte und sogar die Fellows durch die Tür des Gemeinschaftsraumes spaziert waren, erhob sich der Kaplan, um das Tischgebet zu sprechen. Taub für die Welt und Sir Godbers Blasphemie sprach er sein Dankgebet. Nur Skullion, der allein auf der Musikantenempore stand, hörte ihn, mit vor Wut verfinstertem Gesicht.

- 2 -

Im Gemeinschaftsraum verdauten die Fellows mürrisch das Festmahl. Sie saßen in ihren Sesseln mit den hohen Rückenlehnen, jeder ein Tischchen neben sich, auf dem Kaffeetassen und Weinbrandgläser standen, und starrten mißmutig in das Feuer. Windstöße trieben Rauchschwaden aus dem Kamin, die sich mit dem bläulichen Qualm ihrer Zigarren mischten. Über ihren Köpfen scheuchten groteske Tiere aus Gips sichtlich beschwipste Nymphen durch eine seltsam symmetrische Landschaft, in der sich Blumen mit den Collegewappen – einem sprungbereiten Bullen – abwechselten, während die feisten Porträtköpfe von Thomas Wilkins, Rektor 1618–39, und Dr. Cox, 1702–40, finster von den holzgetäfelten Wänden blickten. Der von einer Arabeske aus bemerkenswerten Weintrauben und üppigen Bananen umrahmte Kamin ließ die ganze Szenerie noch eine Spur pompöser erscheinen. Aber wenn die Fellows schon ihren Mageninhalt nur mühsam verdauten, so war der Inhalt von Sir Godbers Rede für sie völlig unverdaulich.

»Ungeheuerlich«, sagte der Dekan, den Protest mit einem dezenten Rülpsen verbindend. »Man hätte meinen können, er hielte eine Wahlrede.«

»Zweifellos ein nichts Gutes verheißender Einstand«, erklärte der Obertutor. »Man hätte erwarten können, daß größere Rücksicht auf die Traditionen genommen würde. Man kann es drehen und wenden wie man will, wir sind und bleiben nun einmal ein altehrwürdiges College.«

»Selbst wenn schon alles gedreht ist, obwohl ich Ihren Optimismus da nicht teile«, sagte der Dekan, »so ist doch ganz sicher noch nicht alles gewendet. Wegen seiner Vernarrtheit in moderne Auffassungen könnte der Rektor auf den Gedanken kommen, wir fühlten uns durch seine Anwesenheit geschmeichelt. Dieser Illusion fallen solche Abfallprodukte der Parteipolitik zu leicht anheim. Ich für mein Teil bin nicht beeindruckt.«

»Ich muß zugeben, daß mir seine Nominierung äußerst seltsam vorkommt«, sagte der Prälektor. »Man fragt sich, was der Premierminister sich dabei gedacht hat.«

»Die Regierung hat nicht gerade eine überwältigende Mehrheit«, erklärte der Obertutor. »Ich denke mir, daß er sich eine Last vom Hals geschafft hat. Nach der erbärmlichen Rede von heute abend zu urteilen, müssen sich bei Sir Godbers Auslassungen im Unterhaus auf den Hinterbänken eine Menge Nackenhaare gesträubt haben. Außerdem kann man seine Bilanz nicht gerade beneidenswert nennen.«

»Kommt mir trotzdem spanisch vor«, meldete sich der Prälektor wieder zu Wort, »daß man ausgerechnet uns zu seinem Altersruhesitz gewählt hat.«

»Vielleicht bellt er nur, beißt aber nicht«, sagte der Schatzmeister hoffnungsvoll.

»Beißen? Schon wieder was zu beißen?« rief der Kaplan. »Aber ich habe doch erst eben zu Abend gegessen. Ich kriege keinen Bissen mehr runter, danke nein.«

»Auch in diesem Fall gilt wohl: In der Not frißt der Teufel Fliegen«, sagte der Dekan.

Der Kaplan war entsetzt. »Fliegen fressen?« rief er. »Nur über meine Leiche! Was soll aus diesem Haus bloß noch werden?« Er schüttelte sich und schlief umgehend wieder ein.

»Was soll nur aus unserem Kaplan werden, wenn wir schon dabei sind«, sagte der Prälektor traurig. »Mit ihm geht's täglich weiter bergab.«

»Anno Domini«, sagte der Dekan. »Anno Domini, so leid es mir tut.«

»Unter diesen Umständen«, entgegnete der Obertutor, an dem noch die Überbleibsel einer klassischen Erziehung hafteten, »kein sehr glücklich gewählter Ausdruck, Dekan.«

Der Dekan sah ihn wütend an. Er konnte den Obertutor nicht leiden und fand seine Anspielungen furchtbar anstrengend.

»Im Jahre unseres Herrn«, erklärte der Obertutor. »Ich kann mich des Eindrucks nicht erwehren, daß unser Herr und Rektor sich in der Rolle des Schöpfers sieht. Wir werden alle Hände voll zu tun haben, zu verhindern, daß er sich überanstrengt. Ich räume ein, daß wir unsere Fehler begangen haben, aber keine, die ich von Sir Godber Evans korrigiert haben möchte.«

»Ich bin sicher, daß sich der Rektor gern von uns beraten läßt«, sagte der Prälektor. »Auch früher hatten wir schon einige halsstarrige Rektoren. Canon Darmtract hatte ein paar unkluge Änderungswünsche für den Gottesdienst, wenn ich mich recht entsinne.«

»Er wollte das Tagesschlußgebet für alle zur Pflicht machen«, sagte der Dekan.

»Ein schrecklicher Gedanke«, pflichtete der Obertutor bei. »Das hätte den Verdauungsvorgang gestört.«

»Dies wurde ihm«, fuhr der Dekan fort, »nach einem besonders guten Abendessen unterbreitet. Es hatte Krabben in pikanter Pilzsauce gegeben, gefolgt von Hasenpfeffer. Ich glaube, die Zigarre hat ihn überzeugt. Und die Zabaglione.«

»Zabaglione?« rief der Kaplan. »Ist zwar schon ein bißchen spät, aber wenn ich's recht bedenke.«

»Wir sprachen über Canon Darmtract«, erklärte der Schatzmeister.

Der Kaplan schüttelte den Kopf. »Konnte den Mann nicht ausstehen«, sagte er. »Ernährte sich von pochiertem Kabeljau.«

»Er hatte ein Magengeschwür.«

»Überrascht mich nicht«, sagte der Kaplan. »Bei so einem Namen hätte er wirklich besser aufpassen müssen.«

»Um auf den jetzigen Rektor zurückzukommen«, sagte der Obertutor, »ich bin nicht gewillt, die Hände in den Schoß zu legen und ihn unsere Zulassungsbedingungen ändern zu lassen.«

»Wir können es uns meines Wissens gar nicht leisten«, pflichtete ihm der Schatzmeister bei. »Schließlich sind wir kein reiches College.«

»Darauf muß man ihn hinweisen«, sagte der Dekan. »Wir verlassen uns darauf, Schatzmeister, daß Sie es ihm verständlich machen.« Der Schatzmeister nickte pflichtschuldig. Seine Konstitution war nicht die stärkste, und der Dekan schüchterte ihn ein.

»Ich werde mein Bestes geben«, versprach er.

»Und was den Collegerat angeht, so ist meines Erachtens die beste Politik eine der ... äh ... liebenswürdigen Trägheit«, empfahl der Prälektor. »Sie war schon immer unsere Stärke.«

»Es geht doch nichts über die Hinhaltetaktik«, pflichtete der Dekan bei. »Der Liberale muß mir erst noch begegnen, der sich nicht von ausgedehnten Debatten über Quisquilien zermürben läßt.«

»Dabei denken Sie doch nicht etwa an die Darm-Behandlung, wenn ich das so formulieren darf?« wollte der Obertutor wissen.

Der Dekan lächelte und drückte seine Zigarre aus. »Um jemanden reinzulegen, braucht man ihm nicht unbedingt Honig um den Bart zu ...«

»Pst«, sagte der Prälektor, doch der Kaplan schlummerte weiter. Er träumte von den Verkäuferinnen bei Woolworth.

Sie ließen ihn sitzen und gingen hinaus auf den Hof, wegen der Kälte in ihre Talare eingewickelt. Sie sahen aus wie ein Haufen schwarzer Puddings, als sie sich so auf den Weg in ihre Wohnungen machten. Nur der Schatzmeister wohnte mit seiner Frau extern. Porterhouse war wirklich ein sehr altmodisches College.

Im Pförtnerhaus saß Skullion vor dem Gaskaminfeuer und wienerte seine Schuhe. Neben ihm auf dem Tisch standen eine Dose mit schwarzer Schuhcreme, und alle paar Minuten stippte er die Ecke seines gelben Staubtuches hinein und schmierte die Wichse mit kleinen kreisförmigen Bewegungen auf die Schuhkappe. Immer neue Kreise beschrieben seine im Tuch steckenden Finger, während die Schuhkappe kurzzeitig stumpf wurde, ehe sie einen neuen, tieferen Glanz annahm. Hin und wieder spuckte Skullion auf die Kappe, um sie danach noch zarter zu reiben. Dann nahm er ein sauberes Staubtuch und polierte die Kappe so lange, bis sie wie schwarzer Japanlack glänzte. Schließlich hielt er den Schuh weit von sich ans Licht, so daß er tief unten in der leuchtenden Schuhcreme ein dunkel verzerrtes Spiegelbild seiner selbst sah. Dann erst legte er den Schuh beiseite und nahm sich den anderen vor.

Das hatte er vor vielen Jahren bei der Marineinfanterie gelernt, und die Prozedur wirkte noch genauso beruhigend auf ihn wie damals. Auf geheimnisvolle Weise schien sie den Gedanken an die Zukunft mit ihren Gefahren zu verscheuchen, als habe der nächste Morgen immer einen Hauptfeldwebel und eine Inspektion parat, als ließen sich die Veränderungen mit einem Paar glänzender Stiefel aufhalten. Die ganze Zeit über qualmte die Pfeife in seinem Mundwinkel; die Kamineinfassung wurde im Luftzug dunkler oder glühte, und draußen fiel Schnee. Und die ganze Zeit über verarbeitete Skullions Gehirn, von der Prozedur und den Werkzeugen der Gewohnheit geschützt, die Tragweite der Rede des Rektors. Veränderung? Veränderungen gab es immer, und wozu sollten sie gut sein? Skullion fiel nichts ein, was an Veränderungen gut war. Seine Erinnerung durchforschte die vergangenen Jahrzehnte auf der Suche nach Gewißheit, die sie nur in der Selbstsicherheit von Männern fand. Von Männern, die nicht mehr unter den Lebenden weilten oder, falls nicht verstorben, entrückt und vergessen waren, ignoriert von einer pulsierenden, Neuheiten nachjagenden Welt. Doch er hatte ihre Selbstsicherheit als Jugendlicher erlebt und war davon so beeindruckt worden, daß er sich diese Eigenschaften noch heute wie ein bekanntes Gesicht aus der Vergangenheit ins Gedächtnis rufen konnte, um die übermächtigen Ungewißheiten der Gegenwart in ihre Schranken zu weisen. Qualität hatte er sie genannt, die Selbstsicherheit dieser alten Männer, Qualität. Er konnte sie nicht definieren oder auf Einzelheiten festlegen. Sie hatten sie eben besessen, punktum, und einige mochten zwar Trottel oder Schufte gewesen sein, doch ihre Stimmen hatten so harsch geklungen, als könnte ihnen nichts und niemand etwas anhaben. Das Wort Zweifel für sich behalten, statt ihre Unsicherheit so lange herauszuposaunen, bis man schließlich nicht mehr wußte, ob man Hühnchen oder Hähnchen war. Solcher Männer und ihre Selbstsicherheit eingedenk, spuckte Skullion auf seinen Schuh und polierte sein Spiegelbild. Über ihm surrte und knarrte die Turmuhr, ehe sie zwölf schlug. Skullion zog seine Schuhe an und ging ins Freie. Immer noch fiel Schnee, Hof und Collegedächer waren weiß. Er stellte sich an die Nebenpforte und schaute hinaus. Ein Auto spritzte vorbei, dessen Scheinwerfer noch bis zur King's Parade orangefarben durch den Schnee leuchteten. Skullion ging wieder ins Haus und schloß die Tür. Die Welt dort draußen ging ihn nichts an. Sie war von einer Trostlosigkeit, über die er gar nicht Bescheid wissen wollte.

Er ging zurück ins Pförtnerhäuschen, setzte sich wieder und nahm seine Pfeife zur Hand. Die ihn umgebenden Utensilien seines Amtes, die alte hölzerne Uhr, die Schranke, die vielen Fächer, das Schlüsselbrett und die Tafel mit der Kreideaufschrift »Nachricht für Dr. Messner«, hatten ihn durch all die Dienstjahre begleitet und erinnerten ihn beruhigend daran, daß er noch gebraucht wurde. Fünfundvierzig Jahre lang hatte Skullion im Pförtnerhäuschen gesessen und das Kommen und Gehen in Porterhouse überwacht, bis es schien, als sei er ebenso mit dem College verwachsen wie die gemeißelten Wappentiere am Turm über ihm. Daß er sein Leben mit der Erfüllung leichter Pflichten zubrachte, während draußen die Welt in einem Strudel von Veränderungen vorbeiwirbelte, hatte Skullions Treue zu den unveränderlichen Traditionen von Porterhouse geschaffen. Als er hier angekommen war, hatte noch ein Empire existiert, das größte Reich, was die Welt je erlebt hatte; eine Marine, die größte Marine der Welt, mit fünfzehn Schlachtschiffen, siebzig Kreuzern und zweihundert Zerstörern, und Skullion war Wachtposten auf der *Nelson* gewesen, mit ihren drei Geschütztürmen und gekapptem Hinterteil, damit sie den Bestimmungen irgendeines verdammten Vertrags entsprach. Inzwischen war nichts mehr davon übrig. Nur Porterhouse hatte sich nicht verändert. Porterhouse und Skullion, Überbleibsel einer alten Tradition. Das intellektuelle Leben im College war Skullion nicht nur unbekannt, sondern auch gleichgültig. Es war ihm ebenso unverständlich wie einem ungebildeten Bauern das Gefasel bei einer lateinischen Messe. Sie konnten sagen oder denken, was sie wollten. Die Männer verehrte er, jedenfalls einige – mittlerweile waren es immer weniger –, ihre Angewohnheiten und kleinen Marotten, die für ihn zu der alten Selbstsicherheit gehörten. Das »Guten Morgen, Skullion« des Dekans, Dr. Huntleys seidene Hemden, des Kaplans abendlicher Bummel durch den Garten. Mr. Lyons' freitäglicher Musikabend oder das wöchentliche Paket aus dem Institut für Dr. Baxter. Die Kapelle, der Speisesaal, das Festmahl und die Sitzung des Collegerates, wie innere Jahreszeiten waren all diese Ereignisse in Skullions Lebenskalender verzeichnet, und ständig hielt er Ausschau nach der Selbstsicherheit, die früher den echten Gentleman ausgemacht hatte.

Wie er so vor dem fauchenden Gasfeuer saß, durchforschte er sein Gedächtnis nach dem Geheimnis jener alten Männer. Nicht, daß sie klug gewesen wären. Einige schon, doch die Hälfte war dumm gewesen, dümmer als die jungen Männer, die man heutzutage antraf. Geld? Manche hatten jede Menge davon gehabt, andere nicht. Es war nicht der springende Punkt gewesen, wenigstens nicht in seinen Augen. Vielleicht in ihren. Sie waren halt ein ganz anderer Menschenschlag gewesen, die Hälfte regelrecht hilflos. Konnten oder wollten sie nicht ihre Betten machen? Und arrogant erst! »Skullion dies und Skullion jenes.« O ja, das war ihm damals zuwider gewesen, aber er hatte es trotzdem getan, und es hatte ihm nachher nichts ausgemacht, weil... weil sie eben Gentlemen gewesen waren. Liebevoll spuckte er ins Feuer und dachte an seinen Streit mit einem jungen Schnösel in einer Kneipe, der gehört hatte, wie er von der guten alten Zeit schwärmte.

»Welche Gentlemen?« hatte der Bursche gefragt. »Ein Haufen reicher Scheißkerle mit nichts zwischen den Ohren, die dich bloß ausgebeutet haben.«

Und Skullion hatte sein Bier abgestellt und gesagt: »Ein Gentleman stand für etwas. Es kam nicht darauf an, was er war, sondern daß er wußte, was er sein sollte. Und das ist mehr, als du je wissen wirst.« Nicht was sie waren, sondern was sie sein sollten, wie eine alte Gefechtsstandarte, der man folgte, weil sie das Beste symbolisierte. Ein zerrissener Stoffetzen, der für etwas stand, der einem Selbstvertrauen gab und etwas, wofür man kämpfen konnte.

Er stand auf und überquerte den Hof, ging durch die Hecke und den Garten bis zum hinteren Tor. Der ganze Garten lag unter einer Schneedecke begraben. Skullions Schritte auf dem Kiesweg blieben lautlos. In ein paar Zimmern brannte noch Licht. Die Fenster des Dekans waren hell erleuchtet.

»Grübelt über die Rede nach«, dachte Skullion mit einem mißbilligenden Blick zum Rektorhaus, wo alles dunkel war. Am hinteren Tor angekommen, sah er zu den Reihen der Eisenspitzen auf Mauer und Tor hoch. Wie oft hatte er früher dort im Schatten der Buchen gestanden und junge Herren nur beim Überklettern dieser Spitzen beobachtet, um dann vorzutreten und ihre Namen zu notieren. Er konnte sich immer noch an zahlreiche Namen erinnern und sah die erstaunten Gesichter vor sich, wie sie sich ihm zuwandten, wenn er ins Licht trat.

»Guten Morgen, Mr. Hornby. Der Dekan bekommt am Morgen die Meldung.«

»Zum Henker mit Ihnen, Skullion. Warum legen Sie sich nicht irgendwann mal schlafen?«

»Collegevorschriften, Sir.«

Und dann waren sie fröhlich fluchend auf ihre Zimmer gegangen. Heute kletterte niemand mehr herüber. Statt dessen hämmerten sie einen zu jeder Tages- und Nachtzeit wach. Skullion hatte keine Ahnung, weshalb er sich immer noch die Mühe machte, die hintere Mauer zu kontrollieren. Aus Gewohnheit, alter Gewohnheit. Gerade wollte er sich wieder umdrehen und zurück ins Bett stapfen, als ein schlurfendes Geräusch ihn abrupt anhalten ließ. Von der Straße aus versuchte jemand herüberzuklettern.

Zipser ging durch die Free School Lane an den schwarzen Mauern des Corpus College vorbei. Der Vortrag über »Geburtenkontrolle auf dem indischen Subkontinent« hatte länger gedauert als erwartet, was teils auf den Enthusiasmus der Referentin und teils auf die Komplexität des Problems zurückzuführen war. Zipser wußte nicht, was schlimmer gewesen war, der eigentliche Vortrag, bei dem es um Abtreibung gegangen war, oder ihr begeistertes Eintreten für die Vasektomie, das die Veranstaltung so in die Länge gezogen hatte. Die Rednerin, eine im Familienplanungsinstitut der Vereinten Nationen in Madras beschäftigte Ärztin, die Kindersterblichkeit für einen wahren Segen zu halten schien und von der die Spirale als nutzlos, die Pille zu teuer sowie die Sterilisation der Frau als zu kompliziert verworfen worden war, hatte die Vasektomie so verlockend beschrieben, daß Zipser sich dabei ertappte, wie er in einem fort die Beine übereinanderschlug und wünschte, er wäre nicht gekommen. Sogar jetzt noch, als er durch die schneebedeckten Straßen zurück nach Porterhouse ging, schwante ihm Schlimmes, und er verspürte eine Neigung zum Watschelgang. Doch auch wenn es ganz so aussah, als müsse die Welt verhungern, er hatte Porterhouse einfach für den Abend den Rücken kehren müssen. Als einziger Doktorand im College kam er sich ein wenig isoliert vor. Die Studenten unter ihm befleißigten sich einer wilden Promiskuität, um die er sie beneidete, ohne daß er sich traute, ihnen nachzueifern, während die Fellows ihre Impotenz durch Völlerei kompensierten. Außerdem war er kein echter Porterhouse-Mann, wie der Dekan bei seiner Aufnahme bemerkt hatte. »Sie werden im College wohnen müssen, um den Geist dieses Orts anzunehmen«, hatte er verkündet, und während Doktoranden in anderen Colleges auf billigen und gemütlichen Buden hausten, mußte Zipser plötzlich nicht nur eine ausgesprochen teure Zimmerflucht im Bull Tower bewohnen, sondern sah sich auch noch gezwungen, die Vorschriften für gewöhnliche Studenten zu befolgen. Beispielsweise mußte er um Mitternacht zu Hause sein, wollte er sich nicht Skullions Zorn zuziehen oder am nächsten Morgen die taktlosen Fragen des Dekans über sich ergehen lassen. Das ganze System war anachronistisch, und Zipser wünschte, ein anderes College hätte ihn genommen. Besonders unangenehm fand er Skullions Verhalten. Der Pförtner schien ihn für einen Eindringling zu halten und deckte ihn mit einem Schwall von Beleidigungen ein, wie man sie sich normalerweise für Lieferanten aufhob. Zipsers Versuche, ihn mit der Erklärung zu beschwichtigen, seine Heimatstadt Durham sei eine Universitätsstadt und 1380 habe es in Oxford ein Durham College gegeben, scheiterten auf der ganzen Linie. Wenn überhaupt, hatte die Erwähnung von Oxford Skullions Abneigung nur noch verstärkt.

»Unser College ist für Gentlemen«, hatte er verkündet, und damit war Zipser, der nicht einmal den Anspruch erhob, auch nur ein putativer Gentleman zu sein, gebrandmarkt. Skullion hatte ihn auf dem Kieker.

Als er die Market Hill Street überquerte, warf er einen Blick auf die Uhr an der Guildhall. Es war fünf nach halb eins. Folglich war das Haupttor geschlossen und Skullion im Bett. Zipser verlangsamte seine Schritte. Jede Eile war zwecklos. Genausogut könnte er jetzt die ganze Nacht über draußen bleiben. Jedenfalls würde er Skullion nicht herausklopfen und sich deshalb beschimpfen lassen. Es wäre nicht das erstemal, daß er die ganze Nacht durch Cambridge wanderte. Natürlich durfte er auch Mrs. Biggs, die Aufwartefrau, nicht vergessen. Sie weckte ihn jeden Morgen und mußte es melden, wenn sein Bett unberührt geblieben war, aber Mrs. Biggs zeigte sich entgegenkommend. »Mit einem Pfund im Portemonnaie kann man sich schon mal 'n Floh ins Ohr setzen lassen«, hatte sie nach seiner ersten Nachtwanderung erklärt, und Zipser hatte frohgemut gezahlt. Mrs. Biggs war in Ordnung. Er mochte sie. Trotz ihrer Leibesfülle hatte sie etwas beinahe Menschliches.

Zipser zitterte, teils wegen der Kälte und teils, weil er an Mrs. Biggs denken mußte. Mittlerweile fiel der Schnee immer dichter, und es war klar, daß er bei diesem Wetter nicht die ganze Nacht draußen bleiben konnte. Genausowenig wie er Skullion aufwecken würde. Also mußte er über die Mauer klettern. Zwar ein würdeloses Unterfangen für einen Doktoranden, doch er hatte keine andere Wahl. Er überquerte die Trinity Street und ging am Caius College vorbei. Unten angekommen, wandte er sich nach rechts, bis er das Hintertor zum Weg erreichte. Die Eisenspitzen auf der Mauer über ihm sahen bedrohlicher aus denn je, doch draußen bleiben konnte er nicht. Bei dem Versuch würde er wahrscheinlich erfrieren. Vor Trinity Hall fand er ein Fahrrad, das er den Weg entlangschleppte und gegen die Mauer lehnte. Dann kletterte er hoch, bis er die Spitzen umklammern konnte. Er hielt einen Moment inne, ehe er mit einem letzten Ruck ein Knie auf die Mauer und einen Fuß unter die Spitzen brachte. Vorsichtig zog er sich hoch, schwang das andere Bein hinüber, fand Halt und sprang. Nach der weichen Landung in einem Blumenbeet rappelte er sich auf. Er wollte sich gerade den Weg unter den Buchen entlang entfernen, da bewegte sich etwas im Dunkeln, und eine Hand legte sich auf seine Schulter. Zipser reagierte rein instinktiv. Er schlug wie wild um sich und auf den Angreifer ein, und im nächsten Moment flog ein Bowlerhut durch die Luft, während Zipser unter Mißachtung der College-Vorschrift, daß nur Fellows den Rasen betreten dürfen, quer übers Gras auf den Neuen Hof zurannte. Auf dem Kiesweg hinter ihm lag schwer atmend Skullion, dessen dunkle Gestalt Zipser am Boden sah, als er durch das Tor in den Hof einbog und einen Blick über die Schulter warf. Dann war er im Aufgang O und stieg die Stufen zu seinem Zimmer hoch. Er schloß die Tür auf und stand schwer japsend im Finstern. Es mußte Skullion sein, das hatte ihm der Bowler verraten. Er hatte einen College-Pförtner tätlich angegriffen, ins Gesicht geschlagen und zu Boden geworfen. Er trat ans Fenster und spähte hinaus; erst jetzt ging ihm auf, daß er sich wie ein Trottel benommen hatte. Seine Fußabdrücke würden ihn verraten, Skullion brauchte ihnen nur bis zum Bull Tower folgen. Doch vom Pförtner war nichts zu sehen. Vielleicht lag er immer noch bewußtlos da draußen. Vieleicht hatte er ihn k. o. geschlagen. Zipser erschauerte angesichts dieses neuerlichen Hinweises auf seine irrationale Natur und deren furchtbare Auswirkungen auf die Menschheit. Sex und Gewalt, hatte die Referentin gesagt, seien die beiden für die leblose Zukunft der Welt verantwortlichen Faktoren, und nun verstand Zipser, was sie damit meinte.

Jedenfalls konnte er Skullion nicht da draußen erfrieren lassen, er mußte ihm helfen, auch wenn es bedeutete, daß man ihn wegen »Angriffes auf einen College-Pförtner« relegieren würde, bevor seine Doktorarbeit über den Pumpernickel als Faktor in der Politik Westfalens im sechzehnten Jahrhundert abgeschlossen war. Er ging zur Tür und langsam die Treppe hinunter.

Skullion erhob sich, hob seine Melone auf, wischte den Schnee ab und setzte sie auf. Weste und Jacke waren stellenweise voller Schnee, den er mit den Händen abklopfte. Sein rechtes Auge schwoll an. Der junge Scheißkerl hatte ihm ein mächtiges Veilchen verpaßt. »Werde langsam zu alt für diesen Beruf«, murmelte er; in seinem Kopf kämpften Wut und Respekt um die Vorherrschaft. »Aber den erwische ich noch.« Er folgte den Fußspuren über den Rasen und den Weg bis zum Tor in den Neuen Hof. Das Auge war mittlerweile so zugeschwollen, daß er mit ihm kaum etwas sehen konnte, aber Skullion dachte jetzt nicht an sein Auge. Er dachte auch nicht daran, den Missetäter zu fassen. Seine Gedanken schweiften zurück zu seiner Jugendzeit. »Was recht ist, muß recht bleiben. Wenn du sie nicht fangen kannst, kannst du sie auch nicht melden«, hatte ihm der alte Fuller, der Oberpförtner von Porterhouse, gesagt, als er neu im College war, und das stimmte auch heute noch. Am Tor bog er nach links und ging durch den Säulengang zum Pförtnerhaus und in sein Schlafzimmer. »Ein mächtiges Veilchen«, sagte er, als er im Spiegel hinter der Tür sein Auge betrachtete. Es könnte ein kleines Beefsteak vertragen. Am Morgen würde er sich aus der Küche eins holen. Er zog seine Jacke aus und knöpfte gerade die Weste auf, als die Haustür geöffnet wurde. Skullion knöpfte die Weste wieder zu, zog die Jacke an und ging ins Büro.

In der Tür zum Aufgang O beobachtete Zipser, wie Skullion den Hof in Richtung Säulengang überquerte. Na, wenigstens lag er nicht mehr im Schnee. Trotzdem konnte er, Zipser, jetzt nicht in sein Zimmer gehen, ohne etwas zu unternehmen. Er mußte nachsehen, ob mit Skullion alles in Ordnung war. Er ging durch den Hof und betrat das Pförtnerhaus. Es war leer, doch als er sich gerade umdrehen und in sein Zimmer gehen wollte, öffnete sich hinten im Raum eine Tür und Skullion tauchte auf. Sein rechtes Auge war blau angelaufen und geschwollen, und sein altes, geädertes Gesicht wirkte deformiert und schief.

»Na?« fragte Skullion aus dem Mundwinkel. Das eine Auge schaute wütend auf Zipser.

»Ich wollte mich bloß entschuldigen«, sagte Zipser verlegen.

»Entschuldigen?« Skullion schien nicht zu verstehen.

»Daß ich Sie geschlagen habe.«

»Wie kommen Sie darauf, daß Sie mich geschlagen haben?« Das unsymmetrische Gesicht funkelte ihn wütend an.

Zipser kratzte sich an der Stirn. »Tja, wie auch immer, es tut mir leid. Ich dachte, ich sollte mal nachsehen, ob Sie in Ordnung sind.«

»Sie dachten, ich würde Sie melden, stimmt's?« fragte Skullion verächtlich. »Das werde ich nicht tun. Sie sind noch mal davongekommen.«

Zipser schüttelte den Kopf. »Darum ging's mir nicht. Ich dachte, Sie könnten sich vielleicht … nun ja … verletzt haben.«

Skullion lächelte grimmig.

»Verletzt? Ich und verletzt? Was bedeutet schon 'ne kleine Schramme?« Er wandte sich ab, ging zurück in sein Schlafzimmer und schloß die Tür. Zipser ging in den Hof hinaus. Das verstand er nicht. Da schlug man einen alten Mann nieder, und dem war es egal. Das war unlogisch. Es war alles verflucht irrational. Er ging auf sein Zimmer und legte sich schlafen.

- 3 -

Der Rektor schlief schlecht. Die somatischen Effekte des Festmahls im Verein mit den psychischen Konsequenzen seiner Rede wirkten sich auf seinen Schlaf negativ aus. Während seine Frau in ihrem Einzelbett schlummerte, lag Sir Godber wach und durchlebte mit der Besessenheit eines an Schlaflosigkeit Leidenden die Ereignisse des Abends noch einmal. War es klug gewesen, dem College so auf den Schlips zu treten? Diese Entscheidung war genau kalkuliert, und sie schien durch seine politische Bedeutung vertretbar zu sein. Was auch immer die Fellows über ihn sagen mochten, sein Ruf als gemäßigter und letztlich konservativer Reformer würde ihn von dem Verdacht freisprechen, daß er der Veränderung um ihrer selbst willen das Wort redete. Als Minister, der den Slogan »Veränderung ohne Umwälzung« zu einem zentralen Bestandteil der letzten Steuerreformen gemacht hatte, war Sir Godber stolz auf seinen konservativen Liberalismus oder, wie er es einmal in einem aufschlußreichen Augenblick formuliert hatte, seine autoritäre Permissivität. Die Kampfansage an Porterhouse war gewollt und genau überlegt. Das College war grotesk altmodisch, einfach unzeitgemäß, und für einen Mann, der sein ganzes Leben danach gestrebt hatte, zeitgemäß zu sein, gab es keinen größeren Fehler. Als bedingungsloser Verfechter der Gesamtschulerziehung um jeden Preis und Vorsitzender der Evans-Kommission zur Oberstufenreform, die die polytechnische Erziehung bis zur sechsten Klasse für geistig Behinderte durchgesetzt hatte, war Sir Godber stolz darauf, genau zu wissen, was für das Land am besten war. In dieser Auffassung wurde er von seiner Frau, Lady Mary, unterstützt, deren mittlerweile eisern liberale Familie immer noch an den eher konservativen Traditionen der Whigs festhielt, was sich in dem Wahlspruch *Laisser Mieux* niederschlug. Sir Godber hatte das Motto übernommen und sich, in Verbindung mit Voltaires berühmter Maxime, zum Feind des Guten gemacht, wo immer es ihm begegnete. »Sei gut, süße Maid, und laß den schlau sein, der will«, war für Sir Godbers kämpferische Phantasie reizlos. Was süße Maiden brauchten, war eine erstklassige Erziehung, und was schlafende Hunde brauchten, war ein ordentlicher Tritt in den Allerwertesten. Genau den wollte er Porterhouse verabreichen.

Während er in der Stille der Nacht wachlag und den Glocken der Collegeuhren und Kirchen lauschte, wie sie die Stunden schlugen – ein seines Erachtens mittelalterliches und überflüssiges Warngeräusch –, entwarf Sir Godber seine Kampagne. Als erstes würde er eine gründliche Bestandsaufnahme der Collegeressourcen anordnen und die nötigen Einsparungen vornehmen, um die ihm vorschwebenden Änderungen finanzieren zu können. Bereits diese Einsparungen würden in Porterhouse Veränderungen bewirken. Das Küchenpersonal konnte ruhig ein bißchen ausgedünnt werden, und da ein großer Teil des Porterhouse-Flairs von der Küche und den Spendengeldern abhing, mit denen sie von ehemaligen Porterhouse-Studenten so reichlich eingedeckt wurden, würde eine vorsichtige Politik der Mittelkürzung in diesem Bereich den Collegecharakter bereits erheblich verändern. Zudem ließen sich solche Einsparungen mit dem geplanten Bauprogramm und den steigenden Studentenzahlen rechtfertigen. Dank seiner Erfahrungen, die er auf Hunderten von Sitzungsstunden in Ausschüssen gewonnen hatte, ahnte der Rektor voraus, welche Argumente die Fellows gegen ihn ins Feld führen würden. Einige würden sich gegen jede Veränderung in der Küche sträuben. Andere würden die Notwendigkeit steigender Studentenzahlen bestreiten. Sir Godber schmunzelte im Dunkeln glücklich vor sich hin. Auf eben solchen Differenzen beruhte sein Erfolg. Im Streit würde der eigentliche Anlaß vergessen werden, dann würde er als Schiedsrichter zwischen zerstrittenen Fraktionen auftauchen, und seine ursprüngliche Rolle als Auslöser der Divergenzen wäre vergessen. Doch als erstes brauchte er einen Verbündeten. Auf der Suche nach einer Schwachstelle ging er die Fellows durch.

Der Dekan würde sich jeder Erhöhung der Studentenzahlen mit dem Scheinargument widersetzen, daß sie die christliche Gemeinschaft, die Porterhouse seiner Meinung nach war, zerstören und, was schon eher zutraf, die Aufrechterhaltung der Disziplin erschweren würde. Sir Godber legte den Dekan auf einer Seite ab. Von ihm war keine Hilfe zu erwarten, außer indirekt, dank seines eisernen Konservativismus, der einigen anderen Fellows auf die Nerven ging. Der Obertutor? Dieser Fall war schon schwieriger einzuschätzen. Als ehemaliger Ruderer stand er möglicherweise höheren Aufnahmequoten aufgeschlossen gegenüber, weil das College dann aus einem größeren Potential von Ruderern schöpfen könnte, was die Chancen von Porterhouse bei den inneruniversitären Ruderregatten verbessern würde. Aus Angst, die Ernährung der Rennruderer könnte leiden, würde er andererseits jede Veränderung in der Küche ablehnen. Der Rektor befand, daß hier ein Kompromiß angebracht war. Er würde die angemessene Versorgung des Bootsclubs mit Steaks garantieren, ganz gleich, welche Sparmaßnahmen sonst in der Küche durchgeführt wurden. Ja, der Obertutor würde sich breitschlagen lassen, einer Expansion zuzustimmen. Sir Godber rechnete ihn gegen den Dekan auf und nahm sich dann den Schatzmeister vor. Der war der Schlüssel, dachte er. Konnte der Schatzmeister zur Mitarbeit an der Sache der Veränderung gewonnen werden, so war dies von unschätzbarem Wert. Träte er aufgrund des finanziellen Vorteils wegen der Einnahme von mehr Studiengebühren für höhere Studentenzahlen sowie für Sparmaßnahmen in der Küche ein, wäre das von ungeheurem Gewicht. Sir Godber dachte über den Charakter des Schatzmeisters nach, und dank der Selbsterkenntnis, die der Eckpfeiler seines Erfolges gewesen war, erkannte er Opportunismus, wenn er ihn sah. Der Schatzmeister, soviel war sonnenklar, war ein ehrgeiziger Mann und wahrscheinlich unzufrieden mit dem bescheidenen Lebensstil an einem College. Der Sitz in einem königlichen Ausschuß – Sir Godber war erst vor kurzem aus dem Kabinett ausgeschieden und wußte von mehreren vakanten Posten – würde ihm Gelegenheit geben, seine nichtexistierende Persönlichkeit in den Dienst der Öffentlichkeit zu stellen, und das würde ihm die Anerkennung verschaffen, die ihn für seine fehlenden Leistungen entschädigte. Sir Godber zweifelte nicht daran, daß er seine Berufung arrangieren könnte. Für einen Mann vom Kaliber des Schatzmeisters war in königlichen Ausschüssen immer Platz. Er würde seine Aufmerksamkeit auf den Schatzmeister konzentrieren. Zufrieden mit seinen Plänen, drehte der Rektor sich auf die andere Seite und schlief ein.

Um sieben wurde er von seiner Frau geweckt, deren beharrliche Ansicht, daß »früh schlafen gehen und früh aufstehn schafft Reichtum, Weisheit, Wohlergehn«, ihn schon immer irritiert hatte. Während sie mit dem mangelnden Gespür für die Gefühle anderer

Leute, das ihre Philantropie auszeichnete, durch das Schlafzimmer hastete, musterte Sir Godber wieder einmal die Besonderheiten seiner Frau, die seinen politischen Ehrgeiz so angestachelt hatten. Lady Mary war keine attraktive Frau. Ihr eckiger Körper ließ ihre geistigen Qualitäten um so stärker hervortreten.

»Zeit zum Aufstehen«, sagte sie, als sie merkte, daß Sir Godber ein Auge geöffnet hatte.

»Nicht an uns ist es zu fragen, sterben soll'n wir ohne Klagen«, dachte der Rektor, setzte sich auf und fischte nach seinen Hausschuhen.

»Wie war das Festmahl?« fragte sie und zog die Gurte ihres Stützkorsetts mit solcher Vehemenz fest, daß Sir Godber unwillkürlich an ein Pferderennen denken mußte.

»Annehmbar, würde ich meinen«, sagte er gähnend. »Es gab mit irgend 'ner Ente gefüllten Schwan. Äußerst schwer verdaulich. Hat mich die halbe Nacht wach gehalten.«

»Du solltest dich mehr vorsehen mit dem, was du ißt.« Lady Mary setzte sich und schlug ein Bein über das andere, um sich die Strümpfe anzuziehen. »Schließlich willst du ja keinen Schlaganfall bekommen.«

»Der heißt Porterhouse Blue.«

»Wer?«

»Der Schlaganfall«, sagte Sir Godber.

»Ich dachte immer, das wäre etwas, was man vom Rudern bekommt«, sagte Lady Mary. »Oder vielleicht eine Käsesorte, so eine Art Stilton – blau geädert...«

Sir Godber wandte den Blick von ihren Beinen. »Ist es aber nicht«, beeilte er sich zu sagen, »sondern ein durch Völlerei verursachter Schlaganfall. Eine alte Collegetradition, die ich auszurotten gedenke.«

»Das wird auch langsam Zeit«, bekräftigte Lady Mary. »Meiner Meinung nach ist es eine unglaubliche Schande, daß heutzutage dieses viele gute Essen vergeudet wird, nur um die Gefräßigkeit irgendwelcher alter Knacker zu befriedigen. Wenn ich an all die...«

Sir Godber ging ins Bad, schloß die Tür hinter sich und drehte den Wasserhahn im Handwaschbecken auf. Durch die Tür und das Geräusch des laufenden Wassers hindurch hörte er seine Frau gedämpft über die hungernden Kinder in Indien lamentieren. Er betrachtete sich im Spiegel und seufzte. Genau wie der verflixte Hahnenschrei, dachte er. Fängt den Tag mit Gejammere an. Würde keiner verhungern, in einem Orkan ertrinken oder wegen Typhus tot umfallen, wäre sie nicht glücklich.

Er rasierte sich, zog sich an und ging zum Frühstück nach unten. Lady Mary las den *Guardian* mit einer Begeisterung, die auf eine Naturkatastrophe beträchtlichen Ausmaßes schließen ließ. Sir Godber unterließ es zu fragen, um was es sich handelte, und begnügte sich damit, die eine oder andere Rechnung zu lesen.

»Meine Liebe«, sagte er, als er fertig war, »ich führe heute morgen ein Gespräch mit dem Schatzmeister und habe vor, ihn Mittwoch zum Essen einzuladen.«

Lady Mary schaute auf. »Mittwoch paßt mir nicht, da habe ich eine Sitzung. Donnerstag wäre besser«, sagte sie. »Soll ich noch jemanden einladen? Er ist doch ein ziemlich gewöhnliches Männchen, nicht wahr?«

»Er hat seine guten Seiten«, sagte der Rektor. »Mal sehen, ob ihm der Donnerstag paßt.« Er zog sich mit der *Times* in sein Arbeitszimmer zurück. Es gab Tage, an denen der moralische Rigorismus seiner Frau wie ein Sargtuch über seiner Existenz zu hängen schien. Er fragte sich, worum es bei der Sitzung am Mittwoch gehen mochte. Bestimmt um mißhandelte Kleinkinder. Den Rektor schauderte es.

Im Büro des Schatzmeisters klingelte das Telefon.

»Ah, Herr Rektor. Selbstverständlich. Nein, überhaupt nicht. In fünf Minuten also.« Mit einem Lächeln stiller Zufriedenheit legte er den Hörer auf. Das Feilschen stand kurz bevor, und der Rektor hatte nur ihn eingeladen. Vom Büro des Schatzmeisters konnte man den Garten überblicken: Niemand hatte den Weg unter den Buchen zum Rektorhaus betreten. Während er sein Büro verließ und den Rasen überquerte, ging der Schatzmeister noch einmal die

Taktik durch, für die er sich in der Nacht entschieden hatte. Er war versucht gewesen, sich an die Spitze der Fellows und ihrer Opposition gegen jede Veränderung zu setzen. Schließlich war es im Klima der siebziger Jahre von Vorteil, wenn man die Prinzipien eines rigiden Konservativismus einhielt, und falls der Rektor sich zur Ruhe setzte oder vorher starb, könnten die Fellows aus Dankbarkeit durchaus ihn auf diesen Posten wählen. Doch davon war der Schatzmeister eigentlich nicht überzeugt. Ihm fehlte die raubtierhafte Jovialität, auf die Porterhouse bei seinen Rektoren Wert legte. Nehmen wir beispielsweise den alten Lord Wurford, Skullions Prüfstein, oder Canon Darmtract, dessen Vorlieben für Limburger Käse und Rugby auf unheilträchtige Art miteinander verschmolzen waren. Nein, der Schatzmeister konnte sich nicht vorstellen, zu ihnen gezählt zu werden. Da war es schon klüger, in die Fußstapfen seines Rektors zu treten. Er klopfte an die Tür des Rektorhauses und wurde von einem französischen Au-pair-Mädchen eingelassen.

»Ah, Schatzmeister, wie gut, daß Sie gekommen sind«, sagte der Rektor und erhob sich von seinem Stuhl hinter dem großen eichenen Schreibtisch, der vor dem Kamin stand. »Einen kleinen Madeira? Oder möchten Sie lieber etwas Moderneres?« Der Rektor kicherte. »Einen Campari zum Beispiel. Etwas, das die Kälte fernhält.« Leise gluckerten im Hintergrund die Heizkörper. Der Schatzmeister dachte über die Frage nach.

»Ich glaube, etwas Moderneres wäre angebracht, Herr Rektor«, sagte er schließlich.

»Ganz Ihrer Meinung, Schatzmeister, absolut Ihrer Meinung«, sagte der Rektor und goß die Drinks ein. »Nun denn«, fuhr er fort, als der Schatzmeister in einem Sessel Platz genommen hatte, »kommen wir aufs Geschäftliche.«

»Aufs Geschäftliche«, wiederholte der Schatzmeister und hob sein Glas im irrigen Glauben, ein Trinkspruch sei ausgebracht worden.

Der Rektor beäugte ihn neugierig. »Ja. Also«, sagte er, »ich habe Sie heute morgen zu einem Gespräch über die Collegefinanzen hergebeten. Wenn ich den Prälektor richtig verstanden habe, teilen wir beide uns die Verantwortung in diesem Bereich. Oder täusche ich mich?«

»Völlig richtig, Herr Rektor«, sagte der Schatzmeister.

»Aber natürlich liegt die Zuständigkeit grundsätzlich bei Ihnen als dem Schatzmeister. Das ist mir ganz recht so«, fuhr der Rektor fort. »Ich habe nämlich keinerlei Interesse, mich in Ihre Befugnisse bei diesen Dingen einzumischen, seien Sie dessen versichert.« Er lächelte dem Schatzmeister freundlich zu. »Ich habe Sie heute morgen hergebeten, um Ihnen zu versichern, daß die gestern abend von mir erwähnten Änderungen ganz allgemeiner Natur sein werden. Ich plane keine Veränderungen in der Collegeverwaltung.«

»Verstehe«, sagte der Schatzmeister und nickte zustimmend. »Bin ganz Ihrer Meinung.«

»Wirklich schön, daß Sie das so sehen, Schatzmeister«, sagte der Rektor. »Ich hatte den Eindruck, daß mein kleiner Einfall bei den weniger... äh... modernen rangälteren Fellows nicht auf ungeteilte Gegenliebe stieß.«

»Wir sind ein sehr traditionelles College, Herr Rektor«, sagte der Schatzmeister.

»Ja, schon, aber ich vermute, daß einige von uns etwas weniger traditionell als andere sind, wie, Schatzmeister?«

»Das kann man wohl mit Fug und Recht behaupten, Herr Rektor«, pflichtete der Schatzmeister bei.

Wie zwei ältliche Hunde umkreisten sie einander argwöhnisch auf der Suche nach dem Erkennungsgeruch und beschnüffelten jedes Zögern, damit ihnen auch ja keine Spur irgendeiner Komplizenschaft entging. Veränderungen waren unvermeidlich. Allerdings, allerdings. Die alte Ordnung. Stimmt genau. Stimmt genau. Wir, die wir über Autorität verfügen. Durchaus, durchaus. Auf dem Kaminsims tickte die Alabasteruhr weiter. Eine Stunde verstrich mit solchen einleitenden Plänkeleien, und bei einem zweiten, größeren Campari ließ Sir Godber seine Position als Rektor ein wenig in den Hintergrund treten.

»Es ist die blanke Tiernatur vieler unserer Studenten, die mir mißfällt«, gestand er dem Schatzmeister.

»Wir wirken anziehender auf die weniger Sensiblen, das muß ich zugeben.« Der Schatzmeister paffte zufrieden seine Zigarre.

»Unsere wissenschaftlichen Leistungen sind kläglich. Wann hatten wir zum letzten Mal ein summa cum laude?«

»1956«, sagte der Schatzmeister.

Der Rektor verdrehte die Augen.

»In Geographie.« Der Schatzmeister konnte nicht umhin, Salz in die Wunde zu reiben.

»In Geographie. Das hätte man sich denken können.« Sir Godber stand auf und blickte durch die Terrassenfenster auf den verschneiten Garten. »Es wird Zeit, das alles zu ändern. Wir müssen zu dem Wunsch unseres Gründers zurückkehren, uns ›eifrig mit dem Lernen zu beschäftigen‹. Wir müssen Kandidaten mit guten Zeugnissen aufnehmen statt dieser Horde von Analphabeten, um die wir uns offenbar zur Zeit kümmern.«

»Dem steht so manches Hindernis im Wege«, seufzte der Schatzmeister.

»Ganz recht. Da wäre zunächst der Obertutor. Er ist für die Zulassung verantwortlich.«

»Ich dachte eher an unsere, wie soll ich das nennen, Abhängigkeit von den Begabungsspenden«, unterbrach der Schatzmeister.

»Den Begabungsspenden? Von denen habe ich noch nie gehört.«

»Das haben die wenigsten, Herr Rektor, abgesehen natürlich von den Eltern unserer Studenten mit nicht besonders herausragenden Leistungen.«

Sir Godber runzelte die Stirn und starrte den Schatzmeister an. »Wollen Sie damit andeuten, daß wir Kandidaten ohne die nötigen Qualifikationen aufnehmen, wenn ihre Eltern in eine Stiftung einzahlen?«

»So ist es leider. Offen gesagt könnte das College ohne diese Beträge seine Arbeit kaum fortsetzen«, informierte ihn der Schatzmeister.

»Aber das ist ja ungeheuerlich. Also, das ist doch gleichbedeutend mit dem Verkauf von akademischen Graden.«

»Nicht gleichbedeutend, Herr Rektor. Identisch.«

»Aber was ist mit den Examen, die mit einem Prädikat verbunden sind?«

Der Schatzmeister schüttelte den Kopf. »Äh, nach solchen Gipfeln streben wir leider nicht. Bei uns geht es eher um Zwischenprüfungen und gewöhnliche akademische Grade. Nichts weiter als normale, altmodische Bachelors of Arts. Wir reichen die Namen ein, und sie werden problemlos akzeptiert.«

Sir Godber nahm verblüfft Platz.

»Du lieber Himmel, und Sie wollen mir einreden, das College könnte ohne diese ... ähem ... Spenden ... verflucht, ohne diese Bestechungsgelder nicht überleben?«

»Kurz und trocken, Herr Rektor«, sagte der Schatzmeister, »Porterhouse ist pleite.«

»Aber warum? Was machen andere Colleges?«

»Ach«, sagte der Schatzmeister, »das ist etwas ganz anderes. Die meisten sind stinkreich. Durch clevere Investitionen über lange Jahre hinweg. Trinity beispielsweise ist meines Wissens nach der Königin und der anglikanischen Kirche der drittgrößte Grundbesitzer des Landes. King's College hatte Lord Keynes als Schatzmeister. Bei uns war das leider Lord Fitzherbert. Während Keynes ein Vermögen verdient hat, verlor Fitzherbert eins. Sie haben doch von dem Mann gehört, der die Bank in Monte Carlo in den Bankrott getrieben hat?«

Der Rektor nickte traurig.

»Lord Fitzherbert«, sagte der Schatzmeister.

»Aber er muß doch ein Vermögen gemacht haben«, sagte der Rektor.

Der Schatzmeister schüttelte den Kopf. »Nicht die Bank *von* Monte Carlo hat er in den Bankrott getrieben, Rektor, sondern die Bank *in* Monte Carlo, unsere Bank, die Anglian Lowland Bank. Die Kugel rollte, und zwei Millionen waren futsch. Hat sich von dem Schlag nie mehr erholt.«

»Überrascht mich nicht«, sagte der Rektor. »Ich frage mich bloß, ob er sich nicht an Ort und Stelle das Gehirn weggepustet hat.«

»Ich meine die Bank, Herr Rektor, nicht Lord Fitzherberts. Er kam zurück und wurde schließlich sogar zum Rektor gewählt«, sagte der Schatzmeister.

»Zum Rektor gewählt? Kommt mir seltsam vor, einen Mann zu wählen, der den Laden in die Pleite getrieben hat. Ich hätte gedacht, man würde ihn lynchen.«

»Ehrlich gesagt war das College noch eine ganze Weile auf ihn angewiesen. Soviel ich weiß, haben uns die Gelder aus seinem Nachlaß geholfen, schwere Zeiten zu überstehen.« Der Schatzmeister seufzte. »Sie müssen daher verstehen, verehrter Rektor, daß ich Sie zwar prinzipiell unterstütze, doch leider zwingt uns die ... äh ... prekäre finanzielle Lage gewisse Beschränkungen auf, was die Durchführung der von Ihnen vorschwebenden Veränderungen anbelangt. Wir müssen uns mächtig nach der Decke strecken.« Der Schatzmeister trank seinen Campari aus und stand auf. Der Rektor blieb sitzen und starrte auf den Garten. Es hatte wieder angefangen zu schneien, doch er merkte es nicht. Er war mit anderen Dingen beschäftigt. Wie er so auf seine lange Laufbahn zurückblickte, fiel ihm plötzlich ein, daß er diese Situation schon einmal erlebt hatte. Die Argumente des Schatzmeisters waren die des Finanzministeriums und der Bank von England gewesen. Sir Godbers Ideale waren schon immer an den Klippen finanzieller Zwänge zerschellt. Diesmal würde es anders sein. Unter die Frustrationen eines ganzen Lebens würde ein Schlußstrich gezogen werden. Sir Godber hatte nichts zu verlieren, Porterhouse würde sich ändern oder kaputtgehen. Von dem Vorbild Lord Fitzherberts beflügelt, erhob sich Sir Godber und drehte sich zum Schatzmeister um. Doch der war nicht mehr da. Er hatte sich auf Zehenspitzen aus dem Zimmer geschlichen, und man konnte sehen, wie er vorsichtig durch den Garten davonwatschelte.

- 4 -

Zipser verschlief. Die geistigen wie körperlichen Strapazen hatten ihn ausgelaugt. Als er endlich aufwachte, war Mrs. Biggs schon in seinem Nebenzimmer zugange, wo sie Möbel rückte und Staub wischte. Zipser hörte ihr vom Bett aus zu. Wie in »Das Haus am Eaton Place«, dachte er. Mrs. Biggs, die Aufwartefrau. Skullion, der Oberpförtner. Der Dekan. Der Obertutor. Relikte eines antiken kindischen Spiels. Ganz Porterhouse hatte so etwas an sich. Ihr da oben – wir hier unten.

Während er dalag und der tierhaften Tapsigkeit von Mrs. Biggs' Bewegungen lauschte, dachte Zipser über den merkwürdigen Lauf der Dinge nach, der ihn in die Rolle eines Herrn befördert hatte, während Mrs. Biggs eine aggressive Unterwürfigkeit an den Tag legte, die zu ihrer Persönlichkeit und eindrucksvollen Körperfülle so gar nicht passen wollte. In seinen Augen war es eine seltsame Beziehung, die ihre unheimliche Anziehungskraft auf ihn nur noch komplizierter machte. Es war wohl so, daß Mrs. Biggs, im Gegensatz zur Künstlichkeit von allem anderen in Cambridge, mit ihrer Körperfülle eine natürliche Wärme ausstrahlte, die ihren Reiz ausmachte. Bestimmt gab es keine andere Erklärung. Betrachtete man sie Stück für Stück – und Zipser wußte nicht, wie er sie sonst betrachten sollte –, war die Aufwartefrau außergewöhnlich unattraktiv. Nicht allein die Größe ihrer Gliedmaßen war erstaunlich, sondern auch die rohe Kraft dieser Person. Mrs. Biggs' Gang war eine Manifestation bedrohlicher Mütterlichkeit, während sich ihr Gesicht eine Jugendlichkeit bewahrt hatte, die so gar nicht zu ihrer Leibesfülle passen wollte. Nur ihre Stimme verriet, wie gewöhnlich sie war, ihre Stimme und ihre Gespräche, in denen sie hauchdünn am Obszönen vorbeischrammte und Unterwürfigkeit mit Vertraulichkeit so mischte, daß er nie wußte, wie reagieren. Er stieg aus dem Bett und zog sich an. Es war ein Treppenwitz der Weltgeschichte, dachte er, daß Mrs. Biggs' offenkundige Reize in einem College, das auf sein Festhalten an alten Werten so stolz war, unbeachtet blieben. In der Altsteinzeit wäre sie eine Prinzessin gewesen, und er fragte sich gerade, wann genau in der Geschichte die Mrs. Biggses aufgehört hatten, das Schönheitsideal schlechthin zu sein, als sie an die Tür klopfte.

»Mr. Zipser, ha'm Sie was an?« rief sie.

»Moment, ich komme«, rief Zipser zurück.

»Würde mich überhaupt nicht wundern«, murmelte Mrs. Biggs vernehmlich.

Zipser öffnete die Tür.

»Ich habe nicht den ganzen Tag Zeit«, sagte Mrs. Biggs und schob sich provozierend an ihm vorbei.

»Tut mir wirklich leid, daß ich Sie aufgehalten habe«, sagte Zipser spöttisch.

»Mich ausgehalten? Hör sich das einer an. Und wie kommen Sie auf den Gedanken, mich würde es stören, wenn mich jemand aushält?«

Zipser errötete. »Sie haben mich absichtlich mißverstanden«, sagte er verbittert.

»Sehr schmeichelhaft, hoho«, sagte Mrs. Biggs und musterte ihn mit schelmischem Tadel. »Wir sind heute morgen wohl mit dem linken Fuß zuerst aufgestanden, was?«

Zipser registrierte den Plural mit wohligem Schaudern und schlug die Augen nieder. Er fand Mrs. Biggs' schweinemäßig enge Stiefel hinreißend.

»Mr. Skullion hat heute morgen ein blaues Auge«, fuhr die Aufwartefrau fort. »Muß sich 'nen schweren Schwinger gefangen haben. Wurde auch langsam Zeit. Sag' ich zu ihm: ›Ihnen hat wohl jemand eine verpaßt.‹ Wissen Sie, was er darauf sagt?« Zipser schüttelte den Kopf. »Darauf sagt er: ›Ich wäre Ihnen sehr verbunden, wenn Sie Ihre Kommentare für sich behielten, Mrs. Biggs.‹ Das hat er gesagt. Blöder alter Trottel. Weiß nicht, in welchem Jahrhundert er lebt.« Zipser folgte ihr ins Nebenzimmer. Er setzte den Kessel für das Kaffeewasser auf, während Mrs. Biggs eifrig hin und her lief und irgendwelche Gegenstände hochhob und wieder absetzte, als wäre sie beschäftigt, was aber lediglich der Untermalung ihrer Stimmung diente. Die ganze Zeit über ratterte sie ihr tägliches Quantum belangloser Informationen herunter, während Zipser wie ein Toreador durch das Zimmer irrte, der versucht, einem geschwätzigen Stier auszuweichen. Jedesmal, wenn sie ihn streifte, verspürte er eine animalische Anziehungskraft, die alle Erwägungen des Geschmacks und jenes Gefühl für Ästhetik außer Kraft setzte, das während seines Studiums hätte heranreifen sollen. Schließlich stand er in einer Ecke, konnte kaum an sich halten und wandte den Blick nicht von ihrer durchs Zimmer polternden Gestalt. Ihre Worte verloren jeden Sinn, wurden ein wohltuender Geräuschteppich, eine wellenförmige Begleitung zum Wogen ihrer Schenkel und den mächtigen Brechern ihrer Hinterbacken, die sich glänzend und mit Grübchen unter dem Rock abzeichneten. »Sag' ich zu ihm: ›Sie wissen ja, was Sie mit Ihrem ...‹« Mrs. Biggs' Stimme gab Zipsers schreckliche Gedanken wider. Als sie sich bückte, um den Staubsauger einzustöpseln, hüpften ihre Brüste in der Bluse, sie wogten mit einer Kraft, die Zipser nahezu unwiderstehlich fand. Er spürte, daß er wie ein von der widernatürlichen Zuneigung zu einem gewaltigen Gegner getriebener Boxer aus seiner Ecke kam. In seinem Mund drängten sich Worte. Unerwünschte Worte. Unaussprechliche Worte.

»Ich will dich«, sagte er. Die endgültige Blamage ersparte ihm der plötzlich losröhrende Staubsauger.

»Was sagten Sie eben?« überschrie Mrs. Biggs das Getöse. Das Ansaugrohr preßte sie gegen ein Sesselkissen.

Zipser lief puterrot an. »Nichts«, brüllte er und ließ sich wieder in seine Ecke sinken.

»Sack ist voll«, sagte Mrs. Biggs und schaltete das Gerät ab.

In der nun folgenden Stille lehnte Zipser sich gegen die Wand, entsetzt von seinem grauenhaften Bekenntnis. Gerade wollte er zur Tür sprinten, als Mrs. Biggs sich bückte und die Klammern am hinteren Teil des Staubsaugers öffnete. Zipser starrte in ihre Kniekehlen. Diese Stiefel, diese Hautfalten, die Wölbung ihrer Schenkel, der Rand ihrer Strümpfe, der Halbmond ...

»Sack ist voll«, wiederholte Mrs. Biggs. »Die Saugwirkung ist gleich null, wenn der Sack voll ist.«

Sie richtete sich auf, in den Händen den grauen, aufgeblähten Sack... Zipser schloß die Augen. Mrs. Biggs leerte den Sack in den Papierkorb. Eine graue Staubwolke verteilte sich im Zimmer.

»Fühlen Sie sich auch wohl, Jungchen?« fragte sie und musterte ihn mütterlich besorgt. Zipser öffnete die Augen und starrte ihr ins Gesicht.

»Mir geht's prima«, rang er sich ab, während er versuchte, den Blick von ihren Lippen zu wenden. Mrs. Biggs' dick aufgetragener Lippenstift glänzte. »Ich habe nicht besonders gut geschlafen, das ist alles.«

»Zuviel Arbeit und nicht genug Vergnügen ist noch keinem Jungen gut bekommen«, verkündete Mrs. Biggs, den Staubsack schlaff in der Hand haltend. Auf Zipser übte das Ding eine erotische Anziehungskraft aus, die er nicht zu analysieren wagte. »Jetzt setzen Sie sich erst mal hin, ich mache Ihn' 'n Kaffee, und schon geht's Ihn' besser.« Mrs. Biggs' Hand packte seinen Arm und führte Zipser zu einem Stuhl, auf den er sich fallen ließ. Dann starrte er den Staubsauger an, während Mrs. Biggs sich wieder einmal bückte – und nun, da Zipser saß und ihr näher war, noch mehr enthüllte –, den Sack in das Gerät einführte und es einschaltete. Es folgte ein furchtbares Dröhnen, dann wurde der Sack mit einer Macht ins Innere der Maschine gesogen, die haargenau Zipsers Gefühlen entsprach. Mrs. Biggs richtete sich auf und ging zum Kaffeemachen in die Dienerkammer, während Zipser matt auf dem Stuhl herumrutschte. Was mit ihm geschah, war ihm unbegreiflich. Alles war so entsetzlich. Er mußte verschwinden. Er konnte unmöglich ruhig sitzen bleiben, wenn sie im selben Zimmer war, sonst würde er etwas Furchtbares tun. Er hatte sich nicht mehr in der Gewalt, er würde Dinge sagen... Gerade wollte er aufstehen und sich davonstehlen, als Mrs. Biggs mit zwei Tassen Kaffee zurückkam.

»Sie sehen wirklich seltsam aus«, sagte sie und drückte ihm eine Tasse in die Hand. »Sie sollten zu einem Arzt gehen. Vielleicht haben Sie sich irgendwas eingefangen.«

»Gewiß«, sagte Zipser gehorsam. Mrs. Biggs setzte sich ihm gegenüber und trank ein paar Schlückchen Kaffee. Zipser versuchte, nicht immer auf ihre Beine zu sehen und ertappte sich dabei, wie er auf ihre Brüste starrte.

»Sind Sie oft in solchen Schwulitäten?« erkundigte sich Mrs. Biggs.

»Schwulitäten?« sagte Zipser, von dieser Anschuldigung aus seinen Träumen gerissen. »Gewiß nicht.«

»Habe ja bloß gefragt«, sagte Mrs. Biggs. Mit eindeutig anzüglichem Schlürfen trank sie einen Mundvoll Kaffee. »Ich hatte mal 'n jungen Mann«, fuhr sie fort, »genau so einer wie Sie. Geriet ab und an in Schwulitäten. Warf sich hin und her und wand sich ganz furchtbar. Brauchte immer 'ne Menge Zeit, um ihn am Boden festzuhalten, ehrlich.«

Zipser starrte sie verzückt an. Die Vorstellung, von Mrs. Biggs festgehalten zu werden, während er sich am Boden wand, überstieg seine Kräfte. Mit einem Ruck, wobei er seinen Kaffee verschüttete, sprang Zipser vom Stuhl und raste aus dem Zimmer. Er rannte nach unten und hinaus in die Sicherheit. »Ich muß etwas unternehmen. Ich hab' mich nicht mehr unter Kontrolle. Zuerst Skullion, und jetzt Mrs. Biggs.« In aller Eile verließ er Porterhouse und ging durch das Clare College zur Universitätsbibliothek.

Allein ins Zipsers Zimmer schaltete Mrs. Biggs den Staubsauger an und schob ihn am Griff durch das ganze Zimmer. Bei der Arbeit sang sie laut »Love me tender, love me true« vor sich hin. Ihre heisere, falsche Stimme übertönte der Lärm des Electrolux.

Der Dekan verbrachte den Morgen mit Briefeschreiben an Mitglieder der Porterhouse-Gesellschaft. Als Sekretär der Gesellschaft besuchte er die jährlichen Diners in London und Edinburgh und korrespondierte regelmäßig mit Mitgliedern, von denen viele in Australien oder Neuseeland lebten; für sie stellten die Briefe des Dekans eine Verbindung mit ihrer Zeit in Porterhouse dar, von der sie gesellschaftlich immer noch zehrten. Für den Dekan stellte allein schon die weite Entfernung seiner Briefpartner und besonders ihr Hang, anzunehmen, daß sich seit ihrer Studienzeit nichts verändert habe, eine dauerhafte Beruhigung dar. Sie halfen ihm, einen allgewaltigen Konservativismus aufrechtzuerhalten, der wenig Bezug zur Realität hatte. Nach der Rede des neuen Rektors war es nicht leicht, diesen Anspruch beizubehalten, und so kroch der Füller in der gefleckten Hand des Dekans so langsam über das Papier wie eine des Schreibens kundige, aber altersschwache Schildkröte. Hin und wieder hob er den Kopf und suchte nach Anregungen in den scharfgeschnittenen Gesichtern der jungen Männer, deren Fotografien seinen Schreibtisch überhäuften und mit sepiabrauner Arroganz von den Wänden seines Zimmers herabstarrten. Der Dekan erinnerte sich an ihre Sportbegeisterung und jugendliche Taktlosigkeit, an die Verkäuferinnen, die sie kompromittiert, und die Schneider, die sie geprellt hatten, und an die Prüfungen, in denen sie durchgefallen waren; von seinem Fenster konnte er auf den Brunnen schauen, in den sie so viele Homosexuelle getaucht hatten. Es war alles von einer so gesunden und natürlichen Gewalttätigkeit gewesen, so ganz anders als der schlaffe Ästhetizismus von heute. Sie hatten nicht zum Wohle der Kulis in Indien gefastet oder protestiert, weil in Brasilien ein Anarchist im Gefängnis saß, oder das Hotel Garden House gestürmt, weil ihnen die griechische Regierung mißfiel. In gehobener Stimmung hatten sie gehandelt. Normal. Der Dekan lehnte sich in seinem Stuhl zurück und dachte an den prachtvollen Krawall am Guy-Fawkes-Abend des Jahres 1948. Ihm fiel die Bombe ein, die im Haus des Universitätssenats die Fensterscheiben zerschmettert hatte, die Rauchbombe in der Toilette auf dem Marktplatz, die beinahe den Tod eines alten Mannes mit zu hohem Blutdruck verursacht hatte. Die mit Glassplittern von eingeschlagenen Laternen übersäten Straßen. Der Bus, den sie in die andere Richtung geschoben hatten. Die durch die Luft fliegenden Polizistenhelme. Das Auto, das sie auf der King's Parade umgekippt hatten. In dem hatte eine schwangere Frau gesessen, fiel dem Dekan ein, und hinterher hatten alle zusammengelegt, um ihr den Schaden zu ersetzen. Kerle mit Herzen aus Gold. Die gab es heutzutage überhaupt nicht mehr. Von der Erinnerung beflügelt, huschte sein Füller über die Seite. Um den Charakter von Porterhouse zu ändern, brauchte es mehr als Sir Godber Evans. Dafür würde er sorgen. Gerade hatte er einen Brief beendet und adressierte den Umschlag, als es klopfte.

»Herein«, rief der Dekan. Die Tür öffnete sich, und Skullion trat ein, in der Hand seinen Bowlerhut.

»Guten Morgen, Sir«, sagte Skullion.

»Guten Morgen, Skullion«, sagte der Dekan. Diese zwanzig Jahre alte Zeremonie, der tägliche Bericht des Pförtners, begann immer mit dem Austausch höflicher Belanglosigkeiten. »Starker Schneefall heute nacht.«

»Sehr stark, Sir. Mindestens acht Zentimeter.«

Der Dekan leckte die Lasche des Briefumschlags an und klebte ihn zu. »Schlimmes Auge haben Sie da, Skullion.«

»Bin auf dem Weg ausgerutscht, Sir. Vereist«, sagte Skullion. »Mächtig glatt.«

»Glatt? Ist wohl entwischt, wie?« fragte der Dekan.

»Jawohl, Sir.«

»Schön für ihn«, sagte der Dekan. »Gut zu wissen, daß es immer noch ein paar Studenten mit Mumm in den Knochen gibt. Keine weiteren Meldungen?«

»Nein, Sir. Keine Meldungen. Nur was über Smutje, Sir.«

»Smutje? Was ist mit ihm?«

»Also, es geht nicht bloß um ihn. Es ist wegen uns allen. Sind sehr beunruhigt über die Rede des Rektors«, sagte Skullion, vorsichtig auf dem Drahtseil zwischen ungebührlicher Bemerkung und berechtigtem Protest balancierend. Manche Dinge konnte man dem Dekan sagen, andere hingegen nicht. Von der Entrüstung des Kochs zu berichten, schien ihm ein ungefährlicher Weg zu sein, seine eigenen Gefühle vorzutragen.

Der Dekan drehte seinen Sessel in die andere Richtung und schaute aus dem Fenster, weil er sich aus der Verlegenheit winden wollte. Einerseits war er auf Skullions Informationen angewiesen, andererseits bestand immer die Gefahr, Aufsässigkeit stillschweigend zu dulden oder wenigstens eine Vertraulichkeit zu fördern, die der Disziplin abträglich war. Doch Skullion war nicht der Mann, der solch eine Situation ausnutzte. Der Dekan traute ihm.

»Sie können dem Koch mitteilen, daß sich nichts ändert«, sagte er schließlich. »Der Rektor hat nur mal vorgefühlt. Er wird's noch lernen.«

»Jawohl, Sir«, sagte Skullion zweifelnd. »Eine sehr beunruhigende Rede, Sir.«

»Danke, Skullion«, sagte der Dekan abschließend.

»Danke, Sir«, sagte Skullion und ging.

Der Dekan drehte seinen Stuhl zum Schreibtisch und nahm wieder den Füller zur Hand. Skullions ablehnende Haltung hatte in ihm eine neue Entschlossenheit wachgerufen, Sir Godbers Plänen Paroli zu bieten. Da waren beispielsweise die vielen Ehemaligen. Ihre Meinung und ihr Einfluß könnten entscheidend sein, wenn man sie richtig organisierte. Es könnte nichts schaden, dieser Meinung jetzt Gestalt zu verleihen.

Skullion ging wieder ins Pförtnerhaus und sortierte die zweite Post. Das Gespräch mit dem Dekan hatte seine Zuversicht nur teilweise wiederhergestellt. Der Dekan wurde alt. Im Collegerat hatte seine Stimme nicht mehr das gleiche Gewicht wie früher. Heute hörte man auf den Schatzmeister und was *den* anging, hatte Skullion so seine Zweifel. Er bekam den *New Statesman* und den *Spectator* und las die *Times*, nicht den *Telegraph* wie die anderen Honoratioren. »Weder Fisch noch Fleisch noch Geflügel oder ein ordentlicher Bückling«, faßte Skullion mit seinem bekannten politischen Scharfsinn zusammen. Geriet der erst mal dem Rektor in die Finger, konnte man nicht vorhersagen, in welche Richtung er sein Fähnchen wehen lassen würde. Skullion dachte, es könnte langsam an der Zeit sein, General Sir Cathcart D'Eath in Coft einen Besuch abzustatten. Normalerweise kreuzte er jeden ersten Dienstag im Monat zu einem rituellen Besuch mit Neuigkeiten aus dem College dort auf, außerdem zu einem Plausch mit einem vertrauenswürdigen Stallburschen in Sir Cathcarts Rennstall, dessen Informationen bisher sehr geholfen hatten, Skullions dürftiges Einkommen aufzupolieren. Sir Cathcart war einer von Skullions Schützlingen gewesen, und die Schuld war nie richtig beglichen worden. »Ich nehme mir den Nachmittag frei«, sagte er zu Walter, dem Unterpförtner, als er die Post sortiert und Walter Dr. Baxters allwöchentliches Exemplar von *The Boy* wieder in den neutralen Umschlag zurückgesteckt hatte.

»Was ist los? Gehen Sie angeln?« fragte Walter.

»Was ich tue, geht dich gar nichts an«, wies Skullion ihn zurecht. Er zündete seine Pfeife an, ging ins Nebenzimmer, um sich seinen Mantel zu holen, und kurz darauf radelte er mit der pflichtgemäßen Vorsicht und Aufmerksamkeit über die Magdalene Bridge in Richtung Coft.

Zipser saß im dritten Stock des Nordflügels der Universitätsbibliothek und versuchte, sich mit dem Einfluß des Pumpernickels auf die Politik von Osnabrück im sechzehnten Jahrhundert zu beschäftigen, doch ohne Erfolg. Daß es früher *bonum paniculum* geheißen hatte, war ihm mittlerweile egal, und sein Interesse an den politischen Verhältnissen in Westfalen hatte stark abgenommen. Das drängende Problem waren seine Gefühle für Mrs. Biggs.

Zwischen den Regalen verbrachte er eine Stunde mit dem fieberhaften Durchblättern von Lehrbüchern der klinischen Psychologie auf der Suche nach einer medizinischen Erklärung für die Symptome irrationaler Gewalt und nicht zu unterdrückender Sexualität, wie sie neuerdings in seinem Verhalten aufgetreten waren. Seiner Lektüre nach zu urteilen, litt er anscheinend an einer ganzen Reihe unterschiedlicher Krankheiten. Einerseits ließ seine Attacke auf Skullion auf Paranoia schließen, »gewalttätiges Verhalten als Resultat von Verfolgungswahn«, während seine erotische Affinität zu Mrs. Biggs sogar noch beunruhigender war und offenbar auf Schizophrenie mit sadomasochistischen Tendenzen hindeutete. Paranoide Schizophrenie, die Kombination beider Krankheiten, war offenbar die schlimmste Form von Geisteskrankheit und absolut unheilbar. Zipser starrte aus dem Fenster auf die Bäume im Garten hinter dem Fußweg und sann über lebenslangen Wahnsinn nach. Er konnte sich nicht denken, was diesen Ausbruch verursacht haben könnte. Wie aus den Lehrbüchern hervorging, spielte die

Vererbung dabei eine große Rolle, doch abgesehen von einem Onkel mit einer Vorliebe für Betonzwerge in seinem Vorgarten, der laut Zipsers Mutter nicht ganz richtig im Kopf war, fiel ihm kein Familienmitglied ein, das tatsächlich und nachweislich verrückt gewesen wäre.

Die Erklärung mußte woanders liegen. Seine Gefühle für die Aufwartefrau stellten eine Abweichung von jeder bekannten Norm dar. Das gleiche traf übrigens auch auf Mrs. Biggs zu. Sie hatte Wülste, wo eigentlich Grübchen hätten sein sollen, und hüpfte umher, wenn sie eigentlich ruhig sein sollte. Sie war zotig, vulgär, streitsüchtig und, woran Zipser überhaupt nicht zweifelte, ganz und gar unhygienisch. Daß er sich unwiderstehlich zu ihr hingezogen fühlte, war das Schlimmste, was ihm passieren konnte. Schwul zu sein, war völlig in Ordnung, ja geradezu modern. Ständige und hartnäckige sexuelle Begierde nach französischen Au-pair-Mädchen, schwedischen Sprachschülerinnen, Mädchen aus dem Boots-College, ja sogar Erstsemestern im Girton-College zu verspüren, war die Normalität schlechthin, aber Mrs. Biggs gehörte in die Kategorie Tabuthemen. Und zu wissen, daß er ihr seine wahren Gefühle offenbart hätte, wäre dies nicht durch einen zufällig eingreifenden Staubsauger verhindert worden, versetzte ihn in Panik. Er stand von seinem Tisch auf, ging nach draußen und zurück in die Stadt.

Als er an der Kirche St. Mary's the Great angekommen war, schlug die Uhr gerade zwölf. Zipser blieb stehen und las die an dem Gitter vor der Kirche angebrachten Plakate, auf denen Predigten angekündigt wurden.

CHRISTUS UND DER SCHWULE CHRIST
Rev. F. Leany

HAT SALT KEINEN PEP MEHR?
Die anglikanische Haltung zur Abrüstung
Rev. B. Tomkin

Hiob, eine Botschaft an die dritte Welt
Reverend Sutty, Bischof von Bombay

Jesus scherzt
von Fred Henry, mit Genehmigung der
Privatfernsehstation ITA sowie der Intendanz
des Palace Theatres, Scunthorpe

Bomben weg
Eine christliche Stellungnahme zu Flugzeugentführungen
von Fliegerhauptmann Jack Piggett, BOAC

Zipser starrte auf die Themen der Universitätspredigten und verspürte plötzlich ein Verlustgefühl. Was war bloß mit der alten Kirche, der Kirche seiner Kindheit geschehen, mit dem freundlichen Vikar und der praktizierten Nächstenliebe? Nicht, daß Zipser je in die Kirche gegangen wäre, aber er hatte sie im Fernsehen gesehen, und daß es sie in den einschlägigen christlich-traditionellen Fernsehserien immer noch gab, hatte ihn beruhigt. Doch nun, wo er wirklich Hilfe brauchte, gab es nur diese dürftige Parodie einer Tageszeitung mit ihrem Mischmasch von Politik und Sensationsmache. Kein Wort über das Böse und wie man damit fertig wurde. Zipser fühlte sich im Stich gelassen. Auf der Suche nach Hilfe traf er in Porterhouse ein. Er würde den Obertutor um Rat fragen. Vor dem Mittagessen war gerade noch Zeit. Zipser ging die Treppe zur Wohnung des Tutors hoch und klopfte an die Tür.

»Das Problem mit dem Festmahl ist«, sagte der Dekan und kaute auf einem Stück kalten Rindfleisches herum, »daß es einfach kein Ende nimmt. Heute kaltes Rindfleisch, morgen kaltes Rindfleisch, Donnerstag kaltes Rindfleisch. Wahrscheinlich wird man uns Freitag und Samstag Rindfleischeintopf vorsetzen und am Sonntag zur Abwechslung Rindfleischauflauf mit Soße. Nächste Woche dürfte sich die Lage langsam wieder normalisieren.«

»Gar nicht so einfach, einen ganzen Ochsen auf einmal zu verspeisen«, sagte der Schatzmeister. »Vermutlich hatten unsere Vorgänger einen, sagen wir, üppigeren Appetit.«

»Es war, und das habe ich schon immer gesagt, ein Fehler, ihn zum Premierminister zu machen«, sagte der Kaplan.

Der Obertutor nahm seinen Platz am Tisch ein. Er wirkte ernster als sonst.

»Apropos üppigerer Appetit«, sagte er grimmig. »Was einige unserer jüngeren Mitglieder angeht, habe ich schwerste Bedenken. Gerade war ein junger Mann bei mir, der behauptete, er unterliege einem gewissen Zwang, mit seiner Aufwartefrau zu schlafen.« Er nahm sich etwas Meerrettich.

Der Schatzmeister kicherte. »Wer ist es?« fragte er.

»Zipser«, antwortete der Obertutor.

»Welche Aufwartefrau?«

»Danach habe ich mich nicht erkundigt«, sagte der Obertutor. »Die Frage schien mir unerheblich.«

Der Schatzmeister überdachte das Problem.

»Wohnt er nicht im Turm?« fragte er den Dekan.

»Wer?«

»Zipser.«

»Ja. Ich glaube«, sagte der Dekan.

»Dann muß es sich um Mrs. Biggs handeln.«

Der Obertutor, der gerade überlegt hatte, was er mit einem langen Knorpelstück anfangen sollte, verschluckte es.

»Du meine Güte, Mrs. Biggs. Ich muß schon sagen, da habe ich dem jungen Zipser unrecht getan«, gestand er beunruhigt.

»Einem Menschen mit einem derart abartigen Geschmack kann man unmöglich Unrecht tun«, stellte der Dekan kategorisch fest.

»Mrs. Biggs gehört wohl kaum in die Abteilung ›verbotene Früchte‹«, kicherte der Schatzmeister.

»Schönen Dank«, sagte der Kaplan, »ich hätte gern einen Apfel.«

»Mrs. Biggs«, murmelte der Tutor. »Kein Wunder, daß der arme Kerl glaubt, er hätte nicht alle Tassen im Schrank.«

»Aber nicht doch«, sagte der Kaplan. »Soweit ich sehe, sind noch alle vorhanden.«

»Welchen Rat haben Sie ihm gegeben?« wollte der Schatzmeister wissen.

Der Obertutor sah ihn ungläubig an. »Rat? In solchen Dingen Rat zu erteilen, gehört wohl kaum zu meinen Aufgaben. Ich bin der Obertutor, kein Eheberater. Ich habe ihm also geraten, mit dem Kaplan zu sprechen.«

»Es ist eine edle Berufung«, sagte der Dekan und nahm sich eine Birne. Mit einem Seufzer aß der Obertutor sein kaltes Rindfleisch auf.

»Das zeigt mal wieder, was passiert, wenn man Doktoranden die Collegetüren öffnet. In der guten alten Zeit wäre so etwas unerhört gewesen«, sagte der Dekan.

»Vielleicht, ist aber doch wohl vorgekommen«, sagte der Schatzmeister.

»Mit Aufwartefrauen?« fragte der Dekan wütend. »Mit *Aufwartefrauen?* Verlieren Sie bitte nicht Ihren Sinn für Proportionen.«

»Nein danke, Dekan. Ich habe wirklich genug«, antwortete der Kaplan.

Gerade wollte der Dekan etwas über alte Narren sagen, als sich der Obertutor zu Wort meldete. »Im Falle von Mrs. Biggs spielen die Proportionen nun einmal die Hauptrolle.«

»Die hatten wir gestern abend«, sagte der Kaplan.

»Du lieber Himmel«, zischte der Obertutor. »Wie zum Teufel soll man ein ernsthaftes Gespräch führen, wenn er in der Nähe ist.«

»Mein Lieber«, seufzte der Prälektor, »genau diese Frage beschäftigt mich seit Jahren.«

Schweigend beendeten sie das Essen, jeder hing seinen Gedanken nach. Erst als sie sich zum Kaffee im Gemeinschaftsraum eingefunden und den Kaplan überredet hatten, in sein Zimmer zu gehen und Zipser schriftlich zum Tee einzuladen, lebte das Gespräch wieder auf.

»Ich glaube, wir sollten diese Angelegenheit in einen größeren

Zusammenhang stellen«, sagte der Dekan. »Die gestrige Rede des Rektors hat nur allzu deutlich gezeigt, daß ihm eine Ausweitung der Permissivität vorschwebt, für die jener letzte Vorfall symptomatisch ist. Soviel ich weiß, Schatzmeister, hatten Sie heute morgen ein Tête-à-tête mit Sir Godber.«

Der Schatzmeister warf ihm einen unfreundlichen Blick zu. »Der Rektor bat mich telefonisch um eine Unterredung über die Collegefinanzen. Sie könnten mir ruhig dankbar sein, daß ich mir alle erdenkliche Mühe gegeben habe, ihm die in seiner Rede angedeuteten Veränderungen auszureden.«

»Sie haben ihm erklärt, unsere Mittel lassen nicht zu, daß wir den liberalen Extravaganzen von King's oder Trinity frönen?« fragte der Obertutor. Der Schatzmeister nickte.

»Und war der Rektor zufrieden?« wollte der Dekan wissen.

»Mit ›niedergeschmettert‹ wäre seine Reaktion, glaube ich, angemessen umschrieben«, antwortete der Schatzmeister.

»Dann sind wohl alle einverstanden, daß wir sämtliche Vorschläge, die er morgen dem College unterbreitet, grundsätzlich bekämpfen«, stellte der Dekan fest.

»Meines Erachtens wäre es ratsam, seine Vorschläge anzuhören, ehe wir uns endgültig für ein Vorgehen entscheiden«, sagte der Prälektor.

Der Obertutor nickte. »Wir dürfen keineswegs unflexibel wirken. Oft wirkt der Anschein von Aufgeschlossenheit meiner Erfahrung nach besänftigend auf die radikale Linke. Diese Leute haben dann offensichtlich das Gefühl, sie müßten sich erkenntlich zeigen. Ich habe mich schon so oft gefragt, warum, aber es hat dazu beigetragen, das Land jahrelang auf dem rechten Kurs zu halten.«

»Leider haben wir es diesmal mit einem Politiker zu tun«, wandte der Dekan ein. »Ich habe das sichere Gefühl, daß der Rektor in solchen Dingen gewiefter ist, als wir ihm zutrauen. Meiner Meinung nach wäre eine geschlossene Front die beste Taktik.«

Nachdem sie ihren Kaffee ausgetrunken hatten, ging jeder seinen Geschäften nach. Der Obertutor begab sich zum Bootshaus, um die erste Mannschaft zu trainieren, der Dekan legte sich bis zur Teestunde aufs Ohr, und der Schatzmeister kritzelte den ganzen Nachmittag in seinem Büro vor sich hin und fragte sich, ob es klug war, Sir Godber von den Begabungsspenden zu erzählen. Die heftige Reaktion des Rektors hatte den Schatzmeister überrascht, und er überlegte, ob er zu weit gegangen war. Vielleicht hatte er Sir Godber und das Ungestüm, mit dem er gewisse Ideale verfocht, falsch eingeschätzt.

- 5 -

Skullion radelte auf der Barton Road in Richtung Coft. Sein fest auf dem Kopf sitzender Bowlerhut, die Fahrradklammern und sein gegen die Kälte zugeknöpfter schwarzer Mantel verliehen ihm in der verschneiten Landschaft etwas kompromißlos Episkopales. Er radelte langsam, aber beharrlich, mit Gedanken so finster wie seine Kleidung und so bitterkalt wie der Wind, der ungehindert vom Ural herüberwehte. Neben ihm sahen die wenigen Bungalows, an denen er vorbeikam, unwirklich aus, vergänglich und entwurzelt, verglichen mit der schwarzen Gestalt auf dem Fahrrad, in deren Kopf Jahrhunderte der Knechtschaft eine grimmige Selbstgerechtigkeit hervorgerufen hatten, die so leicht nichts erschüttern konnte. Unabhängigkeit nannte er ihn, diesen Haß auf jede Art von Veränderung. In Skullions Augen gab es keine Veränderung zum Besseren. Die fiel nämlich unter die Rubrik Verbesserung. Er war durchaus willens, Verbesserungen durchgehen zu lassen, vorausgesetzt, es gab nicht den leisesten Hinweis darauf, daß die Vergangenheit verbessert werden sollte. So etwas kam überhaupt nicht in Frage, und falls er insgeheim erkannte, wie unlogisch seine Argumentation war, so gestand er es sich doch nicht offen ein. Hierbei handelte es sich um eines der Geheimnisse des Lebens, das von ihm ebenso fraglos akzeptiert wurde, wie die großen metallenen Spinnweben, die man auf den Feldern neben der Straße aufgespannt hatte, damit sie die Radiosignale von seit langem erloschenen Sternen empfingen. Die Welt in Skullions Vorstellung war ebenso weit entfernt wie diese

Sterne, doch ihm genügte, daß er wie die Radioteleskope Echos von ihr empfangen konnte: in Gestalt von Männern wie dem Ehrenwerten General Sir Cathcart D'Eath, Kommandierendem Ritter des Ordens von St. Michael und St. George, Träger des großen Verdienstkreuzes.

Der Einfluß des Generals reichte bis in die höchsten Kreise, selbst Mitglieder der königlichen Familie besuchten Schloß Coft. Skullion hatte einmal eine Königinmutter majestätisch durch den Garten bummeln sehen und aus den Ställen königliches Gelächter vernommen. Der General konnte ein gutes Wort für ihn und, was noch wichtiger war, ein schlechtes für den Rektor einlegen; als Student war der damals schlicht Ehrenwerte Cathcart D'Eath einer von Skullions Schützlingen gewesen.

Skullion vergaß seine Schützlinge nie, und es bestand kaum ein Zweifel, daß keiner von ihnen, auch wenn sie es gern gewollt hätten, ihn je vergaß. Sie verdankten ihm zuviel. Es war Skullion gewesen, der die Abwicklung übernommen und als Mittelsmann fungiert hatte. Auf der einen Seite hatten faule, aber einflußreiche Anfangssemester wie der junge Adlige Cathcart gestanden, auf der anderen mittellose fortgeschrittene Studenten, die sich mühsam als studentische Hilfskräfte durchschlugen und für das Bakschisch dankbar waren, das Skullion ihnen zusteckte. Der allwöchentliche Essay wurde regelmäßig abgegeben und war für so bemerkenswert uninformierte junge Studenten erstaunlich originell. Zwei Pfund die Woche für einen Essay hatten einige wichtige Forschungen während des Promotionsstudiums finanziert. Viele Doktorwürden wären ohne diese zwei Pfund nie erlangt worden. Und dann waren da noch die Abschlußprüfungen durch einen Ersatzmann, bei denen Skullions Schützlinge sich in einer Kneipe auf der King Street räkelten, während im Prüfungssaal ihre Stellvertreter die Antworten auf die gestellten Fragen mit einwandfreier Mittelmäßigkeit zu Papier brachten. Skullion war vorsichtig gewesen, sehr vorsichtig. Nicht mehr als einen oder zwei pro Jahr und nur in Massenfächern, damit keinem unter den Hunderten von Prüflingen ein unbekanntes Gesicht auffiel. Und es hatte funktioniert.

»Das wird schon niemand merken«, hatte er den Ersatzprüflingen beruhigend versichert, ehe er ihnen fünfhundert – einmal sogar tausend – Pfund zusteckte. Und es hatte niemand gemerkt. Jedenfalls hatte der Ehrenwerte Cathcart D'Eath, dessen Unkenntnis über Disrealis Einfluß auf die konservative Partei unvermindert anhielt, auch wenn er augenscheinlich vier Seiten über das Thema geschrieben hatte, mit einer zwei Komma zwei in Geschichte abgeschlossen. Doch was er auf der einen Seite gewonnen hatte, machte er auf der anderen wieder wett, und das Pferdestudium, das er während dieser drei Jahre auf der Rennbahn von Newmarket abgeschlossen hatte, sollte sich später auszahlen. Sein absolut wahnwitziger Einsatz der Kavallerie im burmesischen Dschungel hatte die Japaner zermürbt und bei der Nennung seines Namens den Gedanken an ein Kamikaze-Element in der britischen Armee aufkommen lassen, von dessen Existenz sie nichts geahnt hatten. Sir Cathcart überstand diesen Feldzug mit zwölf Männern und einem derart lädierten Ruf, daß man ihn zum General beförderte, um die Vernichtung der gesamten Armee sowie den Verlust Indiens zu verhindern. Die frühzeitige Pensionierung und seine Kriegserfahrung, als er versucht hatte, Pferde dazu zu bewegen, das Unmögliche möglich zu machen, hatten Sir Cathcart ermutigt, zu seiner ersten Liebe zurückzukehren, und er hatte mit dem Zureiten von Pferden begonnen. Sein Rennstall in Coft war weltberühmt. Scheinbar mit Zauberhand, die jedoch weitgehend Skullions Gespür fürs Auswechseln zu verdanken war, konnte Sir Cathcart einen kurzatmigen Klepper in einen zweijährigen Sieger verwandeln und war dementsprechend wohlhabend geworden. Das auf einem großzügigen Grundstück gelegene Schloß Coft wurde vor neugierigen Blicken und Kameras durch eine hohe Mauer geschützt und besaß auch einen Ziergarten, wo in einem abgelegenen Winkel die Nebenprodukte aus dem Rennstall des Generals diskret und anonym zu »Cathcarts Katzenfutter in Dosen« verarbeitet wurden. Am Tor stieg Skullion ab und klopfte an die Tür des Pförtnerhäuschens. Ein japanischer Gärtner öffnete das Tor, ein Kriegsgefangener, dem Sir Cathcart die Weltnachrichten sorgfältig vorenthielt, welche dieser sich wegen der

Sprachbarriere nicht selbst aneignen konnte. Skullion radelte die Auffahrt zum Haus hoch.

Trotz seines Namens hatte Schloß Coft ganz und gar nichts Altertümliches. Der eindeutig aus der Regierungszeit Eduards VII. kurz nach der Jahrhundertwende stammende Backsteinbau zeugte von einer stolzen Gleichgültigkeit gegenüber Stilfragen und einem ausgeprägten Sinn für Komfort. Auf dem Kies vor der Haustür glänzte schwarz der Rolls-Royce des Generals, amtliches Kennzeichen RIP 1. Skullion stieg ab und schob sein Fahrrad um die Ecke zum Dienstboteneingang.

»Möchte den General sprechen«, gab er dem Koch zu verstehen. Gleich darauf wurde er in den Salon geführt, wo sich Sir Cathcart vor einem großen Kohlenfeuer in einem Sessel räkelte.

»Nicht Ihr regulärer Nachmittag, Skullion«, stellte er fest, als Skullion mit dem Bowler in der Hand eintrat.

»Nein, Sir. Außer der Reihe«, sagte Skullion. Der General wies ihm einen Küchenstuhl an, den der Koch bei diesen Gelegenheiten hereinbrachte.

»Rauchen Sie nur«, ermunterte ihn Sir Cathcart. Skullion holte seine Pfeife hervor und stopfte sie mit schwarzem Tabak aus einer Dose. Sir Cathcart beobachtete ihn mit grimmiger Zuneigung.

»Sie schmauchen da wirklich einen üblen Knaster, Skullion«, sagte er, als blauer Rauch in Richtung Kamin zog. »Um so was zu ertragen, brauchen Sie eine Konstitution wie ein Elefant.«

Skullion zog zufrieden an seiner Pfeife. In solchen Augenblicken ungezwungener Unterwürfigkeit war er am glücklichsten. Wenn er pfeiferauchend auf dem harten Küchenstuhl in Sir Cathcart D'Eaths Schloß saß, fühlte er sich akzeptiert. Er sonnte sich in der leutseligen Überheblichkeit des Generals.

»Da haben Sie ja ein hübsches blaues Auge«, sagte Sir Cathcart. »Sieht aus, als wären Sie im Krieg gewesen.«

»Jawohl, Sir«, sagte Skullion. Er war mit dem blauen Auge ganz zufrieden.

»Also, raus damit, Mann, was führt Sie hierher?« wollte Sir Cathcart wissen.

»Es ist wegen des neuen Rektors. Er hat gestern abend auf dem Festmahl eine Rede gehalten«, teilte ihm Skullion mit.

»Eine Rede? Auf dem Festmahl?« Sir Cathcart richtete sich in seinem Sessel auf.

»Jawohl, Sir. Ich wußte, es würde Ihnen nicht gefallen.«

»Eine Schande ist das. Was hat er gesagt?«

»Er sagt, er will das College verändern.«

Sir Cathcart traten die Augen aus den Höhlen. »Das College verändern? Was zum Teufel meint er damit? Der verfluchte Laden ist schon bis zur Unkenntlichkeit verändert. Kann den Schuppen nicht betreten, ohne irgendeinen langhaarigen Flegel zu sehen, der mehr Ähnlichkeit mit einem Mädchen als mit einem Mann hat. Wimmelt dort nur so von Tunten. Das College verändern? Wenn überhaupt verändern, dann zurück zu den guten alten Werten und Traditionen: Den Burschen die Haare abschneiden und sie in den Brunnen tauchen, genau das ist nötig. Wenn ich dran denke, was Porterhouse mal war, und dann sehe, was draus geworden ist, kommt mir die Galle hoch! Überall das gleiche im ganzen verdammten Land. Neger lassen sie rein, aber anständige Weiße nicht. Verweichlichung, das ist es. Weiche Birne, schlaffer Körper.« Erschöpft von seiner Verurteilung der Neuzeit, sank Sir Cathcart in seinen Sessel zurück. Innerlich mußte Skullion lächeln. Genau so eine Tirade hatte er hören wollen. Sir Cathcart sprach mit einer Autorität, die Skullion zwar nie selbst aufbringen konnte, die aber seiner eigenen Unerbittlichkeit neue Flügel verlieh.

»Sagt, er will aus Porterhouse ein offenes College machen«, erklärte Skullion, um frische Kohlen auf die Wut des Generals zu schütten.

»Offenes College?« Sir Cathcart biß an. »Offen? Was zum Teufel meint er denn damit? Ist schon offen genug. Schließlich treibt sich bereits der halbe Abschaum der Menschheit dort rum.«

»Ich glaube, er meint mehr Stipendiaten«, sagte Skullion.

Sir Cathcart schäumte noch ein Ideechen mehr. »Stipendiaten? Das ist es doch, was unsere Welt zugrunde richtet, Gelehrsamkeit! Laufen zu viele verdammte Intellektuelle herum, die glauben, sie hätten die Weisheit mit Löffeln gefressen. Akademische Bildung, lachhaft! Mit Denken kann man keinen Krieg gewinnen. Mit Denken leitet man keine Fabrik. So was erfordert Mumm, Schweiß und knüppelharte Arbeit. Wenn's nach mir ginge, würde ich jeden einzelnen verdammten Wissenschaftler aus dem College schmeißen und ein paar Sportler aussuchen, die den Laden auf Vordermann bringen. Man könnte auf die Idee kommen, die Uni wäre eine Art Schule. Zu meiner Zeit sind wir nicht auf die Uni gegangen, um was zu lernen, sondern um den ganzen verfluchten albernen Mist zu vergessen, mit dem sie uns auf der Schule vollgestopft hatten. Bei Gott, Skullion, eins sag' ich Ihnen: Ein Mann kann zwischen den Schenkeln einer Frau mehr lernen, als er je wissen muß. Dieses Stipendienunwesen ist eine Verschwendung von Zeit und öffentlichen Geldern. Mehr noch, es ist ungerecht.«

Von seinem Ausbruch erschöpft, starrte Sir Cathcart wütend ins Feuer.

»Was hat Fairbrother gesagt?« fragte er schließlich.

»Der Dekan, Sir? Dem gefällt es genausowenig wie Ihnen, Sir«, antwortete Skullion, »aber er ist nicht mehr so jung wie früher, Sir.«

»Das will ich gern glauben«, pflichtete Sir Cathcart bei.

»Darum wollte ich Sie informieren, Sir«, fuhr Skullion fort. »Ich dachte, Sie wüßten, was zu tun ist.«

Sir Cathcart erstarrte. »Tun? Wüßte nicht, was ich tun könnte. Natürlich schreibe ich dem Rektor, doch heutzutage habe ich keinen Einfluß mehr auf das College.«

»Aber außerhalb, Sir«, versicherte ihm Skullion.

»Nun, schon möglich«, pflichtete Sir Cathcart bei. »Also gut, mal sehen, was sich machen läßt. Halten Sie mich auf dem laufenden, Skullion.«

»Jawohl, Sir. Danke sehr, Sir.«

»Der Koch soll Ihnen noch einen Schluck Tee geben, bevor Sie gehen«, sagte Sir Cathcart, und Skullion trug seinen Stuhl in die Küche zurück. Zwanzig Minuten später radelte er, geistig erfrischt, die Auffahrt hinunter. Sir Cathcart würde dafür sorgen, daß es zu keinen neuen Veränderungen kam. Sein Einfluß reichte hoch hinauf. Nur über eins grübelte Skullion auf dem Nachhauseweg nach: Sir Cathcart hatte etwas gesagt von zwischen den Schenkeln einer guten Frau mehr lernen als ... dabei hatte Sir Cathcart nie geheiratet. Skullion fragte sich, wie ein lediger Mann zwischen die Schenkel einer guten Frau geraten konnte.

Sein Gespräch mit dem Obertutor war für Zipser so peinlich gewesen, daß er mit den Nerven völlig am Ende war. Sein Versuch, die Beschaffenheit seines Zwanges zu schildern, war nicht ganz reibungslos vonstatten gegangen. Der Obertutor hatte ständig mit dem kleinen Finger in seinem Ohr gebohrt und während Zipsers Auslassungen die Fingerspitze gemustert, wenn er sie wieder herausgezogen hatte, als mache er eine wächserne Ablagerung für die obszönen Informationen verantwortlich, die sein Gehirn erreichten. Als er schließlich einsah, daß seine Ohren ihn nicht trogen und Zipser tatsächlich bekannte, er fühle sich zu seiner Aufwartefrau hingezogen, hatte er gemurmelt, der Kaplan erwarte Zipser am Nachmittag zum Tee, und falls ihm das nicht weiterhelfe, wisse unter Umständen ein guter Psychiater Rat. Zipser war mit hängendem Kopf gegangen und hatte am frühen Nachmittag vergeblich versucht, sich in seinem Zimmer auf seine Doktorarbeit zu konzentrieren. Hartnäckig drängte sich das Bild von Mrs. Biggs davor, eine Kreuzung zwischen einem Cherub in den Wechseljahren und eines gestiefelten Sukkubus. Zur Ablenkung nahm Zipser sich ein Buch mit hungernden Kindern in Nagaland vor, doch trotz dieser geistigen Kasteiung hielt Mrs. Biggs die Stellung. Er versuchte es mit Hermitschs *Fallout und die Bewohner der Andamanen* und sogar mit *Sterilisation, Vasektomie und Abtreibung* von Allard, doch neben dem dominierenden Trugbild seiner Aufwartefrau versagten all diese heiligen Schriften. Es schien, als hätte sein soziales Gewissen, seine Besorgnis wegen der Misere der gesamten Menschheit, unter der chronischen Trivialität und dem Egoismus von Mrs. Biggs auf unsäglich private Art gelitten. Zipser, dessen Leben im Zeichen wahrhaft selbstloser Nächstenliebe gestanden hatte – an freien Tagen hatte er für RUSS, den Verein zur Rettung unserer schwarzen

Schwestern und Brüder, gearbeitet –, und an dessen Engagement für die dritte Welt nichts auszusetzen gewesen war, fand sich plötzlich in der Rolle des Opfers einer sexuellen Veranlagung wieder, die seinen Universalismus der Lächerlichkeit preisgab. Aus lauter Verzweiflung nahm er sich *Syphilis, Geißel des Kolonialismus* vor, und starrte entsetzt auf die Abbildungen. Bisher hatte dieses Verfahren wie ein Talisman sexuelle Begierden im Keim erstickt und gleichzeitig seine Sehnsucht nach der Existenz einer natürlichen Gerechtigkeit befriedigt. Doch die Vorstellung, daß die Konquistadoren nach der Vergewaltigung südamerikanischer Indianerinnen an dieser Krankheit gestorben waren, hatte nun, da Zipser selbst den zwanghaften Drang verspürte, Mrs. Biggs zu vergewaltigen, ihre alte Anziehungskraft verloren.

Als es für ihn Zeit wurde, sich in der Wohnung des Kaplans zum Tee einzufinden, war Zipser mit seiner Weisheit am Ende. Das gleiche galt anscheinend für den Kaplan.

»Ah, mein Junge«, dröhnte der Kaplan, als Zipser über die Nippes stieg, die das Wohnzimmer des Kaplans verstopften. »Nett, daß Sie gekommen sind. Machen Sie sich's doch gemütlich.« Zipser quetschte sich an einem Grammophon mit Trichter aus Pappe vorbei, umging einen Tisch mit Messingplatte und durchbrochenen Beinen, lavierte sich unter den Wedeln einer Rizinuspflanze durch und nahm schließlich auf einem Stuhl am Kamin Platz. Während der Kaplan zwischen Badezimmer und Teetisch hin und her eilte, murmelte er vernehmlich eine Liturgie von Dingen vor sich hin, die er holen wollte. »Teekanne heiß. Löffel. Milchkännchen. Sie nehmen doch Milch?« »Ja, bitte sehr«, antwortete Zipser. »Gut. Sehr gut. Viele nehmen doch Zitrone, nicht wahr? Solche Dinge vergißt man so leicht. Teewärmer. Zuckerdose.« Zipser sah sich im Zimmer nach Hinweisen auf die Interessen des Kaplans um, doch wie die Addition beliebiger Ziffern zu einem Code vereitelte das Chaos aus widersprüchlichen Objekten jede Interpretation. Abgesehen von ihrer Altersschwäche hatten die Möbel so wenig gemeinsam, daß sie auf einen gänzlich katholischen Geschmack hinzudeuten schienen.

»Hefefladen«, sagte der Kaplan, als er gerade aus dem Bad kam. »Genau das richtige. Die muß man rösten.« Er spießte einen Fladen auf eine Grillgabel und drückte sie Zipser in die Hand. Zipser hielt den Fladen zögernd an den Kamin und spürte wieder einmal die Loslösung von der Realität, die weitgehend das Leben in Cambridge bestimmte. Es war, als versuche jeder im College, sich selbst zu parodieren, als könne die Parodie eine Parodie der eigenen Realität werden. Hinter ihm stolperte der Kaplan über einen Schemel und stellte einen Honigtopf geräuschvoll auf die Messingtischplatte. Zipser griff sich den auf einer Seite angebrannten und auf der anderen Seite eiskalten Hefefladen und legte ihn auf einen Teller. Er röstete den nächsten, während der Kaplan versuchte, den bereits halb getoasteten mit Butter zu bestreichen. Als er fertig war, glühte Zipsers Gesicht vom Feuer, und seine Hände waren klebrig von einer Mischung aus geschmolzener Butter und Honig. Der Kaplan lehnte sich in seinen Sessel zurück und stopfte seine Pfeife aus einer mit dem Wappen von Porterhouse geschmückten Tabaksdose.

»Bedienen Sie sich, mein lieber Junge«, sagte der Kaplan und schob die Dose in Zipsers Richtung.

»Ich bin Nichtraucher.«

Traurig schüttelte der Kaplan den Kopf. »Jeder sollte Pfeife rauchen«, sagte er. »Beruhigt die Nerven. Rückt alles in die richtige Perspektive. Ohne wäre ich aufgeschmissen.« Er lehnte sich heftig paffend zurück. Zipser starrte ihn durch eine Rauchwand an.

»Wo waren wir stehengeblieben?« fragte der Kaplan. Zipser dachte krampfhaft nach. »Ach ja, Ihr Problemchen«, sagte der Kaplan endlich. »Ich wußte, da war doch was.«

Zipser starrte wütend ins Feuer.

»Der Obertutor erwähnte irgend etwas. Viel habe ich nicht mitbekommen, aber so ist das meistens. Ich bin fast taub, verstehen Sie.«

Zipser nickte verständnisvoll.

»Typisches Altersgebrechen. Das und der Rheumatismus. Kommt von der Feuchtigkeit, müssen Sie wissen. Zieht vom Fluß herauf. Sehr ungesund, so nahe am Sumpfgelände zu wohnen.«

Seine Pfeife kokelte sanft vor sich hin. In der relativen Ruhe dachte Zipser darüber nach, was er sagen sollte. Das Alter und die unübersehbaren körperlichen Beschwerden des Kaplans ließen es schwer vorstellbar erscheinen, daß er das Problem namens Mrs. Biggs auch nur ansatzweise verstehen würde.

»Hier liegt bestimmt ein Mißverständnis vor«, setzte er zögernd an und verstummte. Dem Gesichtsausdruck des Kaplans entnahm er, daß dieser überhaupt nichts verstand.

»Sie müssen lauter sprechen«, brüllte der Kaplan. »Ich bin ziemlich schwerhörig.«

»Das merke ich«, sagte Zipser.

Der Kaplan strahlte ihn an. »Nur immer frisch von der Leber weg. Nichts, was Sie sagen, kann mich erschüttern.«

»Das überrascht mich nicht«, sagte Zipser.

Das Lächeln des Kaplans blieb eisern wohlwollend. »Ich weiß, was wir machen«, sagte er, sprang auf und machte sich hinter seinem Sessel zu schaffen. »Das benutze ich manchmal für die Beichte.« Er tauchte mit einem Megaphon auf, das er Zipser reichte. »Drücken Sie auf den Knopf, wenn Sie sprechen wollen.«

Zipser hielt das Ding vor seinen Mund und starrte über den Rand des Gerätes hinweg den Kaplan an. »Ich kann mir wirklich nicht denken, daß es funktioniert«, meinte er schließlich. Seine Worte hallten durch das Zimmer und ließen die Teekanne auf dem Messingtisch erzittern.

»Natürlich tut es das«, schrie der Kaplan. »Ich verstehe Sie ausgezeichnet.«

»Das meinte ich nicht«, wandte Zipser verzweifelt ein. Die Wedel der Rizinuspflanze bebten schwerfällig. »Ich meinte, es wird nicht dabei helfen, über ...« Er verschluckte sein Dilemma mit Mrs. Biggs.

Der Kaplan lächelte salbungsvoll und zog kräftig an seiner Pfeife. »Viele junge Männer, die mit mir sprechen wollen«, sagte er, unsichtbar in einer Rauchwolke, »leiden an Schuldgefühlen wegen Masturbation.«

Zipser spähte verzweifelt in die Rauchwand. »Masturbation? Wer hat denn was von Masturbation gesagt?« gröhlte er in das Megaphon. Jemand hatte, zweifellos. Schrecklich verstärkt quollen seine Worte aus dem Zimmer über den Hof. Unten am Brunnen drehten sich einige Studenten um und sahen zu den Fenstern der Kaplanswohnung hoch. Schwerhörig von seiner eigenen Lautstärke, hockte Zipser schwitzend vor Verlegenheit da.

»Wenn ich den Obertutor recht verstanden habe, wollten Sie mich wegen eines sexuellen Problems sprechen«, brüllte der Kaplan.

Zipser ließ das Megaphon sinken. Das Ding hatte offenbar seine Nachteile.

»Ich versichere Ihnen, daß ich nicht masturbiere«, sagte er.

Der Kaplan sah ihn verständnislos an. »Den Knopf drücken, wenn Sie sprechen wollen«, erklärte er. Zipser nickte stumm. Zu wissen, daß er der ganzen Welt seine Gefühle für Mrs. Biggs verkünden mußte, wenn er überhaupt mit dem Kaplan kommunizieren wollte, brachte ihn in arge Verlegenheit, was sich durch die gebrüllten Antworten des Kaplans keineswegs besserte.

»Oft hilft es, wenn man die Dinge offen ausspricht«, versicherte der Kaplan. Zipser hatte da so seine Zweifel. Geständnisse der Sorte, wie er sie zu machen hatte, mittels eines Megaphons hinauszuposaunen, würde bestimmt überhaupt nicht helfen. Genausogut könnte er gleich losziehen, die Angelegenheit hinter sich bringen und dieser furchtbaren Frau einen Antrag machen. Er saß mit gesenktem Kopf da, während der Kaplan weiter brüllte.

»Vergessen Sie nicht, alles, was Sie mir sagen, wird absolut vertraulich behandelt«, schrie er. »Sie brauchen keine Angst zu haben, daß es weitergetragen wird.«

»Davon bin ich überzeugt«, murmelte Zipser. Draußen im Hof hatte sich eine interessiert lauschende Gruppe Studenten um den Brunnen geschart.

Eine halbe Stunde später verließ Zipser völlig demoralisiert das Zimmer. Zu seinem Glück hatte er sein wahres Anliegen für sich behalten, und das liebenswürdige Sondieren des Kaplans, seine zaghaften Fragen hatten ihm keine Antworten entlockt. Schweigend hatte Zipser einen sexuellen Katechismus über sich ergehen lassen und lediglich den Kopf geschüttelt, wenn der Kaplan besonders obszöne Themenbereiche anschnitt. Zum Schluß hatte er sich eine Eloge auf die Vorzüge von Au-pair-Mädchen angehört. Augenscheinlich fielen Ausländerinnen nach Ansicht des Kaplans nicht unter die sexuellen Vorschriften der Kirche.

»Viel geringere Gefahr, daß es zu einem dauerhaften unheilvollen Verhältnis kommt«, hatte er gebrüllt, »und außerdem denke ich oft, daß sie aus diesem Grund hierherkommen. Nur ein flücht'ger Augenblick, das Mädchen aus der Fremde ... Sie wissen schon.« Er machte eine Pause und schmunzelte Zipser anzüglich an. »Irgendwann müssen wir uns alle die Hörner abstoßen, und das geht am besten im Ausland. Ich denke oft, das muß Rupert Brooke mit seinem Vers über die Ecke in einem fremden Feld gemeint haben. Allerdings, wenn ich's recht bedenke, kann man kaum behaupten, er sei kerngesund gewesen, doch was soll's. So lautet mein Rat an Sie, lieber Junge. Suchen Sie sich ein nettes schwedisches Mädel, die sollen sehr gut sein, hört man, und lassen Sie die Sau raus. So sagt man wohl heutzutage. Jawohl, Schwedinnen oder Französinnen, ganz nach Ihrem Geschmack. Spanierinnen sind ein wenig schwierig, heißt es, und neigen außerdem zu übertriebener Behaarung. Doch wer hintenrum verkehrt, kann nicht wählerisch sein, sagte der alte Sir Winston auf der Schwulenhochzeit. Ha, ha.«

Zipser wankte aus dem Zimmer. Nun wußte er, was offensives Christentum bedeutete. Er ging die dunkle Treppe hinunter und wollte eben den Hof betreten, als er die Studentengruppe am Brunnen bemerkte. Zipser drehte sich um, floh die Stufen hinauf und schloß sich im Klosett auf dem obersten Treppenabsatz ein. Eine Stunde später, als im Speisesaal das Abendessen eingenommen wurde, hockte er immer noch dort.

- 6 -

Sir Godber speiste zu Hause. Er erholte sich immer noch von seinen Magenbeschwerden nach dem Festmahl, außerdem hatten die Enthüllungen des Schatzmeisters seine Abneigung verstärkt, sich in die Gesellschaft der Fellows zu begeben, bevor seine Pläne deutlicher formuliert waren. Den Nachmittag über hatte er diverse Projekte zur Geldbeschaffung erwogen und verschiedene finanzkräftige Freunde aus der Londoner Geschäftswelt um Rat und eigene Vorschläge gebeten, aber ohne Erfolg. Blomberg's Bank war zwar willens gewesen, mehrere Forschungsstipendien in Buchführung zu stiften, doch selbst Sir Godber bezweifelte, ob sich dank solcher materiellen Freigiebigkeit das intellektuelle Klima von Porterhouse ändern ließe. Er hatte sogar mit dem Gedanken gespielt, gegen eine großzügige Spende der American Phosgene Corporation collegeeigene Einrichtungen zur Erforschung von Nervengas zur Verfügung zu stellen, Einrichtungen, die dieser Firma von sämtlichen amerikanischen Universitäten verweigert worden waren, vermutete aber, daß die daraus resultierende Publicity samt Studentenprotesten seinen bereits lädierten Ruf als Liberaler vollends ruinieren würden. Publicity ging ihm viel im Kopf herum. Um siebzehn Uhr fragte die BBC telefonisch an, ob er in einer Gesprächsrunde führender Bildungsexperten Fragen über finanzielle Prioritäten im Bildungswesen beantworten würde. Sir Godber war sehr versucht anzunehmen, lehnte aber mit der Begründung ab, er habe noch nicht allzu viele Erfahrungen sammeln können. Widerstrebend legte er den Hörer auf und fragte sich, wie seine Bekanntmachung, daß Porterhouse College akademische Grade an reiche junge Faulenzer zu verkaufen pflege, wohl auf mehrere Millionen Zuschauer gewirkt hätte. Es war ein angenehmer Gedanke, der im Kopf des Rektors eine sogar noch befriedigendere Vorstellung heranreifen ließ. Er griff wieder zum Telefon und rief den Schatzmeister an.

»Könnten wir für morgen nachmittag eine Sitzung des Collegerates einberufen? Sagen wir um halb drei?«

»Eine ziemlich kurzfristige Anberaumung, Herr Rektor«, antwortete der Schatzmeister.

»Gut. Es bleibt also bei halb drei«, sagte Sir Godber mit unerschütterlicher Freundlichkeit und legte den Hörer auf. Er lehnte sich zurück und stellte eine Liste mit Neuerungen zusammen. Kandidaten sollten nur aufgrund ihrer Leistungen ausgewählt werden. Der Küchenetat sollte um drei Viertel gekürzt und die Mittel für Stipendien verwendet werden. Studentinnen sollten zugelassen werden. Abschaffung der Torschließungszeiten. Collegeeigene Sportanlagen für Kinder aus der Stadt öffnen. Sir Godbers Phantasie arbeitete mit Hochdruck an der Zusammenstellung von Vorschlägen, ohne die finanziellen Konsequenzen zu bedenken. Irgendwo würden sie das Geld eben auftreiben müssen, wo, war ihm ziemlich egal. Hauptsache war, daß er die Fellows in der Hand hatte. Vielleicht würden sie protestieren, doch bremsen konnten sie ihn nicht. Sie selbst hatten ihm die Waffe in die Hand gedrückt. Bei dem Gedanken an ihre Gesichter, wenn er ihnen morgen die Alternativen unterbreiten würde, lächelte er stillvergnügt vor sich hin. Um halb sieben begab er sich in den Salon, wo Lady Mary, die eine Kommission über Jugendkriminalität geleitet hatte, Briefe schrieb.

»Kümmere mich gleich um dich«, antwortete sie, als Sir Godber fragte, ob sie ein Glas Sherry wolle. Er sah sie zweifelnd an. Manchmal fragte er sich, ob seine Frau sich wirklich jemals um ihn gekümmert hatte. Ihr Verstand folgte einem gänzlich eigenwilligen Kurs und beschäftigte sich pausenlos mit den eher bedrückenden Aspekten im Leben anderer Menschen. Sir Godber goß sich einen großen Whisky ein.

»Tja, ich glaube, ich habe sie fest in der Hand«, verkündete er, als sie endlich aufhörte, ihre Schreibmaschine zu bearbeiten.

Lady Marys schmale Zunge befeuchtete die Gummierung eines Briefumschlages. »Die unspezifische Harnröhrenentzündung nimmt epidemische Ausmaße unter Schulabgängern an«, sagte sie. Diesen Einwurf ignorierte Sir Godber. Er konnte ums Verrecken nicht einsehen, was das mit dem College zu tun haben sollte. Stur verfolgte er sein Thema weiter. »Ich werde ihnen schon zeigen, daß ich nicht gewillt bin, den Statisten abzugeben.«

»Untersuchungen haben gezeigt, daß eines von fünf Kindern an ...«

»Ich habe meine politische Karriere nicht beendet, um mich als Hilfsmittel bei kriminellen Machenschaften mißbrauchen zu lassen«, behauptete Sir Godber.

»Das ist nicht das Problem«, erklärte Lady Mary.

»Was?« fragte Sir Godber, der sich plötzlich für ihren Standpunkt interessierte.

»Ein Mittel gegen die Krankheit. Ganz einfach. Was wir in den Griff bekommen müssen, ist die moralische Kriminalität ...«

Sir Godber trank seinen Whisky und versuchte wegzuhören. Manchmal fragte er sich, ob er ohne die Hilfe seiner Frau jemals als Politiker reüssiert hätte. Wenn sie sich nicht ständig mit unappetitlichen Statistiken und öden sozialen Problemen befaßt hätte, wären nächtliche Unterhaussitzungen womöglich weniger verlockend und Ausschüsse weniger nützlich gewesen. Hätte er so viele leidenschaftliche Reden gehalten und mit gleicher Überzeugungskraft gesprochen, wenn Lady Mary sich zu Hause auch nur eins seiner Worte angehört hätte? Er bezweifelte es. Sie aßen zu Abend, und Sir Godber vertrieb sich die Zeit mit dem Zählen, wie oft sie »Wir müssen« und »Unsere Pflicht« sagte. Die »Wir müssen« gewannen vierundfünfzig zu achtundvierzig. Nicht schlecht für den Anfang.

Nachdem er gehört hatte, daß der Kaplan in den Speisesaal gegangen war, schlüpfte Zipser aus dem Waschraum und ging in sein Zimmer. Von dem Studentengrüppchen, das sich vorhin auf dem Hof angesammelt hatte, war nichts mehr zu sehen, und er hoffte, niemand würde herausfinden, wer mit dem Kaplan gesprochen hatte, wenn man das so nennen konnte. Sein Hang, ähnlich wie die Frau des Rektors persönlich völlig unbeteiligt über Weltprobleme nachzudenken, war ihm abhanden gekommen. Während dieser Stunde auf der Toilette hatte er den Rat des Kaplans beherzigt und versucht, das Phantasiebild eines schwedischen Mädchens zwischen sich und Mrs. Biggs zu schieben. Immer, wenn Mrs. Biggs sich wieder dazwischendrängte, hatte er sich auf die schmalen Pobacken und Brüste einer schwedischen Schauspielerin konzentriert, die er einmal im *Playboy* gesehen hatte, und das hatte bis zu einem gewissen Grad funktioniert. Allerdings nicht ganz. Die Schwedin neigte dazu, auseinanderzugehen und abnorme Proportionen anzunehmen, bis schließlich eine lächelnde Mrs. Biggs an ihre Stelle trat; doch die kleinen Atempausen waren immerhin etwas und ließen vermuten, daß eine real existierende Schwedin sogar noch wirkungsvoller sein könnte. Er würde dem Rat des Kaplans folgen, sich ein Au-pair-Mädchen oder eine Sprachstudentin suchen und... und... tja... und. Zipsers Unerfahrenheit in sexuellen Dingen verhinderte, daß er sich genau ausmalte, was dann passieren würde. Nun ja, er würde mit ihr kopulieren. Nachdem er zu diesem gepflegten, wenn auch etwas abstrakten Ergebnis gekommen war, fühlte er sich besser. Das war einer Vergewaltigung von Mrs. Biggs, scheinbar die einzige Alternative, auf jeden Fall vorzuziehen. Wie üblich hegte Zipser nicht den geringsten Zweifel, was von Vergewaltigung zu halten war: ein brutaler, gewalttätiger Akt aggressiver Männlichkeit, ein Freisetzen wilder Instinkte, hitzig und bestialisch. Er würde Mrs. Biggs zu Boden schleudern und sich dann mit...

Unter Aufbietung sämtlicher Willenskräfte riß er seine Phantasie von dieser Szene los und gab sich aseptischer Gedankenspiele über die Kopulation mit einer Schwedin hin.

Sofort meldeten sich etliche Probleme. Zuallererst kannte er keine Schwedinnen, und zweitens hatte er noch nie mit jemandem kopuliert. Er kannte jede Menge engagierte junge Frauen, die seine Besorgnis um das Schicksal der Menschheit teilten und bereit waren, bis zum frühen Morgen über Geburtenregelung zu reden, doch sie waren allesamt Engländerinnen, und ihre Konzentration auf die Probleme der Menschheit schloß offenbar jedes Interesse an ihm aus. Ohnehin hatte Zipser aus ästhetischen Gründen Skrupel, sie zu bitten, als Ersatz für Mrs. Biggs zu fungieren, und er bezweifelte, daß sie diese Rolle überzeugend ausführen könnten. Da kam nur eine Schwedin in Frage. Mit der ihm eigenen Abstraktionsfähigkeit berechnete Zipser, daß er in der Kellerbar wahrscheinlich eine willige Schwedin auftreiben könnte. Das notierte er sich und hielt als Alternative die Diskothek »Ali Baba« fest. Damit war das erste Problem abgehakt. Wahrscheinlich würde er sie mit Wein abfüllen, portugiesischer Weißwein genügte, und sie mit auf sein Zimmer nehmen. Alles ganz einfach. Mit ihrer Hilfe würde das sexuelle Schreckgespenst Mrs. Biggs seine Macht über ihn verlieren. Nachdem er den Wecker auf sieben Uhr gestellt hatte, damit er früh aufstehen und das Haus verlassen konnte, ehe die Aufwartefrau eintraf, ging er früh zu Bett; doch vor dem Einschlafen fiel ihm ein, daß er einen wichtigen Punkt vergessen hatte. Er brauchte ein paar Präservative. Am Morgen würde er zum Friseur gehen und welche kaufen.

Skullion saß pfeiferauchend vor dem Gaskamin im Pförtnerhäuschen. Durch seinen Besuch auf Schloß Coft war ihm leichter ums Herz geworden. Der General mit seinen Verbindungen würde schon dafür sorgen, daß der Rektor nichts veränderte. Auf den General war Verlaß. Einer von der alten Brigade, und dazu noch reich. Gehörte zu denen, die einem nach Semesterschluß immer ein dickes Trinkgeld gegeben hatten. Skullion hatte früher ein paar tüchtige Trinkgelder bekommen, und er hatte sie samt der Aktien, die Lord Wurford ihm in seinem Testament vermacht hatte, auf der Bank deponiert und nie angerührt. Er lebte von seinem Gehalt und von dem, was er an seinem freien Abend als Kämmerer im Fox Club verdiente. Dort hatte es früher auch ein paar große Einnahmen gegeben; nach einem Tag auf der Rennbahn hatte ihm der Maharadscha von Indpore einmal fünfzig Pfund zugesteckt, als sich ein Tip von Sir Cathcarts Stallburschen ausgezahlt hatte. Skullion hielt den Maharadscha für einen echten Gentleman, ein Kompliment, das er nur wenigen Indern machte, doch andererseits war ein Maharadscha auch kein richtiger Inder, oder? Maharadschas trugen den Titel »Fürst des Empire«, und für Skullion unterschieden sich zum Britischen Empire gehörende Kaffern ganz erheblich von den nicht zugehörigen, und Kaffern im Fox Club waren überhaupt keine Kaffern, sonst wären sie keine Clubmitglieder. Das komplizierte gesellschaftliche Klassifizierungssystem in Skullions Kopf wies jedem seinen Platz an. Er konnte einen Mann an der Stimme oder sogar am Blick aufs I-Tüpfelchen genau auf der gesellschaftlichen Stufenleiter plazieren. Manche meinten, man könne sich bei einem Mann nach dem Schnitt seines Mantels richten, doch Skullion wußte es besser. Äußerlichkeiten waren unwichtig, auf etwas viel Undefinierbareres kam es an, auf eine innere Qualität, die Skullion nicht beschreiben konnte, aber sofort erkannte. Und auf die er entsprechend reagierte. Es hatte etwas mit Selbstbewußtsein zu tun, mit einer unerschütterlichen Selbstsicherheit. Zwischen dieser undefinierbaren Überlegenheit und der offenkundigen Minderwertigkeit des, sagen wir, Küchenpersonals, gab es jede Menge Zwischenstufen, aber Skullion kannte sie alle und brachte sie in die korrekte Reihenfolge. Da gab es den Neureichen, aufdringlich und von sich eingenommen, aber leicht auf sein Normalmaß zurechtzustutzen. Da gab es zwei Generationen altes Geld mit ein bißchen Grundbesitz. Normalerweise ein wenig aufgeblasen. Da gab es reichen und armen Landadel. Skullion registrierte den Unterschied zwar, ignorierte ihn aber meistens. Einige der besten Familien waren verarmt, und solange das Selbstbewußtsein stimmte, spielte Geld keine Rolle, wenigstens nicht in Skullions Augen. Selbstbewußtsein ohne Geld war sogar besser, es ließ auf echte Qualitäten schließen und wurde dementsprechend verehrt. Dann gab es noch verschiedene Grade von Unsicherheit, Nuancen von Selbstzweifel, die fast jedem entgingen, nicht jedoch Skullion. Aufflackernde Reste von Ehrerbietung, die sofort unterdrückt wurden – doch zu spät, um von Skullion nicht bemerkt zu werden. Arzt- und Rechtsanwaltssöhne, höhere Berufsstände, wurden respektvoll behandelt. Hatten jedenfalls Privatschulen besucht und wurden von Eton und Winchester abwärts eingestuft. Unterhalb des Privatschulniveaus verlor Skullion jegliches Interesse und gewährte nur dann geringen Respekt, wenn dabei Geld für ihn heraussprang. Doch am oberen Ende der Skala, jenseits all dieser Unterscheidungen, exisitierte ein

Selbstbewußtsein, so unbeschreiblich, daß es beinahe ins Gegenteil umschlug. Echte Qualität nannte Skullion das, oder auch die alte Aristokratie, um sie von reinem Titularadel abzugrenzen. Dies waren seine Kalenderheiligen, der Prüfstein, an dem alle anderen Männer letztlich gemessen wurden. Nicht einmal Sir Cathcart gehörte dazu. Skullion mußte sogar zugeben, daß er im Grunde genommen in die vierte Kategorie fiel, wenn auch fast ganz oben, was eine hohe Auszeichnung war, wenn man bedachte, wie viele Kategorien Skullion kannte. Nein, der wahren Qualität fehlte Sir Cathcarts Grobheit. Diese Heiligen legten oft eine Bescheidenheit an den Tag, die weniger aufmerksame Pförtner als Skullion mit Schüchternheit und Gehemmtheit verwechselten, die jedoch, wie er wußte, ein Zeichen guter Kinderstube waren, und die man nicht ausnutzen durfte. Sie verlangte seiner Dienstbarkeit alles ab, diese ungespielte Höflichkeit, und gab ihm das sichere Gefühl, daß er gebraucht wurde. Für diese Hilflosen hätte Skullion Berge versetzen können, und das hatte er auch oft getan, Gepäck- und Möbelberge, die er Treppen hoch und um Ecken geschleppt, erst hier und dann dort abgesetzt hatte, während der huldvoll unentschlossene Eigentümer sich das bißchen Kopf zerbrach, das er hatte, um herauszufinden, wo sich das Mobiliar am besten machen würde. Von solchen Expeditionen kehrte Skullion mit einer kurzzeitigen Vornehmheit zurück, als stünde er in besonderer Gunst, und später sonnte er sich bei der Erinnerung an solche geleisteten Dienste in dem Gefühl, daß ihm die Gnade widerfahren war, einem schon fast religiösen Ereignis beizuwohnen. In Skullions gesellschaftlicher Hagiographie ragten als Verkörperung der von ihm angebeteten Verweichlichung zwei Namen heraus, Lord Pimpole und Sir Launcelot Gutterby, und wenn er seinen Gedanken nachhing, wiederholte Skullion ihre Namen im stillen wie ein monotones Gebet. Gerade führte er diese Anrufung durch und war soeben bei seinem zwanzigsten »Pimpole und Gutterby« angelangt, als sich die Tür des Pförtnerhauses öffnete und Arthur eintrat, der am High Table bediente.

»'n Abend, Arthur«, sagte Skullion herablassend.

»'n Abend«, sagte Arthur.

»Unterwegs nach Hause?« erkundigte sich Skullion.

»Habe was für Sie«, sagte Arthur und beugte sich vertraulich über den Tresen.

Skullion schaute auf. Da Arthur am High Table bediente, war er einer seiner Hauptinformanten über das College. Skullion erhob sich und ging zum Tresen hinüber. »Aha«, sagte er.

»Heute abend sind sie vor Aufregung ganz aus dem Häuschen«, sagte Arthur. »Völlig durcheinander.«

»Nur weiter«, ermutigte ihn Skullion.

»Schatzmeister kommt puterrot und durcheinander zum Essen, der Dekan hat die hektischen Flecken auf den Wangen, wie immer, wenn er aufgeregt ist, und der Tutor ißt seine Suppe nicht. Sieht ihm gar nicht ähnlich, die Suppe nicht anzurühren«, sagte Arthur. Skullion knirschte zustimmend. »Daher weiß ich, es ist was im Busch.« Arthur hielt effektheischend inne. »Und wissen Sie, was?«

Skullion schüttelte den Kopf. »Nein. Was denn?« fragte er.

Arthur lächelte. »Rektor hat für morgen den Collegerat einberufen. Der Schatzmeister hat gesagt, der Termin paßt nicht, aber der Rektor sagte, er soll ihn trotzdem einberufen, und das schmeckt ihnen nicht. Es schmeckt ihnen überhaupt nicht. Hat ihnen das Abendessen verleidet, daß der neue Rektor so anmaßend ist und ihnen Vorschriften macht, wo sie gerade dachten, sie hätten ihn da, wo sie ihn haben wollten. Schatzmeister hat erzählt, er habe dem Rektor erklärt, ihnen fehlt das Geld für all die Veränderungen, die ihm vorschweben, und der Rektor schien es geschluckt zu haben, aber dann ruft er den Schatzmeister an und sagt, er soll eine Sitzung anberaumen.«

»Kann nicht so plötzlich den Collegerat einberufen. Der Rat kommt jeden ersten Donnerstag im Monat zusammen.«

»Das haben der Dekan und der Tutor auch gesagt. Doch der Rektor wollte nichts davon wissen. Muß unbedingt morgen sein. Schatzmeister rief ihn an und richtete aus, Dekan und Tutor würden nicht teilnehmen, und der Rektor antwortete, er hätte nichts dagegen, doch die Sitzung fände statt, ob sie dabei wären oder nicht.« Arthur konnte über die Dickköpfigkeit des Rektors nur den Kopf schütteln. »Ist nicht recht, den Leuten dauernd vorzuschreiben, was sie tun sollen.«

Skullion schaute ihn finster an. »War der Rektor beim Abendessen?«

»Nein«, antwortete Arthur, »hat keinen Fuß vor die Tür gesetzt. Hat dem Schatzmeister seine Anweisungen nur telefonisch übermittelt.« Er warf einen vielsagenden Blick auf die Telefonschalttafel in der Ecke. Skullion nickte nachdenklich.

»Also zieht er die Veränderungen durch«, sagte er schließlich. »Und sie dachten, sie hätten ihn da, wo sie ihn haben wollten.«

»Das haben sie gesagt«, versicherte ihm Arthur. »Schatzmeister sagte, der Rektor würde nichts unternehmen, und plötzlich beraumt er die Sitzung an.«

»Was sagt der Dekan zu all dem?« fragte Skullion.

»Hat gesagt, sie müssen alle zusammenhalten. Allerdings hatte er heute abend nicht viel zu sagen. Sah aus, als wäre er zu mitgenommen. Das hatte er schon vorher gesagt.«

»Nehme nicht an, daß der Tutor seiner Meinung ist«, unterstellte Skullion.

»Inzwischen schon. Vorher nicht, doch als man ihm auftrug, an der Sitzung teilzunehmen, das hat ihn schwer getroffen. Hat ihm überhaupt nicht gefallen, dem Tutor.«

Skullion nickte. »Na, da ist ja wirklich ein Ding«, sagte er. »Sieht ihm gar nicht ähnlich, für den Dekan Partei zu ergreifen. Schatzmeister einverstanden?«

»Schatzmeister sagt ja, aber bei ihm weiß man nie genau, stimmt's?« sagte Arthur. »Ein aalglatter Bursche eben. Eben noch hüh, im nächsten Moment hott. Auf den ist kein Verlaß.«

»Hat kein Rückgrat, dieser Schatzmeister«, sagte Skullion und griff damit auf das Vokabular des alten Lord Wurford zurück.

»Ach so, daran liegt's?« sagte Arthur. Er griff nach seinem Mantel. »Muß mich auf den Weg machen.«

Skullion begleitete ihn zur Tür. »Danke, Arthur«, sagte er. »Sehr brauchbare Informationen.«

»Freut mich, wenn ich Ihnen zu Diensten sein konnte«, sagte Arthur, »außerdem will ich Veränderungen im College genausowenig wie Sie. Bin zu alt für Veränderungen. Seit fünfundzwanzig Jahren bediene ich am High Table, und vorher war ich fünfzehn Jahre ...«

Skullion schloß die Tür hinter Arthurs Erinnerungen und ging zurück zum Kamin. Der Rektor machte also mit seinen Plänen ernst. Nun, daß er den Collegerat für morgen einberufen hatte, war nicht schlimm. Dadurch waren der Dekan und der Obertutor zum erstenmal seit Jahren einer Meinung. Das allein war schon viel wert. Sie konnten sich seit Jahren nicht riechen, seit der Dekan über den Text »Die ersten werden die letzten sein«, gepredigt hatte, als der Tutor gerade das Training des Porterhouse-Bootes übernommen hatte. Bei dem Gedanken lächelte Skullion still in sich hinein. Der Tutor war mit wehendem Gewand wie der Zorn Gottes aus der Kapelle gestürmt und hatte die acht so hart rangenommen, daß sie zur Zeit der Mairennen übertrainiert waren. Porterhouse war dreimal geschlagen worden und hatte den Titel verloren. Diese Predigt hatte er dem Dekan nie verziehen. Danach war er mit ihm grundsätzlich unterschiedlicher Meinung gewesen, und jetzt hatte der Rektor beide gegen sich aufgebracht. Tja, kein Unglück so groß, es hat ein Glück im Schoß. Außerdem stand immer noch Sir Cathcart auf Abruf bereit und würde sich einmischen, falls der Rektor es übertrieb. Skullion ging nach draußen, schloß das Tor und legte sich dann schlafen. Draußen schneite es wieder. Feuchte Flocken fielen gegen die Scheiben und liefen geschmolzen in Rinnsalen die Scheiben hinunter. »Pimpole und Gutterby«, murmelte Skullion zum letztenmal, dann schlief er ein.

Zipser hatte einen unruhigen Schlaf und war schon wach, als um sieben der Wecker klingelte. Er stand auf, machte sich, bevor er ging, noch rasch einen Kaffee und schnitt sich gerade in der Dienerkammer eine Scheibe Brot ab, als Mrs. Biggs auftauchte.

»Zur Abwechslung sind Sie ja mal richtig früh auf«, sagte sie und schob sich vorsichtig durch die Tür der winzigen Dienerkammer.

»Was wollen Sie denn schon hier?« fragte Zipser böse. »Sie sollten nicht vor acht kommen.«

Mrs. Biggs, mit einem roten Gummimantel ausstaffiert, lächelte bedrohlich. »Ich kann kommen, wann ich will«, betonte sie ganz unnötigerweise. Das brauchte sie Zipser nicht zu sagen. Er wand sich am Spülbecken und starrte hilflos in ihr hektargroßes Lächeln. Einer überdimensionalen Stripperin gleich knöpfte Mrs. Biggs mit einer Hand langsam ihren Regenmantel auf, wobei Zipsers Augen ihr bis zum letzten Knopf folgten. Als sie den Mantel von den Schultern streifte, hüpften ihre Brüste in der Bluse. Zipsers Augen verschlangen sie sabbernd.

»Hier, helfen Sie mir mal mit dem Ärmel«, sagte Mrs. Biggs, wuchtete sich herum und drehte ihm den Rücken zu. Zipser zögerte kurz, ehe er, von einem schrecklichen und unkontrollierbaren Drang getrieben, einen Satz nach vorne machte.

»Also«, sagte Mrs. Biggs, leicht erstaunt über die ungestüme Form seiner Hilfe, und die ungewöhnlichen Wieherlaute, die er von sich gab, »mit den Ärmeln hab' ich gesagt. Was denken Sie sich eigentlich, was treiben Sie da?« Der in den Falten ihres Regenmantels zappelnde Zipser war nicht in der Lage zu denken, schon gar nicht das, was er da trieb. Überwältigende Begierde brachte sein Gehirn zum Glühen. Als er in das rote Inferno von Mrs. Biggs' Regenmantel eintauchte, kauerte sich die Aufwartefrau zuerst zusammen und richtete sich dann wieder auf. Zipser krachte gegen das Spülbecken, und Mrs. Biggs stürzte in den Flur. Zwischen ihnen ließ sich langsam, wie die Plastiknachgeburt einer schrecklichen Entbindung, der umkämpfte Regenmantel nieder.

»Ach, du liebe Güte«, sagte Mrs. Biggs, während sie ihre Fassung wiedergewann, »seien Sie bloß vorsichtig. Sonst könnte noch einer auf falsche Gedanken kommen.«

Der in einer Decke des Dienerzimmers japsend zusammengesunkene Zipser hoffte inständig, daß Mrs. Biggs nicht auf den richtigen Gedanken kam.

»Verzeihung«, nuschelte er, »ich muß ausgerutscht sein. Keine Ahnung, was in mich gefahren ist.«

»Ein Wunder, daß Sie nicht in mich gefahren sind«, sagte Mrs. Biggs mit heiserer Stimme. »Sich so auf einen zu werfen.« Sie rutschte rüber und hob den Regenmantel auf, den sie auf dem Weg ins Nebenzimmer wie das Cape eines Stierkämpfers hinter sich her zog. Mit frisch erwachtem Verlangen starrte Zipser auf ihre Stiefel und eilte nach unten. Es war zwingend notwendig geworden, daß ein Mädchen seines Alters seinen Körper der Aufwartefrau entriß. Er mußte etwas unternehmen, um der von Mrs. Biggs' umfänglichen Reizen ausgehenden Verlockungen zu entkommen, sonst würde er sich vor dem Dekan wiederfinden. Zipser konnte sich nichts Schlimmeres vorstellen, als wegen »versuchter Vergewaltigung einer Aufwartefrau« des Colleges verwiesen zu werden. Oder höchstens eins: die tatsächliche Durchführung dieser Vergewaltigung. Das würde vor Gericht enden. Eher würde er sich umbringen, als diese Erniedrigung zu ertragen.

»Guten Morgen, Sir«, rief Skullion, als Zipser am Pförtnerhaus vorbeikam.

»Guten Morgen«, sagte Zipser und ging durch das Tor. Die Friseurläden öffneten erst in über einer Stunde. Um sich die Zeit zu vertreiben, ging er zum Fluß hinunter und beneidete die an den Ufern schlafenden Enten um ihr unkompliziertes Leben.

Mrs. Biggs schlug mit geübter Hand das Laken unter die Matratze auf Zipsers Bett und schüttelte sein Kissen mit geradezu sanft gebremster Kraft auf. Sie war recht zufrieden mit sich. Schon mehrere Jahre waren seit Mr. Biggs' Ableben, den die verschiedenen Gelüste seiner Gattin früh ins Grab gebracht hatten, ins Land gegangen, und sogar noch mehr, seit ihr jemand das Kompliment gemacht hatte, sie attraktiv zu finden. Zipsers unbeholfene Annäherungsversuche waren ihr keineswegs entgangen. Daß er ihr von einem Zimmer ins andere folgte, während sie arbeitete, und den Blick kaum von ihr wandte, war zu offensichtlich, um nicht aufzufallen. »Der arme Junge vermißt seine Mutti«, hatte sie zuerst gedacht und Zipsers Eigenbrötelei als Zeichen seines Heimwehs gesehen. Doch sein jüngstes Verhalten ließ auf weniger entlegene Gründe für sein

Interesse an ihr schließen. Die Phantasie der Aufwartefrau ignorierte das Wetter und kroch schwerfällig zu Liebesdingen weiter. »Sei nicht albern«, sagte sie sich. »Was soll er an dir schon finden?« Doch der Gedanke blieb, und so paßte sich Mrs. Biggs' Anstandsgefühl langsam an die unpassende Lage an. Sie hatte begonnen, sich entsprechend zu kleiden, mehr auf ihr Äußeres zu achten und sogar, während sie von einem Zimmer zum anderen und von einem Bett zum anderen ging, sich ein wenig ihren Tagträumen hinzugeben. Der Vorfall in der Dienerkammer hatte ihre angenehmsten Vermutungen bestätigt. »Was sagt man dazu«, sinnierte sie, »und dann noch so ein netter Bursche. Wer hätte das gedacht?« Sie sah in den Spiegel und ordnete mit Wurstfingern ihr Haar.

Um Viertel nach neun nahm Zipser im Friseurstuhl Platz.

»Bitte nur stutzen«, sagte er dem Friseur.

Der Mann musterte skeptisch Zipsers Kopf.

»Im Nacken und an den Seiten hübsch kurz wäre Ihnen wohl nicht recht, wie?« erkundigte er sich traurig.

»Nur stutzen, danke«, teilte Zipser ihm mit.

Der Friseur stopfte den Umhang in den Kragen. »Verstehe nicht, wieso sich einige von euch jungen Burschen überhaupt die Haare schneiden lassen«, sagte er. »Ihr wollt uns anscheinend unbedingt arbeitslos machen.«

»Sie haben bestimmt jede Menge zu tun«, sagte Zipser.

Die Schere des Friseurs klapperte eifrig an seinen Ohren herum. Zipser starrte sein Ebenbild im Spiegel an und wunderte sich wieder einmal über den Unterschied zwischen seinem unschuldigen Aussehen und der in ihm brodelnden schrecklichen Leidenschaft. Seine Augen wanderten seitwärts zu den Flaschenreihen: Eau de Portugal, Dr. Linthrop's Schuppenmixtur, Vitalis, ein Töpfchen mit Pomade. Wer um alles in der Welt benutzte Pomade? Hinter ihm plapperte der Friseur über Fußball, doch Zipser hörte nicht zu. Er beäugte den Glasschrank zu seiner Linken, in dessen einer Ecke eine Schachtel an den Grund seiner Anwesenheit erinnerte. Er konnte den Kopf nicht bewegen und war sich daher nicht sicher, was die Schachtel enthielt, doch sie sah nach der richtigen Sorte aus. Als der Mann endlich vortrat, um nach der Haarschneidemaschine zu greifen, drehte Zipser den Kopf zur Seite und erkannte, daß er mit völlig deplaziertem Interesse eine Schachtel Rasierklingen angestiert hatte. Er drehte den Kopf noch weiter herum und suchte die Regale ab. Rasiercremes, Rasiergeräte, Rasierwässer, Kämme, alles war im Überfluß vorhanden, aber nicht ein einziger Karton mit Präservativen.

Zipser blieb wie in Trance sitzen, während die Haarschneidemaschine in seinem Nacken surrte. Irgendwo mußten sie die vermaledeiten Dinger doch aufbewahren. Jeder Friseur hatte so was. Sein Gesicht im Spiegel nahm einen neuen unsicheren Ausdruck an. Als der Friseur endlich fertig war, seinen Nacken puderte und mit einem Handspiegel hinter ihm herumhantierte, war Zipser nicht in der Stimmung, das Ergebnis kritisch zu würdigen. Er stand auf und winkte die Bürste mit einer ungeduldigen Handbewegung fort.

»Das macht dann dreißig Pence, Sir«, sagte der Friseur und schrieb eine Quittung aus. »Darf es sonst noch was sein?« Das war der Augenblick, auf den er gewartet hatte, die unverblümte Aufforderung. Das »sonst noch was« des Friseurs deckte nur allzu wörtlich eine ganze Palette von Sünden ab. Im Falle Zipsers war dieser Ausdruck hoffnungslos unzulänglich, um nicht zu sagen irreführend.

»Ich hätte gern fünf Päckchen Fromms«, bellte Zipser mit erstickter Stimme.

»Damit kann ich Ihnen leider nicht dienen«, sagte der Friseur. »Vermieter ist katholisch. Wir dürfen keine führen, das steht so im Mietvertrag.«

Zipser zahlte und trat auf die Straße, sich selbst verfluchend, daß er nicht im Schaufenster nachgesehen hatte, ob dort welche auslagen. Er ging in den Rose Crescent und stierte in die Drogerie, doch der Laden war voller Frauen. Er versuchte es noch in drei anderen Geschäften, doch die waren entweder voller Hausfrauen oder das Personal bestand aus jungen Verkäuferinnen. Schließlich betrat er einen Friseurladen in der Sidney Street, dessen Auslagen tolerant genug aussahen.

Zwei Stühle waren besetzt, so daß Zipser unschlüssig am Eingang stehenblieb und darauf wartete, daß der Friseur sich um ihn kümmerte. Während er dastand, öffnete sich die Tür hinter ihm, und ein neuer Kunde kam herein. Zipser trat zur Seite und sah plötzlich Mr. Turton, seinem Doktorvater, ins Gesicht.

»Ah, Zipser, Sie wollen sich wohl die Haare schneiden lassen?« Zipser kam diese Frage übertrieben neugierig vor. Es drängte ihn, diesem ekelhaften Menschen zu sagen, er solle sich gefälligst um seine eigenen Angelegenheiten kümmern. Statt dessen nickte er stumm und setzte sich.

»Der nächste«, sagte der Friseur.

Zipser täuschte Höflichkeit vor. »Möchten Sie nicht...?« fragte er Mr. Turton.

»Bei Ihnen besteht ein dringenderes Bedürfnis als bei mir, mein Lieber«, sagte der Doktorvater, setzte sich hin und griff nach einem *Titbits*-Heft. Zum zweitenmal an diesem Morgen fand Zipser sich in einem Friseurstuhl wieder.

»Wie soll's denn sein?« wollte der Friseur wissen.

»Nur stutzen«, sagte Zipser.

Der Friseur breitete den Umhang über Zipsers Knie und stopfte ihn in seinen Kragen.

»Nichts für ungut, Sir«, sagte er, »aber ich würde sagen, daß Ihre Haare heute schon einmal geschnitten wurden.«

Zipser starrte in den Spiegel und sah, wie Mr. Turton aufschaute und sein eigenes Gesicht krebsrot anlief.

»Durchaus nicht«, murmelte er. »Wie kommen Sie bloß auf die Idee?« Es war keine kluge Bemerkung, und Zipser bereute sie, noch ehe er sie fertig genuschelt hatte.

»Tja«, antwortete der Friseur auf diese Infragestellung seiner Beobachtungsgabe, »zunächst einmal haben Sie immer noch Puder am Nacken.«

Zipser erwiderte kurz, er habe ein Bad genommen und danach Talkumpuder benutzt.

»Na klar«, meinte der Friseur sarkastisch, »und die kleinen abgeschnittenen Haarenden haben Sie bestimmt...«

»Hören Sie«, sagte Zipser wohl wissend, daß Mr. Turton sich noch nicht wieder um sein *Titbits* kümmerte, sondern interessiert zuhörte, »wenn Sie meine Haare nicht schneiden wollen ...« Das Surren der Haarschneidemaschine unterbrach sein Protestieren. Wütend starrte Zipser sein Ebenbild im Spiegel an und fragte sich, weshalb er immer wieder in solch peinliche Situationen geriet. Mr. Turton beäugte seinen Hinterkopf mit frischem Interesse.

»Wirklich«, sagte der Friseur und legte die Haarschneidemaschine beiseite, »manche Leute lassen sich richtig gern die Haare schneiden.« Er blinzelte Mr. Turton zu, was Zipser im Spiegel sah. Die Schere klapperte um seine Ohren herum, und Zipser schloß die Augen, um dem Tadel zu entgehen, der ihm aus dem Spiegelbild entgegenblickte. Anscheinend entwickelte sich alles, was er zur Zeit tat, zu einer Katastrophe. Warum in Gottes Namen mußte er sich in eine massige Aufwartefrau verlieben? Warum konnte er nicht einfach seine Arbeit fortsetzen, in der Bibliothek sitzen und lesen, an seiner Dissertation schreiben und an den Treffen des Cambridger Verbandes zur Förderung der Vereinten Nationen teilnehmen?

»Hatte mal 'nen Kunden«, fuhr der Friseur erbarmungslos fort, »der ließ sich dreimal wöchentlich die Haare schneiden, montags, mittwochs und freitags. Konnte man die Uhr nach stellen. Ich fragte ihn mal, und zwar als das schon ein paar Jahre so ging, da sagte ich zu ihm: ›Sagen Sie, Mr. Hattersley, warum lassen Sie sich so oft die Haare schneiden?‹ Wissen Sie, was der geantwortet hat? Es sei der einzige Ort, wo er nachdenken könne. Im Friseurstuhl kämen ihm die besten Ideen. Verrückt, wenn man's recht bedenkt. Da stehe ich den ganzen Tag hier, rasiere und schneide munter drauflos, und direkt vor mir, man könnte sagen: unter meinen Händen, läuft ohne mein Wissen dieses ganze Denken ab. Verstehen Sie, ich muß im Laufe der Zeit die Haare auf über hunderttausend Köpfen geschnitten haben. Seit fünfundzwanzig Jahren schneide ich jetzt Haare, und das sind eine Menge Kunden. Ist doch wohl klar, daß da einige ziemlich verkorkste Gedanken bei waren. Mörder und Sexbesessene, würde ich meinen, also ehrlich, bei den vielen Leuten? Ist doch wohl klar.«

Zipser sank in sich zusammen. Mr. Turtons Interesse an *Titbits* war inzwischen völlig dahin.

»Interessante Theorie«, sagte er aufmunternd. »Statistisch gesehen haben Sie wohl recht. So habe ich das bisher noch nie betrachtet.«

Zipser sagte, es gebe schon ein paar seltsame Vögel auf der Welt. Ihm schien es der in dieser Situation angemessene platte Kommentar zu sein. Als der Friseur fertig war, hatte Zipser jeden Gedanken daran aufgegeben, nach Präservativen zu fragen. Er zahlte die dreißig Pence und wankte aus dem Laden. Mr. Turton nahm lächelnd auf dem Stuhl Platz.

Es war kurz vor Mittag.

- 7 -

»Auf Formalitäten können wir wohl verzichten«, sagte der Rektor, beugte sich vor und schaute an dem langen Mahagonitisch in die Runde. Zu seiner Linken fummelte der Schatzmeister an seinem Füller herum, während zu seiner Rechten der Kaplan, den man diesen Platz wegen seiner Taubheit zugewiesen hatte, zustimmend nickte. Die Gesichter der Ratsmitglieder am ganzen langen Tisch spiegelten ihr Mißfallen über diese abrupt einberufene Sitzung wider.

»Mir scheint es eher so zu sein«, sagte der Dekan, »daß wir schon auf die uns gewohnten Formalitäten verzichtet haben. Ich kann nichts Positives dabei finden, wenn wir uns der wenigen entledigen, die noch übrig sind.«

Der Rektor musterte ihn aufmerksam. »Haben Sie noch ein Weilchen Geduld mit mir, Herr Dekan«, sagte er und war sich bewußt, daß er aus seinem sorgsam einstudierten verbindlichen Auftreten in den Jargon akademischer Gehässigkeit verfiel. Er riß sich am Riemen. »Ich habe diese Sitzung einberufen«, fuhr er finster lächelnd fort, »um die Veränderungen im College detailliert zu besprechen, die ich in meiner Rede am Dienstag abend angedeutet habe. Ich werde Sie nicht lange aufhalten. Sobald ich fertig bin, können Sie gehen und über meine Vorschläge nachdenken.« Bei dieser unverschämten Bemerkung erhob sich in ein entrüstetes Murmeln um den Tisch. Besonders empört war der Dekan.

»Was die Aufgabe des Collegerates betrifft, scheint der Rektor einem Irrtum zu unterliegen«, sagte er. »Darf ich ihn daran erinnern, daß er es hier mit dem Collegevorstand zu tun hat. Wir wurden heute nachmittag kurzfristig hierher bestellt und sind, obwohl es uns sehr ungelegen kam, erschienen...« Der Rektor gähnte. »Gewiß, gewiß«, murmelte er. Das Gesicht des Dekans lief blutrot an. Solche Respektlosigkeit hatte er, ein Meister des unhöflichen Seitenhiebes, sich noch nie gefallen lassen müssen.

»Ich bin der Meinung«, kam ihm der Obertutor zu Hilfe, »daß der Rat entscheiden soll, ob die Empfehlungen des Rektors es wert sind, heute nachmittag diskutiert zu werden.« Er schenkte dem Rektor ein salbungsvolles Lächeln.

»Ganz wie Sie wünschen«, sagte Sir Godber. Er schaute auf seine Uhr. »Ich werde bis drei Uhr hier sein. Wenn Sie danach noch etwas zu besprechen haben, werden Sie ohne mich auskommen müssen.« Er machte eine Pause. »Wir können morgen oder übermorgen wieder zusammenkommen. Ich stehe nachmittags zur Verfügung.«

Zufrieden betrachtete er die geröteten Gesichter der Fellows. Genau diese Atmosphäre hatte er sich zur Verkündung seiner Pläne gewünscht. Ihre erwartungsgemäß heftige Reaktion würde sie gleichzeitig besänftigen. Wenn es dann so schien, als sei alles ausgestanden, würde er alle ihre Proteste mit einer Drohung obsolet machen. Eine reizende Vorstellung, die durch sein Wissen, daß sie seine Motive falsch auslegen würden, nur noch gewann. Das würden sie, keine Frage. Beschränkte Männer, Kleingeister, für die Porterhouse die Welt und Cambridge das Universum war. Sir Godber verachtete sie, und das merkte man.

»Wenn Sie alle einverstanden sind«, fuhr er fort, ohne das Gestotter des Dekans zu beachten, der sich dazu aufgerafft hatte, aus Protest gegen die Unhöflichkeit des Rektors die Sitzung zu verlassen,

»lassen Sie mich die mir vorschwebenden Veränderungen kurz skizzieren. Zunächst einmal hat, wie Sie alle sehr wohl wissen, der Ruf von Porterhouse seit... ich glaube, der Verfall fing 1933 an... seit damals schwer gelitten. Wie man mir sagte, war das ein schwacher Jahrgang neuer Fellows. Korrigieren Sie mich, wenn das nicht zutrifft.«

Jetzt war der Obertutor an der Reihe zu versteinern. 1933 war er gewählt worden.

»Es scheint, als habe unser Niedergang – in wissenschaftlicher Hinsicht – zu dieser Zeit eingesetzt. Mir kam es schon immer so vor, als sei die Qualität unserer Studenten recht dürftig. Ich habe vor, all das zu ändern. Von nun an, dem Jahr des Heils, werden wir Kandidaten nur noch aufgrund ihrer wissenschaftlichen Qualifikation aufnehmen.« Er schwieg, um seine Worte wirken zu lassen. Als der Schatzmeister nicht mehr auf seinem Stuhl hin und her rutschte, fuhr er fort: »Das ist mein erster Punkt. Als zweites kündige ich an, daß dieses College mit Beginn des neuen akademischen Jahres zu einer koedukativen Einrichtung wird. Jawohl, Gentlemen, ab dem kommenden Jahr werden Frauen in Porterhouse wohnen.« Ein kollektiver Schreckenslaut, fast ein schockiertes Rülpsen, entrang sich den Fellows. Der Dekan begrub sein Gesicht in beiden Händen, und der Obertutor umklammerte zur Beruhigung mit beiden Händen die Tischkante. Nur der Kaplan meldete sich zu Wort.

»Das habe ich gehört«, brüllte er mit wie nach einer göttlichen Offenbarung strahlendem Gesicht, »ich hab's gehört. Tolle Neuigkeit. Kam auch keinen Augenblick zu früh.« Dann hüllte er sich wieder in Schweigen. Der Rektor strahlte. »Ich nehme Ihre Zustimmung dankbar entgegen, Herr Kaplan«, sagte er. »Es tut gut zu wissen, daß ich von so unerwarteter Seite Unterstützung finde. Drittens...«

»Ich melde Protest an«, rief der Obertutor, der sich halb erhoben hatte. Sir Godber schnitt ihm das Wort ab.

»Später«, fuhr er ihn an, woraufhin sich der Obertutor wieder auf seinen Stuhl fallen ließ. »Drittens, der Brauch, das Essen im Speisesaal einzunehmen, wird aufgegeben. Im Speisesaal wird durch eine externe Firma eine Kantine auf Selbstbedienungsbasis eingerichtet. Der High Table wird abgeschafft. Sämtliche Elemente der akademischen Zweiklassengesellschaft werden verschwinden. Bitte, Dekan…?«

Doch der Dekan war sprachlos. Mit infolge eines Blutstaus aschfahlem Gesicht hatte er zu protestieren begonnen. Der Obertutor eilte an seine Seite, während der Kaplan, der immer erfaßte, welche Möglichkeiten ein angeschlagenes Publikum bot, dem bewußtlosen Dekan tröstende Worte ins Ohr gröhlte. Nur der Rektor blieb unbeeindruckt.

»Hoffentlich nicht schon wieder ein Porterhouse Blue«, sagte er vernehmlich zum Schatzmeister und schaute mit berechnender Gleichgültigkeit auf seine Uhr. Dieses offensichtliche Desinteresse an seinem Ableben wirkte auf den Dekan stimulierend. Sein Gesicht entfärbte sich, die Atmung rasselte weniger stark. Er öffnete die Augen und warf dem Rektor am anderen Ende des Tisches einen haßerfüllten Blick zu.

»Wie ich soeben sagte«, nahm Sir Godber den Faden wieder auf, »die von mir vorgeschlagenen Maßnahmen werden Porterhouse auf einen Schlag umgestalten.« Er machte eine Pause und lächelte darüber, wie treffend diese Formulierung war. Die Fellows glotzten angesichts dieser neuen Taktlosigkeit. Sogar der wohlwollende Kaplan, taub für die Bösartigkeit dieser Welt, war von der Kaltblütigkeit des Rektors entsetzt.

»Porterhouse wird sich den ihm gebührenden Platz unter den fortschrittlichsten Colleges zurückerobern«, fuhr der Rektor nun in deutlich politischer Sprechweise fort. »Schluß damit, daß wir, durch obsolete, antiquierte Traditionen und Klassenvorurteile, durch die Beschränkungen der Vergangenheit und den Zynismus der Gegenwart gehemmt, des Weges stolpern! Vom Glauben an die Zukunft beflügelt, werden wir uns des in uns gesetzten großen Vertrauens würdig erweisen.« Er setzte sich, durch seinen kurzen Ausbruch von Eloquenz beflügelt. Es war klar, daß außer ihm keiner der Anwesenden seine Begeisterung für die Zukunft teilte. Als schließlich jemand das Wort ergriff, war es der Schatzmeister.

»Bei dieser, ähem, Umgestaltung scheint es das eine oder andere Problem zu geben«, gab er zu bedenken. »Keine unüberwindlichen, woher denn, aber sie sollten dennoch nicht unerwähnt bleiben, bevor wir alle zu enthusiastisch werden.«

Der Rektor tauchte wieder aus seinen Träumen auf. »Als da wären?« fragte er kurz angebunden.

Der Schatzmeister schürzte die Lippen. »Ganz abgesehen von den vorhersehbaren Schwierigkeiten bei dem Versuch, diese, ähem, Gesetzgebung vom Rat genehmigt zu bekommen – wobei ich, Sie verstehen, den Begriff mit Bedacht verwende – bleibt die Frage der Finanzierung zu bedenken. Wir sind kein wohlhabendes College ...« Er zögerte. Der Rektor hatte eine Augenbraue hochgezogen.

»Dieses Argument ist mir durchaus nicht neu«, sagte er weltmännisch. »Während einer langen Karriere in Regierungsämtern kam es mir zu oft zu Ohren, als daß ich restlos überzeugt wäre, der Einwand der Mittellosigkeit sei so ernst zu nehmen, wie es sich anhört. Es sind nämlich ausgerechnet die Reichen, die ihn am häufigsten vorbringen.«

Der Schatzmeister fühlte sich bemüßigt zu unterbrechen. »Ich versichere Ihnen ...«, setzte er an, doch der Rektor war schneller.

»Ich kann mich nur auf den Psalmisten berufen und sagen: Laß dein Brot über das Wasser fahren.«

»Was nicht wörtlich zu nehmen ist«, fauchte der Obertutor.

»Das können Sie nehmen, wie Sie wollen«, fauchte Sir Godber zurück. Die Ratsmitglieder starrten ihn unverhohlen aggressiv an.

»Zufällig haben wir aber überhaupt kein Brot«, sagte der Schatzmeister in dem Versuch, die Wogen zu glätten.

Der Obertutor ignorierte seine Bemühungen. »Darf ich Sie daran erinnern«, fuhr er den Rektor an, »daß dieser Rat dem College vorsteht und ...«

»Daran hat mich der Dekan vorhin bereits erinnert«, unterbrach ihn der Rektor.

»Ich wollte nur darauf hinaus, daß grundsätzliche, die Collegeleitung betreffende Beschlüsse vom gesamten Rat getroffen werden«, fuhr der Obertutor fort. »Ich würde gern klarstellen, daß ich für mein Teil den uns vom Rektor vorgeschlagenen Änderungen nicht zustimmen werde. Ich darf wohl auch für den Dekan sprechen«, es folgte ein kurzer Blick auf den sprachlosen Dekan, »wenn ich sage, daß wir beide jede Veränderung der College-Politik bedingungslos zurückweisen.« Er lehnte sich zurück. Von den anderen Fellows war zustimmendes Gemurmel zu hören. Der Rektor beugte sich vor und schaute in die Runde.

»Soll das heißen, daß der Obertutor die generelle Haltung der Anwesenden ausgedrückt hat?« fragte er. Kopfnicken am ganzen Tisch. Der Rektor schien geknickt.

»In diesem Fall, Gentlemen, bleibt mir wenig zu sagen«, verkündete er traurig. »Angesichts Ihres Widerstands gegen die von mir vorgeschlagenen Veränderungen der College-Politik bleibt mir nichts anderes übrig, als von meinem Posten als Rektor von Porterhouse zurückzutreten.« Die Fellows stießen einen kollektiven Laut des Entsetzens aus, als der Rektor aufstand und seine Unterlagen einsammelte. »Meinen Rücktritt werde ich in einem Brief an den Premierminister bekanntgeben, in einem offenen Brief, Gentlemen, in dem ich die Gründe meines Rücktritts aufführen werde, nämlich, daß ich unmöglich als Rektor eines Colleges amtieren kann, das seine Finanzen aufbessert, indem es als Gegenleistung für große Spenden an den Stiftungsfonds Kandidaten ohne die nötigen Qualifikationen aufnimmt und akademische Grade verkauft.« Der Rektor hielt inne und betrachtete die von seiner Ankündigung erstarrten Fellows. »Als mich der Premierminister berief, wußte ich weder, daß ich damit eine Stellung als Rektor eines akademischen Auktionshauses annahm noch daß ich eine Karriere beendete, die sich, wie ich stolz anmerken kann, durch strikte Einhaltung der Integritätsregeln im öffentlichen Leben auszeichnete, um mich zum Mitwisser eines Finanzskandals von nationalen Ausmaßen zu machen. Die Zahlen und Fakten, Gentlemen, liegen mir vor; ich werde sie meinem Brief an den Premierminister beifügen, der sie zweifellos an den Generalstaatsanwalt weiterleiten wird. Guten Tag, meine Herren.«

Der Rektor machte auf dem Absatz kehrt und stolzierte aus dem Raum. Zurück blieben die Fellows von Porterhouse, starr wie Mumien um den Tisch versammelt, und jeder für sich damit beschäftigt, seinen Anteil an einem Skandal abzuschätzen, der sie alle erledigen würde. Man brauchte nicht viel Phantasie, um sich den öffentlichen Schrei der Entrüstung auszumalen, der auf Sir Godbers Rücktritt und die Bekanntgabe seines offenen Briefes folgen würde, die Welle der Empörung, die durch das ganze Land fegen würde, die Verwünschungen, die von den anderen Colleges in Cambridge auf ihre Köpfe hageln würden, und die Verdammung durch die anderen, neueren Universitäten. Die Fellows von Porterhouse hatten nicht viel Phantasie, doch das alles konnten sie sich ausmalen, und noch mehr: die Forderung, sich öffentlich zu verantworten, möglicherweise Strafverfolgung, vielleicht sogar Ermittlungen über Quellen und Umfang des Collegevermögens. Was würden Trinity und King's dazu sagen? Die Fellows von Porterhouse kannten den Haß, mit dem sie rechnen konnten, wenn sie Anlaß zu öffentlichen Ermittlungen gaben, die den enormen Reichtum der anderen Colleges bedrohen könnten, bedrohen würden, und sie schreckten vor dieser Aussicht zurück. Schließlich durchbrach der Dekan mit einem erstickten Schrei als erster das Schweigen.

»Man muß ihn aufhalten«, gurgelte er.

Der Obertutor nickte verständnisvoll. »Wir haben kaum eine andere Wahl.«

»Aber wie?« fragte der Schatzmeister in dem verzweifelten Versuch, das Wissen zu verdrängen, daß er den Rektor unbeabsichtigt mit Informationen versorgt hatte, die dieser jetzt zu enthüllen drohte. Sollten die anderen Fellows je dahinterkommen, wer Sir Godber mit diesem Erpressungsmaterial versorgt hatte, würden sie ihm, dem Schatzmeister, das Leben zur Hölle machen.

»Der Rektor muß um jeden Preis zum Bleiben überredet werden«, stellte der Obertutor fest. »Wir können uns den Skandal ganz einfach nicht leisten, den die Veröffentlichung seines Rücktrittsgesuches verursachen würde.«

Der Prälektor sah ihn strafend an. »Wir?« fragte er. »Ich bitte doch sehr darum, nicht mit den für diese beschämende Enthüllung Verantwortlichen in einen Topf geworfen zu werden.«

»Was wollen Sie damit unterstellen?« fragte der Obertutor.

»Man sollte meinen, das läge auf der Hand«, sagte der Prälektor. »Die meisten von uns hatten weder mit der Verwaltung der Collegefinanzen noch mit dem Zulassungsverfahren etwas zu tun. Man kann uns nicht für Dinge verantwortlich machen, die …«

»Wir sind alle für die College-Politik verantwortlich«, schrie der Obertutor.

»Sie sind für die Zulassung verantwortlich«, schrie der Prälektor zurück. »Sie sind für die Auswahl der Kandidaten verantwortlich. Sie sind …«

»Gentlemen«, warf der Schatzmeister ein, »wir wollen uns doch nicht über individuelle Verantwortlichkeiten zanken. Als Ratsmitglieder sind wir alle für die Collegeleitung verantwortlich.«

»Einige von uns sind verantwortlicher als die anderen«, betonte der Prälektor.

»Und wir alle werden die Schuld für die Fehler der Vergangenheit auf uns nehmen«, fuhr der Schatzmeister fort.

»Fehler? Wer hat hier was von Fehlern gesagt?« wollte der kurzatmige Dekan wissen.

»Ich denke, daß in Anbetracht der Ausführungen des Rektors …«, setzte der Obertutor an.

»Der Teufel soll den Rektor holen«, fauchte der Dekan und rappelte sich auf. »Scheiß auf den Mann. Reden wir nicht mehr über unsere Fehler. Ich sagte, man muß ihn aufhalten, aber doch nicht, daß wir vor dem Schwein kapitulieren sollen.« Er watschelte zum Kopfende des Tisches, korpulent, kriegerisch und dickköpfig wie eine dunkelrote Kröte. Angesichts der wiederbelebten Verbissenheit seines Kollegen zögerte der Obertutor. »Aber …«, begann er.

Der Dekan erhob ruhegebietend die Hand.

»Man muß ihn aufhalten«, sagte er. »Vorläufig müssen wir seine Vorschläge vielleicht annehmen, aber nur vorläufig. Vorübergehend müssen wir uns einer Verzögerungstaktik bedienen, aber nur vorübergehend.«

»Und dann?« fragte der Obertutor.

»Wir müssen Zeit gewinnen«, fuhr der Dekan fort. »Zeit, damit Sir Godber beeinflußt werden kann, und Zeit, damit seine eigene Karriere mit der gleichen Gründlichkeit überprüft werden kann, die er auf die Gebräuche und Traditionen des Colleges verwandt hat. Niemand, der so lange wie Sir Godber Evans im öffentlichen Leben gestanden hat, ist fehlerfrei. Unsere Aufgabe lautet, das Ausmaß seiner Schwächen aufzudecken.«

»Wollen Sie damit sagen, wir sollten…«, begann der Prälektor.

»Ich will damit sagen, daß der Rektor verwundbar ist«, fuhr der Dekan fort, »daß er korrupt ist und von den maßgeblichen Stellen beeinflußt werden kann. Die Taktik, die er heute angewandt hat, diese Erpressung, ist symptomatisch für die Unredlichkeit, die ich meine. Und wir haben schließlich einflußreiche Freunde.«

Der Obertutor runzelte die Stirn und nickte. »Richtig. Sehr richtig, Dekan.«

»Jawohl, Porterhouse kann mit Fug und Recht behaupten, bedeutende Männer hervorgebracht zu haben. Der Rektor mag unseren Protest zwar auf die leichte Schulter nehmen, doch wir haben mächtige Verbündete«, sagte der Dekan.

»Und in der Zwischenzeit müssen wir klein beigeben und den Rektor bitten, er möge seinen Rücktritt angesichts der Tatsache, daß wir die vorgeschlagenen Veränderungen akzeptieren, noch einmal überdenken?« fragte der Obertutor.

»So ist es.« Der Dekan sah sich nach Anzeichen von Unschlüssigkeit bei den Fellows um. »Hat jemand Zweifel, die Weisheit des von mir vorgeschlagenen Kurses betreffend?« fragte er.

»Anscheinend bleibt uns kaum etwas anderes übrig«, sagte der Schatzmeister.

»Uns bleibt absolut nichts anderes übrig«, bestätigte der Dekan.

»Und wenn der Rektor sich weigert, seinen Rücktritt zurückzunehmen?« fragte der Prälektor.

»Dafür gibt es nicht den geringsten Grund«, sagte der Dekan. »Ich schlage vor, daß wir jetzt geschlossen zum Haus des Rektors gehen und ihn bitten, es sich noch einmal zu überlegen.«

»Geschlossen? Ist das wirklich klug? Würde es nicht... ziemlich... nun ja... unterwürfig aussehen?« meinte der Obertutor skeptisch.

»Es ist wohl kaum der richtige Zeitpunkt, sich über den äußeren Schein den Kopf zu zerbrechen«, befand der Dekan. »Mich interessieren nur Resultate. Klein beigeben, das haben Sie gesagt. Na schön, wenn Sir Godber will, daß wir klein beigeben, damit er seine Drohung zurückzieht, das kann er haben. Ich werde dafür sorgen, daß er später klein beigibt. Außerdem soll er nicht glauben, wir wären auch nur im mindesten gespalten.« Er starrte den Schatzmeister durchdringend an. »In Krisenzeiten ist es lebensnotwendig, als geschlossene Einheit aufzutreten. Sind Sie nicht auch dieser Meinung, Schatzmeister?«

»Aber ja. Unbedingt, Herr Dekan«, versicherte der Schatzmeister.

»Sehr schön, dann wollen wir mal«, sagte der Dekan und verließ den Sitzungsraum als erster. Die Fellows marschierten hinter ihm in die Kälte hinaus.

Als Skullion ihre Schritte auf dem Fußboden über seinem Kopf hörte, kletterte er von dem Stuhl, auf dem er gestanden hatte. Es war heiß in dem Kesselraum, heiß und staubig, eine trockene Hitze, die in seiner Nase geprickelt und es ihm schwergemacht hatte, nicht zu niesen, während er auf dem Stuhl gestanden, sein Ohr gegen ein Rohr gepreßt und den wutentbrannten Stimmen aus dem Ratszimmer gelauscht hatte. Er klopfte den Staub von seinem Ärmel, breitete eine alte Zeitung über die Sitzfläche des Stuhls und nahm Platz. Ausgerechnet jetzt beim Verlassen des Kesselraums gesehen zu werden, war nicht empfehlenswert, außerdem wollte er nachdenken.

Die Zentralheizungsrohre waren nicht die allerbesten Leiter von Gesprächen, sondern neigten dazu, an wichtigen Stellen eigenmächtig dazwischenzugurgeln; doch Skullion hatte genug gehört, um verunsichert zu sein. Die Rücktrittsdrohung des Rektors hatte er begeistert aufgenommen, das später folgende dicke Ende ähnlich entsetzt wie die Fellows registriert. Seine Gedanken rasten zu seinen Schützlingen und der Gefahr, die die von Sir Godber angedrohte öffentliche Bloßstellung für sie bedeuten würde. Sir Cathcart mußte sofort von dieser neuen Gefahr erfahren – doch andererseits hatte der Dekan einen eigenen Lösungsvorschlag unterbreitet, und Skullion wurde bei dem Gedanken an den alten Mann richtig warm ums Herz. »Ist immer noch Schwung in dem alten Herrn«, hatte er gedacht und bei der Vorstellung kichern müssen, daß Sir Godber seinen Rücktritt widerrief, nur um hinterher zu erfahren, daß man ihn überlistet hatte. Mächtige Verbündete, hatte der Dekan gesagt, und Skullion fragte sich, ob der alte Mann überhaupt wußte, wie mächtig einige dieser Verbündeten waren oder wie bedrohlich die Enthüllung des Rektors für sie werden könnte. Kabinettsminister gehörten zu Skullions Schützlingen, Kabinettsminister, leitende Beamte, Direktoren der Bank von England, wirklich bedeutende Persönlichkeiten. Langsam dämmerte Skullion, daß der Rektor sich in einer stärkeren Position befand, als er ahnte. Eine Überprüfung der Studienlaufbahn so vieler Männer des öffentlichen Lebens hätte entsetzliche Konsequenzen, und die mächtigen Verbündeten, die dem Dekan offenbar vorschwebten, würden den vom Rektor geplanten Veränderungen in Porterhouse wohl kaum mehr als symbolischen Widerstand leisten, wenn die Alternative ein landesweiter Skandal war, in dem sie die Hauptrollen spielten. Der Dekan war also doch auf dem Holzweg, und Skullions verfrühter Optimismus machte einer tiefen Traurigkeit Platz. Wenn es so weiterging, würde es noch vor Ende des Jahres Frauen in Porterhouse geben, eine Aussicht, die ihn in Rage brachte. »Nur über meine Leiche«, murmelte er finster und grübelte über Mittel und Wege nach, wie sich Sir Godbers Pläne vereiteln ließen.

- 8 -

Zipser war betrunken. Acht große Bitterbier, jedes in einer anderen Kneipe getrunken, hatten seine Lebensgeister geweckt. Die Fesseln seiner sexuellen Zwangsvorstellung waren einer fröhlichen, großzügigen und aufgeschlossenen Gemütsruhe gewichen. Gut, seit dem Haarschneiden war er so gut wie kahl und würde sein Leben lang an einer Abneigung gegen Friseure leiden, doch seine Augen glänzten, seine Wangen sahen frischer und rosiger aus, und er war in der richtigen Stimmung, um durch ein Spalier von hundert Hausfrauen in den besten Jahren Spießruten zu laufen oder auf der Suche nach der unbefleckten Empfängnisverhütung das Mißfallen von ebensoviel Drogisten zu erregen. Jedenfalls hatte ihn ein Gedankenblitz der Notwendigkeit enthoben, seine Bedürfnisse publik zu machen. Als er nämlich nach seinem zweiten Haarschnitt durch die Sydney Street schlenderte, war ihm plötzlich eingefallen, wie er einmal auf einer Kneipentoilette in Bermondsey einen Kondomautomaten gesehen hatte; nun war Bermondsey zwar etwas zu weit entfernt, um es aus Gründen diskreter Anonymität aufzusuchen, doch ihm kam der Gedanke, daß die Kneipen in Cambridge sicherlich ähnlich fortschrittliche Installationen für Liebespaare, die es eilig haben, bereithielten. Er betrat die erstbeste Kneipe und bestellte einen Halben. Zehn Minuten später verließ er diese Kneipe mit leeren Händen und suchte die nächste auf, wo er ebenso enttäuscht wurde. Als er sechs Kneipen besucht und sechs große Gläser Bitter getrunken hatte, war er nicht mehr in der Verfassung, die Zapfer auf ihren mangelnden Service hinzuweisen. In der siebten Kneipe wurde er fündig. Während er wartete, bis zwei ältere Herrschaften ihre Pißorgie beendeten, klimperte Zipser mit seinem Kleingeld und warf zwei Münzen in den Automaten. Gerade wollte er am Griff ziehen, als ein Student hereinkam. Zipser ging nach draußen und trank seinen siebten Halben aus, ohne seinen Adlerblick von der Tür zum Herrenklo zu wenden. Zwei Minuten später zog er wieder am Griff – ohne Erfolg. Er zog und zog, doch der Automat funktionierte nicht automatisch. Zipser spähte in den Geldrückgabeschlitz und entdeckte, daß dieser leer war. Schließlich warf er noch zwei Münzen ein und zog wieder am Griff. Diesmal fiel sein Geld in den Schlitz, und Zipser nahm es heraus und betrachtete es. Das verfluchte Gerät war leer. Zipser ging zurück in die Bar und bestellte den achten Halben.

»Der Automat in der Toilette«, sagte er in verschwörerischem Ton zum Barkeeper.

»Was ist damit?« fragte der Barkeeper.

»Er ist leer«, sagte Zipser.

»Stimmt«, sagte der Barkeeper. »Der ist dauernd leer.«

»Tja, es steckt aber Geld von mir drin.«

»Was du nicht sagst.«

»Doch, ich sag's.«

»Ein Gin Tonic«, sagte ein Mann mit Schnurrbart neben Zipser.

»Ist unterwegs«, sagte der Barkeeper. Zipser schlürfte sein Bier, während der Barkeeper Gin und Tonic in ein Glas schüttete. Als der schnurrbärtige Mann sich endlich samt seinem Drink an einen Fenstertisch verzogen hatte, kam Zipser wieder auf das Thema »defekte Automaten« zurück. Allmählich wurde er ungehalten.

»Was werden Sie wegen meines Geldes unternehmen?« fragte er.

Der Baarkeeper musterte ihn argwöhnisch.

»Woher soll ich wissen, daß du welches reingesteckt hast?« fragte er. »Woher soll ich wissen, daß du hier keinen Schwindel abziehst?«

Zipser dachte über diese Frage nach.

»Wüßte nicht, wie ich das anstellen sollte«, sagte er schließlich. »Ich hab's doch nicht mehr.«

»Sehr witzig«, fand der Barkeeper. »Wenn du dich wegen dem Automaten beschweren willst, dann gefälligst beim Aufsteller.« Er langte unter den Tresen, holte eine Karte hervor und reichte sie Zipser. »Geh hin und erzähl ihnen deine Probleme. Die bestücken die Automaten, nicht ich. Alles klar?« Zipser nickte, und der Mann ging ans andere Ende der Theke, um einen Gast zu bedienen. Zipser steckte die Karte ein und machte sich auf den Weg. Die Lieferfirma fand er in der Mill Road. Hinter dem Ladentisch stand ein junger Mann mit Bart. Zipser trat ein und legte die Karte vor ihn hin.

»Ich komme vom ›Einhorn‹«, sagte er. »Der Automat ist leer.«

»Schon wieder?« sagte der Mann. »Keine Ahnung, was dort los ist, die gehen weg wie warme Semmeln.«

»Ich möchte...«, begann Zipser mit belegter Stimme, doch der junge Mann war schon in einem Hinterzimmer verschwunden. Zipser fühlte sich inzwischen regelrecht angeheitert. Er versuchte dahinterzukommen, aus welchem kühlen Grund er mit einem bärtigen jungen Mann in einem Büro in der Mill Road über den Engroseinkauf von Präservativen plauderte.

»Das hätten wir. Zwei Gros. Hier unterschreiben«, sagte der Angestellte, als er von hinten mit zwei Kartons wiederkam, die er auf den Ladentisch knallte. Zipser glotzte die Kartons an und setzte gerade zu einer Erklärung an, daß er ja nur sein Geld zurückhaben wolle, als eine Frau eintrat. Da wurde ihm schlagartig übel. Er schnappte sich den Kugelschreiber, unterschrieb den Zettel und stolperte aus dem Laden, die beiden Kartons unterm Arm.

Als er wieder am »Einhorn« angelangt war, hatte die Kneipe zu. Zipser klopfte ein paarmal vergeblich an die Tür, dann gab er es auf und ging nach Porterhouse zurück.

In Schlangenlinien passierte er das Pförtnerhäuschen und steuerte über den Hof auf seinen Aufgang zu. Vor ihm trat eine Reihe schwarzgekleideter Gestalten aus der Tür des Ratsitzungszimmers und bewegte sich gemessenen Schrittes in seine Richtung. An der Spitze dieser Prozession watschelte der Dekan. Hicksend versuchte Zipser, den Blick auf sie zu richten. Es war sehr schwierig. Fast genauso schwierig wie der Versuch zu verhindern, daß die Welt sich drehte. Während die Marschkolonne immer näher kam, hickste Zipser noch einmal und übergab sich dann in den Schnee.

»Entschuldigung«, sagte er. »Hätte ich nicht machen sollen. Hab' zuviel getrunken.«

Die Kolonne hielt an, und Zipser starrte in das Gesicht des Dekans. Es hatte die beunruhigende Tendenz, scharf und dann wieder unscharf zu werden.

»Wissen… wissen… Sie eigentlich, wie rot Ihr Gesicht ist?« fragte Zipser und pendelte mit dem Kopf unruhig in Richtung Dekan. »Dürften eigentlich kein rotes Gesicht haben, stimmt's?«

»Aus dem Weg«, fuhr ihn der Dekan an.

»Schicher«, sagte Zipser und setzte sich in den Schnee. Der Dekan ragte bedrohlich vor ihm auf.

»Sie, Sir, sind betrunken. Ekelhaft betrunken«, sagte er.

»Genau«, sagte Zipser. »Hundert Punkte für Ihren Schaf… Scharf… arfblick. Gleich beim ersten Mal den Nagel auf'n Kopp gehauen.«

»Wie heißen Sie?«

»Schipscher, Schir, Schipscher.«

»Sie haben eine Woche lang Ausgangssperre, Zipser.«

»Joho«, bestätigte Zipser fröhlich. »Eine Woche Ausgangssperre. Schicher, Schir.« Immer noch die Kartons umklammernd, rappelte er sich auf. Die Kolonne der Universitätshonoratioren überquerte den Hof. Zipser wankte in sein Zimmer und kippte auf dem Fußboden um.

Aus seinem Arbeitszimmerfenster beobachtete Sir Godber die Abordnung der Fellows. »Canossa«, dachte er, während die Prozession durch den Schnee zur Haustür trottete und klingelte. Einen Moment lang spielte er mit dem Gedanken, sie warten zu lassen, doch die bessere Einsicht siegte. Papst Gregors Triumph hatte schließlich auch nicht lange Bestand gehabt. Er ging in den Flur und ließ sie ein.

»Na, meine Herren«, sagte er, als sie in sein Arbeitszimmer marschiert waren, »was kann ich denn nun für Sie tun?«

Der Dekan trat schlurfend vor. »Wir haben unsere Entscheidung noch einmal überdacht, Herr Rektor.«

Die Mitglieder des Collegerates nickten gehorsam. Sir Godber warf einen Blick auf ihre Gesichter und war zufrieden. »Sie möchten, daß ich Rektor bleibe?«

»Jawohl, Herr Rektor«, sagte der Dekan.

»Und ist das der ausdrückliche Wunsch des gesamten Rates?«

»So ist es.«

»Sie akzeptieren uneingeschränkt die von mir vorgeschlagenen Änderungen im College?« fragte der Rektor.

Der Dekan rang sich ein Lächeln ab. »Natürlich haben wir Bedenken«, gab er zu. »Von uns zu erwarten, daß wir unsere... ähem... Prinzipien aufgeben, ohne an dem im stillen vorhandenen Vorhaben festzuhalten, wäre wohl etwas zuviel verlangt. Doch im Interesse des ganzen Colleges räumen wir ein, daß ein Kompromiß eventuell erforderlich sein mag.«

»Meine Bedingungen sind unumstößlich«, sagte der Rektor. »Sie müssen voll und ganz akzeptiert werden. Ich bin nicht bereit, sie abzumildern, das sollte ich wohl klarstellen.«

»Durchaus, Herr Rektor. Durchaus.« Der Dekan lächelte schwach.

»In dem Fall«, sagte Sir Godber, »werde ich mir die Sache bis zur nächsten Sitzung des Collegerates überlegen. Das gibt uns allen Gelegenheit, in Ruhe über die Angelegenheit nachzudenken. Sagen wir nächsten Mittwoch um die gleiche Zeit?«

»Wie Sie wünschen, Herr Rektor«, sagte der Dekan. »Ganz wie Sie wünschen.«

Sie marschierten wieder zur Tür, und nachdem er sie hinausbegleitet hatte, stand Sir Godber am Fenster und betrachtete mit einem ganz neuen Gefühl von Befriedigung, wie die dunkle Prozession in den Winterabend verschwand. »Die Eisenfaust im eisernen Handschuh«, murmelte er in dem Bewußtsein vor sich hin, zum ersten Mal in seiner langen Laufbahn politischer Manöver und Kompromisse einen klaren Sieg über eine offensichtlich unnachgiebige Opposition errungen zu haben. An der Unterwerfung der Fellows gab es gar keinen Zweifel. Sie waren zu ihm gekrochen gekommen, und Sir Godber schwelgte in dieser Erinnerung, ehe er über die Hintergründe ihrer Kapitulation nachdachte. Niemand – wer wußte das besser als Sir Godber – kam ohne Grund derart angekrochen. Wer so ehrerbietig war wie die Fellows, führte irgendwas im Schilde. Die bloße Vermutung, seine Drohung habe gewirkt, erklärte nicht alles. Er hatte sie vielleicht gezwungen, bei Fuß zu gehen, doch es wäre nicht nötig gewesen, daß ausgerechnet der Dekan so unterwürfig mit dem Schwanz wedelte. Sir Godber setzte sich an den Kamin und dachte über den Charakter des Dekans nach, bemüht, ein Motiv zu finden. Je mehr er nachdachte, desto weniger Grund sah er, sich voreilig auf die Schulter zu klopfen. Sir Godber unterschätzte den Dekan nicht. Der Mann war ein ignoranter, selbstgerechter Eiferer mit der ganzen Ausdauer eines Selbstgerechten und der ganzen Gerissenheit des Ignoranten. »Er schindet Zeit«, schloß er messerscharf, »aber Zeit wofür?« Es war eine unangenehme Vorstellung. Nicht zum ersten Mal seit seiner Ankunft in Porterhouse hatte Sir Godber das leise, aber unbehagliche Gefühl, daß seine oberflächlichen Vermutungen über die menschliche Natur – die Grundlagen seiner liberalen Ideale – irgendwie durch eine verschlagene Scholastik bedroht wurden, deren Ursprünge gar nicht so rational und viel diffuser waren, als ihm lieb sein konnte. Er erhob sich und starrte in die Nacht hinaus, auf die Umrisse der mittelalterlichen Collegegebäude, die sich gegen den orangefarbenen Himmel abhoben. Es hatte wieder zu schneien begonnen, und Wind war aufgekommen, der die Schneeflocken mit unberechenbaren Böen mal hierhin, mal dorthin trieb. Er zog die Vorhänge zu, um sich den Anblick fehlender Symmetrie in der Natur zu ersparen, und ließ sich mit Bentham, seinem Lieblingsautor, im Sessel nieder.

Am High Table speisten die Fellows in trübsinnigem Schweigen. Sogar dem pochierten Lachs des Küchenchefs gelang es nicht, ihre Stimmung zu heben, die unter der Verstocktheit des Rektors und der Erinnerung an ihre Kapitulation litt. Allein der Dekan blieb unverzagt. Er schaufelte sich das Essen in den Rachen, als wolle er seine Entschlossenheit schüren, und dazu häuften seine Lippen Flüche auf Sir Godbers Haupt, seine Stirn glänzte ölig, und in seinen Augen funkelte die Gerissenheit, die Sir Godber bemerkt hatte.

Als sie anschließend im Gemeinschaftsraum ihren Kaffee zu sich nahmen, sprach der Obertutor das Thema ihres nächsten Schrittes an. »Es sieht so aus, als bliebe uns bis Mittwoch Zeit, die Pläne des Rektors zu vereiteln«, stellte er fest und nippte bedächtig an seinem Brandy. »Eine relativ kurze Zeitspanne, wenn Sie mir diese Bemerkung gestatten.«

»Kurz, aber ausreichend«, sagte der Dekan knapp.

»Ich muß schon sagen, daß mich Ihre Zuversicht ein wenig überrascht, Herr Dekan«, sagte der Schatzmeister nervös.

Der Dekan musterte ihn erstaunlich grimmig. »Wohl kaum mehr, als mich Ihre fehlende Diskretion überrascht hat, Schatzmeister«, fauchte er. »Ich kann mir kaum vorstellen, daß die Situation diese unglückliche Wendung genommen hätte, wenn Sie nicht die finanzielle Lage des Colleges an die große Glocke gehängt hätten.«

Der Schatzmeister errötete. »Ich wollte den Rektor lediglich darauf hinweisen, daß die von ihm vorgeschlagenen Veränderungen unsere Mittel überstrapazieren würden«, verteidigte er sich. »Wenn ich mich recht erinnere, haben Sie als erster vorgeschlagen, man müsse ihn auf die Finanzlage aufmerksam machen.«

»Natürlich habe ich das vorgeschlagen. Allerdings schlug ich nicht vor, ihn in unsere Aufnahmepraxis einzuweihen«, gab der Dekan zurück.

»Gentlemen«, sagte der Obertutor, »die Panne ist nun mal passiert. Nachträgliche Diskussionen bringen uns auch nicht weiter. Wir sehen uns mit einem dringlichen Problem konfrontiert. Alte Fehler zu kritisieren, liegt nicht in unserem Interesse. Was das betrifft, sind wir alle schuldig. Wäre die Wahl Dr. Siblingtons zum Rektor nicht durch unsere Uneinigkeit verhindert worden, hätten wir die Ernennung Sir Godbers vermeiden können.«

Der Dekan trank seinen Kaffee aus. »Da ist etwas Wahres dran«, gab er zu, »und daraus läßt sich eine Lehre ziehen. Wir müssen vereint gegen den Rektor vorgehen. In der Zwischenzeit habe ich schon etwas unternommen und mich für heute abend mit Sir Cathcart D'Eath verabredet. Sein Wagen müßte bereits auf mich warten.« Er stand auf und raffte seinen Talar zusammen.

»Darf man den Zweck dieses Treffens erfahren?« fragte der

Prälektor. Der Dekan sah auf den Schatzmeister hinab. »Bei der Vorstellung, daß unsere Pläne wahrscheinlich Sir Godber zu Ohren kommen, wäre mir gar nicht wohl«, sagte er bedächtig.

»Ich versichere Ihnen …«, setzte der Schatzmeister an.

»Ich habe um dieses Gespräch gebeten, weil Sir Cathcart, wie Sie alle wissen, Präsident der Ehemaligenvereinigung ist. Ich finde, er sollte erfahren, welche Veränderungen der Rektor vorschlägt. Ferner sollte er meiner Meinung nach erfahren, welches Verhalten der Rektor in dieser Sache an den Tag gelegt hat. Ich stelle mir vor, daß es am kommenden Dienstag über die Lage zu einer außerordentlichen Sitzung der Porterhouse-Gesellschaft kommen wird, und bin zuversichtlich, daß man dort dann eine Resolution verabschieden wird, in der Sir Godber wegen seiner autoritären Haltung im Umgang mit dem College gerügt und sein sofortiger Rücktritt verlangt wird.«

»Aber, Dekan, das ist doch zweifellos höchst unklug«, wandte der Obertutor besorgt ein. »Wird ein solcher Antrag verabschiedet, tritt der Rektor mit Sicherheit zurück und veröffentlicht seinen verflixten Brief. Ich begreife wirklich nicht, was das nützen soll.«

Der Schatzmeister setzte seine Kaffeetasse ungewohnt heftig ab. »Um Gottes willen, Herr Dekan«, sagte er, »überlegen Sie gut, was Sie tun.«

Der Dekan lächelte grimmig. »Wenn Sir Godber uns drohen kann, können wir ihm auch drohen.«

»Doch der Skandal, bedenken Sie den Skandal. Der wird uns alle treffen«, murmelte der Schatzmeister verzweifelt.

»Er wird auch Sir Godber treffen. Genau das ist der Zweck der Übung. Indem wir seinen Rücktritt fordern, übernehmen wir die Initiative. Die Wirkung seines Briefes an den Premier wird dadurch abgeschwächt, daß sowohl die Collegeverwaltung als auch die Porterhouse-Gesellschaft seinen Rücktritt wegen Unfähigkeit fordern, und sein Brief an die Presse mit diesen sogenannten Enthüllungen wird wie die Retourkutsche eines gekränkten und verbitterten Mannes aussehen. Außerdem glaube ich ohnehin, daß Sie Sir Godbers politischen Mut überschätzen. Ich bezweifle, daß er angesichts des Ultimatums, welches wir bei der Ratssitzung am Mittwoch stellen werden, eine weitere Konfrontation riskiert.«

»Aber wenn die Forderung nach seinem Rücktritt bereits veröffentlicht wurde ...«

»Das wird sie nicht. Der Antrag wird, hoffentlich einstimmig, verabschiedet worden sein, aber seine Veröffentlichung hängt von Sir Godbers Haltung ab. Besteht er auf den Änderungen, wird veröffentlicht.«

»Und wenn er unerwartet zurücktritt?«

»Veröffentlichen wir erst recht«, sagte der Dekan. »Wir werden die Sachlage so lange verwirren, bis keiner mehr weiß, ob wir ihn zum Rücktritt zwangen oder nicht. O ja, wir werden Öl ins Feuer gießen, Gentlemen, keine Angst. Wenn schon nach dunklen Punkten gesucht werden muß, dann aber gründlich.« Der Dekan wandte sich um und ging hinaus, und sein dunkler Talar bauschte sich hinter ihm. Die im Gemeinschaftsraum zurückbleibenden Fellows sahen sich trübsinnig an. Verglichen mit dem Aufruhr, den der Dekan anscheinend unbedingt entfesseln wollte, wirkten die vom Rektor geplanten Änderungen geradezu unbedeutend.

Schließlich brach der Kaplan das Schweigen. »Ich muß schon sagen«, brüllte er, »der Koch hat sich heute abend selbst übertroffen. Das Soufflé war delikat.«

Vor dem Haupttor wartete bereits großspurig Sir Cathcarts Rolls-Royce, als der in einen schwarzen Mantel gehüllte Dekan mit seinem schwärzesten Hut auf dem Kopf am Pförtnerhaus vorbeieilte.

Skullion öffnete ihm die Wagentür.

»Guten Abend, Skullion.«

»Auch Ihnen einen guten Abend, Sir«, murmelte Skullion bescheiden.

Der Dekan kletterte in den Wagen, der durch den matschigen Schnee losfuhr. Vom Rücksitz aus starrte er durchs Heckfenster auf die wirbelnden Schneeflocken und die Fußgänger, die sich mit gesenkten Köpfen gegen den peitschenden Wind stemmten. Behaglich und zufrieden, war er unbelastet von dem mulmigen Gefühl, das den Rektor zu seinem Bentham getrieben hatte. Diese Art von

Wetter mochte er, bitterkaltes Wetter, bei dem der Fluß anstieg und der schneidende Wind die Luft aus seiner Jugendzeit, jene Hierarchie von Arm und Reich, Gut und Schlecht, Komfort und Elend wiedererstehen ließ, die er unbedingt erhalten wollte, während Sir Godber sie mit seinem Streben nach seelenloser Uniformität vernichten würde. »Die alte Ordnung verändert sich«, murmelte er vor sich hin, »aber verdammt langsam, wenn es nach mir geht.«

Skullion ging zurück ins Pförtnerhäuschen.

»Ich gehe zu Abend essen«, sagte er dem Unterpförtner und trottete über den Hof und dann die steinerne Treppe hinunter zur Küche, wo der Koch in seinem Archivraum für zwei gedeckt hatte. Es war heiß, und bevor er Platz nahm, zog Skullion seinen Mantel aus.

»Schneit wieder, wie ich höre«, sagte der Koch und setzte sich.

Skullion wartete, bis ein mit offenem Mund gaffender junger Kellner serviert hatte, ehe er sprach. »Dekan trifft sich mit dem General«, sagte er schließlich.

»Ach ja?« sagte der Koch und nahm sich von den Resten des pochierten Lachses.

»Heute nachmittag war Ratssitzung«, fuhr Skullion fort.

»Ich hörte davon.«

Skullion schüttelte wieder den Kopf.

»Das wird Ihnen nicht gefallen«, sagte er. »Was der Rektor plant, wird Ihnen gar nicht passen, so wahr ich Skullion heiße.«

»Das habe ich auch gar nicht angenommen, Mr. Skullion.«

»Schlimmer als ich erwartet hatte, Koch, viel schlimmer.« Bevor er fortfuhr, nahm Skullion einen großen Schluck 1964er Ockfener Herrenberg. »Selbstbedienung im Speisesaal«, verkündete er traurig.

Der Koch legte Messer und Gabel hin. »Niemals«, knurrte er.

»Es stimmt aber. Selbstbedienung im Speisesaal.«

»Nur über meine Leiche«, sagte der Koch. »Über meine verfluchte Leiche.«

»Frauen sollen auch ins College.«

»Was? Im College wohnen?«

»So ist es. Im College wohnen.«

»Das ist widernatürlich, Mr. Skullion. Widernatürlich.«

»Das brauchen Sie mir nicht zu erzählen, Koch. Mir nicht. Widernatürlich und unmoralisch. Es ist nicht richtig, Koch, es ist schlichtweg pervers.«

»Und Selbstbedienung im Speisesaal«, murmelte der Koch. »Was soll aus dieser Welt bloß werden? Wissen Sie, Mr. Skullion, wenn ich an die vielen Jahre denke, die ich schon Koch in diesem College bin, und an die vielen Abendessen, die ich schon für die gekocht habe, dann frage ich mich manchmal: wozu das alles? Sie haben kein Recht, so etwas zu tun.«

»Sie tun es ja gar nicht«, stellte Skullion klar. »*Er* sagt, es muß sich ändern.«

»Warum hindern sie ihn nicht daran? Schließlich sind sie der Rat. Ohne ihre Zustimmung darf er es nicht tun.«

»Sie können ihn nicht daran hindern. Hat mit dem Rücktritt gedroht, wenn sie nicht zustimmen.«

»Warum lassen sie ihn nicht ziehen? Ein Segen, wenn wir den los wären.«

»Hat gedroht, den Zeitungen zu schreiben, daß wir Titel verkauft haben.«

Der Koch sah ihn besorgt an. »Sie wollen doch nicht etwa sagen, daß er über Ihre ...«

»Ich habe keine Ahnung, was er weiß und was nicht«, sagte Skullion. »Ich glaube nicht, daß er darüber Bescheid weiß. Er spricht wohl von denen, die reingelassen werden, weil sie Geld haben. Das meinte er, glaube ich.«

»Aber wir haben ein Recht darauf, reinzulassen, wen wir wollen«, protestierte der Koch. »Das College gehört uns und sonst keinem.«

»Das sieht er aber anders«, sagte Skullion. »Er hat ihnen mit einem Riesenskandal gedroht, falls sie nicht spuren, und sie haben klein beigegeben.«

»Was hat der Dekan gesagt? Irgendwas muß er doch gesagt haben?«

»Sie müßten Zeit gewinnen, indem sie sich zum Schein einverstanden erklären. Er trifft sich gerade mit dem General. Den beiden wird schon was einfallen.« Skullion trank seinen Wein und lächelte vor sich hin. »Der hat ja keine Ahnung, worauf er sich einläßt«, verkündete er fröhlicher. »Denkt nämlich, er hätte es mit diesen Würstchen im Parlament zu tun. Maulhelden, was anderes sind diese Abgeordneten nicht. Die glauben, wenn sie irgendwas herbeireden, ist es am nächsten Tag schon Wirklichkeit. Die haben von nichts 'ne Ahnung, und sie haben nichts zu verlieren, doch der Dekan ist aus einem ganz anderen Holz geschnitzt. Er und der General, die beiden werden ihn kleinkriegen. Sie werden schon sehen.« Er grinste wissend und blinzelte mit seinem nicht blauen Auge. Der Koch nagte trübsinnig an einer Weintraube.

»Wüßte nicht, wie«, sagte er.

»Nach dunklen Stellen suchen«, sagte Skullion. »Sie wollen in seiner Vergangenheit nach dunklen Punkten suchen, hat der Dekan gesagt.«

»Punkten? Was für Punkten?«

»Frauen«, sagte Skullion.

»Aha«, sagte der Koch. »Frauen mit schlechtem Ruf.«

»Ganz genau, Koch, nach denen und nach Geld.«

Der Koch schob seine Mütze auf den Hinterkopf. »Er war nicht gerade das, was man einen reichen Studenten nennen könnte, oder?«

»Nein«, sagte Skullion, »war er nicht.«

»Aber jetzt ist er reich.«

»Angeheiratet«, informierte ihn Skullion. »Die Mitgift, daher hat er es. Lady Marys Geld. So eine Sorte Mann ist dieser Sir Godber.«

»Klapperdürres Weib. Nicht mein Bier«, sagte der Koch. »Ich persönlich mag lieber ein bißchen mehr Fleisch auf den Knochen. Würde mich nicht wundern, wenn er irgendwo eine Geliebte hätte.«

Skullion schüttelte skeptisch den Kopf. »Der nicht. Hat nicht genug Mumm.«

»Dann glauben Sie nicht, daß Sie was finden?«

»Nicht so was. Druck müssen sie ausüben. Das College hat einflußreiche Freunde, sagte der Dekan, von denen werden sie Gebrauch machen.«

»Von irgendwas sollten sie wirklich Gebrauch machen. Ich bleibe nicht hier, um eine Cafeteria zu führen und Frauen durch meinen Speisesaal laufen zu sehen«, sagte der Koch.

Skullion stand auf und zog seinen Mantel an. »Der Dekan wird dafür sorgen«, sagte er und stieg wieder die Treppe hinauf. Auf die Stufen hatte der Wind Schnee geweht, und Skullion schlug seinen Mantelkragen hoch. »Hat kein Recht, alles umzukrempeln«, grummelte er vor sich hin und trat in die Nacht hinaus.

Auf Schloß Coft saßen der Dekan und Sir Cathcart in der Bibliothek, neben sich eine halbleere Weinbrandkaraffe und die Köpfe voll bitterer Erinnerungen an vergangene Größe.

»Englands Ruin, diese verfluchten Sozialisten«, knurrte Sir Cathcart. »Haben das Land in einen Wohltätigkeitsverein verwandelt. Glauben offenbar, man könne eine Nation mit guten Vorsätzen regieren. Verfluchter Quatsch. Disziplin, die braucht das Land. Eine ordentliche Dosis Arbeitslosigkeit, damit die Arbeiterklasse wieder zur Besinnung kommt.«

»Scheint heutzutage nicht zu funktionieren«, sagte der Dekan und seufzte. »Früher schien eine Flaute noch eine heilsame Wirkung zu haben.«

»Es liegt am Stempelgeld. Arbeitet er nicht, kann ein Mann mehr verdienen, als wenn er einen Beruf hat. Völlig daneben. Eine richtige kleine Hungersnot würde gleich wieder alles ins rechte Lot bringen.«

»Das Gegenargument lautet wohl, daß die Frauen und Kinder darunter leiden«, sagte der Dekan.

»Wüßte nicht, was daran so schlimm sein sollte«, fuhr der General unbeirrt fort. »Gibt nichts Besseres als eine hungrige Frau, um einen Mann auf Trab zu bringen. Erinnert mich an ein Gemälde, das ich mal gesehen habe. Menge Kerls sitzen um einen Tisch und warten aufs Essen. Da kommt die Dame des Hauses rein und hebt den Deckel vom Topf. Drin liegt ein Sporn; klar? Vernünftige Frau. Klasse Gemälde. Noch Weinbrand?«

»Das ist sehr freundlich von Ihnen«, sagte der Dekan und hielt ihm sein Glas hin.

»Problem mit diesem Godber Evans ist, daß er aus keiner guten Familie kommt«, fuhr Sir Cathcart fort, nachdem er die Gläser wieder gefüllt hatte. »Versteht die Menschen nicht. Hat keine Generationen aus dem Landadel im Hintergrund. Keine Führungsqualitäten. Muß mit Tieren aufgewachsen sein, um die Menschen zu verstehen, die Arbeiter. Muß sie richtig abrichten. Tritt in den Arsch, wenn sie was Falsches machen, und den Kopf tätscheln, wenn sie es begriffen haben. Keinen Zweck, ihnen einen Haufen Flausen in den Kopf zu setzen, mit denen sie nichts anfangen können. Völliger Stuß, die Hälfte dieses Bildungskrams.«

»Da bin ich ganz Ihrer Meinung«, sagte der Dekan. »Den Leuten eine ihrer gesellschaftlichen Stellung nicht gemäße Bildung zukommen zu lassen, war einer der großen Fehler dieses Jahrhunderts. Was dieses Land braucht, ist eine gebildete Elite, also genau das, was es in den letzten dreihundert Jahren gehabt hat.«

»Drei Mahlzeiten am Tag und ein Dach über dem Kopf, dann hat der Durchschnittsmensch keinen Grund zu meckern. Zähe Burschen. Das gegenwärtige System ist zur Erzeugung von Arbeitsscheuen wie geschaffen. Konsumgesellschaft, und ob. Kann nicht konsumieren, was man nicht produziert. Verdammter Blödsinn.«

Der Kopf des Dekans wippte auf seiner Brust. Das Kaminfeuer, der Brandy und die auf Schloß Coft allgegenwärtige Zentralheizung forderten im Verein mit der Intensität von Sir Cathcarts Empfindungen ihren Tribut an der Konzentration des Dekans. Er war sich dunkel der grollenden Flüche des Generals bewußt, die sich anhörten wie die über die Schlickbänke in einer Flußmündung abziehende Flut – dort, wo die Flotte einmal geankert hatte. Jetzt war alles leer, die Schiffe verschwunden, abgewrackt, verschrottet, nur ein Strandläufer mit Sir Godbers Gesicht steckte den Schnabel in den Schlamm. Der Dekan war eingeschlummert.

- 9 -

Zipser regte sich auf dem Fußboden seines Zimmers. Sein auf dem Teppich liegendes Gesicht tat weh, und seine Schläfen pochten. Außerdem war er steifgefroren. Er rollte sich auf die Seite und starrte auf das Fenster und das vom fallenden Schnee gedämpfte orangefarbene Leuchten des Himmels über Cambridge. Langsam rappelte er sich auf. Geschwächt und von Übelkeit geplagt schleppte er sich zur Tür, knipste das Licht an und starrte blinzelnd die beiden großen Kartons auf dem Boden an. Dann setzte er sich schnell auf den Stuhl und dachte krampfhaft darüber nach, was mit ihm geschehen und wie er in den Besitz von zwei Gros garantiert elektronisch geprüften Präservativen in Automatenpackungen zu je drei Stück gekommen war. Langsam fielen ihm die Einzelheiten wieder ein, und damit kehrte auch die Erinnerung an seinen Disput mit dem Dekan zurück. »Einwöchiges Ausgehverbot«, murmelte er, und ihm wurde das ganze Ausmaß seiner mißlichen Lage klar. Jetzt konnte er die garstigen Dinger nicht ins »Einhorn« bringen, dabei hatte er doch beim Großhändler eine Quittung unterschrieben. Man würde Erkundigungen anstellen. Der Barkeeper im Einhorn würde ihn identifizieren, und der ekelhafte Angestellte beim Großhändler ebenfalls. Man würde die Polizei verständigen, nach ihm fahnden. Man würde ihn festnehmen. Anklage wegen illegalen Besitzes von vierundzwanzig Dutzend... Zipser verbarg seinen Kopf in den Armen und dachte krampfhaft nach. Er mußte die Dinger unbedingt loswerden. Er sah auf seine Uhr. Elf Uhr. Er mußte sich beeilen. Sie verbrennen? Nach einem Blick auf die Gasheizung verwarf er diese Idee. Kam nicht in Frage. Sie im Klo runterspülen? Schon besser. Er stürzte sich auf die Kartons und riß sie auf. Zuerst die äußere Verpackung, dann die innere, dann das eigentliche Päckchen und schließlich die Einzelfolie. Es war eine mühselige Arbeit, und er würde es nie schaffen. Er mußte es schaffen.

Neben ihm auf dem Teppich wuchsen langsam ein Stapel leerer Päckchen, der dazugehörige Folienberg und eine groteske Ansammlung von Latexringen, die aussahen wie platte, durchsichtige Pilzköpfe. Seine mit Gleitfilm überzogenen Hände klebten, was das Aufreißen der Folien zusätzlich erschwerte. Endlich, nach einer Stunde, hatte er den einen Karton geleert. Es war zwölf Uhr. Er raffte die Präservative zusammen und nahm eine Handvoll mit hinaus aufs Klo. Dort warf er sie in die Schüssel und zog an der Kette. Ein Wasserwirbel, ein Strudel, Blasen – waren sie weg? Als sich das Wasser beruhigt hatte, starrte er auf zwei Dutzend widerspenstig in der Kloschüssel schwimmende Ringe. »Um Himmels willen«, sagte Zipser verzweifelt und wartete, bis der Spülkasten wieder vollgelaufen war. Als kein Wasser mehr lief, wartete er noch eine Minute, ehe er wieder an der Kette zog. Zwei Dutzend Präservative schauten lächelnd zu ihm hoch. Ein paar hatten sich teilweise aufgedröselt und mit Luft gefüllt. Zipser starrte die Dinger entgeistert an. Irgendwie mußte er sie verschwinden lassen. Er griff sich die Klobürste und drückte sie damit nach unten. Ein oder zwei flutschten ins Abflußknie, doch die meisten entzogen sich seiner Bemühungen. Drei besaßen sogar die Frechheit, an der Bürste klebenzubleiben. Zipser klaubte sie angeekelt ab und warf sie wieder ins Wasser. Inzwischen hatte sich der Spülkasten sanft gurgelnd und mit einem abschließenden Rauschen erneut gefüllt. Zipser dachte angestrengt nach. Die verdammten Gummis zu kaufen, war das reinste Hindernisrennen gewesen, doch sie wieder loszuwerden, erwies sich als Alptraum.

Er setzte sich auf die Klobrille und grübelte über die Widerspenstigkeit der Materie nach. Eine Dose WC-Reiniger erregte seine Aufmerksamkeit. Er nahm sie in die Hand und überlegte, ob das Zeug wohl Gummi auflösen könnte. Dann erhob er sich vom Klosettsitz und kippte den Doseninhalt über die im Wasser schwimmenden Ringe. Welche Hoffnungen auf chemische Wunderdinge der Reiniger auch wecken mochte, sie erfüllten sich nicht. Die Präservative blieben unberührt. Zipser schnappte sich wieder die Bürste und stocherte damit in der Klosettschüssel herum. Schwaden von Desinfektionspulver kitzelten ihm in der Nase. Laut niesend riß er an der Kette. Zum dritten Mal leerte sich der Spülkasten, und während Zipser das ablaufende Wasser beobachtete und die sechs verbliebenen Präservative zählte, die sich von Wasserschwall und Chemie nicht beeindrucken ließen, klopfte es an die Tür.

»Was zum Teufel geht hier vor?« fragte eine Stimme. Sie gehörte Foxton, der das angrenzende Zimmer bewohnte.

Zipser sah gehetzt zur Tür. »Ich hab' Durchfall«, sagte er mit dünner Stimme.

»Mußt du denn dauernd an der beschissenen Kette ziehen?« fragte Foxton. »Macht einen verfluchten Lärm, und ich würde ganz gern schlafen.« Er ging zurück in sein Zimmer, und Zipser wandte sich wieder der Kloschüssel zu, um mit der Bürste nach den sechs Präservativen zu angeln.

Zwanzig Minuten später suchte er immer noch nach Mitteln und Wegen, das belastende Material loszuwerden. Er hatte sechs Toiletten in benachbarten Aufgängen einen Besuch abgestattet und ließ die Dinger inzwischen verschwinden, indem er sie mit Leitungswasser füllte und die Öffnung verknotete. Diese Methode erwies sich als langsam, beschwerlich und vor allem geräuschvoll, und nachdem er es im Aufgang J mit sechs gleichzeitig versucht hatte, brauchte er eine Weile, um die Rohrverstopfung zu beheben. Anschließend ging er auf sein Zimmer, wo er sich, vor Angst und Kälte zitternd, hinsetzte. Es war ein Uhr nachts, und bis jetzt war er erst achtunddreißig Stück losgeworden. Bei diesem Tempo würde er noch überall auf dem Campus die Klospülungen betätigen, wenn morgens Mrs. Biggs eintraf. Er glotzte den Folienstapel und die Packungen an. Die mußte er auch noch loswerden. Sie hinter die Gasflamme im Kamin legen und verbrennen, dachte er gerade und fuhrwerkte im Kamin herum, um Platz zu schaffen, als ihn das Heulen des Windes im Schornstein auf eine bessere Idee brachte. Er trat ans Fenster und sah in die Nacht hinaus. Draußen im Dunkeln hüpften und wirbelten die Schneeflocken herum, während der Wind gegen die Scheibe peitschte. Zipser öffnete das Fenster und streckte den Kopf hinaus, benetzte dann einen Finger und hielt ihn in den Wind. »Kommt aus Osten«, murmelte er und schloß zufrieden lächelnd das Fenster. Gleich darauf kniete er vor dem Gaskamin, schraubte den Schlauch zur Gasleitung ab, und fünf Minuten später stieß er das erste von 250 gasgefüllten Präservativen schwungvoll gegen die verrußten Wände des mittelalterlichen Kamins und verschwand im Nachthimmel. Zipser eilte ans Fenster, um noch einen Blick auf das muntere Ding zu werfen, wie es fortwirbelte und seine Botschaft der Enthaltsamkeit hinaus in die Welt trug, doch es war zu dunkel, um irgend etwas zu erkennen. Er ging ins Zimmer zurück, holte eine Taschenlampe und leuchtete in den Schornstein hinauf, der abgesehen von der einen oder anderen verirrten Schneeflocke leer war. Vergnügt begab Zipser sich wieder zur Leitung zurück und füllte fünf weitere Gummis mit Gas. Wieder verlief das Experiment absolut erfolgreich: Sie schwebten den Schornstein hinauf und immer höher. Zipser füllte noch zwanzig und ließ sie ebenso erfolgreich den Schornstein hinaufsteigen. Als er gerade den hundertsten aufblies, ging das Gas zu Ende, und das Gummi erschlaffte mit einem schrecklichen Pfeifen. Zipser kramte in seinen Taschen, bis er schließlich einen Schilling fand. Den steckte er in den Zähler, und schon nahm das Präservativ eine neue, zufriedenstellende Gestalt an. Er knotete es zu und schob es in den Kamin. Je länger es dauerte, desto versierter wurde Zipser. Zur Leitung, Gas auf, Gas zu, Knoten rein und ab damit in den Schornstein. Die Kartons neben ihm auf dem Boden füllten sich mit leeren Folien, und Zipser überlegte gerade, ob es Kinder gab, die gebrauchte Präservativ-Verpackungen sammelten wie andere die Deckel von Milchflaschen, als er merkte, daß im Schornstein irgend etwas schieflief. Das aufgequollene und abgeschnürte Ende des letzten Präservativs schwebte im Kamin. Zipser gab ihm einen aufmunternden Stups, doch das arme Ding blähte sich nur bedrohlich. Zipser zog es raus und starrte in den Kamin. Sehr weit starrte er nicht: Im Schornstein quetschten sich ungeduldige Kondome. Er zog ein zweites, rußbeschmiertes heraus und legte es auf den Boden. Das dritte, das er herauszog, schmiß er hinter sich, dann ein viertes und fünftes, beide dick mit Ruß beschmiert. Danach gab er auf. Die übrigen hingen so hoch, daß er sie nicht mehr erreichte. Er kletterte aus dem Kamin, nahm auf dem Fußboden Platz und überlegte, was zu tun war. Jedenfalls hatte er sich des Gros entledigt, auch wenn einige noch im Schornstein festhingen. Dort waren sie gut versteckt – oder würden gut versteckt sein, sobald er die Gasheizung wieder angeschlossen hatte. Wie er sie loswerden könnte, würde er sich am Morgen überlegen; jetzt war er zu müde, um sich etwas einfallen zu lassen. Als er sich umdrehte und nach den fünf Stück greifen wollte, die er bereits aus dem Kamin gezerrt hatte, waren diese verschwunden. »Ich hatte sie doch auf den Teppich gelegt, da bin ich ganz sicher«, murmelte er vergnügt vor sich hin. Gerade wollte er unter dem Bücherregal suchen, als er aus dem Augenwinkel sah, daß sich etwas an der Decke bewegte. Zipser schaute hoch. In einer Ecke nahe der Tür hatten sich fünf rußgeschwärzte Präservative versammelt. Wo sie an die Decke gestoßen waren, fanden sich leichte Rußspuren.

Müde erhob sich Zipser, kletterte auf einen Stuhl und streckte die Hand aus. Er schaffte es, eines davon zu erreichen, doch wegen des Gleitfilms konnte er es unmöglich packen. Als Zipser zugriff, flutschte ihm das Präservativ mit einem affektierten Quietschen aus den Fingern und schwebte, eine Rußspur hinterlassend, quer durchs Zimmer. Zipser versuchte sich noch einmal an einem andern Exemplar, mit dem gleichen Erfolg. Er stellte den Stuhl woandershin und streckte die Hand aus. Das Präservativ zockelte bedächtig in die Fensterecke. Zipser folgte ihm wieder mit dem Stuhl, doch der Präser rollte fort. Zipser stieg herunter und starrte mit irrem Blick an seine Zimmerdecke. Sie war mit zarten schwarzen Spuren bedeckt, als hätte eine riesige Schnecke zunächst einen Kohlenwagen abgeladen und danach mal eben vorbeigeschaut. Langsam bröckelte Zipsers bis dahin geübte Selbstbeherrschung. Er griff sich ein Buch und warf es nach einem besonders unsympathisch aussehenden Präservativ, doch abgesehen davon, daß er es quer durch den Raum zu den übrigen Grüppchen in der Ecke trieb, erwies sich dies als sinnlose Geste. Zipser schob seinen Schreibtisch zur Tür. Dann schnappte er sich den Stuhl, plazierte ihn auf dem Tisch, kletterte unsicher hinauf und packte ein Präservativ am verknoteten Zipfel. Er kletterte wieder hinunter und schob es in den Kamin.

Fünf Minuten später waren alle fünf wieder da, wo sie hingehörten, und nachdem er das Kamingitter wieder an seinen Platz gedrückt hatte, konnte man auch das letzte Kondom nicht mehr sehen, obwohl es noch unter dem Sturz hervorlugte. Zipser ließ sich auf sein Sofa fallen und starrte die Decke an. Nun mußte er nur noch den Ruß vom Putz entfernen. Aus dem Dienerzimmer holte er einen Staubwedel, und die nächste halbe Stunde schob er seinen Schreibtisch durch das Zimmer, um von dort aus die Decke abzuwischen. Rußspuren waren zwar immer noch vorhanden, fielen aber nicht mehr so auf. Er schob den Schreibtisch wieder an seinen Platz und sah sich im Zimmer um. Von einem deutlichen Gasgeruch und einigen hartnäckigeren Flecken an der Decke abgesehen, bestand zwischen ihm und den vierundzwanzig Dutzend Präservativen, die er sich auf betrügerische Weise bei dem Großhändler beschafft hatte, keine Verbindung mehr. Zipser öffnete das Fenster, um zu lüften, ging dann ins Schlafzimmer und legte sich ins Bett. Im Osten wurde es hell, doch Zipser fehlte der Blick für die Schönheiten der Natur. Er fiel in einen unruhigen Schlaf, in dem ihn die Vorstellung quälte, daß sich der Verkehrsstau in seinem Schornstein am kommenden Tag auflösen und seine Bestandteile mit schockierender Überschwenglichkeit auf das nichts Böses ahnende College verteilen würde. Die Sorge erübrigte sich: In ganz Porterhouse wimmelte es bereits von den Gummis. Dafür hatte der Schneefall gesorgt. Sobald die mit Gleitfilm beschichteten Kondome aus dem Schornstein auftauchten, hatte der schmelzende Schnee ihren Weiterflug im Handumdrehen beendet. Die Gefahren überfrierender Nässe hatte Zipser nicht vorhergesehen.

Um zwei Uhr nachts traf der Dekan in Sir Cathcarts Rolls-Royce in Porterhouse ein. Er war seelisch erquickt, wenn auch von dem ereignisreichen Tag und Sir Cathcarts Weinbrand physisch erschöpft. Er klopfte ans Haupttor, und Skullion, der gehorsam auf ihn gewartet hatte, ließ ihn durch die Nebentür ein. »Kann ich Ihnen behilflich sein, Sir?« fragte Skullion, als der Dekan auf das Gelände torkelte.

»Ganz sicher nicht«, antwortete der Dekan mit schwerer Zunge und machte sich über den Hof auf den Weg. Wie ein treuer Hund folgte ihm Skullion in gebührender Entfernung und achtete darauf, daß der Dekan gut durch den Portikus gelangte, ehe er selbst sich wieder ins Pförtnerhäuschen und zu Bett begab. Skullion hatte schon die Tür geschlossen und sein Schlafzimmer aufgesucht, als auf dem Neuen Hof der erstickte Schrei des Dekans ertönte. Skullion hörte nichts. Er nahm Kragen und Krawatte ab und schlüpfte zwischen die Laken. »Betrunken wie ein Lord«, dachte er liebevoll und schloß die Augen.

Der Dekan lag fluchend im Schnee. Er versuchte, sich vorzustellen, worauf er ausgerutscht war. Ganz bestimmt war es kein Schnee gewesen. Schnee ließ sich nicht so zusammendrücken, Schnee explodierte nicht und stank auch in der heutigen Zeit der Luftverschmutzung nicht so nach Gas. Der Dekan stützte sich vorsichtig auf seine geprellte Hüfte und spähte ins Dunkel. Aus allen Richtungen hörte er ein merkwürdig knisterndes Geräusch, vermischt mit einer Art Knirschen und gelegentlichem Quietschen. Offenbar wimmelte es im Hof nur so von Unmengen prall gefüllter, halb durchsichtiger, im Licht der Sterne glänzender Gebilde. Der Dekan grapschte vorsichtig nach dem nächstgelegenen, das sich gemächlich trollte. Er rappelte sich auf und trat nach einem anderen, woraufhin eine Welle knirschender, quietschender und schiebender Gebilde über den Hof rollte. »Dieser verflixte Schnaps«, murmelte der Dekan. Er watete durch die Masse hindurch zu seinem Aufgang und stolperte die Treppe hoch. Ihm war speiübel. »Muß meine Leber sein«, dachte er, ließ sich in einen Sessel fallen und faßte den Vorsatz, in Zukunft keinen Brandy mehr anzurühren. Ein Weilchen später ging er zum Fenster und schaute hinaus. Von oben sah der Hof leer aus, weiß vom Schnee, aber sonst normal. Der Dekan schloß das Fenster und drehte sich um. »Ich hätte schwören können, daß der Hof...« Er grübelte darüber nach, womit der Hof wohl vollgestopft sein könnte, doch ihm wollte einfach nichts Passendes einfallen. Luftballons kamen der Sache vielleicht am nächsten, andererseits fehlte Ballons dieses ekelhaft-milchig Ektoplasmatische.

Er ging ins Schlafzimmer, kleidete sich aus, zog seinen Schlafanzug an und legte sich ins Bett, konnte aber nicht einschlafen. Er hatte zu lange bei Sir Cathcart gedöst, außerdem ließ ihm sein letztes Erlebnis keine Ruhe. Nach einer Stunde stand der Dekan wieder auf, zog seinen Morgenmantel über und ging die Treppe hinunter. Unten starrte er auf den Hof. Da war es wieder, dieses unanständige Quietschen, doch um etwas Genaueres sehen zu können, war es zu dunkel. Der Dekan trat auf den Hof hinaus und stieß gegen eines der Objekte. »Und es gibt sie *doch*«, murmelte er und bückte sich, um was immer es war aufzuheben. Das Ding fühlte sich irgendwie schmierig an und tanzte weg, sobald der Dekan es in den Fingern hatte. Er versuchte es – vergeblich – mit einem anderen, erst beim dritten Anlauf bekam er eins zu fassen. Der Dekan hielt das Etwas am unteren Zipfel fest, nahm es mit in den beleuchteten Eingang und betrachtete es empört und mit wachsendem Ekel. Er hielt die Spitze des Objektes nach unten, doch es richtete sich wieder auf und reckte die Spitze nach oben. So hielt er es auch, als er den Hof durchquerte und durch den Portikus zum Alten Hof und dem Portierhäuschen schritt.

Auf den schläfrig aus seiner Kammer auftauchenden Skullion wirkte der Anblick des Dekans im Morgenrock mit dem verknoteten Ende eines aufgeblasenen Präservativs in der Hand wie ein Alptraum, der ihn vollends seiner ohnehin begrenzten Ausdrucksmöglichkeiten beraubte. Während er dastand und den Dekan aus aufgerissenen Augen anstarrte, wackelte das Präservativ am Rand seines Gesichtsfeldes obszön hin und her.

»Das hier fand ich soeben im Neuen Hof, Skullion«, sagte der Dekan, dem schlagartig klar wurde, daß sein Auftritt durchaus mißverständlich war.

»Oh, aha«, kommentierte Skullion im Tonfall eines Menschen, der im stillen so seine Zweifel hegte. Der Dekan beeilte sich, das Kondom loszulassen.

»Wie ich gerade sagte …«, begann er, verstummte aber, als das Ding langsam nach oben stieg. Skullion und der Dekan beobachteten es wie hypnotisiert. Das Präservativ kam an der Decke an und blieb dort kleben. Skullion senkte den Blick und fixierte den Dekan.

»Es scheint noch mehr von der Sorte zu geben«, fuhr der Dekan fort.

»Oh, aha«, sagte Skullion.

»Und zwar im Neuen Hof«, ergänzte der Dekan. »Noch viel mehr.«

»Im Neuen Hof?« fragte Skullion langsam.

»Ja«, sagte der Dekan. Skullions unverhohlene Skepsis brachte ihn allmählich ins Schwitzen. Letzteres galt auch für das Präservativ. Der Luftzug von der Türe hatte es in die Nähe der Deckenglühbirne getrieben, und als der Dekan gerade den Mund aufmachte, um zu sagen, daß es im Neuen Hof von den Dingern nur so wimmelte, stieß das über ihnen schwebende Exemplar gegen die Birne und explodierte. Genauer gesagt ereigneten sich drei Explosionen: Zuerst explodierte das Präservativ, dann die Glühbirne, und drittens – was besonders erschreckend war – fing das Gas Feuer. Für einen Augenblick von der Stichflamme geblendet und des Lichts der Birne beraubt, standen der Dekan und Skullion im Dunkeln, während es Glassplitter und Gummifetzen auf sie herabregnete.

»Es gibt da draußen noch mehr von der Sorte«, sagte der Dekan endlich und ging voraus in die Nachtluft. Skullion griff nach seiner Melone und setzte sie auf. Dann holte er seine Taschenlampe hinter der Theke hervor und folgte dem Dekan. Hinter dem Portikus leuchtete Skullion mit der Taschenlampe in den Neuen Hof.

Zusammengekauert wie eine Horde beinloser Tiere, glitzerten über zweihundert Präservative im Licht der Lampe. Eine leicht frühmorgendliche Brise war aufgekommen und mit ihr stiegen ein paar prall mit Gas gefüllte Kondome auf, was so aussah, als wollten sie ihre weniger aktiven Nachbarn besteigen, während die ganze Masse wogte und waberte. Das eine oder andere stieß bereits gegen die Fenster im ersten Stock.

»Mein Gott«, sagte Skullion despektierlich.

»Ich will, daß sie verschwunden sind, bevor es hell wird, Skullion«, sagte der Dekan. »Niemand darf davon erfahren. Der Ruf des Colleges, Sie verstehen.«

»Jawohl, Sir«, sagte Skullion. »Ich werde sie entfernen. Überlassen Sie das mir.«

»Gut, Skullion«, sagte der Dekan und verschwand nach einem letzten angewiderten Blick auf die obszöne Herde im Aufgang zu seiner Wohnung.

Mrs. Biggs nahm ein Bad. Sie hatte Badesalz in das Wasser gestreut, und der rosa Schaum paßte zur Farbe ihrer rüschenbesetzten Badekappe. Ein Badeabend war für Mrs. Biggs etwas ganz Besonderes. In der Abgeschiedenheit ihres Badezimmers fühlte sie sich von allen Zwängen der Vernunft befreit. Wenn sie auf der rosa Badematte stand und sich im beschlagenen Spiegel betrachtete, gelang es ihr fast, sich vorzustellen, sie sei wieder jung. Jung, frei und ungebunden; und Zipser gefiel ihr. Das stand für sie fest, genauso wie feststand, daß sie Zipser gefiel. Sie trocknete sich sorgsam ab, zog ihr Nachthemd an und begab sich in ihr Schlafzimmer. Nach dem Zubettgehen stellte sie den Wecker auf drei Uhr morgens. Mrs. Biggs wollte früh aufstehen. Sie hatte viel vor.

Im Morgengrauen verließ sie das Haus und strampelte durch Cambridge. Sie schloß ihr Fahrrad in der Nähe der Rundkirche ab und ging durch die Trinity Street zum Seiteneingang von Porterhouse, den sie mit einem Schlüssel öffnete, den sie noch von früher besaß, als sie dem Kaplan das Bett gemacht hatte. Sie lief durch den Kantinengang, kam beim Portikus heraus und wollte gerade den Neuen Hof betreten, als ein seltsames Geräusch sie abrupt innehalten ließ. Sie spähte durch das Tor. In der Dämmerung machte Skullion Jagd auf Ballons. Oder so etwas Ähnliches. Jagd machen war nicht richtig: es sah eher wie Tanzen aus. Er sprang, hüpfte und tollte umher. Seine Arme streckte er sehnsüchtig nach dem aus, was beschwingt außerhalb seiner Reichweite schwebte, als wolle es den Pförtner foppen. Kreuz und quer tobte die absonderliche Hatz durch den uralten Innenhof, und als es gerade schien, als würde das Ding über die Mauer in den Garten entkommen, gab es einen lauten Knall, und was auch immer es gewesen war, hing schlaff und zerfleddert, wie eine spät erblühte Knospe, in den Zweigen einer Kletterrose. Skullion blieb keuchend stehen und starrte zu seinem Beutestück hoch; dann machte er kehrt, anscheinend von dem Schicksal seines Opfers beflügelt, und rannte auf den Portikus zu. Während Skullion vorbeiraste, zog Mrs. Biggs sich in die Dunkelheit des Kantinengangs zurück, und erst als sie sah, daß er auf das Pförtnerhäuschen zusteuerte, verließ sie ihr Versteck und tänzelte durch die Präservative auf den Bull Tower zu. Zu ihren Füßen quietschten und knirschten Kondome. Mit frischer, von dem Anblick so vieler Verhüterli verursachter sexueller Erregung stieg Mrs. Biggs die Treppe zu Zipsers Zimmer hoch. Sie konnte sich nicht erinnern, wann sie zuletzt so viele gesehen hatte. Sogar die amerikanischen Flieger, mit denen sie früher intim gewesen war, hatten mit ihren Gummis nicht so um sich geworfen, obwohl sie wahrhaftig großzügig gewesen waren, wenn sie sich recht erinnerte. Mrs. Biggs schloß Zipsers Zimmer auf und verrammelte die äußeren Doppeltüren. Um keinen Preis wollte sie gestört werden. Sie ging zu Zipsers Schlafzimmer und trat ein. Dann knipste sie die Nachttischlampe an.

Zipser erwachte aus seinem unruhigen Schlaf und blinzelte. Er setzte sich auf und glotzte Mrs. Biggs an, die in ihrem knallroten Mantel vor ihm stand. Offenbar war es Morgen. Es kam ihm nicht wie Morgen vor, doch schließlich war Mrs. Biggs da, und deshalb mußte es Morgen sein. Mrs. Biggs kam nicht mitten in der Nacht. Zipser hievte sich aus dem Bett. »'tschuldigung«, murmelte er und griff nach seinem Morgenmantel. »Habe wohl verschlafen.« Zipsers Blick fiel auf den Wecker. Die Zeiger standen offenbar auf halb vier. War wohl stehengeblieben.

»Pst!« befahl Mrs. Biggs mit unheilverkündendem Lächeln. »Es ist erst halb vier.«

Zipser sah noch einmal auf die Uhr. Es war tatsächlich halb vier. Er versuchte, die Uhrzeit mit Mrs. Biggs' Auftauchen in Einklang zu bringen, doch es gelang ihm nicht. Etwas an dieser Situation war völlig daneben.

»Darling«, sagte Mrs. Biggs, die offensichtlich spürte, daß er nicht aus noch ein wußte. Zipser glotzte mit offenem Mund zu ihr hoch. Mrs. Biggs zog soeben ihren Mantel aus. »Mach keinen Krach«, setzte sie hinzu, immer noch mit diesem unglaublichen Lächeln auf den Lippen.

»Was zum Teufel geht hier vor?« erkundigte sich Zipser.

Mrs. Biggs ging ins Nebenzimmer. »Bin gleich wieder da«, rief sie mit leiser, heiserer Stimme.

Zipser erhob sich zittrig. »Was machen Sie da?« rief er.

Aus dem Nebenzimmer drang das Rascheln von Kleidern. Selbst Zipsers verwirrtem Geist war klar, daß Mrs. Biggs sich auszog. Er ging zur Tür und starrte ins Dunkel.

»Um Himmels willen«, sagte er, »das dürfen Sie nicht tun.«

Mrs. Biggs tauchte aus dem Dunkeln auf. Sie hatte ihre Bluse ausgezogen. Zipser starrte den riesigen Büstenhalter an.

»Schnucki«, sagte sie. »Leg dich wieder ins Bett. Du sollst dich nicht da hinstellen und mich beobachten. Es ist mir peinlich.« Sie gab ihm einen Stoß, der ihn aufs Bett beförderte. Dann schloß sie die Tür. Zipser saß zitternd auf seinem Bett. Ihn erschreckte, daß Mrs. Biggs plötzlich um drei Uhr morgens aus dem Schattenreich seiner geheimsten Phantasien trat und Gestalt annahm. Er überlegte fieberhaft. Schreien oder um Hilfe rufen konnte er nicht. Niemand würde ihm glauben, daß er sie nicht ermutigt hätte... Man würde ihn des Colleges verweisen. Seine Karriere wäre beendet. Er würde in Ungnade fallen. Sie würden die Pariser im Schornstein finden. O Gott. Zipser brach in Tränen aus.

Im anderen Zimmer entledigte sich Mrs. Biggs ihres BHs und Slips. Es war furchtbar kalt. Sie wollte gerade das Fenster schließen, als sie durch ein leises Knallen von unten erschreckt wurde. Mrs. Biggs schaute hinaus. Skullion lief mit einem Stock bewaffnet durch den Hof und schien die Präservative aufzuspießen. »Der ist erst mal beschäftigt«, dachte Mrs. Biggs vergnügt und schloß das Fenster. Dann ging sie zum Kamin und zündete die Gasflamme an.

»Ist angenehmer, wenn man sich nachher im Warmen anzieht«, dachte sie und betrat das Schlafzimmer. Zipser hatte sich wieder ins Bett gelegt und die Lampe ausgeknipst.

»Möchte mich nicht in Verlegenheit bringen«, dachte Mrs. Biggs liebevoll und stieg ins Bett. Zipser rutschte zwar zur Seite, doch mit seiner Zurückhaltung war er bei Mrs. Biggs an die Falsche geraten. Sie nahm ihn in die Arme und preßte ihn an ihre mächtigen Brüste. Im Dunkeln quiekte Zipser entsetzt, als Mrs. Biggs' Mund den seinen fand. Zipser hatte das Gefühl, von einem großen weißen Wal umklammert zu werden. Verzweifelt rang er nach Luft und kam für einen Moment an die Oberfläche, ehe er wieder unter ihr versank.

Skullion, der, mit einem Besenstiel bewaffnet, an dem er mit Klebeband eine Nadel befestigt hatte, aus dem Pförtnerhäuschen zurückgekommen war, warf sich auf die Präsermassen und stach mit einer Wut um sich, die sich nur teilweise damit erklären ließ, daß er die Nacht durcharbeiten mußte. Am meisten ärgerte ihn, wie unverschämt die Dinger waren. Mit Präservativen hatte Skullion normalerweise wenig im Sinn. Unnatürlich nannte er sie, und für ihn gehörten sie wie Schuhe mit Gummizug an der Seite und fertig gebundene Fliegen auf die unterste gesellschaftliche Stufe. Keine passende Kleidung für einen Gentleman. Doch mehr noch als ihre niedere Herkunft erzürnte ihn, daß eine so große Anzahl derart aufgeblähter Kondome die Würde von Porterhouse beleidigte. Die Mahnung des Dekans, von dieser Plage dürfe nichts nach außen dringen, war für Skullion überflüssig. So etwas brauchte man ihm nicht zu sagen. »Wir wären das Gespött der ganzen Universität«, dachte er und spießte ein besonderes Prachtexemplar auf. Als der Tag über Cambridge anbrach, hatte Skullion den Neuen Hof gesäubert. Der eine oder andere war in den Garten entkommen, und er begab sich durch den Bogengang dorthin und spießte die letzten auf. Hinter ihm war der Hof mit zerfetzten, auf dem Schnee so gut wie unsichtbaren Latex übersät. »Die sammle ich erst auf, wenn's ein wenig heller ist«, murmelte er. »Jetzt sehe ich sie gar nicht.« Gerade hatte er ein kleines, aber wendiges Exemplar im Rosengarten zur Strecke gebracht, da bewirkte ein von der Spitze des Tower kommendes dumpfes Grollen, daß er sich umdrehte und hochblickte. In dem alten Schornstein ging irgend etwas vor. Die Schornsteinklappe wackelte. Es schien, als schwelle die vor dem Morgenhimmel schemenhaft sich abzeichnende Backsteinkonstruktion an. An Stelle des Grollens trat ein ungeheures Krachen, als aus dem Schornstein ein Feuerball austrat und sich ausdehnte, ehe er über das College niederging. Der Schornstein darunter krachte seitwärts weg und fiel auf das Dach des Turmes aus dem vierzehnten Jahrhundert, der, begleitet von einem langsam lauter werdenden Grollen des Mauerwerks, seine gesamte Fassade verlor. Nun konnte man in die Zimmer sehen, deren Böden sich schrecklich neigten und dann wegsackten. Skullion starrte wie gebannt auf das Spektakel. Im ersten Stock rutschte ein Bett seitlich weg und fiel auf das untenliegende Mauerwerk. Schreibtische und Stühle folgten seinem Beispiel. Rufe und Schreie wurden laut. Aus Hauseingängen strömten Menschen, und rund um den Hof wurden Fenster aufgerissen. Skullion ignorierte die Hilferufe. Er war gerade damit beschäftigt, die letzten Präservative zu jagen, als der Rektor in seinen Morgenmantel gehüllt aus dem Rektorhaus auftauchte und zur Unglücksstätte eilte. Auf dem Weg durch den Garten ertappte er Skullion dabei, wie er ein auf dem Fischteich treibendes Präservativ aufzuspießen versuchte.

»Öffnen Sie das Haupttor«, rief ihm der Rektor zu.

»Noch nicht«, lautete Skullions knappe Antwort.

»Was soll das heißen, noch nicht?« verlangte der Rektor zu wissen. »Rettungswagen und Feuerwehr müssen durch.«

»Kommen keine Fremden ins College, bevor ich diese Dinger entfernt habe. Das wäre nicht richtig«, sagte Skullion.

Wutenbrannt starrte der Rektor das schwimmende Präservativ an. Skullions Weigerung brachte ihn zur Weißglut. »Es gibt Verletzte«, schrie er.

»Und wenn schon«, sagte Skullion. »Man muß aber auch an den Ruf des Colleges denken.« Damit beugte er sich über den Teich und brachte die schwimmende Blase zum Platzen. Sir Godber drehte sich um und lief zum Unfallort. Skullion folgte ihm langsam. »Hat kein Gespür für Tradition«, stellte er bekümmert fest und schüttelte den Kopf.

- 10 -

»Diese Brieschen sind köstlich«, sagte der Dekan beim Abendessen. »Die gerichtsmedizinische Anhörung hat mich rechtschaffen hungrig gemacht.«

»Sehr taktvoll abgewickelt«, sagte der Obertutor. »Ich muß zugeben, daß ich mit einem weniger großzügigen Entscheid gerechnet hatte. Mit dem Selbstmord schaden sie keinem.«

»Selbstmord?« rief der Kaplan. »Hat da jemand Selbstmord gesagt?« Er sah sich erwartungsvoll um. »Endlich ein Thema, das wir gründlich erörtern sollten.«

»Das hat der amtliche Leichenbeschauer schon ausführlich getan, Kaplan«, brüllte ihm der Schatzmeister ins Ohr.

»Was wirklich nett von ihm war«, sagte der Kaplan.

»Das erwähnte der Obertutor gerade«, erklärte der Schatzmeister.

»Hat er? Wie interessant«, sagte der Kaplan, »und es war auch an der Zeit. Hatten schon seit etlichen Jahren keinen ordentlichen Selbstmord mehr im College. Wirklich bedauerlich.«

»Mir leuchtet nicht ein, was am Nachlassen dieser Unsitte so bedauerlich sein soll, Kaplan«, sagte der Schatzmeister.

»Ich glaube, ich nehme mir noch einen Nachschlag von den Brieschen«, sagte der Dekan.

Der Kaplan lehnte sich zurück und betrachte die anderen über den Rand seiner Brille hinweg. »Früher verging kaum eine Woche, ohne daß sich irgendein armer Bursche auf ewig verabschiedete. Als ich frischgebackener Kaplan war, verbrachte ich die Hälfte meiner Zeit mit dem Besuch von gerichtsmedizinischen Anhörungen. Wenn ich's recht bedenke, gab es eine Zeit, wo man uns als ›Das Schlachthaus‹ kannte.«

»Seitdem hat sich die Lage zum Besseren gewendet«, sagte der Schatzmeister.

»Unsinn«, widersprach der Kaplan. »Die sinkende Selbstmordrate ist das deutlichste Anzeichen des moralischen Verfalls. Anscheinend werden die Studenten nicht mehr in dem Maße von Gewissensqualen gepeinigt wie zu der Zeit, als ich noch jung war.«

»Sie glauben doch nicht, daß das etwas mit der Einführung von Erdgas zu tun hat?« wollte der Obertutor wissen.

»Erdgas? Mitnichten«, sagte der Dekan. »Ich teile die Meinung des Kaplans. Die Jugend von heute läßt am liebsten Gras über ihre Gewissensbisse wachsen.«

»Gras«, rief der Kaplan. »Hat da jemand was von Gras gesagt?«

»Ich sagte lediglich...«, setzte der Dekan an.

»Wenigstens hat niemand den Verdacht geäußert, der junge Zipser hätte unter Drogeneinfluß gestanden«, unterbrach der Schatzmeister. »Die Polizei hat schließlich eine sehr gründliche Untersuchung vorgenommen und nichts gefunden.«

Der Dekan runzelte die Stirn. »Nichts gefunden?« sagte er. »Wenn mich nicht alles täuscht, haben sie einen ganzen Sack voller... ähem... Präservative mitgenommen.«

»Ich sprach von Drogen, Herr Dekan. Es ging um die Frage des Motivs, verstehen Sie. Anscheinend nahm die Polizei an, Zipser sei einem irrationalen Impuls erlegen.«

»Soviel ich weiß, ist er Mrs. Biggs erlegen«, sagte der Obertutor. »Mrs. Biggs könnte man wohl als einen irrationalen, jedenfalls einen sehr geschmacklosen Impuls bezeichnen. Ich muß zugeben, daß ich eine solche Begeisterung für gasgefüllte Präservative ziemlich unbegreiflich finde.«

»Laut Polizei waren es zweihundertfünfzig Stück«, berichtete der Schatzmeister.

»Über Geschmack läßt sich nicht streiten«, sagte der Dekan, »ich für meinen Teil vermute allerdings eher, daß... politische Motive hinter der ganzen bedauerlichen Angelegenheit stecken. Dieser Zipser war nämlich ganz klar ein Anarchist. In seiner Wohnung fand man jede Menge linksradikale Literatur.«

»Soweit ich weiß, hat er über Pumpernickel gearbeitet«, sagte der Schatzmeister. »Über dessen Stellenwert im Deutschland des sechzehnten Jahrhunderts.«

»Außerdem gehört er einer Reihe subversiver Gruppierungen an«, fuhr der Dekan fort.

»Ich würde den Verband zur Förderung der Vereinten Nationen nicht gerade subversiv nennen«, wandte der Schatzmeister ein.

»Aber ich«, sagte der Dekan. »Alle politischen Vereinigungen sind subversiv. Geht gar nicht anders. Ist doch logisch. Würden nicht existieren, wenn sie nicht irgendwas unterwandern wollten.«

»Jedenfalls hat er sich auf recht ungewöhnliche Weise mit seiner Umwelt auseinandergesetzt«, stellte der Schatzmeister fest. »Doch die Anwesenheit von Mrs. Biggs läßt sich damit immer noch nicht erklären.«

»Ich bin geneigt, dem Dekan beizupflichten«, sagte der Obertutor. »Wer mit Mrs. Biggs ins Bett geht, muß entweder verrückt sein, oder sein Gespür für gesellschaftliche Umgangsformen ist völlig außer Kraft; und wenn man zweihundertfünfzig tödliche Präservative auf seine nichtsahnende Mitmenschen losläßt, deutet dies auf einen Fanatismus hin ...«

»Andererseits«, wandte der Schatzmeister ein, »hat er sich wegen seiner diese gute Frau betreffenden ... äh ... Zwangsvorstellungen an Sie gewandt. Sie erwähnten es seinerzeit.«

»Tja, das kann schon sein«, räumte der Obertutor ein, »obwohl ich hinter das Wörtchen ›gut‹ in Verbindung mit Mrs. Biggs ein Fragezeichen setzen möchte. Jedenfalls habe ich ihn an den Kaplan verwiesen.«

Sie sahen den Kaplan fragend an. »Mrs. Biggs eine gute Frau?« schrie dieser. »Das kann man wohl sagen. Prachtweib.«

»Wir haben uns gefragt, ob Zipser Ihnen vielleicht irgendwelche Hinweise auf seine Motive gab«, erläuterte der Schatzmeister.

»Motive?« sagte der Kaplan. »Liegen klar auf der Hand. Gute alte Wollust.«

»Was den explosiven Charakter seines Ablebens wohl kaum erklärt«, stellte der Obertutor fest.

»Man kann keinen neuen Wein in alte Schläuche füllen«, sagte der Kaplan.

Der Dekan schüttelte den Kopf. »Ganz gleich, was seine Motive waren«, stellte er fest, »Zipser hat uns in eine heikle Lage gebracht. Man kann sich schwerlich gegen Änderungen wehren, wenn Collegemitglieder sich derart daneben benehmen. Die Sitzung der Porterhouse-Gesellschaft wurde bereits abgesagt.«

Die Fellows sahen ihn verdutzt an.

»Aber soviel ich weiß, war der General mit der Sitzung einverstanden«, sagte der Obertutor. »Er wird doch jetzt keinen Rückzieher machen?«

»Cathcart hat sich als Rohr im Wind erwiesen«, erklärte der Dekan betrübt. »Heute morgen teilte er mir telefonisch mit, seiner Meinung nach sollten wir warten, bis sich die Rauchschwaden verzogen haben. Keine sehr glückliche Formulierung, aber er hat nicht unrecht. Im Moment kann sich das College wohl kaum noch einen Skandal leisten.«

»Dieser verfluchte Zipser«, sagte der Obertutor. Schweigend beendeten die Fellows ihr Abendessen.

Im Rektorhaus betrauerten Sir Godber und Lady Mary Zipsers Ableben bei einem frugalarem Rührei. Wie gewöhnlich erfüllte solch tragisches Geschehen Lady Mary mit frischer Lebenskraft, und die sonderbaren Umstände von Zipsers Tod hatten ihrem psychologischem Interesse neuen Auftrieb gegeben.

»Der arme Junge muß einen Fetisch gehabt haben«, sagte sie und das leidenschaftslose Interesse, mit dem sie eine Banane schälte, erinnerte Sir Godber an seine Flitterwochen. »Genau wie im Fall des Jungen, den man auf dieser Zugtoilette in einem Plastiksack fand.«

»Ein seltsamer Aufenthalt«, sagte Sir Godber und nahm sich ein paar Dosenhimbeeren.

»Natürlich haben wir es hier mit einem viel klareren Fall von Mutterkomplex zu tun«, fuhr Lady Mary fort. »Bei dem Plastiksack handelte es sich eindeutig um einen Plazentaersatz.«

Sir Godber schob seinen Teller von sich. »Wahrscheinlich willst du mir jetzt erzählen, Präservative mit Gas zu füllen, deute zweifelsfrei darauf hin, daß der arme Kerl unter Penisneid litt.«

»Jungen leiden nicht unter Penisneid, Godber«, korrigierte Lady Mary ihn streng. »Den haben nur Mädchen.«

»Tatsächlich? Na, vielleicht litt die Aufwartefrau darunter. Andererseits gibt es keinen Hinweis darauf, daß Zipser die Kondome in den Schornstein gestopft hat. Wir wissen zwar, daß er sie beschafft hat, aber ebensogut hätte Mrs. Biggs sie mit Gas füllen und in den Schornstein stecken können.«

»Das ist auch so eine Sache«, sagte Lady Mary. »Die Bemerkungen des Dekans über Mrs. Biggs waren absolut geschmacklos! Zipsers Affäre mit seiner Aufwartefrau schien ihm zu beweisen, daß der Junge geisteskrank war. Ein himmelschreienderes Beispiel für Klassendünkel läßt sich nur schwer vorstellen, aber schließlich war ich schon immer der Meinung, daß der Dekan ein einmalig gewöhnliches Männlein ist.«

Sir Godber blickte seine Frau mit unverhohlener Bewunderung an. Ihre fehlende Logik verblüffte ihn immer wieder. Lady Marys Egalitarismus entsprang einem Gefühl angeborener Überlegenheit, an dem sogar ihre Ehe mit Sir Godber nicht gerüttelt hatte. Manchmal fragte er sich, ob sie ihn damals nicht nur aus politischen Gründen und zum Beweis ihrer Liberalität geheiratet hatte. Er schob seinen häuslichen Tagtraum beiseite und dachte über die Konsequenzen von Zipsers Tod nach. »Jetzt wird es noch schwieriger werden, den Dekan in den Griff zu kriegen«, sagte er nachdenklich. »Er behauptet bereits, die sexuelle Freizügigkeit sei für diese Angelegenheit verantwortlich.«

Lady Mary schnaubte verächtlich. »Völliger Unfug«, fauchte sie wie bestellt. »Gäbe es Frauen im College, wäre so etwas nicht passiert.«

»Dem Dekan zufolge hat uns aber eben Mrs. Biggs' Anwesenheit in Zipsers Wohnung das Unglück beschert«, bemerkte Sir Godber.

»Der Dekan«, sagte Lady Mary mit Nachdruck, »ist ein altes Chauvi-Schwein. Ein vernünftiges Koedukationsprogramm würde die bekanntlich zu Fetischismus führende sexuelle Verdrängung verhindern. Bei der nächsten Ratssitzung mußt du darauf hinweisen.«

»Meine Liebe«, sagte Sir Godber matt, »du verstehst offenbar nicht, in welch schwieriger Lage ich mich befinde. Jetzt kann ich wohl kaum als Rektor zurücktreten, sonst sähe es aus, als würde ich eine gewisse Mitverantwortung an diesem Vorfall eingestehen. So wie die Dinge liegen, werde ich genug damit zu tun haben, Geld für den Restaurierungsfonds zu beschaffen. Die Turmreparatur wird über eine Viertelmillion kosten.«

Lady Mary musterte ihn streng. »Godber«, sagte sie, »du darfst jetzt nicht schwach werden. Du mußt deinen Grundsätzen kompromißlos treu bleiben. Auf keinen Fall darfst du die Waffen strecken.«

»Waffen, meine Liebe?«

»Waffen, Godber, Waffen.«

Sir Godber runzelte skeptisch die Stirn. Die Waffen, die er einmal besessen hatte – wobei er im Hinblick auf Lady Marys Pazifismus zweifelte, ob diese Wortwahl moralisch angemessen war –, schienen ihm durch Zipsers tragischen Akt entwunden worden zu sein.

»Ich wüßte wirklich nicht, was ich tun kann«, sagte er schließlich.

»Na, zuallererst kannst du für den freien Verkauf von Präservativen im College sorgen.«

»Was kann ich?« schrie Sir Godber.

»Du hast mich sehr wohl verstanden«, schnauzte seine Frau ihn an. »Im King's College hängt ein Automat auf der Toilette, in einigen anderen Colleges ebenfalls. Es scheint mir eine ganz normale Vorsichtsmaßnahme zu sein.«

Der Rektor schüttelte sich. »Im King's hängt einer rum, wie? Na, die haben's aber auch wirklich nötig. Der Laden ist eine Brutstätte der Homosexualität.«

»Godber«, sagte Lady Mary warnend. Sir Godber schwieg. Er kannte Lady Marys Meinung über Homosexuelle. Sie schätzte diesen Personenkreis genausosehr wie Füchse, und ihre Meinung von Fuchsjagd war, gelinde gesagt, extrem negativ.

»Damit wollte ich nur andeuten, daß King's diese Dinger aus gutem Grund hat«, sagte er.

»Ich kann mir kaum vorstellen ...«, begann Lady Mary, als das französische Au-pair-Mädchen den Kaffee brachte.

»Wie ich schon sagte ...«

»Pas devant les doméstiques«, unterbrach ihn seine Frau.

»Ganz recht«, sagte Sir Godber rasch. »Ich meinte bloß, dort hat man diese Dinger pour encourager les autres.«

Nachdem das Mädchen gegangen war, goß Lady Mary den Kaffee ein.

»Welche anderen?« fragte sie.

»Anderen?« wiederholte Sir Godber, der inzwischen den Faden verloren hatte.

»Du sagtest, King's College habe einen Kondomautomaten aufgestellt, um die anderen zu ermutigen.«

»Genau. Ich kenne deine Einstellung zur Homosexualität, meine Liebe, aber man kann es auch übertreiben«, erklärte er.

»Godber, du willst dich rausreden«, sagte Lady Mary bestimmt. »Ich bestehe darauf, daß du einmal im Leben das tust, was du angeblich tun willst. Als ich dich geheiratet habe, hast du vor phantastischen Idealen nur so gestrotzt. Wenn ich dich jetzt ansehe, frage ich mich manchmal, was aus dem Mann geworden ist, den ich damals geheiratet habe.«

»Meine Liebe, du scheinst zu vergessen, daß ich ein Leben lang in der Politik tätig war«, wandte Sir Godber ein. »Man lernt, Kompromisse einzugehen. Es ist zwar deprimierend, aber so ist es nun einmal. Meinetwegen kannst du es den Tod des Idealismus nennen, aber wenigstens rettet es einem Haufen Leuten das Leben.« Er ging mit seiner Kaffeetasse in sein Arbeitszimmer, wo er sich über seine Feigheit wunderte.

Er konnte sich noch an eine Zeit erinnern, als er den Enthusiasmus seiner Frau für soziale Gerechtigkeit geteilt hatte, doch die Zeit hatte ... oder anders gesagt: Da Lady Mary während all der Jahre aktiv geblieben war, hatte nicht die Zeit, sondern etwas anderes seinen Eifer getrübt – falls man Eifer trüben konnte. Sir Godber dachte darüber nach und war erstaunt, daß die Frage ihn so beschäftigte. Wenn nicht die Zeit, was dann? Die Sperrigkeit der menschlichen Natur. Die schiere Trägheit der Engländer, für die die Vergangenheit immer heilig und unantastbar war, und die auf ihre Sturheit auch noch stolz waren. »Wir haben den Krieg nicht gewonnen«, dachte Sir Godber, »sondern uns nur geweigert, ihn zu verlieren.« Zu neuer Kampfeslust wachgerüttelt, griff er sich den Schürhaken, stocherte wütend im Kaminfeuer herum und sah zu, wie die Funken nach oben ins Dunkel stoben. Verdammt wollte er sein, wenn er sich vom Dekan auf der Nase herumtanzen ließ. Er hate nicht ein Leben lang in hohen Ämtern zugebracht, um sich von einem alternden Akademiker mit einer Vorliebe für Portwein das Leben vermiesen zu lassen. Er stand auf, goß sich einen Whisky ein und schritt im Zimmer auf und ab. Lady Mary hatte recht. Ein Frommsautomat wäre ein Schritt in die richtige Richtung. Morgen früh würde er mit dem Schatzmeister reden. Er warf einen Blick aus dem Fenster und sah, daß in den Zimmern des Schatzmeisters noch Licht brannte. Es war noch nicht spät. Er würde ihm jetzt einen zwanglosen Besuch abstatten. Er trank aus, ging in den Flur und zog seinen Mantel an.

Der Schatzmeister wohnte extern. Infolge der Kochkunst seiner Frau aß er so oft wie möglich im College, und heute war er rein zufällig nach dem Abendessen in seinen Räumen geblieben. Er mußte über Verschiedenes nachdenken. Beispielsweise über den Pessimismus des Dekans und daß der es nicht geschafft hatte, Sir Cathcarts Unterstützung zu bekommen. Vielleicht, dachte er, empfahl es sich doch, seine eher dürftige Loyalität auf Sir Godber zu übertragen. Der Rektor hatte sich bereits als zielstrebiger Mann erwiesen – der Schatzmeister hatte sein an den Collegerat gerichtetes Ultimatum nicht vergessen –, und würde ihn, wenn er es richtig anfing, bestimmt für geleistete Dienste belohnen. Schließlich hatte er, der Schatzmeister, ihm die Informationen geliefert, mit denen er den Rat eingeschüchtert hatte. Es lohnte sich, darüber nachzudenken.

Er stand auf und zog seinen Mantel an, als Schritte auf der Treppe einen späten Besucher ankündigten. Der Schatzmeister setzte sich an den Schreibtisch und tat, als würde er arbeiten. Es klopfte.

»Herein«, sagte der Schatzmeister. Sir Godber spähte um den Türpfosten.

»Ah, Schatzmeister«, sagte er. »Hoffentlich störe ich nicht. Ich ging gerade über den Hof, als ich bei Ihnen noch Licht sah, und da dachte ich, ich schaue mal vorbei.«

Der Schatzmeister erhob sich, um ihn mit herzlicher Unterwürfigkeit zu begrüßen. »Wie schön, daß Sie gekommen sind, Herr Rektor«, sagte er und beeilte sich, Sir Godber den Mantel abzunehmen. »Ich wollte Sie gerade mit ein paar Zeilen um eine Unterredung bitten.«

»Wenn das so ist, freue ich mich um so mehr, daß ich Ihnen diese Mühe erspart habe«, sagte Sir Godber.

»Nehmen Sie doch bitte Platz.« Sir Godber setzte sich freundlich lächelnd in einen Sessel beim Kamin. Daß ihn der Schatzmeister so warm in seinen ärmlich ausgestatteten Zimmern willkommen hieß, war ganz nach Sir Godbers Geschmack. Wohlwollend betrachtete er den abgetretenen Teppich und die zweitklassigen, augenscheinlich irgendeinem Almanach entstammenden Drucke an den Wänden und spürte die kaputte Sprungfeder unter sich im Sessel. Sir Godber registrierte, wie aufdringlich all dies war. Seine Zeit als Politiker verdankte er einem Riecher für untergeordnete Existenzen, und Sir Godber war nicht der Mann, der solchen Leuten Gefälligkeiten verweigerte.

»Wie wär's mit einem Schlückchen?« fragte der Schatzmeister und trieb sich unsicher in der Nähe einer wenig bemerkenswerten Karaffe mit Portwein herum. Sir Godber zögerte kurz. Port nach Whisky? Aus politischen Erwägungen verwarf er den Einspruch seiner Leber.

»Nur ein Gläschen, danke«, sagte er, kramte seine Pfeife hervor und füllte sie aus einem abgenutzten Tabaksbeutel. Sir Godber war kein gewohnheitsmäßiger Pfeifenraucher; er fand, daß es auf der Zunge brannte, hatte aber gelernt, wie wichtig es war, sich volkstümlich zu geben.

»Schlimme Sache, das mit dem armen Zipser«, sagte der Schatzmeister und reichte ihm den Portwein. »Die Turmreparatur wird eine kostspielige Angelegenheit.«

Sir Godber steckte seine Pfeife an. »Darüber wollte ich unter anderem mit Ihnen reden, Schatzmeister. Ich denke, wir müssen wohl einen Restaurierungsfonds einrichten.«

»Das ist richtig, Herr Rektor«, bestätigte der Schatzmeister bedrückt.

Sir Godber nippte an seinem Port. »Normalerweise«, sagte er, »und wenn das College nur eine weniger... äh, sagen wir... weniger antiquierte Haltung einnähme, würde ich meinen Einfluß in der Geschäftswelt spielen lassen und eine beträchtliche Summe locker machen; doch wie es jetzt aussieht, befinde ich mich in einer problematischen Lage.« Er verstummte vielsagend und vermittelte dem Schatzmeister das Gefühl, dem Rektor ständen unbegrenzte finanzielle Ressourcen zur Verfügung. »Nein, wir werden einfach auf unsere eigenen Mittel zurückgreifen müssen.«

»Die sind sehr begrenzt«, gab der Schatzmeister zu bedenken.

»Damit müssen wir eben zurechtkommen, so gut es geht«, fuhr Sir Godber fort, »bis das College sich endlich ein moderneres Image zulegt. Natürlich tue ich, was ich kann, doch leider wird es ein hartes Stück Arbeit werden. Wenn doch nur der Rat einsähe, wie wichtig Veränderungen sind.« Er lächelte den Schatzmeister an. »Sie sind vermutlich mit dem Dekan einer Meinung?«

Auf diesen Augenblick hatte der Schatzmeister gewartet. »Der Dekan hat seine eigenen Ansichten, Rektor, die ich nicht teile.«

Sir Godbers Augenbrauenstellung deutete reservierte Aufmunterung an.

»Ich hatte schon immer das Gefühl, daß wir den Anschluß an die Moderne verpaßt haben«, fuhr der Schatzmeister fort, begierig, die volle Unterstützung dieser Augenbrauen zu bekommen, »doch als Schatzmeister bin ich mit Verwaltungsaufgaben betraut, die sehr wenig Raum für politische Entscheidungen lassen. Wie Sie wissen, übt der Dekan einen beträchtlichen Einfluß aus, und außerdem ist da natürlich auch noch Sir Cathcart.«

»Meines Wissens plant Sir Cathcart eine Sitzung der Porterhouse-Gesellschaft«, sagte Sir Godber.

»Die hat er nach der Zipser-Affäre abgesagt«, teilte ihm der Schatzmeister mit.

»Wie interessant. Dann steht der Dekan also allein da, stimmt's?«

Der Schatzmeister nickte. »Ich glaube, auch ein paar andere Ratsmitglieder werden sich's noch einmal überlegen. Die jüngeren Fellows sind Veränderungen nicht abgeneigt, aber sehr einflußreich sind sie nicht. Das sind die wenigsten von ihnen, doch schließlich waren wir auch nie besonders berühmt für unsere Forschungsstipendien. Um solche Wissenschaftler anzuziehen, fehlt uns sowohl das Geld als auch das Renommee. Ich schlug vor... doch der Dekan...« Er fuchtelte hilflos mit den Händen.

Sir Godber kippte seinen Port hinunter. Trotz dieses Getränks war er froh, daß er gekommen war. Der ermutigende Gesinnungswandel des Schatzmeisters stimmte ihn zufrieden. Es war Zeit für ein offenes Wort. Er klopfte seine Pfeife aus und beugte sich vor.

»Unter uns gesagt: Ich glaube, wir können den Dekan austricksen«, sagte er und pochte dem Schatzmeister als Zeichen kumpelhafter Vertraulichkeit mit dem Zeigefinger aufs Knie. »Verlassen Sie sich drauf. Wir kriegen ihn dahin, wo wir ihn haben wollen.«

Erstaunt und fasziniert starrte der Schatzmeister Sir Godber an. Die Primitivität dieses Mannes, sein Wechsel von gespielter Weltläufigkeit zur durchtriebenen Komplizenschaft, überraschte ihn, und Sir Godber registrierte befriedigt die Verblüffung des anderen. All die Jahre, in denen er Arbeiter, die er verachtete, »Genosse« genannt hatte, waren nicht umsonst gewesen. Kein Zweifel, seine verbissene Jovialität hatte etwas Bedrohliches. »Wenn wir erst mal mit ihm fertig sind, kann er seinen Arsch nicht mehr vom Ellbogen unterscheiden«, fuhr er fort. Der Schatzmeister nickte ergeben. Sir Godber schob seinen Stuhl vor und skizzierte seine Pläne.

Skullion stand im Hof und wunderte sich, daß im Zimmer des Schatzmeisters noch Licht brannte.

»Der bleibt aber lange«, dachte er. »Ist normalerweise um neun zu Hause, jawoll.« Er ging zum hinteren Tor und verschloß es, wobei er erwartungsvoll auf die spitzenbewehrte Mauer schaute. Dann drehte er sich um und machte sich durch den Garten auf den Weg in den Neuen Hof. Er ging langsam und leicht humpelnd. Von der anstrengenden Kondomjagd war er wie gerädert und hatte Schmerzen, außerdem hatte er sich vom Schock der Explosion im Turm immer noch nicht erholt. »Werde alt«, murmelte er und blieb stehen, um seine Pfeife anzuzünden. Während er im Schatten einer großen Ulme stand, ging das Licht im Zimmer des Schatzmeisters aus. Skullion zog nachdenklich an seiner Pfeife und stopfte den Tabak mit dem Daumen fest. Gerade wollte er den Schutz der Ulme verlassen, als ihn das Knirschen von Kieselsteinen auf dem Weg zögern ließ. Zwei Gestalten kamen aus dem Neuen Hof in ein Gespräch vertieft auf ihn zu. Skullion erkannte die Stimme des Rektors. Als die beiden Gestalten auf seiner Höhe waren, zog er sich wieder in den Schatten zurück.

»Bestimmt wird der Dekan Einspruch erheben«, sagte Sir Godber gerade, »doch angesichts eines *Fait accompli* wird er nichts unternehmen können. Ich glaube, wir können davon ausgehen, daß die einflußreichen Tage des Dekans gezählt sind.«

»Das wird auch Zeit«, sagte der Schatzmeister. Die beiden Gestalten bogen um die Ecke des Rektorhauses. Skullion tauchte aus der Dunkelheit auf und schaute ihnen vom Weg aus nach, während es in seinem Kopf arbeitete. Der Schatzmeister war also zu Sir Godber übergewechselt. Das überraschte Skullion nicht. Einmal gehörte der Mann sowieso nur zur zweiten Garnitur, und dann war er für die Löhne der College-Bediensteten verantwortlich. In Skullions Augen war er eher ein Aufseher als ein echter Fellow, ein Zahlmeister, und noch dazu ein knauseriger, den er für seinen Hungerlohn verantwortlich machte. Und jetzt hatte sich der Schatzmeister auf Sir Godbers Seite geschlagen. Skullion machte auf dem Absatz kehrt und betrat mit seinem neuen Kummer und einigermaßen verwirrt den Neuen Hof. Das müßte der Dekan erfahren, doch Skullion würde sich hüten, es ihm zu erzählen. Der Dekan hatte etwas gegen das Horchen. Er war ein Gentleman von altem Schrot und Korn. Skullion fragte sich, was ein Fett Ackomplie sein mochte. Er mußte sich etwas einfallen lassen, wie er am Morgen den Dekan warnen könnte. Er ging durch den Portikus zum Pförtnerhäuschen und machte sich einen Kakao. »So, so, die Tage des Dekans sind also gezählt, wie?« dachte er verbittert. »Das werden wir ja sehen.« Für solche Veränderungen war mehr vonnöten als Sir Godber Evans und sein mieser Schatzmeister. Schließlich gab es immer noch Sir Cathcart. Der würde schon dafür sorgen, daß sie sich blutige Köpfe holten. Sein Vertrauen in Sir Cathcart war immens. Um Mitternacht stand er auf und ging nach draußen, um das Haupttor zu schließen. Tagsüber hatte es getaut, und der Schnee war geschmolzen, doch am Abend hatte der Wind gedreht, und nun fror es wieder. Skullion stand kurz in der Einfahrt und starrte auf die Straße hinaus. Auf dem Bürgersteig gegenüber rutschte ein Mann aus und schlug lang hin. Skullion beobachtete den Sturz ohne jedes Interesse. Was außerhalb von Porterhouse geschah, ging ihn nichts an. Mit dem jähen Wunsch, der Rektor möge ausrutschen und sich den Hals brechen, ging Skullion zurück ins College und schloß die Tür. Vom Turm über ihm schlug es zwölf.

- 11 -

Auf dem Treidelpfad neben dem Fluß stand der Dekan, den Mantel umgeworfen, und stemmte sich gegen den Wind. Hinter ihm zitterten und bebten die Weiden, und es raschelte in den Hecken. Vorn ruderte der Achter durch unruhiges Wasser, jeder mit seinem Klüngel von Trainern und Fans, die auf Fahrrädern durch die Pfützen preschten und Anweisungen oder Anfeuerungen brüllten. Bei jedem Schlag ruckten die Steuermänner nach hinten und die Boote nach vorn, jedes verfolgte den vor ihm liegenden Achter und war von dem hinter ihm liegenden Achter auf der Flucht. Gelegentlich signalisierte lautes Jubelgeschrei, daß ein Boot den vor ihm liegenden Achter angestoßen hatte; dann legten beide am Flußufer an, und die Sieger brachen einen Weidenzweig ab und steckten ihn an den Bug. Wo ein solches Anpuffen erfolgreich war, klafften Lücken in der Prozession, leere Wasserflächen, bis der nächste Achter um die Kurve bog und verzweifelt versuchte, das wenigstens zwei Längen vor ihm liegende Boot zu erreichen und anzustoßen. Jesus College, Porterhouse, Lady Margaret, Pembroke, Trinity, St. Catherine's, Christ's, Churchill, Magdalene, Caius, Clare, Peterhouse. Historische Namen, heilige Namen wie die vielen Gebete an einem Rosenkranz aus Ruderbooten, die zweimal jährlich aufgesagt werden mußten, bei der Frühjahrsregatta und nach Ostern. Für den Dekan war dieses Ritual eine heilige Feier, an der man teilnahm, ganz gleich wie kalt oder naß es draußen war, in Gedanken an die gesunde Sportbegeisterung der Vergangenheit und die Überzeugungen seiner Jugend… Für ihn waren die Regatten eine Zeit der Erneuerung. Wie er so auf dem Treidelpfad stand, verspürte er wieder die Unschuld, die blinde Unschuld von damals, als er noch gerudert hatte, und wie gesund früher alles gewesen war. Jawohl, gesund, damit meinte er nicht nur körperliche oder geistige Gesundheit, sondern die Dinge im allgemeinen, daß das Leben als solches akzeptiert worden war, ganz ohne hinterhältige, subversive Fragen oder gefährliche Spekulationen, wie sie inzwischen Mode waren. Eine unschuldige Zeit war das gewesen, ein goldenes Zeitalter der Gewißheit vor dem Großen Krieg, als es noch Honig zum Tee gab und auch einen Diener, der ihn brachte. In Gedanken an diese Zeit trotzte der Dekan dem Wind und der Kälte und hielt auf dem Treidelpfad aus, während die Fahrräder seine Schuhe mit Schlamm bespritzten und die Achter an ihm vorbeiruderten. Als alles vorüber war, drehte er sich um und trottete zum »Hecht und Aal« zurück, wo sein Wagen stand. Hinter ihm und vor ihm, den ganzen Pfad entlang, schlugen alte Männer wie er die Kragen ihrer Mäntel hoch und machten sich auf den Heimweg, die Köpfe unter dem Wind gebeugt, aber mit einemmal munterer ausschreitend. An der Eisenbahnbrücke angekommen, bemerkte der Dekan eine bekannte Gestalt vor sich. »Tag, Skullion. Heute sind wir wieder geschlagen worden«, sagte er. Skullion nickte. »Hätte nie gedacht, daß Jesus College uns erreichen würde«, sagte der Dekan, »aber morgen müßten wir eigentlich Trinity anstoßen. Heute hat uns das unruhige Wasser aufgehalten.«

Sie gingen schweigend weiter; während der Dekan sich andere Regatten und berühmte Mannschaften ins Gedächtnis rief, überlegte Skullion krampfhaft, wie er den Verrat des Schatzmeisters ansprechen könnte, ohne die Grenzen dessen zu überschreiten, was sich in den Augen des Dekans für College-Bedienstete geziemte. Dabei war es schon gar nicht so einfach, neben dem Dekan zu gehen. Es war nicht sein Platz, und bald gab Skullion den ungleichen Kampf mit seinem Gewissen auf und ließ sich nach und nach ein paar Schritte hinter den alten Mann zurückfallen. Am »Hecht und Aal« angekommen, schloß der immer noch in Gedanken versunkene Dekan seinen Wagen auf und stieg ein. Skullion nahm sein Fahrrad und schob es über die Fußgängerbrücke. Der Dekan blieb in seinem Auto sitzen und wartete, bis der Verkehr nachließ. Skullion hatte er vergessen. Sogar die Regatta und die Jugendzeit, an die sie ihn erinnerte, hatte er vergessen. Er dachte über Sir Godber, dessen oberflächlichen Fortschrittsglauben und über die Bedrohung nach, die er für Porterhouse darstellte. Die Füße des Dekans waren kalt, und seine Gelenke schmerzten. Er war ein alter Mann und verbittert über seinen Machtverlust. Als alle anderen Autos verschwunden waren, ließ er den Motor an und fuhr durch die aus der Pye-Fernsehgerätefabrik strömenden Arbeitermassen nach Hause. Vor ihm bogen Autos aus den Fabriktoren, Radfahrer beachteten ihn nicht, und Mädchen rannten quer über die Straße, um ihren Bus zu erwischen. Der Dekan starrte sie böse an. Früher hätte er sie hupend von der Straße gescheucht; jetzt mußte er dasitzen und warten. Er ertappte sich dabei, wie er ein Werbeplakat anstarrte. Dort stand: »Schalten Sie Carrington auf ihrem PYE-Fernseher ein«, und von dem Bildschirm eines Fernsehgeräts lächelte ein Gesicht auf ihn herab. Ein bekanntes Gesicht, ein Gesicht, das er kannte. »Carrington über Denkmalschutz. Es geht um unser nationales Kulturerbe.« Der Dekan starrte das Gesicht an, und plötzlich schöpfte er neue Hoffnung. Hinter ihm hupte jemand ungeduldig, und der Dekan legte einen Gang ein und fuhr los. In gleichmäßigem Tempo fuhr er nach Hause, ohne den Verkehr oder die Gegenwart wahrzunehmen.

Er stellte den Wagen in der Garage hinter dem Phipps Building ab und ging in sein Zimmer, wo er an seinem Schreibtisch in dem Immatrikulationsverzeichnis von Porterhouse den Namen Cornelius Carrington suchte. Da stand er: 1935–38. Der Dekan schloß das Buch und lehnte sich zufrieden zurück. Ein übler Kunde, dieser Cornelius Carrington, aber nichtsdestotrotz effektiv. Sie nannten ihn den Jeremia der BBC, und sein romantischer Konservativismus kam zweifellos an. Nichts politisch Kontroverses, einfach nur eine gutherzige nostalgische Sehnsucht nach allem Guten, was britisch war, und ungemein beliebt bei der ganzen Familie. Der Dekan sah nicht viel fern, doch Cornelius Carringtons Sendungen waren ihm bekannt. »Juwelen des Empires«, hieß eine dieser Serien, in der der allgegenwärtige Carrington sich über die architektonischen Schätze von Poona und Lucknow verbreitete. Eine andere Sendung war der Notwendigkeit gewidmet, die Rumration in der Königlichen Marine beizubehalten; wo immer alte Privilegien bedroht waren: Carrington machte sich zu ihrem Fürsprecher. Er konnte, da war sich der Dekan absolut sicher, die Vorzüge jedes beliebigen Objektes hochjubeln, und an der Wirksamkeit seiner Auftritte bestand kein Zweifel. Gewann man Cornelius Carringtons Interesse, konnte man sich seines Publikums sicher sein. Außerdem war dieses Scheusal ein Porterhouse-Mann. Bei der Vorstellung, daß Carrington die Bedrohung publik machte, die von Sir Godbers Neuerungen für das College ausging, lächelte der Dekan still vor sich hin. Eine hübsche Vorstellung. Er würde mit Sir Cathcart darüber plaudern. Ob man so etwas unternahm, hing vom Ergebnis der Collegeratssitzung am Morgen ab.

Als die Sitzung eröffnet wurde, lauschte Skullion an seinem Wasserrohr im Kesselraum. Trotz der üblichen Unterbrechungen durch das Zentralheizungssystem verstand er viel von dem, was gesprochen wurde. Ein Großteil der Diskussion drehte sich darum, welche

Reparaturkosten durch den Schaden am Turm fällig würden, den Zipsers Versuch einer Massenentsorgung von Kondomen verursacht hatte. Sir Godber hatte, wie es schien, eine sehr feste Meinung zu diesem Thema.

»Es ist höchste Zeit«, sagte er, »daß das College die Notwendigkeit einsieht, sich nach den Prinzipien zu richten, die offenbar für die Mitglieder dieses Rates in der Vergangenheit maßgeblich waren. Die von mir auf unserer Sitzung vorgeschlagenen Änderungen wurden mit der Begründung abgelehnt, daß es sich bei Porterhouse um ein autonomes und unabhängiges College handele, um eine sich selbst verwaltende Körperschaft, deren Interessen sich nach innen richteten, ohne daß ein Bezug zur übrigen Welt existiere. Wie Sie wissen, erscheint mir diese Ansicht unzutreffend, doch da sie offenbar von der Mehrheit dieses Rates geteilt wird, bin ich bereit, sie zu akzeptieren.« Der Rektor machte eine Pause und sah die Fellows der Reihe nach beifallheischend an. Im Kesselraum versuchte Skullion ohne großen Erfolg, hinter die Bedeutung dieser Worte zu kommen. Die Hoffnung, Sir Godber habe seine Meinung geändert, erschien ihm unbegründet.

»Sollen wir dem entnehmen, daß Sie einräumen, für die von Ihnen auf der letzten Sitzung vorgeschlagenen Veränderungen besteht keine Notwendigkeit?« fragte der Dekan.

»Wenn ich etwas einräume, Herr Dekan«, fuhr der Rektor fort, »dann, daß das College für seine inneren Angelegenheiten selbst verantwortlich ist. Ich bin gewillt, die Ansicht des Rates zu akzeptieren, daß wir nicht um öffentliche Unterstützung oder Hilfe bitten sollten.«

»Das möchte ich aber auch stark hoffen«, sagte der Obertutor heftig.

»Mehr räume ich keineswegs ein, und da dem so ist, muß das College die Verantwortung für die letzten tragischen Ereignisse selber tragen. Speziell die Reparaturkosten für den Turm müssen aus unseren eigenen Rücklagen bestritten werden.«

Die Erklärung des Rektors wurde mit einem erstaunten Murmeln aufgenommen.

»Unmöglich«, sagte der Dekan aufgebracht, »kommt nicht in Frage. Früher haben wir auf einen Restaurierungsfonds zurückgreifen können. Es ist nicht ersichtlich, weshalb wir in diesem Fall keine solchen Fonds einrichten sollten.«

Im Kesselraum konnte Skullion dem Streitgespräch nur schwer folgen. Die Taktik des Rektors war ihm unverständlich.

»Ich muß schon sagen, Herr Dekan, daß ich Ihre Einstellung nicht recht begreife«, fuhr der Rektor fort. »Einerseits widersetzen Sie sich allen Veränderungen, die Porterhouse dem heutigen Bildungsstand anpassen würden...«, hier erhob der Dekan wütend Einspruch, »...andererseits jedoch sind Sie anscheinend nur zu schnell bereit, an die öffentliche Hand zu appellieren, um den für den Wiederaufbau des Turmes nötigen Sparmaßnahmen aus dem Weg zu gehen...« An dieser Stelle meldete sich die Zentralheizung zu Wort, und es dauerte eine Weile, ehe Skullion den Gesprächsfaden wieder aufnehmen konnte. In der Zwischenzeit waren sie bei den einzelnen Sparmaßnahmen angelangt, die Sir Godber vorschwebten. Daß dazu genau die Änderungen der Collegepolitik gehörten, die er bei der letzten Sitzung vorgeschlagen hatte, war nicht weiter überraschend, doch diesmal führte der Rektor weniger politische als finanzielle Gründe an.

Zwischem dem Gluckern im Wasserrohr verstand Skullion die Worte »Selbstbedienung im Speisesaal... Koedukation... und der Verkauf von Collegegrundstücken«. Gerade wollte er von seinem Hochsitz herabsteigen, als die Rhyder Street erwähnt wurde. In der Rhyder Street wohnte Skullion. Die Rhyder Street war ein collegeeigenes Grundstück. Skullions Interesse an dem, was über seinem Kopf stattfand, gewann eine neue, privatere Dimension.

»Der Schatzmeister und ich haben ausgerechnet, daß die Reparaturkosten durch die von mir skizzierten Einsparungen gedeckt werden können«, hörte Skullion. »Speziell der Verkauf der Rhyder Street wird bei den heutigen überhöhten Preisen so etwa um die 150 000 Pfund einbringen. Es ist zwar eine Slumgegend, das weiß ich, aber...« Skullion ließ das Rohr los und setzte sich auf den Stuhl. Eine Slumgegend hatte er sie genannt. Die Rhyder Street, in deren Nummer 41 er, Skullion, wohnte. Eine Slumgegend. Der Koch wohnte auch dort. In der Straße standen lauter Häuser von College-Bediensteten. Die durften sie nicht verkaufen, dazu hatten sie kein Recht. Eine neue Wut bemächtigte sich Skullions, eine Verbitterung über Sir Godber, aus der nicht mehr nur seine Sorge um die Traditionen des Colleges sprach, dem er so lange gedient hatte, sondern auch das Gefühl, persönlich verraten worden zu sein. In der Rhyder Street hatte er seinen Lebensabend verbringen wollen. Unter anderem wegen dieser Bedingung hatte er damals seine Stelle angetreten. Für eine geringe Miete hatte ihm das College ein Haus zur Verfügung gestellt. Skullion hatte nicht fünfundvierzig Jahre lang für einen Hungerlohn gearbeitet, um sich jetzt aus einem Haus werfen zu lassen, das von Sir Godber über seinen Kopf hinweg verkauft wurde. Ohne auf weitere Informationen zu warten, stand er auf und schlurfte auf der Suche nach dem Koch aus dem Kesselraum in den Alten Hof. In dem Sitzungsraum über seinem Kopf ging die Debatte mit ganz neuer Heftigkeit weiter: Sir Godber hatte den Vorschlag gemacht, einen Kondomautomaten aufzustellen.

Der Dekan verließ ungestüm die Sitzung, weil er wußte, daß er ausmanövriert war. Dadurch, daß der Rektor sich auf altehrwürdige Grundsätze berufen hatte, hatten sich die Fronten verkehrt, und der Dekan wußte genau, daß seine Argumente gegen die vom Rektor vorgeschlagenen Einsparungen nicht besonders überzeugend gewesen waren. »Als Krönung des Ganzen«, murmelte er, als er aus dem Zimmer stürzte, »ein verdammter Kondomautomat.« Daß der Schatzmeister so plötzlich die Fronten gewechselt hatte, hatte ihn auch in Wut versetzt. Mit seiner Hilfe konnte Sir Godber die Collegefinanzen manipulieren, wie er wollte, und als er die Treppen zu seinem Zimmer hinaufstieg, verwünschte der Dekan den Schatzmeister heftig. Jetzt blieb nur noch Sir Cathcart, und der hatte sich bereits als Feigling erwiesen, als es galt, eine Sitzung der Porterhouse-Gesellschaft einzuberufen. Nein, es gab noch andere, auf die man sich verlassen konnte, wenn es darum ging, Druck auszuüben.

»Heute nachmittag werde ich mit Sir Cathcart sprechen«, beschloß er und goß sich ein Glas Sherry ein.

Sir Godber verließ die Sitzung in Begleitung des Schatzmeisters und sehr zufrieden mit seiner eigenen Arbeit an diesem Vormittag. »Warum essen Sie nicht mit uns zu Mittag?« fragte er großzügig. »Mein Frau wollte Sie schon immer mal kennenlernen.«

»Sehr freundlich von Ihnen.« Der Schatzmeister war froh, dem feindseligen Empfang zu entgehen, der ihn aller Wahrscheinlichkeit nach am High Table erwartete. Sie schlenderten an einer Gruppe Fellows vorbei, die sich in der Nähe des Eingangs zum Gemeinschaftsraum berieten. Im Portikus sahen sie Skullion mißmutig dreinschauend im Schatten herumlungern.

»Ich finde, Skullion legt ein etwas zu verschlossenes Verhalten an den Tag, das muß ich schon sagen«, bemerkte Sir Godber, als sie außer Hörweite waren. »Schon als Student fand ich den Umgang mit ihm unangenehm, und mit dem Alter hat sich sein Benehmen keineswegs gebessert.«

Der Schatzmeister konnte Sir Godber verstehen. »Kein besonders liebenswürdiger Geselle, aber sehr gewissenhaft, und der Dekan hält große Stücke auf ihn.«

»Daß die beiden gut miteinander auskommen, kann ich mir vorstellen«, sagte Sir Godber. »Auch wenn ›Porterhouse‹ Pförtnerhaus bedeutet, heißt das noch lange nicht, daß der Oberpförtner Chef dieses Colleges ist. In der Nacht, als sich dieser... äh... Unfall ereignete, war Skullion regelrecht unverfroren. Ich befahl ihm, das Haupttor für die Sanitäter zu öffnen, und er hat sich geweigert. Kann gut sein, daß ich Sie eines Tages bitten werde, ihm zu kündigen.«

Bei dieser Vorstellung wurde der Schatzmeister blaß. »Davon wäre meines Erachtens unbedingt abzuraten, Herr Rektor«, sagte er. »Es würde den Dekan sehr verletzen.«

»Nun«, sagte Sir Godber. »Noch so eine Unverschämtheit von ihm, und er fliegt, da kenne ich nichts.« Während er im stillen dachte, es sei an der Zeit, daß solche Fossile den Laufpaß bekämen, ging der Rektor voran ins Haus.

Lady Mary wartete im Salon. »Ich habe den Schatzmeister zum Essen eingeladen, meine Liebe«, sagte Sir Godber, dessen Stimme in Gegenwart seiner Frau eine Spur weniger herrisch klang.

»Sie müsen leider mit dem vorliebnehmen, was es bei uns gerade gibt«, informierte Lady Mary den Schatzmeister. »Aber wie ich von meinem Gatten weiß, lassen Sie sich's ja am High Table an nichts fehlen.«

Der Schatzmeister setzte zur Entschuldigung ein affektiertes Lächeln auf. Lady Mary ignorierte dieses Zeichen von Unterwürfigkeit. »Ich finde es wirklich bedauerlich, daß man soviel Geld hinauswirft, nur um das schlechte Befinden einer Handvoll ältlicher Collegemitglieder zu unterstützen.«

»Meine Liebe«, unterbrach Sir Godber, »du wirst erfreut sein zu hören, daß der Rat unsere Vorschläge akzeptiert hat.«

»Das wurde aber auch Zeit«, sagte Lady Mary und musterte den Schatzmeister voller Abneigung. »Zu den erstaunlichen Eigenschaften der Bildungsinstitutionen dieses Landes gehört ihre Fähigkeit, sich Veränderungen zu widersetzen. Wenn ich überlege, wie lange wir schon auf die Abschaffung des Privatschulwesens drängen, komme ich aus dem Staunen nicht heraus. Die Stellung der Privatschulen scheint sich immer mehr zu festigen.«

Für den Schatzmeister, selbst das Produkt einer kleinen, in den South Downs gelegenen Privatschule, grenzten Lady Marys Worte an Blasphemie. »Sie sind doch nicht etwa der Ansicht, die Privatschulen sollten abgeschafft werden?« sagte er. An dem Tisch, wo Sir Godber Sherry einschenkte, klirrten Gläser. Lady Mary nahm eine neue arrogante Pose ein.

»Muß ich Ihrer Bemerkung entnehmen, daß Sie die Privatschulerziehung befürworten?« fragte sie.

Der Schatzmeister suchte nach einer beschwichtigenden Antwort. »Nun ja, sie hat sicherlich auch ihre positiven Seiten«, murmelte er schließlich.

»Welche?« fragte Lady Mary.

Doch bevor dem Schatzmeister einfiel, wie er das Privatschulsystem verteidigen könnte, ohne seine Gastgeberin zu kränken, kam ihm Sir Godber mit einem Glas Sherry zu Hilfe. »Sehr aufmerksam, Herr Rektor«, sagte er dankbar und nahm einen Schluck. »Und ein wirklich ausgezeichneter Sherry, wenn ich das so sagen darf.«

»Wir trinken keinen Sherry aus Südafrika«, warf Lady Mary ein. »Ich hoffe, das College hat keinen gelagert.«

»Ich glaube, wir haben etwas für die Studenten da«, sagte der Schatzmeister, »aber ich weiß genau, daß die ranghöheren Mitglieder das Zeug nicht anrühren.«

»Und sie tun gut daran«, sagte Sir Godber.

»Ich dachte nicht an Geschmacksfragen«, fuhr Lady Mary fort, »sondern eher an die moralischen Bedenken gegen den Kauf südafrikanischer Produkte. Ich habe es mir zum Prinzip gemacht, südafrikanische Waren zu boykottieren.«

Für den Schatzmeister, der seit langem die vom Dekan und Obertutor am High Table geäußerten politischen Anschauungen gewohnt war, hörten sich Lady Marys Ansichten extrem radikal an; daß sie außerdem in einem Tonfall vorgetragen wurden, als halte sie eine Ansprache vor einer Versammlung lediger Mütter, machte ihn nervös. Er stolperte durch die heikle Problematik der Armut in der Welt, über die Bevölkerungsexplosion, Abtreibung, das Erdbeben in Nicaragua, die Gespräche zur Begrenzung strategischer Waffen sowie die Strafrechtsreform, bis ein Gong sie zum Essen rief. Über dem Sardinensalat, der im Speisesaal als Hors-d'œuvre durchgegangen wäre, gewann seine Verlegenheit eine persönliche Note.

»Sie sind nicht zufällig mit den Shropshire Shrimptons verwandt?« wollte Lady Mary wissen.

Der Schatzmeister schüttelte bedauernd den Kopf.

»Meine Familie stammt aus Southend«, sagte er.

»Wie überaus ungewöhnlich«, sagte Lady Mary. »Ich frage nur, weil wir die Shrimptons vor dem Krieg oft in Bognorth besucht haben. Sue Shrimpton war mit mir oben in Somerville, und wir gehörten beide der Needham-Kommission an.«

Stumm würdigte der Schatzmeister Lady Marys gesellschaftliche Stellung. Später würde er die nun erlittene Demütigung gut verwerten können. Noch jahrelang hörte er sich auf Sherry-Partys protzen: »Wie Lady Mary neulich zu mir sagte …« oder: »Lady Mary und ich …«, um damit klarzustellen, wie hoch er über unbedeutenden Männern und ihren Frauen stand. In solchen Kleinigkeiten fand der Schatzmeister Befriedigung. Auch Sir Godber aß seine Sardinen schweigend. Er war dem Schatzmeister dankbar, daß er eine Zielscheibe für die Monologe moralischer Rechtschaffenheit seiner Frau abgab. Nicht auszudenken, was geschähe, wenn die Ungerechtigkeiten je verschwänden, an denen Lady Mary ihren moralischen Tick abreagierte. »Arme Leute wird es immer geben, Gott sei Dank«, dachte er und nahm sich ein Stück Cheddar-Käse.

An diesem Nachmittag war es an Skullion, das College auf dem Treidelpfad zu vertreten. Der Dekan war zu einer Unterredung mit Sir Cathcart nach Coft gefahren, und so stand Skullion allein im schneidenden Wind und sah zu, wie Porterhouse auch am zweiten Tag geschlagen wurde. Das schreckliche Gefühl, ihm werde Unrecht zugefügt, das er im Kesselraum empfunden hatte, als er vom geplanten Verkauf der Rhyder Street hörte, war noch nicht gewichen. Durch die Neuigkeit, die ihm Arthur nach dem Essen vom High Table mitgebracht hatte, war es nur noch vertieft worden.

»Jetzt hat er aber was Schönes angerichtet, unser Rektor«, erzählte Arthur noch ganz außer Atem. »Diesmal hat er Ihnen aber was besonders Übles untergejubelt.«

»Wundert mich gar nicht«, sagte Skullion erbittert und dachte an die Rhyder Street.

»Schließlich würden Sie bei sich zu Hause keinen haben wollen, oder? Doch keinen von diesen Dingern.«

»Was für Dinger?« fragte Skullion, der sich nur zu deutlich der Tatsache bewußt war, daß er sehr wahrscheinlich kein Zuhause haben würde, um irgend etwas unterzubringen, falls sich Sir Godber durchsetzen sollte.

»Tja, weiß nicht recht, wie sie heißen«, sagte Arthur. »Nicht genau. Man steckt Geld rein, und dann …«

»Und was dann?« fragte Skullion gereizt.

»Und dann kriegt man diese Dinger raus. Drei Stück, glaub' ich.

Nicht daß ich je in die Verlegenheit gekommen wäre, sie zu benutzen.«

»Welche Dinger?«

»Pariser«, sagte Arthur. Dabei vergewisserte er sich, ob auch niemand zuhörte.

»Pariser?« wiederholte Skullion. »Was für Pariser?«

»Die Pariser, mit denen sich der junge Herr Zipser in die Luft gejagt hat«, erläuterte Arthur.

Skullion betrachtete ihn angewidert. »Sie wollen mir doch nicht etwa erzählen, daß sie einen von diesen versauten Apparaten ins College holen wollen?«

Arthur nickte. »Auf dem Herrenklo. Da kommt er hin.«

»Nur über meine Leiche«, erklärte Skullion. »Mit einem dieser Geräte auf der Toilette will ich nicht länger Oberpförtner sein. Das hier ist schließlich keine verdammte Drogerie.«

»Einige andere Colleges haben schon welche«, informierte ihn Arthur.

»Von mir aus können einige andere Colleges welche haben. Bedeutet noch lange nicht, daß wir welche brauchen. Ist nicht in Ordnung. Fördern die Unmoral, diese Gummis. Man sollte meinen, das hätten sie aus dem Unfall mit diesem Zipser gelernt. Haben ihm keine Ruhe gelassen, diese Überzieher.«

Arthur schüttelte besorgt den Kopf. »Is nich in Ordnung«, sagte er, »is nich in Ordnung, Mr. Skullion. Weiß wirklich nicht, was aus dem College noch werden soll. Obertutor ist besonders aufgebracht. Er sagt, das Rudern leidet darunter.«

Wie er so auf dem Treidelpfad stand, war Skullion mit dem Obertutor einer Meinung. »Dieses ganze Gewese um Sex«, murmelte er. »Das tut keinem gut. Es ist nicht in Ordnung.«

Als der Porterhouse-Achter vorbeiruderte, spendete Skullion matt Beifall und stolpert dann hinter ihm her. Um ihn her wühlten Fahrräder die schlammigen Pfützen auf, doch wie der Dekan tags zuvor war Skullion verbittert und in Gedanken versunken.

Im Unterschied zum Dekan war er nicht nur wütend, sondern hatte auch das Gefühl, verraten worden zu sein. Das College, dem er diente und dem auch seine Vorfahren gedient hatten, hatte ihn im Stich gelassen. Sie hatten kein Recht, Sir Godber die Rhyder Street verkaufen zu lassen. Sie hätten ihn daran hindern müssen. Dazu waren sie ihm gegenüber verpflichtet, so wie es seine Pflicht gegenüber dem College gewesen war, für einen erbärmlichen Hungerlohn fünfundvierzig Jahre lang den ganzen Tag und die halbe Nacht als Hüter über die Privilegien und Affären der privilegierten jungen Herren im Pförtnerhäuschen zu sitzen. Wie vielen betrunkenen jungen Gentlemen hatte Skullion auf ihre Zimmer geholfen? Wie viele Geheimnisse hatte er für sich behalten, wie viele Beleidigungen ertragen? Er konnte sich nicht an alle erinnern, doch in seinem Hinterkopf waren Soll- und Habenseite ausgeglichen, und er war überzeugt gewesen, daß sich das College jetzt und auf seine alten Tage immer um ihn kümmern würde. Er, der Pförtner von Porterhouse, war stolz auf seinen Status als Dienstkraft gewesen, aber was, wenn der Ruf des Colleges lädiert war? Was würde dann geschehen? Ein entwurzelter alter Mann, allein mit seinen Erinnerungen. Das konnten sie mit ihm nicht machen. Sie mußten ihm Gerechtigkeit widerfahren lassen. Das war ihre Pflicht.

- 12 -

In der Bibliothek von Schloß Coft trug der Dekan das gleiche Anliegen Sir Cathcart vor.

»Es ist unsere Pflicht, dafür zu sorgen, daß diese abscheulichen Neuerungen nicht durchgeführt werden«, sagte er. »Der Mann hat sich anscheinend fest vorgenommen, den ganzen Collegecharakter umzukrempeln. Jahrelang, was sage ich: jahrhundertelang waren wir für unsere Küche berühmt, und jetzt schlägt er eine Selbstbedienungskantine und einen Präservativautomaten vor.«

»Einen was?« Sir Cathcart schnappte nach Luft.

»Einen Präservativautomaten.«

»Großer Gott, der Mann ist wahnsinnig!« schrie Sir Cathcart. »So ein verdammtes Ding kommt nicht ins College. Zu meiner Studentenzeit wurde man relegiert, wenn sie einen dabei erwischten, wie man 'ne Puppe genagelt hat!«

»So ist es«, sagte der Dekan, der den dumpfen Verdacht hegte, daß der General, seiner Wortwahl nach zu urteilen, früher ein wahrer Dampfhammer gewesen sein mußte. »Ihnen scheint nicht bewußt zu sein, Cathcart«, fuhr er fort, bevor der General noch weitere mechanische Einzelheiten aus seiner Erinnerung kramen konnte, »daß der Rektor etwas Fundamentales unterminiert. Dabei denke ich nicht nur an das College; die Sache gewinnt ganz andere Dimensionen. Verstehen Sie, worauf ich hinauswill?«

Sir Cathcart schüttelte den Kopf. »Nein, überhaupt nicht«, antwortete er schlicht.

»Dieses Land«, sagte der Dekan mit frischem Elan, »wurde die letzten dreihundert Jahre von einer Oligarchie geführt.«

Er hielt inne, um abzuwarten, ob der General das Wort verstand.

»Ganz genau, alter Junge«, sagte Sir Cathcart. »So war es immer, so wird es immer bleiben. Leugnen zwecklos. Ist gut so.«

»Eine Elite aus Gentlemen, Cathcart«, fuhr der Dekan fort. »Daß Sie mich nicht falsch verstehen, dies soll keineswegs heißen, sie seien von Anfang an Gentlemen gewesen. Die Hälfte waren keine, sie stammten aus allen möglichen sozialen Schichten. Nehmen Sie beispielsweise Peel, Sohn eines Hilfsarbeiters, wurde aber zum Gentleman und ein verdammt guter Premierminister. Warum?«

»Mir nicht bekannt«, sagte Sir Cathcart.

»Weil er eine außerordentliche Erziehung genoß.«

»Aha. War wohl auf Porterhouse, wie?«

»Nein«, sagte der Dekan. »Er hat in Oxford studiert.«

»Gütiger Gott. Und trotzdem ein Gentleman? Erstaunlich.«

«Damit versuche ich anzudeuten, Cathcart«, sagte der Dekan ernst, »daß die beiden Universitäten das Treibhaus einer intellektuellen Aristokratie mit Neigungen und Idealen wurden, welche ganz und gar nichts mit ihrer Herkunft zu tun hatten. Wie viele unserer Premierminister der letzten hundertsiebzig Jahre haben Oxford oder Cambridge besucht?«

»Du liebe Güte, was fragen Sie mich das?«, sagte Sir Cathcart. »Keine Ahnung.«

»Die meisten«, sagte der Dekan.

»Und das gehört sich auch so«, stellte Sir Cathcart fest. »Wir können schließlich nicht Hinz und Kunz die Regierungsgeschäfte führen lassen.«

»Genau darauf wollte ich hinaus«, sagte der Dekan. »Die alten Universitäten haben die Aufgabe, Hinz und Kunz in Gentlemen zu verwandeln. Die letzten fünfhundert Jahre sind wir darin sehr erfolgreich gewesen.«

»Wie man's nimmt«, sagte Sir Cathcart skeptisch. »Ich kannte da früher ein paar ausgemachte Lumpen.«

»Das glaube ich gern«, sagte der Dekan.

»Die haben wir immer in den Brunnen getaucht. Hat ihnen ungemein gutgetan«, erinnerte sich Sir Cathcart vergnügt.

»Sir Godbers Vorschläge«, fuhr der Dekan fort, »bedeuten das Ende von all dem. Der Mann beabsichtigt, Porterhouse im Namen der sogenannten sozialen Gerechtigkeit in ein Durchschnittscollege wie Selwyn oder Fitzwilliam zu verwandeln.«

Sir Cathcart schnaubte verächtlich. »Das schafft Godber Evans nicht«, sagte er. »Selwyn! Steckte zu meiner Zeit voll von religiösen Spinnern, und Fitzwilliam war überhaupt kein College. Eine Art Absteige für Leute aus der Stadt.«

»Und was wird Ihrer Meinung nach aus Porterhouse, mit einer Selbstbedienungskantine statt eines Speisesaals und einem Kondomautomaten in jeder Toilette? Keine anständige Familie wird auch nur einen Penny in den Stiftungsfonds zahlen wollen.«

»Nun machen Sie mal 'nen Punkt, so schlimm wird's schon nicht kommen«, sagte Sir Cathcart. »Schließlich haben wir in der Vergangenheit schon ganz andere Krisen bewältigt. Da war die Sache mit dem Schatzmeister … wie hieß er doch gleich.«

»Fitzherbert.«

»Genug, um ein anderes College zugrunde zu richten, jawohl.«

»Genug, um uns zugrunde zu richten«, sagte der Dekan. »Er ist schuld, daß wir jetzt auf reiche Eltern angewiesen sind.«

»Aber wir haben es verkraftet«, beteuerte Sir Cathcart, »und diesen Quatsch werden wir auch verkraften. Nichts als neumodisches Zeug, diese sogenannte Gleichheit. Schall und Rauch. Trinken Sie einen.« Er stand auf und ging zu den Waverly-Romanen hinüber. »Scotch?« Verdutzt betrachtete der Dekan die Bücher.

»Scott?« fragte er. Er hätte nie geglaubt, daß sich Sir Cathcart auch nur im entferntesten für Literatur interessierte, außerdem kam dieser plötzliche Themenwechsel sehr überraschend.

»Wenn Ihnen Sherry lieber ist?« sagte Sir Cathcart und wies auf eine hübsch gebundene Ausgabe von *Lavengro*. Gereizt schüttelte der Dekan den Kopf. Sir Cathcarts Karikatur einer Bibliothek hatte etwas ausgesprochen Vulgäres.

»*Runter mit dir* vielleicht?« Der Dekan schüttelte den Kopf. »Gar nichts, danke«, sagte er. Sir Cathcart genehmigte sich ein Gläschen aus *Rob Roy* und nahm wieder Platz.

»Proust«, sagte er und hob sein Glas. Der Dekan starrte ihn böse an. Langsam ging ihm Sir Cathcarts Albernheit auf die Nerven. Schließlich war er nicht nach Schloß Coft gekommen, um sich mit dem flüssigen Inhalt der Bibliothek abfüllen zu lassen.

»Cathcart«, sagte er in entschiedenem Ton, »wir müssen etwas unternehmen, um diesen Blödsinn aufzuhalten.«

Der General nickte. »Unbedingt. Stimme Ihnen zu.«

»Um Sir Godber aufzuhalten, ist wohl mehr als nur Zustimmung erforderlich«, fuhr der Dekan fort. »Handeln ist das Gebot der Stunde, öffentlicher Druck, etwas in der Art.«

»Schwierig, die Sympathien der Öffentlichkeit zu bekommen, wenn Studenten rumlaufen und Gebäude in die Luft jagen. Ein wirklich unglaubliches Vorgehen. Füllt der diese Kondome mit Gas. Sollte wohl ein Streich sein. Ging aber daneben.«

»Völlig daneben«, bestätigte der Dekan, der sich nicht vom Thema ablenken lassen wollte.

»Allerdings«, sagte Sir Cathcart, »kann ich mich auch an ein paar sehr sonderbare Streiche erinnern. Als ich zur Armee kam, war gerade besonders beliebt, einen Pariser mit Wasser zu füllen und einem Kameraden ins Bett zu legen, wenn er nicht da war. Obere

Koje, Sie verstehen schon. Der kommt zurück. Legt sich ins Bett. Streckt seinen Zeh in das Ding. Bursche in der unteren Etage wird pudelnaß.«

»Sehr amüsant«, knurrte der Dekan.

»Es kommt noch besser«, versprach der General. »Kerl unten glaubt, Kerl oben hat ins Bett gemacht. Steht auf und vermöbelt ihn. Verflucht lustig, wenn zwei Kerle sich dermaßen vertrimmen.« Er trank seinen Whisky aus und erhob sich, um nachzufüllen. »Sie wollen Ihre Meinung auch bestimmt nicht ändern?« fragte er.

Der Dekan musterte nachdenklich die Bücherregale. Mittlerweile konnte er eine Stärkung vertragen.

»Einen Pink Gin«, sagte er schließlich mit einem tückischen Glitzern in den Augen.

»Zola«, sagte der General prompt und griff nach einer Ausgabe von *Nana*. Der Dekan versuchte, sich zu sammeln. So langsam untergruben die Späße des Generals seine Konzentration. Schweigend schlürfte er seinen Gin, während der General sich einen Stumpen anzündete.

»Das Problem mit euch Akademikern ist«, sagte schließlich Sir Cathcart, der offenbar die Verwirrung des Dekans spürte, »daß ihr alles viel zu ernst nehmt.«

»Es handelt sich um eine ernste Angelegenheit«, sagte der Dekan.

»Habe nie was anderes behauptet«, erklärte Sir Cathcart. »Ich sagte bloß, daß Sie es ernst nehmen. Schwerer Fehler. Kennen Sie den Witz, den Göring im Nürnberger Gefängnis seinem Psychiater erzählt hat?«

Der Dekan schüttelte den Kopf.

»Über unterschiedliche Nationalitäten. Sehr aufschlußreich«, fuhr Sir Cathcart fort. »Nimmt man einen Deutschen, was hat man dann?«

»Na was denn?«

»Einen guten Arbeiter. Nimmt man zwei Deutsche, hat man einen Bund. Nimmt man drei Deutsche, hat man einen Krieg.«

Der Dekan lächelte folgsam. »Sehr amüsant«, sagte er, »aber ich begreife wirklich nicht, was das mit dem College zu tun hat.«

»Bin noch nicht fertig. Nimmt man einen Italiener, hat man einen Tenor. Zwei Italiener sind ein Rückzug, drei Italiener bedingungslose Kapitulation. Nimmt man einen Engländer, hat man einen Idioten; zwei Engländer sind ein Club und drei Engländer ein Weltreich.«

»Sehr witzig«, sagte der Dekan, »aber auch ein wenig überholt, meinen Sie nicht? Uns scheint das Weltreich irgendwie abhanden gekommen zu sein.«

»Haben vergessen Idioten zu sein«, sagte Sir Cathcart. »Schwerer Fehler. Als Spinner kamen wir gut zurecht. Seitdem ging's verdammt bergab. Die Sir Godbers dieser Welt haben alles über den Haufen geworfen. Sehen aus, als müsse man sie ernst nehmen, sind aber Trottel. War früher anders. Sahen aus wie Trottel, man mußte uns aber ernst nehmen. Hat die Ausländer verwirrt. Damals kam Ribbentrop nach London. Den König mit Heil Hitler begrüßt. Ging nach Deutschland zurück in der Überzeugung, wir wären dekadent. Zum Dank bekam er im Jahre 40 'ne Abreibung. Wurde für seinen Schnitzer gehängt. Hätte ein bißchen genauer hinsehen sollen. Andererseits hätte ihm das auch nicht geholfen. Ging nach dem äußeren Schein.« Sir Cathcart kicherte vor sich hin und musterte den Dekan.

»Damit könnten Sie recht haben«, gab der Dekan widerwillig zu. »Der Rektor jedenfalls ist ein Trottel.«

»Das sind schlaue Burschen oft«, sagte Sir Cathcart. »Haben eindimensionalen Verstand. Müssen sie wohl, um so gut zurechtzukommen. Andererseits ein großes Manko. Im Leben, meine ich. Sind so begeistert von dem, was sich in ihren eigenen kleinen Köpfen abspielt, daß sie nicht fertig werden mit dem, was draußen vorgeht. Haben keine Ahnung vom Leben, keine Ahnung von Menschen. Haben für so was keinen Riecher.«

Der Dekan nippte an seinem Gin und versuchte, Sir Cathcarts Gedankengang zu folgen. Langsam hüllte ihn eine wohlige Entspanntheit ein, und er hatte das unbestimmte Gefühl, daß sich irgendwo in dem Gebrabbel und in den abgehackten Äußerungen des Generals ein roter Faden verbarg, der langsam auf eine Idee zusteuerte. Etwas im Verhalten des Generals deutete darauf hin, als er sich einen dritten Whisky und dem Dekan einen zweiten Gin mit Bitterlikör einschenkte. Ein gewisses schlaues Funkeln in den blutunterlaufenen Augen, ein Zittern seines geäderten Riechkolbens und der Borsten seines gelblichbraunen Schnauzers erinnerten den Dekan an ein altes Tier: blessiert, aber unbesiegt. Allmählich dämmerte dem Dekan, daß er Sir Cathcart D'Eath unterschätzt hatte. Er nahm eine der Zigarren des Generals und paffte sie langsam.

»Wie gesagt«, fuhr Sir Cathcart fort und versank noch etwas tiefer in seinem Sessel, »wir haben die natürlichen Vorteile der Idiotie vergessen. Bringt den anderen aus dem Konzept, verstehen Sie. Kann einen einfach nicht ernst nehmen. Wenn er dann leichtsinnig wird, kriegt er einen Tritt in die Weichteile. Funktioniert immer. Haut ihn glatt um. Genau das sollten Sie mit diesem Godber tun.«

»So weit zu gehen, hatte ich mir wirklich nicht vorgestellt«, sagte der Dekan skeptisch.

»Man sollte meinen, er hat keine«, sagte der General. »Frau macht jedenfalls nicht viel her. Knochige Sorte Frau. Schlechter Teint. Knaben mag er keine, oder?«

Der Dekan schüttelte sich. »Wenigstens ist uns das erspart geblieben.«

»Schade«, sagte Sir Cathcart. »Nützlicher Köder, Knaben.«

»Köder?« fragte der Dekan.

»Köder für die Falle.«

»Falle?«

»Falle braucht man. Schwachen Punkt. Muß er haben. Was?« sagte der General. »Blöken der Schafe erregt den Appetit des Tigers. *Staaks und Genossen*. Tolles Buch.« Er stand auf, ging zum Fenster und starrte in die Dunkelheit hinaus, während der Dekan, der versucht hatte, seinen Gedankengängen zu folgen, überlegte, ob er Sir Cathcart erzählen sollte, daß *Lavengro* nichts mit Spanien zu tun hatte. Lieber nicht. Sir Cathcarts Gewohnheiten waren zu eingefahren.

»Ich vergaß, es schon früher zu erwähnen«, sagte er schließlich, »aber der Rektor hat auch vor, die Rhyder Street zu verkaufen.«

Sir Cathcart, der sich in sein Spiegelbild im Fenster vertieft hatte, drehte sich um und starrte finster auf ihn herab. »Rhyder Street?«

»Er hat vor, mit dem Geld den Turm wiederaufzubauen«, erläuterte der Dekan. »Es ist altes Collegeeigentum und ziemlich heruntergekommen. Die College-Bediensteten wohnen dort.«

Der General setzte sich und zwirbelte seinen Schnurrbart. »Wohnt Skullion auch da?« wollte er wissen.

Der Dekan nickte. »Skullion, der Koch, der Unterpförtner, der Gärtner, solche Leute.«

»Können wir nicht zulassen. Irgendwo muß man sie einstallen«, sagte der General. Er genehmigte sich noch einen vierten Whisky. »Kann sie nicht einfach auf die Straße setzen. Alte Faktoten. Sähe nicht gut aus.« Seine Augen, die noch kurz zuvor düster dreingeschaut hatten, glänzten plötzlich. »Aber auch keine schlechte Idee.«

»Ich muß schon sagen, Cathcart«, meldete sich der Dekan, »ich wünschte, Sie wären nicht so sprunghaft. Was soll das heißen? ›Sähe nicht gut aus‹ und ›Aber auch keine schlechte Idee‹. Die beiden Aussagen widersprechen sich.«

»Sieht schlecht aus für Sir Godber«, sagte der General. »Schlechte Publicity für einen Sozialisten. Schlagzeilen. Sehe sie schon vor mir. Würde es nicht wagen. Haben ihn.«

Langsam und unscharf, im Schrappnellbeschuß der Worte Sir Cathcarts, begriff der Dekan, worauf dieser hinauswollte.

»Ah«, sagte er.

Der General blinzelte mit einem nicht mehr taufrischen Auge. »Ist doch was, wie?« fragte er.

Der Dekan beugte sich ungeduldig vor. »Haben Sie schon mal von einem Burschen namens Carrington gehört. Cornelius Carrington? Denkmalpfleger. Bekannter Fernsehmann.«

Er merkte zwar, daß ihn der General mit seinem Stakkato mittlerweile infiziert hatte, doch in der momentanen Aufregung ging dieser Gedanke wieder verloren. Sir Cathcarts Augen strahlten nun hell, und seine Nüstern waren gebläht wie die eines bronzenen Schlachtrosses.

»Unser Mann. Ehemaliger Porterhouse-Student. Genau sein Fall. Was Besseres gibt's nicht. Unangenehmer Bursche.«

»Eben«, sagte der Dekan. »Können Sie das arrangieren?«

»Werde ihn einladen. Wird begeistert annehmen. Snob. Man setzt ihn auf die Spur an, und schon legt er los.«

Mit zufriedenem Lächeln trank der Dekan seinen Gin aus.

»Das ist genau die richtige Situation für ihn«, sagte er, »und auch wenn mir der Gedanke an noch mehr Rummel zuwider ist – dieser elende Zipser hat uns in dieser Hinsicht, wie Sie wissen, ja genug Ärger gemacht –, könnte ich mir durchaus vorstellen, daß Freund Carrington Sir Godber Grund zur Sorge liefern wird. Glauben Sie ganz bestimmt, daß er kommt?«

»Wird die Gelegenheit beim Schopf packen. Dafür sorge ich schon. Sind im selben Club. Keine Ahnung, warum. Gehört eigentlich rausgeschmissen«, sagte der General. »Werde das morgen klarmachen.«

Als der Dekan an diesem Abend Schloß Coft verließ, war er ein glücklicherer Mann. Als er rechtzeitig zum Abendessen aus seinem Auto gewankt war und an dem Pförtnerhäuschen vorbeikam, sah er, wie Skullion dasaß und ins Gasfeuer starrte. »Muß ihn fragen, wie wir abgeschnitten haben«, murmelte der Dekan und betrat das Haus.

»Ah, Skullion«, sagte er, als der Pförtner aufstand, »ich konnte heute nachmittag nicht zur Regatta kommen. Wie ist es gelaufen?«

»Wurden geschlagen, Sir«, antwortete Skullion deprimiert.

Der Dekan schüttelte betrübt den Kopf.

»Wirklich schade«, sagte er. »Ich hatte eigentlich gehofft, wir wären heute besser. Immerhin gibt es ja noch eine Chance im Mai.«

»Ja, Sir«, sagte Skullion, aber, so schien es dem Dekan, ohne den gewohnten Enthusiasmus.

»Der arme Kerl wird alt«, dachte der Dekan, als er an den roten

Warnlampen vorbeistolperte, die die von Zipsers Fanal übriggebliebenen Trümmer sicherten.

- 13 -

Cornelius Carrington fuhr mit dem Zug nach Cambridge. Es stand im Einklang mit der für seine Sendungen charakteristischen gehobenen Nostalgie, daß er im Bahnhof Liverpool Street in den »Fenman« stieg und auf der ganzen Fahrt im Speisewagen über die so plötzlich erfolgte Einladung Sir Cathcarts nachsann, während er seine Mitreisenden beobachtete und den Nachmittagstee der British Rail genoß. Als der Zug an den Wohnsiedlungen und Fabriken von Hackney vorbei nach Ponders End ratterte, zog sich Carrington aus der rauhen Realität in eine selbstgeschaffene Phantasiewelt zurück und dachte darüber nach, ob er noch einen zweiten getoasteten Teekuchen zu sich nehmen sollte. Seine Welt war verschwommen und unscharf aufgrund seiner eigenen Unsicherheit, die er mit dem Herbeten öffentlicher Wahrheiten kaschierte, was ihn wie ein nachsichtiger Jeremia wirken ließ. Es war eine beruhigende und vertraute Erscheinung, die im Laufe des Jahres sporadisch, aber rechtzeitig immer wieder auftauchte, um die Gegenwart zu geißeln, was um so wilkommener war, als er die jüngere Vergangenheit billigte. Waren Spannbeton und Wohnhochhäuser Cornelius Carrington ein Greuel, das er aus sozialen, moralischen und ästhetischen Gründen verdammte, so bestätigte seine Verherrlichung von Rauhputz, Pseudo-Tudor und Mosaikpflaster die Überlegenheit der Vororte und versicherte seinen Zuschauern, daß die Welt im rechten Lot war, obwohl in Wirklichkeit nichts in Ordnung war. Nicht, daß seine Kreuzzüge sich auf die Architektur beschränkten. Mit einer moralischen Inbrunst, die eindeutig religiöse Züge trug, ohne irgendwie konfessionell gebunden zu sein, ergriff er für aussichtlose Anliegen Partei und verschaffte seinen Zuschauern das ungemein befriedigende Gefühl, indirekt philanthropische Unternehmungen mitzuerleben. Dank Carringtons Eingreifen war mehr als ein Spiritussäufer zum Alkoholiker aufgestiegen, und etliche Heroin-Abhängige hatten sich unerwartet nützlich gemacht, indem sie in Gegenwart von Carrington, dem Kamerateam und mehreren Millionen Zuschauern an Entzugssymptomen litten. Zu welchem Thema auch immer, Cornelius Carrington schaffte es, moralische Empörung mit Unterhaltung zu verknüpfen und einer Situation die beunruhigendsten Aspekte abzugewinnen, ohne bei seinem Publikum ein mehr als kurzfristiges Gefühl von Hoffnungslosigkeit zu erzeugen, das ihn ja selbst überflüssig gemacht hätte. Von dem Mann ging etwas ungemein Beschwichtigendes aus, er verkörperte alles, was am britischen Way of Life gefestigt, sicher und human war. Auch wenn Polizisten erschossen wurden (und glaubte man ihm, so wurden sie tagtäglich im ganzen Land reihenweise massakriert), so blieben die Rechtstraditionen doch unbeeinträchtigt und gegen die anschwellende Flut von Gewalt immun. Einem allwissenden Teddybär gleich, wirkte Cornelius Carrington letztlich einlullend.

Während er im Speisewagen sitzend die vorbeihuschende Landschaft von Broxbourne goutierte, schweiften Carringtons Gedanken von Teekuchen zu den angeblichen Gründen für seine Reise. Sir Cathcarts Einladung war zu unerwartet und unvermittelt erfolgt, um ihn davon zu überzeugen, daß sie ganz ohne Hintergedanken erfolgt sei. Carrington hatte sich des Generals Schilderung der letzten Ereignisse in Porterhouse interessiert angehört. Seine Verbindungen zu seinem alten College waren gelinde gesagt lose, und wie Sir Godber hatte er einige unangenehme Erinnerungen an den Ort und an seine Studentenzeit. Andererseits erkannte er, daß sich die Veränderungen, die Sir Cathcart in anderen Colleges bedauerte und in Porterhouse befürchtete, für eine Serie über Cambridge verwenden ließen. Carrington über Cambridge. Der Titel war hervorragend, und die Vorstellung, daß »ein ehemaliges Erstsemester« seine ganz persönlichen Ansichten über die Universität vorbrachte, fand er ansprechend. Die Einladung des Generals hatte er ausgeschlagen und war unangemeldet gekommen, zur Erkundung des Terrains sozusagen. Natürlich würde er Porterhouse einen Besuch abstatten, doch er würde im Hotel Belvedere absteigen, das war komfortabler. Komfortabler und durch Verpflichtungen weniger eingeschränkt. Niemand sollte sagen können, Cornelius Carrington habe die Hand gebissen, die ihn fütterte.

Als der Zug in Cambridge eintraf, hatte er die Dramaturgie der Sendung bereits im Kopf. Der Bahnhof wäre ein guter Anfang, der noch dazu die sittliche Komponente unterstrich: Er war im Jahre 1845 auf Drängen der Universitätsleitung so weit von der Innenstadt entfernt gebaut worden, weil man seinen verderblichen Einfluß fürchtete. Weise Voraussicht oder die Weigerung, Veränderungen zu akzeptieren? Der Zuschauer durfte seine eigenen Schlüsse ziehen. Carrington war unparteiisch. Es folgten Aufnahmen von Torbögen. Morsche Statuen. Schilder. Wappentiere. Kapellen und vergoldete Türme. Talare. Studenten. Die Seufzerbrücke. Das alles wartete nur darauf, von Carrington aufs sympathischste erkundet zu werden.

Er fuhr mit einem Taxi zum Hotel Belvedere. Es war anders, als er es in Erinnerung hatte. Das alte Hotel, auf seine ruhig-opulente Art bezaubernd, war einem riesigen modernen Ungeheuer gewichen, einem der geschmacklosesten Monumente kommerzieller Gier, die er je gesehen hatte. Cornelius Carringtons Empörung war entfacht. Nun würde er die Fernsehserie drehen, soviel stand fest. Er verwarf die anonymen Annehmlichkeiten des Belvedere, bestellte sein Zimmer ab und nahm ein Taxi zum »Blauen Eber« in der Trinity Street. Auch hier hatte sich einiges verändert, doch wenigstens äußerlich sah das Hotel wie das aus, was es einmal gewesen war – ein Wirtshaus aus dem achtzehnten Jahrhundert –, und Carrington war zufrieden. Auf das Äußere kommt es schließlich an, dachte er, als er auf sein Zimmer ging.

Zu jedem früheren Zeitpunkt in seinem Leben wäre Skullion der gleichen Meinung gewesen, aber nun, da sein Haus in der Rhyder Street verkauft werden sollte und der Ruf des Colleges von der Liebäugelei des Rektors mit der kommerziellen Seite der Geburtenkontrolle bedroht war, hatte Skullion mit dem Äußeren weniger am Hut. Mißmutig trieb er sich im Pförtnerhäuschen herum: mit einer ganz neuen Schweigsamkeit, die sich deutlich von der schroffen Ehrerbietung unterschied, die er den Besuchern früher erwiesen hatte. Er erschien nicht mehr an der Tür, um die Fellows mit einem knappen »Guten Morgen, Sir« zu begrüßen, und wer heute ein Paket abholen wollte, wurde meist mit griesgrämiger Gleichgültigkeit und einem mürrischen Benehmen abgefertigt, die jeden Versuch, ein Gespräch anzuknüpfen, im Keim erstickten. Sogar Walter, der Unterpförtner, fand Skullion schwierig. Der Umgang mit ihm war nie einfach gewesen, doch jetzt machten Skullions Schweigen und seine häufigen Wutausbrüche Walter das Leben schwer. Stundenlang saß Skullion da, starrte das Gasfeuer im Kamin an, grübelte über seine Sorgen nach und überlegte, was zu tun war. »Dazu haben sie kein Recht«, konnte er dann laut und so heftig sagen, daß Walter zusammenfuhr.

»Kein Recht wozu?« hatte er zunächst gefragt.

»Geht dich nichts an«, fauchte Skullion zurück, und so gab Walter alle Versuche auf, darüber zu reden, was den Oberpförtner so aufgebracht hatte. Wenn Skullion jeden Morgen seine Meldung erstattete, fiel selbst dem Dekan auf – der sonst nicht allzu sensibel war, wenn es um anderer Leute Gefühle ging –, daß er sich verändert hatte. Der Pförtner erinnerte ihn so sehr an einen begossenen Pudel, daß der Dekan sich fragte, ob es nicht Zeit sei, ihn einzuschläfern, bis er sich klarmachte, daß ihn die Redensart irregeführt hatte und Skullion ein Mensch war. Mit seinem Hut in der Hand schlich Skullion ins Zimmer, murmelte »Gibt nichts zu melden, Sir« und schlich wieder hinaus. Und dem Dekan blieb das Gefühl, wortlos gerügt worden zu sein. Nach so vielen Jahren der Anerkennung war dies ein unangenehmes Gefühl, und es bedrückte den Dekan. Wenn man Skullion schon nicht einschläfern konnte, war es vielleicht an der Zeit, ihn in den Ruhestand zu versetzen, ehe sein neues schlechtes Benehmen seinen durch respektvolles Auftreten erworbenen makellosen Ruf ruinierte. Außerdem hatte der Dekan mit Sir Godbers Plänen schon genug Ärger am Hut und wollte sich nicht auch noch mit Skullions Privatproblemen herumschlagen.

Erwies Skullion dem Dekan nur geringen Respekt, so grenzte sein Verhalten gegenüber den anderen Fellows an Rebellion. Besonders der Schatzmeister hatte unter ihm – oder zumindest seiner Zunge – zu leiden, wenn er das Pech hatte, aus irgendeinem unvermeidlichen Grund im Pförtnerhaus vorbeizuschauen.

»Was wollen Sie?« fragte Skullion in einem Tonfall, der vermuten ließ, ihm wäre es am liebsten, der Schatzmeister würde um ein blaues Auge bitten. Anscheinend war dies das einzige, was Skullion ihm zu geben gewillt war. Seine Post bekam er jedenfalls nicht. Die kam regelmäßig mit zwei Tagen Verspätung, und Skullions Unvermögen, in der Telefonschaltzentrale die Gespräche des Schatzmeisters an die richtige Nummer weiterzuleiten, verschlimmerte dessen Gefühl, isoliert zu sein. Inzwischen freute sich anscheinend nur noch der Rektor, ihn zu sehen, und so beriet sich der Schatzmeister oft mit Sir Godber im Rektorhaus, obwohl er wußte, daß er selbst dort nicht uneingeschränkt willkommen war, wenn er Lady Marys Verhalten richtig deutete. Zwischen der Scylla Skullion und der Charybdis Lady Mary, von den Gefahren der offenen See in Gestalt der Fellows am High Table ganz zu schweigen, führte der Schatzmeister ein tristes Leben, das Sir Godbers Weigerung, die Beschränkungen seiner Pläne aufgrund der finanziellen Zwangslage des Colleges zu akzeptieren, nicht eben erleichterte. Während einer ihrer vielen Debatten über Geld erwähnte der Schatzmeister Skullions ungewohnte Schroffheit.

»Skullion kostet uns ungefähr tausend Pfund im Jahr«, sagte er. »Mehr, wenn man die Einbußen durch das Haus in der Rhyder Street dazunimmt. Zusammengenommen verursachen die College-Bediensteten jährliche Ausgaben von 15000 Pfund.«

»Skullion ist das jedenfalls nicht wert«, befand der Rektor, »außerdem finde ich sein Benehmen entschieden unverschämt.«

»Er ist wirklich sehr unfreundlich geworden«, stimmte der Schatzmeister zu.

»Nicht nur das, sondern mir mißfällt auch die besitzergreifende Haltung, die er einnimmt«, ergänzte der Rektor. »Man könnte meinen, der Laden hier gehöre ihm. Er muß verschwinden.«

Diesmal widersprach der Schatzmeister ausnahmsweise nicht. In seinen Augen würde Porterhouse ein angenehmerer Ort sein, sobald Skullion nicht mehr seinen verderblichen Einfluß im Pförtnerhäuschen ausübte.

»In ein paar Jahren hat er das Rentenalter erreicht«, sagte er. »Meinen Sie nicht, wir sollten so lange warten...«

Doch Sir Godber wollte davon nichts wissen. »Ich glaube nicht, daß wir warten können«, sagte er. »Hier ist einfach jemand überflüssig. Es besteht genausowenig Bedarf an zwei Pförtnern, wie es nötig ist, ein Dutzend debiler Küchenhilfen zu beschäftigen, wenn ein tüchtiger Mann die Arbeit allein erledigen könnte.«

»Aber Skullion wird auch nicht jünger. Er ist ein alter Mann«, gab der Schatzmeister zu bedenken, vor dem sich die entsetzliche Aussicht auftürmte, Skullion klarzumachen, seine Dienste würden nicht länger benötigt.

»Genau meine Rede. Den jungen Unterpförtner könnten wir wohl kaum rausschmeißen, bloß um Skullion einen Gefallen zu tun, der, wie Sie selbst sagen, in ein paar Jahren ohnehin in Rente geht. Wir können uns keine Sentimentalität leisten, Schatzmeister. Sie müssen mit Skullion reden. Schlagen Sie ihm vor, er möge sich nach einer anderen Beschäftigung umschauen. Es muß für ihn doch was geben, das er tun kann.«

Was das betraf, hatte der Schatzmeister nicht den leisesten Zweifel, und er wollte gerade vorschlagen, Skullions Entlassung zu verschieben, bis sie wüßten, was der Verkauf der Rhyder Street an zusätzlichen Mitteln einbrachte, als Lady Mary ihm einen Knüppel zwischen die Beine warf.

»Mir ist ehrlich unbegreiflich, warum nicht eine Frau den Beruf eines Pförtners ausüben könnte«, sagte sie. »Das würde mal einen Bruch mit der Tradition bedeuten, und außerdem macht eine Empfangsskretärin ohnehin nichts anderes.«

Sir Godber und der Schatzmeister starrten sie an.

»Godber, glotz nicht so«, sagte Lady Mary.

»Meine Liebe...«, hob Sir Godber an, doch Lady Mary war nicht zum Streiten aufgelegt.

»Eine Pförtnerin«, erklärte sie kategorisch, »wird mehr als alles andere beweisen, daß im College das zwanzigste Jahrhundert Einzug gehalten hat.«

»Es gibt aber in ganz Cambridge kein College mit einer Pförtnerin«, sagte der Schatzmeister.

»Dann wird's ja langsam Zeit«, herrschte Lady Mary ihn an. Besorgt verließ der Schatzmeister das Haus des Rektors. Lady Marys Eingreifen hatte seine Hoffnungen zunichte gemacht, das Problem Skullion so lange zu vertagen, bis der Pförtner sich entweder bei den anderen Fellows unbeliebt gemacht hatte oder zur Besinnung gekommen war. Die Vorstellung, dem Oberpförtner nahelegen zu müssen, er solle gefälligst sein Bündel schnüren, lag dem Schatzmeister schwer im Magen. Einen kurzen Moment lang spielte er sogar mit dem Gedanken, den Dekan um Rat zu fragen, doch aus dieser Ecke konnte er wohl kaum Hilfe erwarten. Als er für den Rektor Partei ergriff, hatte er die Brücken hinter sich verbrannt. Jetzt konnte er schlecht schon wieder die Seiten wechseln. Er betrat sein Büro und setzte sich an den Schreibtisch. Sollte er Skullion einen Brief schreiben oder mit ihm reden? Er war geneigt, den unpersönlichen Brief zu wählen, doch sein Anstand siegte über seine natürliche Ängstlichkeit. Er nahm den Hörer ab und wählte die Nummer des Pförtnerhäuschens.

»Am besten bringe ich es ganz schnell hinter mich«, sagte er und wartete geduldig, bis Skullion abnahm.

Die Aufforderung, im Büro des Schatzmeisters zu erscheinen, erreichte Skullion in einem seiner seltenen melancholischen und selbstkritischen Momente. Seine Melancholie war nichts Außergewöhnliches, aber diesmal dachte Skullion dabei weniger an sich als an das College. Seit er seine Stellung im Pförtnerhäuschen angetreten hatte, verlor Porterhouse an Ansehen, und in seinem stummen Gedankenaustausch mit dem Gasfeuer war Skullion zu dem Schluß gekommen, daß er sich gegenüber dem Dekan und den Fellows ein wenig ungerecht verhielt. Was Sir Godber tat, konnten sie schließlich nicht ändern. An allem war der Rektor schuld. Man konnte niemand anders verantwortlich machen. Während dieses kurzen Anfalls von Reue war er ans Telefon gegangen.

»Möchte wissen, was er will«, murmelte er, als er den Hof überquerte und an die Tür des Schatzmeisters klopfte.

»Ah, Skullion«, sagte der Schatzmeister mit nervöser Leutseligkeit, »schön, daß Sie kommen konnten.«

Skullion stand vor dem Schreibtisch und wartete. »Sie wollten mich sprechen«, stellte er fest.

»Ja, ja. Nehmen Sie Platz.« Skullion entschied sich für einen hölzernen Stuhl und nahm Platz.

Der Schatzmeister schob ein paar Papiere hin und her, dann schaute er starr auf den Türknauf, den er etwas links vom Pförtner erkennen konnte.

»Ich weiß nicht recht, wie ich es formulieren soll«, begann er mit einem Zartgefühl, das Skullion kaltließ.

»Was?« sagte der Pförtner.

»Nun, um die Angelegenheit in einen größeren Zusammenhang zu rücken, Skullion: Die Collegefinanzen sind nicht ganz so, wie sie sein sollten«, sagte der Schatzmeister.

»Ist mir bekannt.«

»Ja. Also, seit Jahren denken wir schon darüber nach, ob grundlegende Sparmaßnahmen angebracht sind.«

»Hoffentlich nicht in der Küche.«

»Nein. Nicht in der Küche.«

Skullion dachte über die Frage nach. »Wäre nicht gut, sich an der Küche zu vergreifen«, sagte er. »Hatte schon immer eine gute Küche, das College.«

»Ich rede nicht von der Küche«, sagte der Schatzmeister, der sich immer noch mit dem Türknauf zu unterhalten schien.

»Vielleicht reden Sie nicht drüber, aber das hat der Rektor vor«, sagte Skullion. »Er will eine Kantine mit Selbstbedienung haben. Hat er dem Collegerat erklärt.«

Zum erstenmal sah der Schatzmeister Skullion an. »Ich weiß wirklich nicht, woher Sie Ihre Informationen beziehen ...«, begann er.

»Das ist unwichtig«, sagte Skullion. »Es stimmt.«

»Nun... vielleicht. An dem, was Sie sagen, ist möglicherweise etwas dran, aber das heißt nicht...«

»Genau«, unterbrach ihn Skullion. »Und das ist nicht richtig. Man sollte nicht zulassen, daß er es tut.«

»Um ganz ehrlich zu sein, Skullion«, sagte der Schatzmeister, »es wird wahrscheinlich einige Änderungen bei der Bewirtschaftung geben.«

Skullion machte ein finsteres Gesicht. »Hab' ich Ihnen doch gesagt.«

»Aber ich habe Sie wirklich nicht hierhergebeten, um über...«

»Früher bekam man immer Geld zusammen, wenn man sich an die Porterhouse-Gesellschaft wandte. Haben Sie noch nicht probiert, oder?«

Der Schatzmeister schüttelte den Kopf.

»Noch jede Menge reiche Gentlemen drin«, versicherte Skullion. »Die hätten was gegen Veränderungen in der Küche. Wenn sie wüßten, daß er eine Snackbar plant, würden sie was beisteuern. Fragen Sie die, bevor Sie was unternehmen.«

Der Schatzmeister überlegte, wie er die Sprache wieder auf das ursprüngliche Thema bringen könnte. »Es geht nicht nur um die Küche, wissen Sie. Wir müssen auch noch andere Einsparungen vornehmen.«

»Beispielsweise die Rhyder Street verkaufen, schätze ich«, sagte Skullion.

»Tja, das wäre eine, und...«

»Zu Zeiten Lord Wurfords wäre das nicht passiert. Das hätte er nicht geduldet.«

»Uns fehlt einfach das Geld, um irgend etwas anderes zu machen«, behauptete der Schatzmeister lahm.

»Immer liegt's am Geld«, sagte Skullion. »An allem ist das Geld schuld.« Er stand auf und ging zur Tür. »Bedeutet nicht, daß Sie das Recht haben, mein Zuhause zu verkaufen. Hätte es früher nicht gegeben.« Er ging hinaus und schloß die Tür hinter sich. Der Schatzmeister saß an seinem Schreibtisch und sah ihm nach. Er seufzte.

»Dann muß ich ihm eben einen Brief schreiben«, dachte er unglücklich und fragte sich, warum Skullion wohl so einschüchternd wirkte. Zehn Minuten später saß er immer noch so da, als es an der Tür klopfte und der Oberpförtner wieder auftauchte.

»Was gibt's noch, Skullion?« fragte der Schatzmeister.

Skullion nahm wieder auf dem Holzstuhl Platz. »Ich habe über das nachgedacht, was Sie gesagt haben.«

»Tatsächlich?« sagte der Schatzmeister und überlegte krampfhaft, was er gesagt hatte. Wenn er sich recht erinnerte, hatte Skullion die Unterhaltung allein bestritten.

»Ich bin bereit, dem College zu helfen«, sagte Skullion.

»Das ist wirklich nett von Ihnen, Skullion«, sagte der Schatzmeister, »aber ...«

»Viel ist es nicht, aber mehr kann ich nicht tun«, fuhr Skullion fort. »Sie müssen bis morgen warten, bis ich auf der Bank war.«

Der Schatzmeister sah ihn verblüfft an. »Auf der Bank? Sie meinen doch nicht etwa ...«

»Na ja, eigentlich gehört es ja dem College. Lord Wurford hat es mir in seinem Testament vermacht. Es sind nur tausend Pfund, aber wenn es ...«

»Mein lieber Skullion, das ist wirklich ... Nun, das ist äußerst großzügig von Ihnen, aber ich ... wir können unmöglich ein Geschenk von Ihnen annehmen«, stotterte der Schatzmeister.

»Warum nicht?« wollte Skullion wissen.

»Weil ... weil es nicht in Frage kommt. Sie werden das Geld selbst brauchen. Wenn Sie sich zur Ruhe setzen ...«

»Ich setze mich nicht zur Ruhe«, sagte Skullion bestimmt.

Der Schatzmeister erhob sich. Die Lage geriet langsam außer Kontrolle. Er mußte jetzt hart durchgreifen.

»Über Ihren Ruhestand wollte ich mit Ihnen reden«, sagte er streng entschlossen. »Man hat entschieden, daß Sie sich in Ihrem eigenen Interesse nach einer anderen Beschäftigung umsehen.« Er schwieg und starrte aus dem Fenster. Hinter ihm war Skullion auf dem Stuhl in sich zusammengesunken.

»Rausgeschmissen«, zischte er und stieß dabei die Luft aus, ein Geräusch, als hauche er seine Ungläubigkeit aus.

Der Schatzmeister drehte sich begütigend um.

»Nicht rausgeschmissen, Skullion«, entgegnete er aufmunternd. »Nicht rausgeschmissen, bloß... nun... es wäre in Ihrem eigenen Interesse, in unser aller Interesse besser, wenn Sie sich nach einer anderen Stelle umsähen.«

Skullion starrte den Schatzmeister derart eindringlich an, daß dieser es mit der Angst zu tun bekam. »Das dürfen Sie nicht«, sagte er und stand auf. »Dazu haben Sie kein Recht, überhaupt kein Recht.«

»Skullion«, begann der Schatzmeister warnend.

»Sie haben mich rausgeschmissen«, brüllte Skullion, und sein Gesicht, das kurz erblaßt war, lief furchtbar rot an. »Nach all den Jahren, die ich dem College gedient habe, schmeißen Sie mich raus.«

Dem Schatzmeister kam es vor, als sei Skullion zu einer erschreckenden Größe angeschwollen, die sein ganzes Büro füllte und bedrohte. »Hören Sie, Skullion«, begann er, doch der Pförtner starrte ihn nur kurz an; dann machte er auf dem Absatz kehrt und eilte türenschlagend aus dem Büro. Matt und erschöpft ließ sich der Schatzmeister in seinen Sessel sinken.

Für den blind über den Hof stolpernden Skullion waren die Worte des Schatzmeisters unglaublich. Vierzig Jahre – nein, fünfundvierzig Jahre hatte er dem College gedient. Er mußte sich an der Kante der Kantinentheke festhalten. Das Gefühl, gebraucht zu werden, für das College eine ebensolche Stütze zu sein wie der steinerne Sturz, an den er sich klammerte, für die Mauer über ihm – all dies hatte ihn verlassen oder verließ ihn, als Wellen der Erkenntnis über ihm zusammenschlugen und seine feste Überzeugung aushöhlten, er sei der Pförtner von Porterhouse und werde es immer bleiben. Schwer atmend schleppte Skullion sich die Stufen in den Alten Hof hinunter und ging steif auf das Pförtnerhäuschen und das tröstende Gasfeuer zu. Dort schob er sich an Walter vorbei und ließ sich in seinen Sessel fallen, wo er zusammengesackt hockte, immer noch unfähig, das ganze Ausmaß der Worte des Schatzmeisters zu begreifen. Seit Gründung des Colleges hatte es Skullions in Porterhouse gegeben. Darauf hatte er Lord Wurfords Wort, und mit einer derartigen beruflichen Kontinuität im Rücken schien es ihm nun, als stünde er am Rande der Welt, vor ihm nichts als ein Abgrund. Skullion schreckte vor dem Vergessen zurück. Es war einfach unbegreiflich. In seinem Zustand benommener Ungläubigkeit hörte er Walter wie in weiter Entfernung durch das Haus gehen.

»Gutterby und Pimpole«, flüsterte Skullion; in seinem Elend erfolgte diese Anrufung seiner Kalenderheiligen ganz mechanisch.

»Ja, Mr. Skullion?« sagte Walter. »Sagen Sie etwas?« Doch Skullion sagte nichts, und gleich darauf ging Walter nach draußen und ließ den undeutlich vor sich hin murmelnden Oberpförtner allein zurück.

»Übergeschnappt, der alte Sack«, dachte er ohne Bedauern. Doch Skullion war nur insofern nicht bei Sinnen, als ihn die Wut übermannt hatte. Kaum dämmerte ihm das ganze Ausmaß seines Verlustes, durchbrach der Zorn, der sich, seit Sir Godber Rektor geworden war, in ihm aufgestaut hatte, den Staudamm seiner Ehrerbietung und rauschte wie eine Flutwelle durch die ausgetrockneten Wasserläufe seiner Gefühle. Jahrelang, vierzig Jahre lang, hatte er ihre Arroganz und unverschämten Anmaßungen ertragen und ihnen im Gegenzug einen durch nichts gerechtfertigten Respekt erwiesen; nun endlich, von all seinen Verpflichtungen befreit, verstärkte die Wut, die er nach all den Erniedrigungen unterdrückt hatte, die Wucht seines Zorns. Es schien fast so, als begrüßte Skullion das Ende seiner Ansprüche, als habe er insgeheim die Erinnerung an seine Leiden für genau einen solchen Fall gehortet, damit seine Freiheit – wenn und falls sie bevorstände – vollständig und endgültig sein würde. Nicht, daß es wirklich soweit kommen konnte. Die Gewohnheiten eines ganzen Lebens blieben unverändert. Als ein Student sein Paket abholen wollte, erhob Skullion sich gehorsam und brachte es zur Theke, aber ohne den Groll, das Markenzeichen seiner Dienstbarkeit. Seine ganze Wut war nach innen gerichtet. Nach außen wirkte Skullion gefügig und alt, wie er mit seiner Melone auf dem Kopf durch das Büro schlurfte und vor sich hin murmelte, doch innerlich hatte sich alles verändert. Die einzelnen Teile in seinem Hirn, mit der Treue zum College einerseits und seinem Eigeninteresse andererseits zwei unterschiedlichen Gehirnlappen gleich, waren getrennt, so daß Skullions Zorn über sein Schicksal Tür und Tor geöffnet waren.

Als Walter um sechs Uhr abends zurückkam, zog Skullion sich seinen Mantel an.

»Ich gehe aus«, sagte er und ließ Walter, der an diesem Abend dienstfrei hatte, verdattert zurück. Skullion ging durch das Tor und bog an der Trinity Street in Richtung Rundkirche ab. An der Ecke zögerte er und warf einen Blick auf den »Rinderbaron«, doch für seine jetzige Stimmung war das nicht die richtige Kneipe. Er wollte etwas, das weniger von Veränderungen verdorben war. Dann ging er durch die Sydney Street auf die King Street zu. Der »Themseruderer« war besser. Dort war er schon eine ganze Weile nicht eingekehrt. Er trat ein, bestellte sich ein Guinness, setzte sich an einen Ecktisch und zündete seine Pfeife an.

- 14 -

Cornelius Carrington verbrachte den Tag mit Proben. Mit all seiner kultivierten Exzentrität wandelte er durch die Colleges und wählte die architektonischen Hintergründe aus, vor denen er sich am eindrucksvollsten ausnahm. Die Kapelle des King's College hatte es ihm angetan, aber das hielt nicht lange vor. Sie war zu bekannt, wie er fand, abgenutzt, und, was noch gravierender war, sie stellte seine Person in den Schatten. Im Bewußtsein seiner eigenen Grenzen suchte er die weniger überwältigende Atmosphäre des Corpus Christi College auf, wo er sich in den Alten Hof stellte und dessen mittelalterlichen Charme bewunderte. Dann schlenderte er durch die Colleges St. Catharine's und Queen's, überquerte die Holzbrücke und erschrak angesichts des Sakrilegs aus Beton, mit dem man den

Fluß überspannt hatte. Im Pembroke College bejammerte er die Bibliothek von Waterhouse zunächst ob ihrer viktorianischen Vulgarität, ehe er seine Meinung änderte und entschied, sie sei ein wahres Schmuckstück, ein klassisches Bauwerk ihrer Periode. Schließlich war lasierter Backstein immer noch besser als Beton, dachte er, als er durch die Little St. Mary's Lane zum Graduate Centre schritt.

Seinen Morgenkaffee trank er im »Kupferkessel«, zu Mittag speiste er im »Whim«, und die ganze Zeit über kreisten seine Gedanken um das Problem, das ihn seit seiner Ankunft beschäftigte: Der Sendung, wie er sie sich vorstellte, fehlte die menschliche Komponente. Es genügte nicht, für eine Million Zuschauer eine Führung durch die Colleges von Cambridge zu veranstalten. Irgendwo mußte es eine Moral geben, eine menschliche Tragödie, die ans Herz ging und Carringtons Sendung aus der Ebene ästhetischer Nostalgie auf dramatische Höhen transportierte. Irgendwo, irgendwie würde er sie finden. Für die verborgenen Nöte seiner Mitmenschen besaß er einen Riecher.

Nachmittags besuchte er auf seiner Wallfahrt Trinity's und John's College, wo er über das riesige neue Gebäude wetterte. Dann trippelte er durch Magdalene, und als er sich schließlich in Porterhouse einfand, war es halb vier geworden. Wenn irgendwo in Cambridge, so stand hier die Zeit still. Keine Spur von Beton. Die geschwärzten Backstein- und Kalktuffmauern sahen noch aus wie zu seiner Studienzeit. Der kopfsteingepflasterte Hof der gotischen Kapelle, der Rasen und der große Speisesaal, durch dessen Buntglasfenster die strahlende Wintersonne schien: Alles war so, wie er es im Gedächtnis hatte. Und mit der Erinnerung kam das beklemmende Gefühl seiner Minderwertigkeit, das er in jenen Tagen empfunden hatte und das er, trotz seines Ansehens, nie ganz losgeworden war. Diesem wieder aufkeimenden Minderwertigkeitskomplex wehrend, stieg er die abgetretenen Stufen zu dem Portikus hinauf, wo er kurz stehenblieb, um die dort in den Glaskästen angeschlagenen Bekanntmachungen durchzulesen. Auch hier hatte sich nichts verändert. Der Ruderclub, Rugby, Squash, Spiellisten. Schaudernd wandte Carrington sich von diesem Hinweis darauf ab, daß Porterhouse ein Rudercollege war, blieb im Torbogen stehen und starrte verdutzt auf den Neuen Hof. Hier hatte sich einiges verändert. Plastikplanen verhüllten die Vorderseite des Turms, und auf dem Pflaster türmten sich Trümmer. Angesichts des Ausmaßes der Zerstörung sperrte Carrington den Mund auf; er wollte gerade hinuntergehen und sich die Sache genauer anschauen, als eine kleine Gestalt in einem schwarzen Mantel hinter ihm die Stufen hochhastete. Er drehte sich um und sah sich dem Dekan gegenüber.

»Guten Tag«, sagte Carrington und fiel dabei unversehens in einen Respekt zurück, den er überwunden geglaubt hatte. Der Dekan blieb stehen und sah ihn an.

»Guten Tag«, sagte er, das Glitzern des Wiedererkennens in seinem Blick unterdrückend. Carringtons Gesicht kannte er von den Reklametafeln, doch der Dekan tat lieber so, als habe er ein untrügliches Gedächtnis für ehemalige Porterhouse-Studenten. »Sie haben wir seit einer ganzen Weile nicht mehr hier gehabt, nicht wahr?«

Die Vermutung, sein Publikum, wie zahlreich es anderswo auch sein mochte, umfasse nicht die Honoratioren seines alten Colleges, ließ Carrington leicht zusammensacken.

»Soviel ich weiß, waren Sie seit… uh… ähem«, der Dekan täuschte einen Kampf mit seinem Gedächtnis vor, »neunzehnhundert… öh… achtunddreißig nicht mehr hier, stimmt's?«

Carrington stimmte dem bescheiden zu, woraufhin der Dekan, dessen Status als Hüter unvergleichlicher Überlegenheit nunmehr gesichert war, den Weg in seine Räume voranging. »Sie leisten mir doch beim Tee Gesellschaft?« fragte er, und Carrington, der bereits so unterwürfig geworden war, daß es ihn innerlich in Rage brachte, bedankte sich für die Einladung.

»Wie ich von denen höre«, sagte der Dekan, als sie die schmale Treppe hinaufstiegen, »die sich in diesen Dingen auskennen, haben Sie sich in der Unterhaltungsindustrie einen Namen gemacht.«

Carrington ertappte sich dabei, wie er dies höflich säuselnd abstritt.

»Na, na, Sie sind zu bescheiden«, sagte der Dekan, Salz in die Wunden streuend. »Auf Ihre Meinung gibt man viel, wissen Sie.«

Carrington äußerte Zweifel.

»Sie müssen eines der wenigen bemerkenswerten Mitglieder sein, die dieses College in letzter Zeit hervorgebracht hat«, fuhr der Dekan fort und ging voran durch den Gang, von dessen Wänden die Gesichter alter Porterhouse-Männer herabstarrten, deren Blicke bei Carrington wenig Zweifel daran ließen, daß, was auch immer sie von ihm halten mochten, »bemerkenswert« ganz sicher das falsche Wort war.

»Nehmen Sie doch Platz, während ich den Kessel aufsetze«, sagte der Dekan. Carrington, für einen Augenblick allein, versuchte krampfhaft, die Dämme seiner Selbstachtung neu zu errichten. Dabei war ihm das Zimmer keine Hilfe. Überall fanden sich Erinnerungsstücke an frühere vorzügliche Leistungen, an denen er nicht beteiligt war. Als Student hatte Carrington in nichts geglänzt, und sogar das Wissen, daß es diesen Altersgenossen seiner Jugend, die, einzeln oder als Mannschaften, rosig aus ihren Rahmen starrten, nicht gelungen war, aus ihren früheren brillanten Ansätzen etwas zu machen, brachte ihm keinerlei Trost. Bestimmt waren sie bedeutende Männer, wenn auch nicht sehr bekannt, und Carrington war sich trotz seiner gespielten Arroganz der Vergänglichkeit seines Ruhmes bewußt. Er war kein bedeutender Mann und würde nie einer werden, kein Mann von Format, wie es das achtzehnte Jahrhundert und bestimmt auch der Dekan formuliert hätten, und Carrington war Engländer genug, um sich über sein Versagen zu ärgern. Wahrscheinlich war es dieses Gefühl, als guter Kerl, als solider, verläßlicher Bursche versagt zu haben, das seiner routinierten Sehnsucht nach den zwanziger und dreißiger Jahren den Beigeschmack unverfälschter Emotionalität verlieh, als sehne er sich nach einer Zeit, die ebenso medioker war wie er selbst. Von seinem Selbstmitleid wurde er durch den Dekan erlöst, der mit einem Tablett aus seiner winzigen Küche kam.

»Harrison«, sagte der Dekan zu dem Foto, das Carrington so selbstkritisch gemustert hatte.

»Ah«, kommentierte dieser unverbindlich.

»Genialer Gedrängehalbspieler. Hat den Versuch in Twickenham erzielt, im Jahr... wann war das noch?«

»Keine Ahnung«, antwortete Carrington.

»Sechsunddreißig? Etwa zu Ihrer Zeit. Überrascht mich, daß Sie sich nicht daran erinnern.«

»Ich war nie ein großer Rugbyspieler.«

Der Dekan musterte ihn streng. »Nein, wenn ich's recht bedenke, waren Sie alles andere als das. Interessierten Sie sich eher für den Rudersport?«

»Nein«, sagte Carrington in dem unangenehmen Gefühl, daß der Dekan ohnehin Bescheid wußte.

»Irgend etwas müssen Sie in Ihrer Studienzeit doch getan haben. Heutzutage tun ja viele junge Burschen so gut wie gar nichts mehr. Manchmal frage ich mich, weshalb sie überhaupt auf die Universität gehen. Sex, nehme ich an, aber warum sie ihren schmutzigen Gelüsten nicht woanders frönen können, ist mir schleierhaft.« Er schlurfte in die Küche und kam mit einem Teller Hartkeksen zurück.

»Ich habe mir gerade den Schaden am Turm angesehen«, begann Carrington, als der Dekan Tee eingeschenkt hatte.

»Sie wollen wohl aus unserem Unglück Kapital schlagen«, sagte der Dekan. »Ihr Journalisten seid gleichsam die Geier der gegenwärtigen Gesellschaft.« Er lehnte sich schmunzelnd zurück, stolz auf seine so ansprechend stabgereimte Unverschämtheit.

»Ich betrachte mich eigentlich nicht als Journalist«, wandte Carrington ein.

»Ach nein? Wirklich sehr interessant«, sagte der Dekan.

»Ich halte mich eher für einen Kommentator.«

Der Dekan lächelte. »Natürlich. Wie dumm von mir. Einer der Herrscher des Äthers. Ein Meinungsmacher. Wirklich sehr interessant.« Er pausierte, um Carrington seine Gleichgültigkeit auskosten zu lassen. »Ist es Ihnen nicht oft peinlich, daß Sie solch einen immensen Einfluß ausüben? Mir würde es so ergehen. Aber schließlich hört niemand auf das, was ich zu sagen habe. Man könnte wohl sagen, mir fehlt das Volkstümliche. Nehmen Sie doch noch etwas Tee.«

Zornig musterte Carrington den alten Mann. Er hatte genug von der Gastfreundlichkeit des Dekans, den höflichen Beleidigungen und der raffinierten Herabsetzung von allem, was er erreicht hatte. Porterhouse hatte sich nicht verändert, nicht einen Deut. Der Ort, dieser Mann waren Anachronismen, die seine nostalgische Toleranzkapazität überstiegen.

»Was mich wirklich überrascht hat«, sagte er endlich, »ist die Feststellung, daß Porterhouse in einer Universität, die stolz auf ihre wissenschaftlichen Leistungen und Forschungen ist, immer noch so viel Wert auf Sport legt. Ich habe gerade einen Blick auf das Schwarze Brett geworfen. Da stand nichts von Stipendien oder wissenschaftlichen Arbeiten. Nur die alten Rugbylisten...«

»Und was haben Sie bekommen? Eine Doppeleins, oder?« erkundigte sich der Dekan freundlich.

»Eine zwei zwei«, antwortete Carrington.

»Und sehen Sie, wie weit Sie gekommen sind«, sagte der Dekan. »Das spricht doch für sich. Sagen wir einfach, wir sind der amerikanischen Krankheit noch nicht erlegen.«

»Der amerikanischen Krankheit?«

»Doktoritis. Die Annahme, der Wert eines Mannes lasse sich allein an seinem Fleiß messen. Jemand verbringt drei Jahre mit der minuziösen Dokumentation von Dokumenten, wenn Sie wissen, was ich meine, jedenfalls untersucht er Fragestellungen, die der Aufmerksamkeit urteilsfähigerer Wissenschaftler entgangen sind, und taucht aus diesem Mysterium mit einem Doktortitel auf, bei dem es sich angeblich um den Beweis seiner Intelligenz handelt. Etwas Dümmeres fällt mir beim besten Willen nicht ein. Aber was soll's, das ist heute eben modern. Ich nehme an, das kommt von der wörtlichen Auslegung des lächerlichen Sprichwortes, daß Genie aus zehn Prozent Inspiration und 90 Prozent Transpiration besteht. Diese Burschen glauben anscheinend, man muß ein Genie sein, wenn man drei Jahre lang einen Heißhunger auf unverdauliche und belanglose Details an den Tag legt. Meiner Meinung nach ist Genie per definitionem die Fähigkeit, den Prozeß des Transpirierens zu überspringen, aber wie ich schon sagte, auf mich hört ja keiner. Soll heißen: Es muß Millionen Menschen geben, die diese wie immer geartete Plackerei auf sich nehmen, ohne auch nur einen Funken Intelligenz aufzuweisen, von Genie ganz zu schweigen. Auf der anderen Seite hatten wir einen tumben Burschen wie Einstein, der nicht einmal zählen konnte ... es deprimiert mich, wirklich, aber es ist eben Mode.«

Der Dekan fuchtelte mit den Händen, als wolle er den blöden Zeitgeist vertreiben; Carrington wagte es, Einspruch zu erheben.

»Aber wissenschaftliche Forschung lohnt sich doch sicherlich ...«, gab er zu bedenken.

»Lohnen?« sagte der Dekan. »Aber gewiß. Ganz sicher bringt sie einigen Colleges eine Menge Geld ein. Da sind wir bei der grotesken Annahme angelangt, daß man nur genug Kieselsteine kaufen muß, und schon wird sich einer davon in einen Diamanten verwandeln. Ist natürlich völliger Blödsinn. Was zählt, ist die Qualität, nicht die Quantität; aber ich erwarte ja gar nicht, daß Sie mit meinen altmodischen Ansichten konform gehen. Wenn man es recht bedenkt, gründet sich Ihre Berühmtheit schließlich auch auf Quantität, nicht wahr?«

»Auf Quantität?«

»Einschaltquoten«, sagte der Dekan. »Ein treffender, wenn auch ekelhafter Ausdruck.«

Als Cornelius Carrington die Wohnung des Dekans verließ, war die Erosion seiner Selbstachtung beinahe vollendet und sein von ihm selbst gehätscheltes Image als Sprecher einer gesunden öffentlichen Besorgnis weitgehend dahin. In den Augen des Dekans war er eindeutig ein Parvenü, ein Kastenteufelchen, wie er lächelnd andeutete, und Carrington ertappte sich dabei, wie er die Meinung des Dekans teilte. Als er Porterhouse verließ, beneidete er den Mann um seine Selbstsicherheit und verwünschte sich selbst, daß er nicht zurechtkam. Was Beton und Fertighäuser für ihn waren, war eindeutig er für den Dekan: die Verkörperung des seichten, häßlichen Kommerzdenkens. Wie hatte es der Dekan formuliert?

Daß er alles Unbedeutende abscheulich fand, und zweifellos konnte er von allem Unbedeutenden die Fernsehkommentatoren am wenigsten ausstehen. Carrington ging duch die Senate House Lane und dachte darüber nach, woher der Dekan seine Selbstsicherheit bezog. Zu Lebzeiten dieses Mannes waren der Rauhputz und der Pseudo-Tudorstil aufgekommen, die Carrington so ansprechend fand. Er gehörte in eine frühe Tradition: Engländer von altem Schrot und Korn, Landjunker und Gutsherren, die nicht für fünf Pfennige interessierte, was die Welt von ihnen hielt, und die der Welt eins auf die Nase gaben, wenn sie ihnen in die Quere kam. In dieser selbstquälerischen Stimmung, von unerschütterlichem Respekt vor solchen Männern gepeinigt, fand Carrington sich in der King Street wieder. Er konnte sich gar nicht erinnern, wie er dorthin gekommen war, und erkannte sie zunächst gar nicht wieder. Die King Street hatte sich stärker verändert als jede andere Ecke Cambridges. Die Häuser und Geschäfte, die sich früher entlang der Straße aneinandergequetscht hatten, waren verschwunden. Ein mehrstöckiges Parkhaus aus Beton, etliche häßliche Passagen aus Backstein. Und wo waren die vielen Kneipen geblieben? Als er durch die Straße ging, vergaß Carrington sein eigenes Elend. Gerechter Zorn ergriff ihn. Die alte King Street war heruntergekommen und ungepflegt, aber unterhaltsam gewesen. Jetzt war sie trostlos, unpersönlich und trist. Ein paar Schritte weiter stieß er auf einige Relikte. Ein Antiquitätengeschäft mit allerlei Vasen und schlechten Gemälden im Fenster; ein mit Kaffeemaschinen und den von den Studenten offensichtlich immer noch geschätzten speziellen Krügen vollgestopftes Café. Doch im großen und ganzen hatten die Sanierer verflucht gründliche Arbeit geleistet. Schließlich kam er zum »Themseruderer« und ging, froh, daß der noch stand, hinein.

»Ein großes Bitter, bitte«, sagte er mit seinem gewohnten Gespür für solche Dinge. En Gin Tonic in einer Kneipe in der King Street wäre undenkbar gewesen. Mit seinem Bier setzte er sich an einen Tisch in Fensternähe.

»Scheint sich viel verändert zu haben, seit ich das letzte Mal hier war«, sagte er nach einem kräftigen Schluck aus seinem Glas. Normalerweise nahm er keine kräftigen Schlucke. Genaugenommen trank er überhaupt kein Bier, doch Bier in kräftigen Schlucken war, wie er noch wußte, in der King Street üblich.

»Reißen die ganze Straße ab«, sagte der Barmann lakonisch.

»Ist bestimmt schlecht fürs Geschäft«, gab Carrington zu bedenken.

»Ja und nein«, meinte der Barmann.

Carrington brach den Versuch ab, ein Gespräch anzuknüpfen, und wandte seine Aufmerksamkeit den beredteren Dekorationen des Kneipenraumes zu.

Kurz darauf betrat ein Mann mit Bowlerhut die Kneipe und bestellte ein Guinness. Carrington musterte seinen Rücken, der ihm irgendwie bekannt vorkam. Der dunkle Mantel, die gründlich gewienerten Schuhe, der massige Nacken und vor allem der korrekte Sitz des Bowlerhutes, all dies waren Merkmale eines Collegepförtners. Doch es war die Pfeife, die vorstehende gedrungene Pfeife, die sein Gedächtnis auf Trab brachte und ihm verriet, daß es sich bei dem Mann um Skullion handelte. Der Pförtner zahlte das Guinness, setzte sich an den Tisch in der Ecke und zündete seine Pfeife an. Eine blaue Rauchwolke erreichte Carrington. Er schnupperte, und mit diesem Schnuppern kamen die Jahre zurück, und er befand sich wieder im Pförtnerhäuschen von Porterhouse. Skullion. Er hatte diesen Mann und sein steifes, hölzernes, beinahe militärisches Aussehen vergessen. Skullion, wie er einem Wappentier gleich am Colletor stand oder, von Carringtons Zimmer über dem Speisesaal aus gesehen, als dunkle behelmte Gestalt am frühen Morgen über den Hof marschierte, wobei sein Schatten über die Zackenlinie der Zinnen ragte, die die Morgensonne auf den Rasen warf. Morgenstund hat Pfeif' im Mund, hatte Carrington einmal über ihn gesagt, doch heute hatte der Pförtner nichts morgendlich Frisches an sich. Er saß mit leerem Blick über seinem Guinness und zog an der Pfeife. Carrington musterte die groben Züge, und ihm fiel auf, welche grimmige Kraft das Gesicht unter der Krempe des Bowlerhutes ausstrahlte. Hatte der Dekan ihn an einen Landjunker erinnert, so ließ

Skullion den Gedanken an einen viel älteren Typen aufkommen. Der Mann hatte etwas Chaucerhaftes an sich, dachte Carrington, der sich bei dieser Einschätzung auf bruchstückhafte Erinnerungen an den *Prolog* stützte. Jedenfalls mittelalterlich. Doch am auffallendsten war, wie imposant der Mann war. Imposant war das richtige Wort für dieses Gesicht, das durchdringend in die Bar starrte. Carrington trank sein Bier aus und bestellte noch eins. In der Wartezeit ging er zu dem Tisch hinüber, an dem Skullion saß.

»Sie sind doch Skullion, stimmt's?« fragte er. Skullion schaute skeptisch auf. »Was gibt es?« wollte er wissen und benutzte das unpersönliche Fürwort, um eine gewisse Distanz aufrechtzuerhalten.

»Sie kamen mir gleich bekannt vor«, fuhr Carrington fort. »Wahrscheinlich erinnern Sie sich nicht mehr an mich. Carrington. Ich habe in den dreißiger Jahren in Porterhouse studiert.«

»Doch, ich erinnere mich. Sie hatten Ihre Zimmer über dem Speisesaal.«

»Ich hole Ihnen noch was zu trinken. Guinness, stimmt's?« Bevor Skullion etwas sagen konnte, hatte Carrington an der Theke ein Guinness bestellt. Skullion musterte ihn mürrisch. Er konnte sich noch gut an Carrington erinnern. Bertie hatten sie ihn genannt, Flirty Bertie. Kein Gentleman. Hatte irgendwas mit dem Theater zu tun gehabt. Skullion hatte ihn nicht gemocht.

Carrington brachte die Gläser zum Tisch und setzte sich. »Inzwischen sind Sie wohl im Ruhestand«, erkundigte er sich dann.

»Ruhestand kann man das nicht nennen«, sagte Skullion verbittert.

»Wollen Sie damit sagen, daß sie nach all den Jahren immer noch Oberpförtner sind? Du liebe Güte, da waren Sie aber lange am Ball.« Er sprach mit dem geheuchelten Interesse eines Reporters; tatsächlich hatte Skullion irgend etwas an sich, was Carrington das Gefühl gab, hier könnte er einer Story auf der Spur sein. Dafür hatte er einen Riecher.

»Fünfundvierzig Jahre«, sagte Skullion und trank sein Starkbier.

»Fünfundvierzig Jahre«, wiederholte Carrington. »Beachtlich.«

Skullion knurrte und zog eine Augenbraue hoch. Für ihn war das nicht beachtlich.

»Und jetzt haben Sie sich zur Ruhe gesetzt?« Carrington ließ nicht locker. Skullion schmauchte wortlos seine Pfeife. Carrington nahm noch einen kräftigen Schluck Bier und wechselte das Thema.

»Bestimmt gibt es die King-Street-Schluckmeile nicht mehr«, sagte er. »Nachdem so viele alte Kneipen abgerissen wurden.«

Skullion nickte. »Vierzehn Stück waren es, in jeder ein großes Bier, und das binnen einer halben Stunde. Da mußte man ganz schön ran.« Damit fiel er wieder in Schweigen. Carrington hatte die richtige Stimmung erwischt. Die guten alten Sitten waren dahin, und mit ihnen der Oberpförtner. Das erklärte die finstere Miene des alten Mannes, doch es steckte noch mehr dahinter.

Carrington probierte es anders. »Jedenfalls scheint sich das College nicht groß verändert zu haben.«

Skullions Miene verfinsterte sich noch mehr. »Mehr verändert, als Sie wissen«, knurrte er. »Wird sich noch bis zur Unkenntlichkeit verändern.« Zunächst schien es, als wolle er auf den Fußboden spucken, doch dann wandte er sich wieder seiner Pfeife zu und schnupperte am Pfeifenkopf.

»Sie meinen damit den neuen Rektor?« erkundigte sich Carrington.

»Ihn und den Rest der Bande. Frauen im College. Kantine mit Selbstbedienung. Und wo bleiben wir, die wir dem College unser ganzes Leben lang gedient haben? Wie Hunde auf die Straße geschickt.« Skullion trank sein Bier und knallte das Glas auf den Tisch. Carrington schwieg. Vor lauter Interesse machte er sich fast unsichtbar, wie ein Raubtier, das seine Beute entdeckt hat. Skullion zündete seine Pfeife an und schmauchte vor sich hin.

»Fünfundvierzig Jahre lang bin ich jetzt Pförtner gewesen«, sagte er dann. »Ein ganzes Leben lang, meinen Sie nicht auch?« Carrington nickte feierlich. »Ich saß im Häuschen und sah der Welt zu. Als ich ein kleiner Junge war, warteten wir immer an der katholischen Kirche, bis die Droschken der jungen Herren vom Bahnhof kamen. ›Wir tragen Ihnen die Koffer, Sir‹, haben wir gerufen, und dann sind wir bis zum College neben den Pferden hergelaufen und haben für Sixpence die Koffer auf ihre Zimmer getragen. So haben wir uns damals ein paar Kröten verdient. Sind eine Meile gelaufen und haben die Koffer ins College geschleppt. Für Sixpence.« Bei dem Gedanken lächelte Skullion, und Carrington schien es einen Moment lang so, als sei seine Intensität verlorengegangen. Doch da war noch mehr als nur Erinnerung: ein Gefühl, ungerecht behandelt worden zu sein, das Carrington spürte und das in gewisser Weise seinen eigenen Empfindungen entsprach. Aber was empfand er überhaupt? Das ließ sich nur schwer definieren; er konnte nicht genau sagen, was ihn an der dezenten Geringschätzung des Dekans so abgestoßen hatte, abgesehen von der widerwärtigen Arroganz, mit der dieser ihn von oben herab gemustert hatte, als sei er eine sich auf einem Objektträger windende Mikrobe. Carrington gestand sich zwar ein, daß es ihm an geistiger Tauglichkeit fehlte, doch sein Zorn blieb. In seinen Augen war Skullion ein Verbündeter.

»Und jetzt hat man Sie rausgeworfen?« fragte er.

»Wer sagt das?« fragte Skullion aggressiv. Carrington suchte nach Ausflüchten. »Ich dachte, Sie hätten irgendwas davon gesagt, daß Sie entlassen werden sollten«, murmelte er.

»Dazu haben sie kein Recht«, sagte Skullion. Es klang fast wie ein Selbstgespräch. »Früher hätten sie so was nie getan.«

»Ich glaube mich erinnern zu können, daß das College zu meiner Zeit unter den Bediensteten in recht gutem Ruf stand.«

Skullion betrachtete ihn mit neuem Respekt. »Jawohl, Sir«, sagte er. »Porterhouse war bekannt für seine Fairneß.«

»Das vermutete ich eben.« Carrington sprach in der vornehmen Art, die Skullion offensichtlich von ihm erwartete.

»Nicht im Traum hätte der alte Lord Wurford sich erlaubt, dem Oberpförtner den Laufpaß zu geben«, fuhr Skullion fort. »Hat mir bei seinem Tod tausend Pfund hinterlassen. Hab' ich dem Schatzmeister angeboten, jawohl, um dem College zu helfen. Hat er abgelehnt. Ist das noch zu fassen? Hat mein Angebot abgelehnt.«

»Sie haben ihm tausend Pfund angeboten, um dem College zu helfen?« wiederholte Carrington.

Skullion nickte. »Genauso war's. ›O nein‹, hat er gesagt, ›würde mir nicht im Traum einfallen‹, und im nächsten Satz kündigte er mir. Ist doch nicht zu fassen, oder?«

Ob etwas faßbar war, kümmerte Carrington wenig. Hauptsache, die Story war gut.

»Die Rhyder Street verkaufen sie auch«, fuhr Skullion fort.

»Die Rhyder Street?«

»Wo die College-Bediensteten wohnen. Setzen uns alle auf die Straße.«

»Die setzen Sie auf die Straße? Das dürfen sie nicht.«

»Sie machen's aber«, sagte Skullion. »Den Koch, den Chefgärtner, Arthur – uns alle.«

Carrington trank sein Bier aus und bestellte noch zwei. Hier war der menschliche Faktor, nach dem er gesucht hatte und gleichzeitig die Gewißheit, daß sein Besuch nicht vergebens gewesen war. Er hatte seine Story.

- 15 -

Der Dekan lächelte. Er hatte den Tee mit Carrington genossen. Heutzutage bekam er viel zu selten Gelegenheit, sein Talent für Gehässigkeiten zu nutzen. »Wenn sich ein Mann richtig bewähren will, wirkt nichts so gut wie eine ordentliche Verunglimpfung«, dachte er, und dabei fiel ihm seine Zeit als Trainer der Rudermannschaft von Porterhouse wieder ein und die Beschimpfungen, mit denen er den Achter zum Sieg getrieben hatte. Und Carrington hatte die höhnischen Bemerkungen wortlos über sich ergehen lassen. Sie nagten weiter an ihm und würden ihm den nötigen Schwung geben. Er würde die Sendung über Porterhouse machen. Daß er nach Cambridge gekommen war, bewies sein Interesse am College, auch wenn er Sir Cathcarts Einladung ausgeschlagen hatte. Und diese Ablehnung hatte auch Vorteile. Nun konnte keiner behaupten, jemand habe ihm einen Tip gegeben. Was den Inhalt der Sendung anging, befürchtete der Dekan keinerlei Probleme; Carrington war schließlich der Hohepriester der Nostalgie. Der Köder waren Sir Godbers Pläne. Die Tradition in den Schmutz gezogen, das Alte und das Bewährte in Gefahr, der Fluch des Modernismus. Innerlich hörte der Dekan schon die Klischees, wie sie von Carringtons Zunge rollten, und die nach der guten alten Zeit lechzenden Millionen aufzurütteln. Und was war mit Sir Godber persönlich? Carrington würde die Ambitionen des Mannes zu Kleinholz verarbeiten. Mit der Miene eines Mannes, der zwar nicht mit der ganzen Welt vollauf zufrieden war, aber doch mit dem kleinen Eckchen in ihr, über das er wachte, genehmigte sich der Dekan einen Sherry. Gutgelaunt begab er sich zum Essen. Es gab Caneton à l'orange, und der Dekan mochte Ente. Als er den Gemeinschaftsraum betrat, stellte er erstaunt fest, daß der Rektor bereits dort war und mit dem Obertutor sprach. Der Dekan hatte vergessen, daß Sir Godber gelegentlich im Speisesaal aß. »Guten Abend, Herr Rektor«, sagte er.

»Guten Abend, Herr Dekan«, erwiderte Sir Godber. »Ich habe mich gerade mit dem Obertutor über den Restaurierungsfonds unterhalten. Offenbar liegt ein Angebot der Firma Mercantile Properties für die Rhyder Street vor. Es beläuft sich auf hundertfünfzigtausend. Ich muß gestehen, daß ich zur Zusage tendiere. Wie lautet Ihre Meinung?«

Der Dekan raffte mit finsterer Miene seinen Talar zusammen. Seine Einwände gegen den Verkauf der Rhyder Street entsprangen taktischen Erwägungen. Prinzipiell widersetzte er sich Sir Godbers Vorschlägen, doch jetzt war es zweckmäßig, daß der Rektor sich einem Vorgehen verschrieb, dessen Unbarmherzigkeit Carrington herausstreichen konnte.

»Meinung? Meinung?« sagte er schließlich. »Zu diesem Thema habe ich keine Meinung. Ich halte den Verkauf der Rhyder Street für einen Vertrauensbruch gegenüber den College-Bediensteten. Das ist keine Meinung, sondern eine Tatsache.«

»Nun ja«, sagte Sir Godber, »dann bleiben wir eben verschiedener Meinung, nicht wahr?«

Der Obertutor versuchte zu vermitteln. »Es ist eine schwierige

Entscheidung, soviel steht fest«, sagte er. »Einerseits darf man die Bediensteten nicht vergessen, andererseits liegt auf der Hand, daß der Restaurierungsfonds das Geld braucht. Eine undankbare Entscheidung.«

»Aber eine, die offensichtlich ohne mich gefällt werden soll«, sagte der Dekan. Sie marschierten in den Speisesaal, und da die Schwerhörigkeit des Kaplans sich seit der Explosion im Turm keineswegs gebessert hatte, sprach der Dekan das Tischgebet. Eine Zeitlang aßen sie schweigend; Sir Godber mampfte seine Ente und beglückwünschte sich zur Meinungsänderung des Obertutors, die möglicherweise auf das schlechte Abschneiden des Colleges bei den Regatten und die eine oder andere ungeschickte Bemerkung des Dekans zurückzuführen war. Erpicht darauf, diese Spaltung auszunutzen, machte Sir Godber Anstalten, sich den Obertutor warmzuhalten. Er reichte das Salz weiter, ohne darum gebeten worden zu sein, erzählte zwei amüsante Anekdoten über die Sekretärin des Premierministers und ließ schließlich, als der Obertutor behauptete, solche Zustände seien dem Eintritt in die EWG zuzuschreiben, die ausführliche Schilderung eines Gespräches vom Stapel, das er einmal mit de Gaulle geführt hatte. Währenddessen trug der Dekan demonstrative Gleichgültigkeit zur Schau; er wandte den Blick nicht von den Tischen, an denen sich die Studenten laut unterhielten, und im stillen freute er sich über die Zündschnur, die an der Zeitbombe namens Cornelius Carrington angesteckt war. Gegen Ende der Mahlzeit sprach der Rektor, nachdem er das Thema »de Gaulles Schrullen« erschöpft hatte, in seinem Monolog nähergelegene Fragen an.

»Meine Frau legt großen Wert darauf, daß Sie bald einmal mit uns zu Abend essen«, fabulierte er. »Ihr liegt sehr daran, einmal Ihre Auffassung zum Thema Tutorinnen für unsere neuen Studentinnen zu erfahren.«

»Tutorinnen?« wiederholte der Obertutor. »Tutorinnen?«

»Als koedukatives College werden wir natürlich nicht mehr ohne weibliche Fellows auskommen«, erklärte der Rektor.

»Entzückend«, warf der Dekan gehässig ein.

»Das kommt ziemlich unerwartet, Herr Rektor«, sagte der Obertutor.

Sir Godber nahm sich etwas Stilton. »Einige Themen, Herr Obertutor, sind nun einmal im wesentlichen geschlechtsspezifisch, wenn Sie verstehen, was ich meine. Sie möchten doch wohl kaum von einer jungen Frau wegen einer Abtreibung um Rat gefragt werden.«

Der Obertutor trennte sich überstürzt von einer Mango. »Ganz gewiß nicht«, stotterte er.

»Diese Möglichkeit dürfen wir nämlich nicht außer acht lassen«, fuhr Sir Godber fort. »So etwas kommt vor, und daher empfiehlt es sich, eine Tutorin zur Hand zu haben.«

Am Tischende lächelte der Dekan vergnügt. »Und womöglich einen im Haus wohnenden Chirurgen?« schlug er vor.

Der Rektor errötete. »Sie finden dieses Thema amüsant, Dekan?« erkundigte er sich.

»Weniger das Thema, Herr Rektor, als die Verrenkungen des liberalen Gewissens«, antwortete der Dekan und lehnte sich amüsiert zurück. »Einerseits haben wir das heftige Bedürfnis, die Gleichheit der Geschlechter zu fördern. Mit der Begründung, ihre Nichtzulassung sei diskriminierend, nehmen wir Frauen in ein bisher rein männliches College auf. Als nächstes halten wir es für nötig, in der Studententoilette einen Kondomautomaten aufzustellen und ein Abtreibungsberatungszentrum – wohl in der Kammer der Klofrau. Herrliche Aussichten für Eltern, zu wissen, daß für das Wohlergehen ihrer Töchter so gut gesorgt wird. Zweifellos wird es bald eine Collegekinderkrippe und eine hauseigene Klinik geben.«

»Sex ist kein Verbrechen, Dekan.«

»In meinen Augen fällt vorehelicher Verkehr in die Kategorie Einbruchsdiebstahl«, sagte der Dekan. Er schob seinen Stuhl zurück, und alle standen auf, als er das Dankgebet sprach.

Als der Rektor durch den Garten zurückging, verspürte er wieder dieses Unbehagen, das ihn nach einem Essen im Speisesaal immer beschlich. Daß der Dekan solch ein Selbstvertrauen ausstrahlte, machte ihn mißtrauisch. Sir Godber konnte es nicht genau lokalisieren, aber das Gefühl war da. Es lag nicht einfach nur am Auftreten des Dekans. Es hing mit dem Speisesaal zusammen. Dort herrschte eine unbestimmt barbarische Atmosphäre wie in einem durch fünfhundertjährige Benutzung geweihten Schrein zur Verehrung des Appetits. Wie viele Kadaver waren in seinen Mauern verschlungen worden? Und welchen seltsamen Sitten hatten diese längst begrabenen Generationen gehuldigt? Vorrenaissancemänner, vorwissenschaftliche Männer und Männer aus dem Mittelalter hatten dort gesessen, gegrölt und gegrübelt... Beim Gedanken an den Aberglauben, dem sie angehangen hatten, bekam Sir Godber eine Gänsehaut, als könne er den Zeitfaden durchtrennen, der ihn mit ihrer Tierhaftigkeit verband. Er wollte sich unbedingt von ihnen lösen. Er war ein rationaler Mensch. Plötzlich erschreckte ihn der in diesem Ausdruck enthaltene Widerspruch. Ein rationaler Mensch, frei von den absurden Fesseln dieser durch ihre Unwissenheit gehemmten Männer, deren Spekulationen über das Wesen von Engeln und Teufeln, über Alchemie und Aristoteles heute geradezu wahnsinnig anmuteten. Sir Godber blieb im Garten stehen, von der Vorstellung übermannt, daß er das Produkt einer derart seltsamen Spezies war. Ihm waren sie so fern wie prähistorische Tiere, und doch bewohnte er von ihnen errichtete Gebäude. Er aß in demselben Speisesaal, in dem sie gegessen hatten, und selbst jetzt stand er auf dem Boden, über den sie gegangen waren. Beunruhigt von dieser neuen Sicht seines Stammbaumes, sah sich Sir Godber in der ihn umgebenden Dunkelheit um, ehe er zum Rektorhaus eilte. Erst als er die Tür geschlossen hatte und unter dem elektrischen Licht im Flur stand, fühlte er sich wieder sicher. Er ging in den Salon, wo sich Lady Mary im Fernsehen eine Reportage über Senilitätsprobleme ansah. Sir Godber ließ sich durch mehrere geriatrische Abteilungen führen, ehe ihm peinlich bewußt wurde, daß seine simple Gleichsetzung von Fortschritt und Besserung nicht auf das Altern des menschlichen Körpers zutraf. Mit der Überlegung, er würde lieber in die Vergangenheit zurückkehren, wenn ihm die Zukunft das bereithielt, begab er sich zu Bett.

Skullion kehrte zur Polizeistunde aus dem »Themseruderer« nach Hause zurück. Er hatte nichts zu Abend gegessen, und acht große Guinness hatten an seiner Auffassung, daß er schändlich behandelt worden war, nichts geändert. Er stolperte ins Pförtnerhäuschen, Walters Protest ignorierend – seine Frau habe ihn um sieben zum Abendessen erwartet, jetzt sei es elf, und was solle er ihr sagen –, und weiter ins Hinterzimmer, wo er sich aufs Bett legte. Es war schon lange her, daß er acht halbe Liter von irgendwas zu sich genommen hatte, und es lag eher daran als an seinem tiefverwurzelten Pflichtbewußtsein, daß er um zwölf Uhr nachts aufstand, um das Haupttor zu schließen. In der Zeit zwischen seinen Exkursionen auf die Toilette lag Skullion im Dunkeln, das Zimmer drehte sich um ihn, und er versuchte aus dem schlau zu werden, was ihm der Fernsehfritze erzählt hatte. Am Morgen den General aufsuchen. Mit Carrington in der Glotze auftreten. Sendung über Cambridge. Endlich schlief er ein und verschlief zum ersten Mal in fünfundvierzig Jahren. Darauf kam es jetzt auch nicht mehr an. Seine Zeit als Oberpförtner von Porterhouse war abgelaufen.

Als Walter eintraf, hatte Skullion einen Entschluß gefaßt. Er nahm seinen Mantel vom Haken und zog ihn an. »Ich gehe aus«, sagte er dem verblüfften Unterpförtner, während dessen Assistentenzeit Skullion noch nie morgens ausgegangen war, und holte sein Fahrrad. Es hatte zu tauen angefangen, und als Skullion diesmal nach Coft strampelte, waren die umliegenden Felder gescheckt. Den Kopf gegen den Wind gesenkt, konzentrierte Skullion sich auf das, was er sagen wollte, und bekam nicht mit, daß der Wagen des Dekans an ihm vorbeirauschte. Als er am Schloß Coft angekommen war, hatte ihn die Verbitterung, die seit seiner Unterredung mit dem Schatzmeister in ihm schwelte, gleichgültig gegenüber Umgangsformen gemacht. Er stellte sein Rad neben dem Haupteingang ab und betätigte kräftig den Klopfer. Sir Cathcart öffnete selbst und war zu verdutzt, den ihn finster anstarrenden Skullion auf der Schwelle stehen zu sehen, um diesen daran zu erinnern, daß von ihm erwartet wurde, den Kücheneingang zu benutzen. Statt dessen folgte er unwillkürlich dem Pförtner in den Salon, wo der Dekan sich bereits in einem Sessel vor dem Kamin häuslich niedergelassen und das Neueste von Cornelius Carrington erzählt hatte. Skullion stand im Türrahmen und starrte den Dekan wütend an, während Sir Cathcart überlegte, ob er nach dem Koch klingeln sollte, damit dieser einen Küchenstuhl brächte.

»Skullion, was in aller Welt tun Sie hier?« fragte der Dekan. Heute wirkte der Pförtner gar nicht niedergeschlagen.

»Wollte dem General mitteilen, daß ich rausgeschmissen worden bin«, sagte Skullion grimmig.

»Rausgeschmissen? Was soll das heißen, rausgeschmissen?« Der Dekan erhob sich und stand mit dem Rücken zum Kaminfeuer da. Es war eine gute traditionelle Haltung, wenn man mit aufsässigen Bediensteten zu tun hatte.

»Was ich gesagt habe«, erklärte Skullion. »Ich bin rausgeschmissen worden.«

»Unmöglich«, sagte der Dekan. »Man kann Sie nicht rausgeschmissen haben. Niemand hat mich davon informiert. Weswegen?«

»Wegen gar nichts«, sagte Skullion.

»Das muß ein Irrtum sein«, erklärte der General. »Da haben Sie etwas in den falschen Hals...«

»Schatzmeister hat mich kommen lassen. Sagte, ich müsse gehen«, beharrte Skullion.

»Der Schatzmeister? Der hat keinerlei Befugnis zu so einer Entscheidung«, sagte der Dekan.

»Er hat's aber gemacht. Gestern nachmittag«, fuhr Skullion fort. »Sagte, ich solle mir eine andere Stellung suchen. Das College könnte sich nicht mehr leisten, mich weiterzubeschäftigen. Hab' ihm auch Geld angeboten, wollte helfen. Hat es nicht genommen, hat mich einfach rausgeschmissen.«

»Das ist ein Skandal. Wir können nicht zulassen, daß mit College-Bediensteten so selbstherrlich umgesprungen wird«, erklärte der Dekan. »Sobald ich zurück bin, werde ich den Schatzmeister zur Rede stellen.«

Skullion schüttelte verdrossen den Kopf. »Wird nichts nützen. Der Rektor hat ihn dazu angestiftet.«

Der Dekan und Sir Cathcart schauten sich an. In ihrem Blick lag ein Anflug von Triumph, der sich immer mehr verfestigte, als Skullion fortfuhr: »Aus meinem eigenen Haus gejagt. Rausgeworfen, nach all den Jahren, die ich dem College gegeben habe. Das ist nicht in Ordnung. Das lasse ich mir nicht bieten, auf keinen Fall. Ich werde mich beschweren.«

»Sehr richtig«, sagte der General. »Unglaublich skandalöses Verhalten des Rektors.«

»Ich will sofort meine Stellung wiederhaben, sonst passiert was«, murmelte Skullion.

Der Dekan drehte sich um und wärmte sich die Hände am Kaminfeuer. »Ich werde ein gutes Wort für Sie einlegen, Skullion. Was das betrifft, brauchen Sie keine Angst zu haben.«

»Der Dekan wird ganz gewiß sein möglichstes für Sie tun, Skullion«, sagte Sir Cathcart und öffnete ihm die Tür. Doch Skullion wankte und wich nicht.

»Mit Worten allein ist es nicht getan«, sagte er trotzig. Der Dekan drehte sich abrupt zu ihm um. Er war nicht gewohnt, daß Personal in diesem Ton mit ihm sprach.

»Sie haben doch gehört, was ich gesagt habe, Skullion«, erklärte er gebieterisch. »Wir werden für Sie tun, was wir können. Mehr kann ich nicht versprechen.«

Skullion ging immer noch nicht.

»Sie müssen mehr tun«, murmelte er.

»Ich muß doch sehr bitten, Skullion«, sagte der Dekan. Doch Skullion ließ sich nicht einschüchtern.

»Pförtner zu sein ist mein gutes Recht«, erklärte er. »Ich habe nichts verbrochen. Fünfundvierzig Jahre ...«

»Ja, wir alle wissen das, Skullion«, unterbrach ihn der Dekan.

»Es handelt sich ganz gewiß nur um ein Mißverständnis«, schaltete sich Sir Cathcart ein. »Der Dekan und ich werden versuchen, die Sache wieder ins Lot zu bringen. Wenn nötig, werde ich persönlich mit dem Rektor sprechen. In einem College wie Porterhouse darf so etwas nicht vorkommen.«

Skullion schaute ihn dankbar an. Der General würde dafür sorgen, daß ihm Gerechtigkeit widerfuhr. Er drehte sich um und ging zur Tür hinaus. Der General folgte ihm in die Halle. »Bitten Sie den Koch, Ihnen etwas Tee zu geben, bevor Sie gehen«, sagte er zum Abschluß, ein Rückfall in die gewohnte Prozedur, doch Skullion war schon fort.

Sir Cathcart ging zurück in den Salon. »Wie stehen die Chancen jetzt für Sir Godber?« fragte er.

Vergnügt rieb sich der Dekan die Hände. »Ich glaube, jetzt haben wir ihn«, sagte er. »Der Rektor wird den Tag verfluchen, an dem er Skullion gefeuert hat. Das ist das Schöne an diesen verfluchten Sozialisten: Unter ihrem Gerechtigkeitsfimmel leidet als erstes immer die Arbeiterklasse.«

»Jedenfalls hat er den alten Skullion mächtig gegen sich aufgebracht«, stellte Sir Cathcart fest. »Tja, dann setzen wir uns wohl am besten mit dem Schatzmeister in Verbindung und sehen, was wir tun können.«

»Tun? Mein lieber Cathcart, wir tun absolut gar nichts. Wenn Sir Godber dumm genug ist, den Schatzmeister anzuweisen, er solle Skullion entlassen, werde ich ihm jedenfalls nicht aus der Bredouille helfen.«

Sir Cathcart war unbehaglich zumute, als er der kleiner werdenden Gestalt des Pförtners nachsah. Durch die Fensterscheiben betrachtet, gewann Skullion ein ganz neues strukturloses Aussehen: geschrumpft, doch zugleich irritierend. Der General fragte sich kurz, wieviel der Dekan über Skullions Rolle bei der Manipulation von Examensprüfungen wußte – eine Frage, die wohl besser unausgesprochen blieb. Bestimmt würde sich die Aufregung bald legen.

»Schließlich waren ja Sie es, Cathcart«, sagte der Dekan, »der gesagt hat, das Blöken der Schafe errege den Appetit des Tigers. Carrington wird begeistert davon sein. Er wohnt im ›Blauen Eber‹. Ich werde wohl mal dort vorbeischauen und mit ihm plaudern; ihn zum Essen im Speisesaal einladen.«

General Sir Cathcart D'Eath seufzte. Zu den wenigen guten Aspekten dieser Angelegenheit gehörte, daß er sein Haus nicht mit Cornelius Carrington teilen mußte.

- 16 -

Cornelius Carrington verbrachte den Vormittag auf seinem Zimmer damit, seine Gedanken zu ordnen. Zu seinen Eigenheiten als Sprecher seiner Generation gehörte, daß er selten wußte, was er von einem bestimmten Thema halten sollte. Andererseits besaß er einen unfehlbaren Instinkt, wenn es darum ging, wovon er nichts hielt. So war es beispielsweise undenkbar, die Todesstrafe, die Regierungspolitik oder die Apartheid gutzuheißen. Diese Dinge waren ausnahmslos jenseits der Grenzen des Erlaubten und mit Hitler, Stalin oder Mackie Messer gleichzusetzen. Die größten Schwierigkeiten bereiteten ihm Zweifelsfragen. Gesamtschulen waren abscheulich, aber das gleiche traf auf die früher übliche Aufnahmeprüfung für weiterführende Schulen zu. Gymnasien waren großartig, aber ihre Produkte konnte er nicht ausstehen. Arbeitslose waren faul, sofern sie nicht gefeuert worden waren. Bergleute waren solange prima Kerle, bis sie streikten, und der Norden Englands war das Herz Großbritanniens, das man um jeden Preis mied. Und schließlich waren da noch Irland und die Provinz Nordirland. Beim Versuch, zu diesem Thema Stellung zu beziehen, spielte Cornelius Carringtons Kopf nicht mehr mit. Und da seine Existenz von seiner Fähigkeit abhing, rigide Meinungen zu praktisch jedem Thema unter der Sonne zu vertreten, ohne dabei mehr als die Hälfte seiner Zuschauer zu vergrätzen, verbrachte er sein Leben in einem Zustand unentschlossenen Engagements.

Selbst jetzt, wo er sich mit dem einfachen Fall von Skullions Rausschmiß konfrontiert sah, mußte er entscheiden, auf welcher Seite die Engel waren. Skullion war irrelevant, ein Mittel zum Zweck und überaus telegen, doch ansonsten unwichtig. Man würde ihn vor die Kamera stellen, ihn ermutigen, ein paar unartikulierte, aber bewegende Sätze zu sprechen, und dann mit seiner Gage nach Hause schicken, dem sicheren Vergessen entgegen. Die Kernfrage irritierte Carrington. Wen sollte man für die dem alten Faktotum widerfahrene Ungerechtigkeit verantwortlich machen, welchen

Aspekt des Lebens in Cambridge anprangern? Den alten oder den neuen? Etwa Sir Godber, der sich offenbar alle Mühe gab, Porterhouse mit seiner Atmosphäre mittelalterlicher Klösterlichkeit in ein anspruchsvolles College mit modernen Einrichtungen zu verwandeln? Oder den Dekan und die Fellows, deren sportlichen Snobismus Carrington persönlich so unerträglich fand? Oberflächlich betrachtet war Sir Godber der Schurke, doch andererseits sprach viel dafür, den Dekan runterzuputzen, ohne dessen Widerspenstigkeit die für den Rausschmiß des Oberpförtners verantwortlichen Sparmaßnahmen nicht erforderlich gewesen wären. Er mußte sich mit Sir Godber unterhalten, was ohnehin unerläßlich war, um die Dreherlaubnis für die Sendung zu erhalten. Carrington nahm den Hörer ab und wählte das Rektorhaus an.

»Ah, Sir Godber«, sagte er, als der Rektor abnahm, »mein Name ist Carrington, Cornelius Carrington.« Er verstummte und hörte sich an, wie der Tonfall des Rektors den Übergang von gleichgültig zu interessiert vollzog. Sir Godber war offensichtlich ein Mann, der seine Medien kannte, wodurch er in Carringtons Achtung stieg.

»Natürlich. Kommen Sie doch zum Mittagessen. Ganz wie Sie wollen, hier oder im Speisesaal«, sprudelte es aus Sir Godber heraus. Carrington sagte, es sei ihm ein Vergnügen. Er verließ den »Blauen Eber« und ging zu Fuß in Richtung Porterhouse.

Sir Godber saß aufgekratzt in seinem Arbeitszimmer. Eine Sendung über Porterhouse von Cornelius Carrington – welch unerwartetes Glück, die Chance für ihn, sich wieder einmal in der Öffentlichkeit bemerkbar zu machen, und eine günstige Gelegenheit, seine Bildungsphilosophie unter die Leute zu bringen. Wenn er es sich recht überlegte, würde er auf dem Bildschirm eine gute Figur abgeben. Dagegen bezweifelte er, ob der Dekan genausogut rüberkäme, immer vorausgesetzt, der alte Trottel wäre bereit, bei einem so neumodischen Kram mitzumachen. Er war immer noch vollauf mit Brainstorming für eine Liste der von ihm geplanten Änderungen im College beschäftigt, als es klingelte und das Au-pair-Mädchen Cornelius Carrington meldete. Der Rektor stand auf, um ihn zu begrüßen.

»Ich freue mich über Ihren Besuch«, sagte er herzlich und wies Carrington den Weg ins Arbeitszimmer. »Ich hatte ja keine Ahnung, daß Sie ehemaliger Porterhouse-Student sind, und wenn ich ganz ehrlich sein soll, ich kann es auch jetzt kaum glauben. Das ist keineswegs abwertend gemeint, glauben Sie mir. Ich bin ein großer Bewunderer von Ihnen. Ihre Sendung über Epilepsie in Flintshire fand ich hervorragend. Es ist nur so, daß ich dieses College eher mit einer wenigen verantwortungsbewußten Einstellung zu modernen Problemen in Zusammenhang bringe.« Als der Rektor merkte, daß er vielleicht ein wenig zu exaltiert klang, bot er Carrington einen Drink an. Der sah sich anerkennend in dem Zimmer um. Hier erinnerten ihn keine Fotos an die Bedeutungslosigkeit seiner Jugendzeit, und nach den höflichen Grobheiten des Dekans konnte er Sir Godbers Verehrung zur Abwechslung gut vertragen.

»Eine ausgezeichnete Idee von Ihnen, diese Sendung über das College«, fuhr Sir Godber fort, als sie Platz genommen hatten. »Genau das braucht das College: eine kritische Durchleuchtung der alten Traditionen mit dem Hinweis auf notwendige Veränderungen. Ich könnte mir vorstellen, daß Ihnen etwas in der Art vorschwebt?« Sir Godber schaute ihn erwartungsvoll an.

»Ganz recht«, antwortete Carrington. Sir Godbers Allgemeinplätze ließen alle Möglichkeiten offen. »Allerdings glaube ich kaum, daß der Dekan damit einverstanden sein wird.«

Sir Godber sah ihn durchdringend an. Er hatte da eine Spur von Gehässigkeit herausgehört, was er sehr ermutigend fand. »Ein origineller Mensch, dieser Dekan«, sagte er, »wenn auch ein klein wenig engstirnig.«

»Ein echter Exzentriker«, stimmte ihm Carrington trocken zu. Aus seinem Benehmen ging klar hervor, daß er dem Dekan keineswegs treu ergeben war. Beruhigt ließ der Rektor eine Analyse der Funktion des Collegesystems in der Welt von heute vom Stapel, während Carrington mit seinem Glas spielte und Betrachtungen über die unerschütterliche Einfalt von Politikern anstellte. Sir Godbers Glaube an die Zukunft war fast so unerträglich wie die Herablassung des Dekans, und Carringtons launische Sympathie neigte sich wieder der Vergangenheit zu. Gerade hatte Sir Godber die Vorzüge der Koedukation ausgemalt – ein Thema, das Carrington persönlich zuwider war –, als Lady Mary eintraf.

»Meine Liebe«, sagte Sir Godber, »ich möchte dir Cornelius Carrington vorstellen.«

Carrington ertappte sich dabei, wie er in die arktischen Tiefen von Lady Marys Augen starrte.

»Guten Tag«, sagte Lady Mary ein wenig gezwungen, da ihr Carringtons offenbar ambivalente sexuelle Vorlieben nicht entgingen.

»Er trägt sich mit dem Gedanken, eine Sendung über das College zu machen«, sagte Sir Godber und goß den allertrockensten Sherry ein.

»Eine wirklich phantastische Idee«, bellte Lady Mary. »Ihre Sendung über Spina bifida, die angeborene Spaltbildung der Wirbelsäule, fand ich höchst anregend. Es wird wirklich Zeit, daß wir diesen Leuten im Gesundheitsministerium einmal zeigen, was ein Rückgrat ist.«

Carrington fröstelte ob Lady Marys militanter Begeisterung. Sie weckte in ihm eine Sehnsucht nach der Kindertagesstätte, die geheime Kehrseite seiner eher räuberischen Natur. Eine Kindertagesstätte mit Lady Mary als Kindermädchen. Sogar ihr schmallippiger Mund erregte ihn, mitsamt der gelben Zähne.

»Beim zahnärztlichen Dienst sieht es selbstredend genauso aus«, stieß Lady Mary telepathisch hervor. »Dem sollten wir etwas Biß beibringen.« Sie lächelte, und Carrington konnte einen Blick auf ihre trockene Zunge werfen.

»Ich kann mir vorstellen, daß dies für Sie einmal etwas ganz anderes als London ist«, sagte er.

»Ein Unterschied wie Tag und Nacht«, sagte Lady Mary, die immer noch unter der Wärme seiner asexuellen Aufmerksamkeit aufblühte. »Da sind wir kaum fünfzig Meilen von London entfernt, und es kommt einem vor wie tausend.« Sie riß sich zusammen. Schließlich war er immer noch ein Mann.

»Wie soll Ihre Sendung über das College eigentlich aussehen?« fragte sie. Auf dem Sofa verschmolz Sir Godber mit der Überdecke.

»Das ist lediglich eine Frage der Präsentation«, behauptete Carrington vage. »Natürlich maß man beide Seiten zu Wort kommen lassen ...«

»Was Sie ganz sicher hervorragend beherrschen«, sagte Lady Mary.

»... und es den Zuschauern überlassen, sich selbst ein Bild zu machen«, fuhr Carrington fort.

»Es wird bestimmt nicht leicht sein, den Dekan und die Fellows zur Mitarbeit zu überreden. Sie glauben ja nicht, was das für eine reaktionäre Clique ist«, sagte Lady Mary. Carrington lächelte.

»Meine Liebe«, meldete sich Sir Godber zu Wort, »Carrington ist selbst ein Porterhouse-Mann.«

»Tatsächlich«, sagte Lady Mary. »In dem Fall muß ich Ihnen gratulieren. Das haben Sie gut überstanden.« Beim Essen erzählte Lady Mary begeistert von ihrer Arbeit mit den Samaritern, während sie einen Sardinensalat vertilgten und Carrington langsam dahinwelkte. Als er schließlich das Rektorhaus verließ, den Segen der beiden für die Sendung im Gepäck, hatte Carrington das Gefühl, er könne die Sehnsucht des Rektors nach einer pflegeleichten, rationalen und vollautomatisierten Zukunft ohne Krankheiten, Hunger, Kriegselend und nicht zueinanderpassenden Ehepartnern verstehen. In dieser Welt wäre kein Platz für Lady Marys furchtbare Philanthropie.

Er schlenderte über den Campus, sah sich die Goldfische im Teich an, tätschelte die Büsten in der Bibliothek und posierte in der Kapelle vor den Retabeln. Schließlich arbeitete er sich zum Pförtnerhäuschen vor, um sich zu vergewissern, daß Skullion immer noch bereit war, seinen Kummer vor drei Millionen Zuschauern hinauszuposaunen. Er traf den Portier weniger pessimistisch an als erhofft.

»Ich hab's ihnen gesagt«, verkündete Skullion, »ich hab's ihnen gesagt, sie müssen was unternehmen.«

»Wem gesagt?« erkundigte sich Carrington, grammatisch von seiner Umwelt beeinflußt.

»Sir Cathcart und dem Dekan.«

Carrington atmete erleichtert auf. »Sie werden bestimmt dafür sorgen, daß man Ihnen Ihre Stelle wiedergibt«, sagte er, »aber falls es nicht klappt, finden Sie mich immer im ›Wilden Eber‹.«

Er verließ das Büro und begab sich ins Hotel. Es bestand wirklich kein Anlaß zur Beunruhigung. Wenn der Dekan Sir Godber bat, doch ein Einsehen zu haben, würde das dem Pförtner wohl kaum helfen, doch für alle Fälle teilte Carrington der Zeitung *Cambridge Evening News* telefonisch mit, der Oberpförtner von Porterhouse sei entlassen worden, weil er sich der Aufstellung eines Kondomautomaten in der Studententoilette widersetzt habe. »Das können Sie sich vom Schatzmeister des College bestätigen lassen«, teilte er dem Redakteur mit und legte den Hörer auf.

Ein zweiter Anruf bei dem Radikalen Studentenverband mit dem Inhalt, eine Dienstkraft werde bestraft, weil sie sich der Gewerkschaft angeschlossen habe, sowie ein dritter beim Schatzmeister persönlich, bei dem er sich auf Pidgin-Englisch beschwerte, der UNESCO-Bewässerungsexperte für Zaire erwarte, dank seiner diplomatischen Immunität nicht mehr vom Wächter am Tor des Porterhouse-Colleges unter obszönen Beschimpfungen rausgeworfen zu werden, sorgten endlich dafür, daß Skullions Entlassung nicht nur allgemein bekannt, sondern auch zum Gegenstand linksradikaler Proteste und unwiderruflich wurde. Lächelnd und in dem Gefühl vollster Zufriedenheit legte sich Carrington auf sein Bett. Daß man ihn in den Brunnen des Neuen Hofes getaucht hatte, war zwar schon lange her, aber vergessen hatte er es nie.

Im Büro des Schatzmeisters klingelte zweimal das Telefon. Der Schatzmeister nahm ab, verweigerte jeden Kommentar, verlangte zu wissen, woher der Redakteur seine Informationen habe, bestritt, daß auf der Studententoilette ein Kondomautomat angebracht worden sei, bestätigte, daß eben dies geschehen werde, verweigerte jeden Kommentar, bestritt, irgend etwas von sexuellen Orgien zu wissen, bestätigte, daß Zipsers Tod durch die Explosion gasgefüllter Präservative verursacht worden sei, fragte, was dies mit der Entlassung des Oberpförtners zu tun habe, gab zu, daß dieser gefeuert worden sei, und legte den Hörer auf. Als er sich gerade erholte, rief der

Radikale Studentenverband an. Diesmal kam der Schatzmeister gleich zur Sache. Nachdem er sich Luft gemacht und den Radikalen Studenten ordentlich die Meinung gesagt hatte, knallte er den Hörer auf den Apparat, der gleich darauf erneut klingelte. Das nun folgende Gespräch mit dem Abgeordneten aus Zaire, gespickt mit Hinweisen auf den Außenminister und das Amt für die Beziehungen zwischen den Rassen und durchsetzt von Entschuldigungen seitens des Schatzmeisters sowie der Beteuerung, der betreffende Pförtner sei entlassen worden, vervollständigte seine Demoralisierung. Er legte den Hörer auf, nahm ihn wieder ab und bestellte Skullion zu sich. Während er noch auf ihn wartete, trat der Dekan ein.

»Ah, Schatzmeister«, sagte er, »wollte nur kurz mit Ihnen sprechen. Was höre ich da, von wegen Skullion sei rausgeschmissen worden?« Der Schatzmeister sah ihn böse an. Für diesen Nachmittag hatte er von Skullion die Nase voll.

»Da sind Sie falsch informiert worden, würde ich meinen«, sagte er betont zurückhaltend. »Skullion wurde keineswegs rausgeschmissen. Ich schlug ihm lediglich vor, er möge sich nach einer anderen Beschäftigung umsehen. Er wird alt und geht ohnehin bald in Rente. Sollte er bis dahin eine andere Stellung finden, wäre es ratsam für ihn, diese anzutreten.« Er hielt kurz inne, damit der Dekan diese Version verdauen konnte; dann fuhr er fort: »Das war allerdings der Stand von gestern. Was heute geschehen ist, läßt diese Angelegenheit in einem ganz anderen Licht erscheinen. Ich habe Skullion hierherbestellt und beabsichtige, ihn rauszuschmeißen.«

»Das wollen Sie?« fragte der Dekan, der den Schatzmeister noch nie so unverblümt erlebt hatte.

»Gerade hat sich bei mir ein Diplomat aus Zaire beschwert, Skullion habe ihn aus dem College geworfen und ihn dabei, wenn ich recht verstanden habe, unter anderem einen Nigger genannt.«

»Durchaus angemessen und korrekt«, befand der Dekan, der gerade überlegt hatte, wo Zaire lag. »Das College ist Privatbesitz, und Skullion hatte zweifellos seine Gründe, den Kerl rauszuschmeißen. Hat bestimmt die öffentliche Ordnung gestört.«

»Er nannte ihn einen Nigger«, sagte der Schatzmeister.

»Wenn der Mann ein Nigger ist, wüßte ich nicht, warum Skullion ihn nicht so nennen sollte.«

»Das Amt für Beziehungen zwischen den Rassen beurteilt die Angelegenheit womöglich nicht ganz so milde.«

»Amt für Beziehungen zwischen den Rassen? Was zum Teufel hat das damit zu tun?« fragte der Dekan.

»Der Bursche sagte, er wolle sich dort beschweren. Außerdem erwähnte er den Außenminister.«

Der Dekan warf das Handtuch. »Du liebe Güte«, murmelte er, »das College darf auf keinen Fall in einen diplomatischen Zwischenfall verwickelt werden.«

»Genauso ist es«, stimmte der Schatzmeister bei. »Skullion muß eben gehen.«

»Sie werden wohl recht haben«, sagte der Dekan und verabschiedete sich. Im Hof begegnete er dem im Regen wartenden Pförtner.

»Eine üble Geschichte, Skullion«, sagte er traurig. »Eine ganz üble Geschichte. Ich kann nun leider nichts mehr für Sie tun. Eine üble Geschichte.« Immer noch kopfschüttelnd ging er über den Rasen zu seinem Aufgang. In der Abenddämmerung blieb Skullion mit dem Gefühl zurück, diesmal endgültig verraten worden zu sein. Es hatte keinen Zweck mehr, mit dem Schatzmeister zu reden. Er machte auf dem Absatz kehrt und schleppte sich ins Pförtnerhäuschen zurück, wo er begann, seine Siebensachen zu packen.

Der Schatzmeister saß in seinem Büro und wartete. Er rief im Pförtnerhäuschen an, doch niemand ging ans Telefon. Endlich tippte er Skullion einen Brief, den er auf dem Nachhauseweg einwarf.

Als Skullion mit seinen wenigen Habseligkeiten in einem abgenutzten Koffer das Pförtnerhäuschen verließ, regnete es immer noch. Der Regen tropfte ihm von der Melone aufs Gesicht, so daß selbst ihm die Feststellung schwerfiel, ob tatsächlich Tränen seine Nase hinunterliefen. Wenn, dann galten sie nicht ihm, sondern der

Vergangenheit, deren Repräsentant er nicht länger war. Dann und wann blieb er stehen, um nachzuschauen, ob sich im Regen auch keine Aufkleber vom Koffer gelöst hatten. Der Koffer hatte Lord Wurford gehört, und die Aufkleber aus Kairo, Kanpur und Hongkong glichen Reliquien einer imperialen Pilgerreise. Er überquerte den Marktplatz, dessen Buden nachts leerstanden. Er ging duch Petry Curie, über Bradwell's Court und durch Christ's Piece, und seine Schuhe gluckst en im Morast des Fahrradweges. Wie der Wind, der ihm eben noch ins Gesicht blies, dann nach links oder rechts auswich, um ihn auf einmal vorwärtszutreiben, schienen Skullions Gefühle keine feste Richtung zu haben. Berechnend war er nicht; seine jahrelange dienende Tätigkeit hatte ihm jeden Eigennutz ausgetrieben. Er war eine Dienstkraft, die keinem mehr diente. Kein Rektor, kein Dekan, nicht einmal ein Student war übriggeblieben, an den er sich unwirsch und grob hängen konnte, um das Ausmaß seiner Abhängigkeit zu verschleiern; vor allem beschützte ihn kein College mehr vor den Wirrungen des Lebens. Nicht das College als Gebäude war wichtig, sondern die Idee, und die war mit seiner Entlassung und dem Verrat untergegangen, den sie verkörperte.

Skullion überquerte die eiserne Fußgängerbrücke und kam zur Rhyder Street, eine zwischen den großen viktorianischen Villen von Chesterton versteckten Gasse mit Reihenhäusern, so daß sich Skullion auch hier nicht weit von den Bootshäusern und den Häusern von Professoren entfernt vorkam. Er betrat sein Häuschen, zog den Mantel aus und stellte den Koffer auf den Küchentisch. Dann setzte er sich und zog sich die Schuhe aus. Er machte sich eine Kanne Tee, setzte sich an den Küchentisch und überlegte, was er tun sollte. Am Morgen würde er sich beim Leiter seiner Bank nach dem Vermächtnis Lord Wurfords erkundigen. Skullion holte sich eine Dose Schuhcreme und einen Lappen und fing an, die Kappen seiner Schuhe zu wienern. Und langsam, während beide Kappen unter seinen sanft kreisenden Fingern immer mehr an Glanz gewannen, ließ Skullions Hoffnungslosigkeit nach, die sich seiner bemächtigt hatte, als der Dekan ihn im Neuen Hof hatte stehenlassen. Zum Schluß gab er den Schuhen mit einem sauberen Staubtuch den letzten Schliff, hielt sie ans Licht und entdeckte, daß sich im Glanz der Schuhe etwas widerspiegelte, was er als sein eigenes Gesicht erkannte. Er stand auf, legte Lappen und Schuhcreme weg und aß zu Abend. Er war wieder er selbst, der Pförtner von Porterhouse, und diese Wiederbelebung seiner Identität brachte auch neue Hartnäckigkeit mit sich. Er hatte Rechte. Sie konnten ihm nicht Haus und Stellung nehmen. Sie würden irgendwie gestoppt werden. Während er im Haus herumlief, wurden *sie* zur fixen Idee. Sie waren schon immer dagewesen, geschützt durch Achtung und umgeben von einer Aura der Autorität und des Vertrauens, so daß er sich vor *ihnen* sicher gefühlt hatte, doch das war nun anders. Die alte Loyalität war dahin, und Skullion verspürte *ihnen* gegenüber keinerlei Verpflichtungen mehr. Wenn er auf all die Jahre nach dem Krieg zurückschaute, fiel ihm auf, daß die Achtung ständig abgenommen hatte. Seitdem hatte es keine echten Gentlemen mehr gegeben, jedenfalls keine, für die er viel übriggehabt hätte, sondern jedes neue Jahr hatte ihn hinsichtlich der Gegenwart ein wenig mehr ernüchtert und seine Achtung vor der Vergangenheit ein wenig mehr bestärkt. Es war, als entwickele sich der Krieg zum Dreh- und Angelpunkt seiner Ehrerbietung. Lord Wurford, Dr. Robson, Professor Dunstable und Dr. Montgomery hatten im Gegensatz zu ihren Nachfolgern an Glanz gewonnen. Und Skullion selbst war mit ihnen erhöht worden, weil er sie gekannt und ihnen gedient hatte.

Um zehn Uhr ging er ins Bett und lag schlaflos im Dunkeln. Um Mitternacht stand er auf, schlurfte mechanisch nach unten und öffnete die Haustür. Es hatte aufgehört zu regnen, und Skullion schloß die Tür wieder, nachdem er die Straße hoch- und runtergeschaut hatte. Dann zündete er, von dieser Gedenkminute beruhigt, das Gasfeuer im Wohnzimmer an und machte sich eine Kanne Tee. Wenigstens hatte er noch sein Erbe. Am Morgen würde er zur Bank gehen.

Der Bankdirektor empfing Skullion um zehn Uhr früh. »Aktien?« sagte er. »Wir haben eine Anlageabteilung und können Sie natürlich beraten.« Er warf einen Blick auf Skullions Sparbuch. »Ja, fünftausend Pfund reichen durchaus, aber halten Sie es nicht für klüger, das Geld in etwas weniger Spekulativem anzulegen?«

Skullion verschob den auf seinem Knie liegenden Hut und fragte sich, wieso ihm nie jemand zuhörte. »Ich will keine Aktien kaufen. Ich will ein Haus kaufen«, erklärte er.

Der Direktor musterte ihn anerkennend. »Eine viel bessere Idee. Gerade in dieser inflationären Zeit das Geld in Immobilien anzulegen. Haben Sie schon ein Haus im Auge?«

»Es steht an der Rhyder Street«, sagte Skullion.

»Rhyder Street?« Der Bankdirektor zog die Augenbrauen hoch und verzog den Mund. »Das ist etwas anderes. Die wird als Ganzes verkauft. In der Rhyder Street können Sie keine einzelnen Häuser kaufen, und ich kann mir ehrlich gesagt auch nicht vorstellen, daß Ihre Fünftausend es mit einigen anderen Geboten aufnehmen können.« Er erlaubte sich ein Kichern. »Es ist sogar fraglich, ob Sie mit fünftausend Pfund irgendwas in Cambridge bekommen. Sie müßten schon eine Hypothek aufnehmen, was in Ihrem Alter gar nicht so einfach ist.«

Skullion reichte ihm den Umschlag mit seinen Aktien. »Das weiß ich«, sagte er. »Deshalb möchte ich diese Aktien verkaufen. Es sind zehntausend Stück. Sie müßten tausend Pfund wert sein.«

Der Direktor nahm den Umschlag. »Dann wollen wir mal hoffen, daß sie noch ein wenig mehr wert sind als das«, sagte er. »Also…« Seine herablassend fröhliche Stimme verstummte in einem Gestammel. »*Großer* Gott!« sagte er und starrte auf das vor ihm liegende Aktienbündel. Skullion rutschte schuldbewußt auf seinem Stuhl hin und her, als übernehme er persönlich die Verantwortung dafür, daß diese Papiere – aus welchen unerfindlichen Gründen auch immer – den Direktor derart in Verwirrung stürzten. »Vereinigte Kaufhäuser. Das ist ja ganz unglaublich. Wie viele sagten Sie doch gleich?« Der Bankdirektor war schnatternd aufgesprungen.

»Zehntausend«, antwortete Skullion.

»Zehntausend?« Der Direktor setzte sich. Er nahm den Telefonhörer ab und rief die Investmentabteilung an. »Vereinigte Kaufhäuser. Wie hoch ist der Tageskurs?« Es folgte eine Pause, während der der Direktor Skullion mit neuem ungläubigen Respekt ansah. »Fünfundzwanzigeinhalb?« Er legte den Hörer auf und starrte Skullion an.

»Mr. Skullion«, sagte er schließlich, »es kommt vielleicht ein wenig überraschend für Sie. Ich weiß nicht recht, wie ich es am besten sagen soll, aber Sie sind eine Viertelmillion Pfund wert.«

Skullion hörte zwar die Worte, doch sie blieben ohne sichtbare Auswirkung auf ihn. Er saß regungslos auf seinem Stuhl und glotzte den Bankdirektor starr an. Offenbar war der von Skullions unerwarteter Aufwertung am meisten beeindruckt. Sein Lachen klang fahrig und hysterisch.

»Jetzt steht wohl außer Frage, daß Sie ein Gebot für die Rhyder Street machen können«, sagte er endlich, doch Skullion hörte gar nicht hin. Er war ein reicher Mann. Das hätte er sich nie träumen lassen.

»Es sind bestimmt Dividenden ausgeschüttet worden«, sagte der Direktor.

Skullion nickte. »An die Bausparkasse.« Er stand auf, schob den Stuhl zurück und sah die Aktien an, die sein Vermögen ausmachten. »Die legen Sie am besten wieder in den Safe«, sagte er.

»Aber...«, setzte der Direktor an. »Mr. Skullion, nehmen Sie doch wieder Platz und lassen Sie uns die Sache besprechen. Rhyder Street? Rhyder Street können wir jetzt vergessen. Wir können diese Aktien verkaufen und... oder wenigstens zum Teil, und dann kaufen Sie sich ein ordentliches Anwesen und fangen ein ganz neues Leben an.«

Skullion dachte über den Vorschlag nach. »Ich will kein neues Leben«, sagte er grimmig. »Ich will mein altes wiederhaben.«

Er verließ den hinter seinem Schreibtisch stehenden Bankdirektor und trat auf die Sydney Street hinaus. Der Direktor setzte sich, in seinem Kopf lösten sich klischeehafte Bilder vom Reichtum anderer ab: Kreuzfahrten, Autos und herrliche Vorortbungalows, Gedanken, die er früher als anrüchig verworfen hatte. Skullion, der draußen auf dem Bürgersteig stand, bedeuteten solche Dinge überhaupt nichts. Er war reich, doch das änderte nichts an seinem Groll, sondern intensivierte ihn nur. Irgendwie war er betrogen worden. Betrogen von seiner eigenen Unwissenheit und seiner Loyalität gegenüber Porterhouse. Dem Rektor, dem Dekan, sogar General Sir Cathcart D'Eath galt seine neue Verbitterung. Sie hatten ihn hintergangen. Jetzt war er frei, keine Furcht vor Entlassung oder Arbeitslosigkeit konnte seinen Haß dämpfen. Er ging durch die Green Street zum Hotel »Blauer Eber«.

- 17 -

Die nächsten beiden Tage hatte Cornelius Carrington alle Hände voll zu tun. Seine gepflegte Gestalt trottete mit Kameraleuten und Assistenten im Gefolge über Rasenflächen und Treppen. Winkel von Porterhouse, die jahrhundertelang vergessen waren, wurden plötzlich von blendend hellen Lampen erleuchtet, während Carrington seine Kommentare mit architektonischem Beiwerk garnierte. Alle kooperierten. Selbst der Dekan war – in der Überzeugung, dadurch glühende Kohlen auf des Rektors Haupt zu häufen – zu einem Gespräch über die Notwendigkeit eines gesunden Konservativismus im heutigen intellektuellen Klima bereit. Der Dekan stand unter einem Porträt von Bischof Firebrace – Rektor 1545–52, und, wie Carrington in seinem Kommentar anmerkte, an der Niederschlagung von Kerrs Rebellion beteiligt –, ließ eine wütende Tirade gegen die permissive Jugend vom Stapel und pries die Enthaltsamkeit früherer Studentengenerationen. Im Gegenzug gestand der Kaplan, daß, was nach Meinung vieler ein Nonnenkloster gewesen war, ehe es 1541 niederbrannte, im fünfzehnten Jahrhundert als Bordell fungiert hatte. Die Kamera verweilte lange auf den im Garten immer noch sichtbaren Grundmauern des »Nonnenklosters«, während Carrington seiner Verwunderung Ausdruck verlieh, daß ein College wie Porterhouse vor so vielen Jahrhunderten eine derartige sexuelle Freizügigkeit hatte durchgehen lassen. Der

Obertutor wurde gefilmt, wie er auf dem Treidelpfad radelnd den Achter trainierte; anschließend befragte man ihn im Speisesaal über die Ernährungsbedürfnisse von Sportlern. Carrington entlockte ihm, daß das alljährliche Festmahl über zweitausend Pfund kostete, und stellte dann die Zusatzfrage, ob das College für Brot für die Welt gespendet habe. An dieser Stelle empfahl ihm der Obertutor ohne Rücksicht auf sein Publikum, er solle sich um seine eigenen Angelegenheiten kümmern und stapfte aus dem Speisesaal, das abgerissene Kabel seines Kehlkopfmikrofons hinter sich her ziehend. Sir Godber kam glimpflicher davon. Er durfte über den Neuen Hof und durch den Portikus schlendern und darlegen, daß Porterhouse unbedingt eine progressive und humanitäre Funktion übernehmen müsse. Als er stehengeblieben war, um mit seinen weitsichtigen Augen die zehn Meter zur Außenmauer der Bibliothek zu überbrücken, sprach der Rektor von der für ein Studium essentiellen emotional-intellektuellen Symbiose, er senkte den Kopf und informierte einen Krokus über die kathartische Wirkung einer geschlechtlichen Vereinigung, er schaute zum Schornstein aus dem fünfzehnten Jahrhundert, ihre energische Besorgnis und berechtigte Ablehnung antiquierter Traditionen, die … Dann begeisterte er sich beredt für sinnvolle Beziehungen und empfahl, Prüfungen abzuschaffen. Vor allen Dingen lobte er die Jugend. Die Älteren – womit er offenbar alle über fünfunddreißig meinte – dürften der Jugend nicht im Weg stehen, deren Körper und Geist offen sei … Sogar Sir Godber stockte an dieser Stelle, so daß Carrington ihn wieder zum Thema »soziales Engagement« lotsen mußte, das er als eigentlichen Gewinn einer akademischen Bildung ansah. Der Rektor bestätigte, daß ein Gefühl für soziale Gerechtigkeit in der Tat das Kennzeichen eines gebildeten Geistes sei. Carrington hielt die Kameras an, und Sir Godber begab sich in der Gewißheit ins Rektorhaus, gegen Ende den richtigen Ton getroffen zu haben. Dieser Meinung war auch Carrington. Während seine Kameraleute Großaufnahmen der Wappentiere an der Vorderseite des Haupttores schossen, gefolgt von einem Schwenk über die mit Spitzen gespickte hintere Mauer, fuhr Carrington in die Rhyder Street und bearbeitete eine Stunde lang Skullion. »Ich möchte doch nur, daß Sie mit ins College kommen und über Ihr Leben als Oberpförtner berichten«, teilte er ihm mit. Skullion schüttelte den Kopf. Carrington versuchte es noch einmal. »Wir machen ein paar Aufnahmen von Ihnen vor dem Haupttor, und dann stehen Sie einfach auf der Straße, und ich stelle Ihnen ein paar Fragen. Sie brauchen das College nicht zu betreten.« Skullion weigerte sich hartnäckig.

»Entweder nehmen Sie mich in London auf oder gar nicht«, beharrte er.

»In London?«

»War seit dreizehn Jahren nicht mehr in London«, sagte Skullion.

»Wenn Sie wollen, können wir Sie für einen Tag nach London holen, aber es wäre viel besser, wenn wir das Interview hier filmen würden. Es ginge hier bei Ihnen zu Hause.« Carrington schaute sich anerkennend in der schmuddeligen Küche um. Sie war genauso mitleiderregend, wie er es gerne hätte.

»Sähe nicht gut aus«, sagte Skullion. Im stillen verfluchte Carrington den alten Trottel.

»Ich lasse mich auch nicht auf Film aufnehmen«, fuhr Skullion fort.

»Nicht auf Film aufnehmen?«

»Ich will live gesendet werden«, sagte Skullion.

»Live?«

»In einem Studio. Wie bei *Journalisten fragen – Politiker antworten*. Wollte schon immer wissen, was in so einem Studio vorgeht«, erklärte Skullion. »Es ist doch natürlicher, oder?«

»Nein«, sagte Carrington, »es ist völlig unnatürlich. Heiß ist es, und es gibt diese riesigen Kameras...«

»Genauso will ich's haben«, sagte Skullion, »was anderes kommt nicht in Frage. Live.«

»Also schön«, seufzte Carrington schließlich, »wenn Sie darauf bestehen. Natürlich müssen wir zuerst Probeaufnahmen machen. Ich werde Ihnen Fragen stellen, und Sie antworten. Wir gehen es rasch durch, damit uns keine Fehler unterlaufen.« Verärgert verließ er das Haus; Skullions Hartnäckigkeit empfand er zwar als störend, aber er wußte, daß der Sendung ohne ihn der dramatische Effekt fehlen würde. Wenn Skullion unbedingt nach London kommen wollte und sich, abergläubisch wie er war, weigerte, »auf Film aufgenommen« zu werden, mußte man ihn eben versöhnlich stimmen. In der Zwischenzeit könnten die Kameraleute Rhyder Street und das Haus des Oberpförtners wenigstens von außen filmen. Er fuhr zurück nach Porterhouse und sammelte sein Filmteam auf. Es blieb nur noch ein Interview übrig, das mit General Sir Cathcart D'Eath im Schloß Coft.

Eine Woche später fuhren Carrington und Skullion gemeinsam nach London. Carrington hatte die Woche im Schneideraum verbracht und den erläuternden Kommentar aufgenommen, war aber die ganze Zeit über den quälenden Verdacht nicht losgeworden, daß irgend etwas nicht stimmte; das bezog sich nicht auf die Endfassung seiner Sendung, sondern auf Skullion. Dessen Verdrossenheit, die Carrington überhaupt erst auf ihn aufmerksam gemacht hatte, war wie weggeblasen. An ihre Stelle waren Ruhe und das Bewußtsein der eigenen Stärke getreten. Es schien, als habe Skullion seit seiner Entlassung an Statur gewonnen und verfolge nun einzig und allein seine eigenen Interessen. Das würde Skullions Eindruck auf sein Millionenpublikum nur noch vertiefen. Mittlerweile beglückwünschte Carrington sich sogar dafür, daß der Pförtner darauf bestanden hatte, live im Studio zu erscheinen. Sein zerfurchtes Gesicht mit der von Äderchen durchzogenen Nase und den buschigen Augenbrauen würde sich von der Künstlichkeit des Studios abheben und seinem Auftritt eine Direktheit verleihen, die den in Cambridge aufgenommenen Interviews abging. Vor allem würden Skullions unartikulierte Antworten die Herzen seiner Zuschauer aufrütteln. Um sich seine bedauernswerte Geschichte anzuhören, würden sich im ganzen Land Männer und Frauen in dem Bewußtsein, daß sie Zeugen eines authentischen menschlichen Dramas wurden, in ihren Fernsehsesseln vorbeugen. Nach den radikalen Platitüden Sir Godbers und dem reaktionären Ungestüm des Dekans würde Skullions offenkundige Ehrlichkeit die einfachen Tugenden unterstreichen, an die sie und Cornelius Carrington so fest glaubten. Und abschließend käme dann das Meisterstück. Von der zu Schloß Coft führenden Schotterauffahrt aus würde General Sir Cathcart D'Eath Skullion ein Zuhause anbieten, gefolgt von einem Kameraschwenk zu einem Bungalow, in dem der Oberpförtner seine Tage in Frieden beschließen konnte. Auf diese Szene war Carrington stolz. Schloß Coft war die überhöhte, aufs Land versetzte provinzielle Vorstadt, der General selbst die Verkörperung eines modernen englischen Gentleman. Um dieses Resultat zu erzielen, waren zahlreiche Schnitte erforderlich gewesen, doch Carringtons Raffinesse hatte sich gegen Sir Cathcarts wüste Beschimpfungen durchgesetzt. Carrington mußte zugeben, daß der Sealyhamterrier seinen Teil dazu beigetragen hatte, eine Spur Menschlichkeit in Sir Cathcarts Aussagen zu bringen. Carrington hatte den Hund auf dem Rasen spielen sehen und den General gefragt, ob er Hunde mochte.

»Konnte sie schon immer gut leiden«, hatte Sir Carrington geantwortet. »Treuer Freund, gehorsam, begleitet einen überallhin. Laß ich nichts drauf kommen.«

»Würden Sie einen streunenden Hund bei sich aufnehmen?«

»Sicher«, sagte Sir Cathcart. »Gern. Könnte ihn nicht verhungern lassen. Habe hier jede Menge Platz. Könnte hier ein- und ausgehen. Bekäme ordentliche Behausung.«

Da es sich in der endgültigen Version anhörte, als beziehe sich Sir Cathcarts Gastfreundschaft auf Skullion, sah Carrington allen Grund, auf seine geniale Leistung stolz zu sein. Dabei hatte er nichts weiter getan als »Würden Sie einen streunenden Hund bei sich aufnehmen?« durch »Wenn Skullion ein neues Zuhause brauchte, würden Sie ihm eines anbieten?« zu ersetzen. Kaum anzunehmen, daß der General diese Einladung zurücknehmen würde. Die Auswirkungen eines solchen Schrittes auf sein Image als öffentlicher Wohltäter waren unabsehbar.

Auf ihrer Fahrt nach London unterwies Carrington Skullion in seiner neuen Aufgabe. »Vergessen Sie nicht, direkt in die Kamera zu sehen. Geben Sie einfache Antworten auf meine Fragen.« Skullion nickte stumm.

»Ich frage: ›Wann wurden Sie Pförtner?‹ und Sie sagen: ›1928.‹ Sie brauchen das nicht weiter auszuführen. Haben Sie verstanden?«

»Ja«, sagte Skullion.

»Dann frage ich: ›Sie sind seit 1945 Oberpförtner von Porterhouse?‹ und Sie sagen: ›Ja.‹«

»Ja«, sagte Skullion.

»Dann fahre ich mit der Frage fort: ›Sie sind also seit fünfundvierzig Jahren College-Bediensteter?‹ und Sie sagen: ›Ja.‹ Ist das klar?«

»Ja«, sagte Skullion.

»Dann frage ich: ›Und jetzt hat man Sie rausgeschmissen?‹ und Sie sagen: ›Ja.‹ Darauf frage ich: ›Haben Sie eine Ahnung, warum Sie rausgeschmissen wurden?› Was antworten Sie darauf?«

»Nein«, sagte Skullion. Carrington war's zufrieden. Der General hätte genausogut Skullion meinen können, als er sagte, Hunde seien gehorsam. Carringtons Anspannung löste sich. Alles würde gutgehen.

Sie fuhren quer durch London ins Studio, wo ein Assistent Skullion in den Aufenthaltsraum im Keller führte, während Carrington in einem Fahrstuhl verschwand. Skullion sah sich mißtrauisch um. Hier sah es aus wie in einem ziemlich großen Luftschutzraum. »Setzen Sie sich doch, Mr. Skullion«, sagte der junge Mann. Skullion setzte sich auf das Plastiksofa und nahm den Bowlerhut ab, während der junge Mann etwas aufschloß, das wie ein Einbauschrank aussah, dem er eine große Kiste entnahm.

Skullion schaute die Kiste finster an. »Was ist das?« fragte er.

»Eine Art tragbare Bar. Es empfiehlt sich, einen Schluck zu trinken, bevor man ins Studio geht.«

»Aha«, sagte Skullion und sah zu, wie der junge Mann die Kiste aufschloß. In ihrem Innern glitzerte eine beachtliche Flaschenreihe.

»Was darf's denn sein? Whisky, Gin?«

»Gar nichts«, sagte Skullion.

»Also wirklich«, flötete der junge Mann. »Das ist ja höchst ungewöhnlich. Die meisten brauchen einen Drink, vor allem, wenn sie live auf Sendung gehen.«

»Genehmigen Sie sich ruhig einen«, sagte Skullion. »Stört es Sie, wenn ich rauche?« Er nahm seine Pfeife heraus und stopfte sie langsam. Der junge Mann sah die tragbare Bar unschlüssig an.

»Möchten Sie ganz sicher keinen Drink?« fragte er. »Es nützt wirklich was.«

Skullion schüttelte den Kopf. »Werde mir nachher einen hinter die Binde kippen«, sagte er und zündete die Pfeife an. Der junge Mann verschloß die Bar und stellte sie in den Schrank zurück.

»Machen Sie das zum ersten Mal?« Er war offensichtlich bestrebt, Skullion die Befangenheit zu nehmen.

Skullion nickte und schwieg.

Als Cornelius Carrington ihn holen kam, schwieg er immer noch. Der ganze Raum war voll von beißendem Rauch aus Skullions Pfeife, und der junge Mann saß erheblich verunsichert im äußersten Winkel des Plastiksofas.

»Er will nichts trinken«, flüsterte er. »Reden will er auch nicht. Er sitzt nur da und pafft seine dreckige Pfeife.« Carrington betrachtete Skullion besorgt. Die Vorstellung, daß Skullion mitten im Interview den Mund hielt, schien nun gar nicht mehr so abseitig zu sein.

»Geht's Ihnen gut?« erkundigte er sich.

Skullion sah Carrington griesgrämig an. »Hab' mich noch nie besser gefühlt«, sagte er. »Kann aber nicht behaupten, daß mir die Gesellschaft paßt.« Er musterte den jungen Mann finster.

Carrington geleitete ihn auf den Flur. »Schwuchtel« sagte Skullion im Fahrstuhl nach oben. Carrington fuhr zusammen. Das Benehmen des Oberpförtners hatte etwas Beunruhigendes. Ihm fehlte die Beflissenheit, die anscheinend von den meisten Menschen Besitz ergriff, wenn sie interviewt werden sollten, eine nervöse Herzlichkeit, die sie gefügig machte und Carrington ein Gefühl von Macht gab, das er außerhalb der künstlichen Umgebung des Studios nicht befriedigen konnte. Wenn einer plötzlich den Mund halten würde, dann wahrscheinlich eher Cornelius Carrington als

Skullion, gestand er sich selbst ein. Er führte den Pförtner in das taghell erleuchtete Studio und bugsierte ihn in einen Sessel, bevor er noch einmal hinauseilte und sich rasch zwei Schluck Whisky genehmigte. Als er wiederkam, befahl Skullion gerade einer jungen Maskenbildnerin, sie solle gefälligst ihre Pfoten wegnehmen.

Carrington nahm Platz und lächelte Skullion an. »Sie dürfen auf keinen Fall gegen das Mikrofon treten«, sagte er. Skullion sagte, er würde sich Mühe geben. Man schob Kameras hin und her. Junge Männer kamen und gingen. Hinter einem großen getönten Fenster im Nebenzimmer bezogen Techniker am Steuerpult Stellung. »Carrington über Cambridge« ging über den Sender. Es war 21 Uhr 25, Hauptsendezeit.

In Porterhouse war das Abendessen beendet. Es war zur Abwechslung einmal eine entspannte Angelegenheit gewesen, ohne den sonst bei Zusammenkünften der Fellows üblichen verbalen Schlagabtausch. Statt dessen herrschte eine seltsame Freundlichkeit. Selbst der Rektor dinierte im Speisesaal, und dem zu seiner Rechten sitzenden Dekan gelang es, nicht ausfallend zu werden. Es war, als sei ein Waffenstillstand vereinbart worden.

»Ich habe mir große Mühe gegeben, die einflußreicheren Mitglieder der Porterhouse-Gesellschaft über die Sendung zu informieren«, teilte er dem Rektor mit.

»Ausgezeichnet«, sagte Sir Godber. »Wir sind Ihnen ganz gewiß sehr zu Dank verpflichtet, Herr Dekan.« Der Dekan verkniff sich ein Kichern. »Man tut, was man kann«, sagte er. »Wenn es dem Wohle des Colleges dient. Infolge der Anstrengungen des jungen Carrington bekommen wir womöglich die eine oder andere beträchtliche Spende für den Restaurierungsfonds.«

»Ich halte ihn für einen sehr verständnisvollen Mann«, sagte Sir Godber. »Ungewöhnlich scharfsinnig für ...« Fast hätte er »für einen alten Porterhouse-Mann« gesagt, besann sich jedoch eines Besseren.

»Flirty Bertie haben sie ihn genannt, als er Student war«, rief der Kaplan.

»Nun ja, seit dieser Zeit hat er sich offenbar sehr verändert«, sagte Sir Godber.

»Sie haben ihn in den Brunnen getaucht«, fuhr der Kaplan fort. Es blieb die einzige unheilvolle Bemerkung während des Essens.

Anschließend saßen sie bei Kaffee und Zigarren im Gemeinschaftsraum beisammen und warfen gelegentlich einen Blick auf das große Farbfernsehgerät, das man zur Feier des Tages aufgestellt hatte. Um neun sahen sie sich die Nachrichten an, und Arthur, der Kellner, bekam den Auftrag, noch etwas Cognac zu holen. Sir Cathcart traf auf Einladung des Dekans ein, und als die Sendung begann, waren alle Beteiligten im Gemeinschaftsraum versammelt. Alle außer Skullion, der im Studio saß; die Andeutung eines Lächelns ließ seine herben Gesichtszüge unmerklich weicher werden.

Cornelius Carringtons Stimme drang durch die letzten Takte des Eton Boating Song, der den Anfangsaufnahmen von den »Backs«, wie der grüne Uferstreifen am Fluß Cam hieß, sowie von der Kapelle des King's College unterlegt war. »Für viele ist Cambridge eines der bedeutendsten Bildungszentren, eine Wiege von Wissenschaft und Kultur. Hier genossen die großen englischen Dichter ihre Bildung. Milton wirkte im Christ's College.« Auf dem Schirm erschien Miltons Zimmer. »Wordsworth und Tennyson, Byron und Coleridge waren allesamt Cambridge-Studenten.« Die Kamera sprang rasch von einem Fenster im St. John's zu Trinity und Jesus College, ehe sie auf der sitzenden Gestalt Tennysons in der Kapelle von Trinity zur Ruhe kam. »Hier entdeckte Newton«, Newtons Statue leuchtete auf dem Bildschirm auf, »als erster die Gesetze der Schwerkraft, hier spaltete Rutherford, der Vater der Atombombe, als erster das Atom.« Eine Ecke des Cavendish-Laboratoriums tauchte auf, dezent so fotografiert, daß jeder Anschein von Modernität vermieden wurde.

»Ich muß schon sagen, Freund Carrington tendiert dazu, die Jahrhunderte im Eiltempo zu bewältigen«, sagte der Dekan.

»Was hat der Eton Boating Song mit dem King's College zu tun?« fragte Sir Cathcart.

Carrington fuhr fort, Cambridge sei das Venedig der Fens, der Niederungen East Anglias. Aufnahmen der Seufzerbrücke, Stakkähne, Grantchester. Studenten strömten aus den Hörsälen in die Mill Street. Carringtons sanfte Stimme verkündete den Ruhm Cambridges.

»Doch heute abend werden wir einen Blick auf ein College werfen, das selbst in der unberührten Welt von Cambridge einzigartig dasteht.«

Der Rektor beugte sich vor und starrte auf das Collegewappen über dem Haupttor. Neben ihm rutschten die Fellows auf ihren Stühlen hin und her. Das Eindringen in ihre Privatsphäre hatte begonnen; und es sollte weitergehen. Carrington bat sein Publikum, sich sein ehemaliges College, diesen Anachronismus, genauer anzusehen. Der salbungsvolle Tonfall war aus seiner Stimme gewichen. Ein neuer, irritierend schriller Ton hatte sich eingeschlichen und bereitete die Zuschauer darauf vor, daß die nun folgenden Bilder sie durchaus schockieren und überraschen könnten. Damit wurde angedeutet, daß Porterhouse mehr sei als nur ein College und die dortige Krise die Entscheidung symbolisierte, vor die sich das ganze Land gestellt sah. Im Gemeinschaftsraum starrten die Fellows verdutzt auf den Bildschirm. Bei diesem neuen Tonfall fröstelte sogar Sir Godber. Er hatte kaum damit gerechnet, das Wort »Malaise« im Zusammenhang mit dem Zustand des Colleges zu hören, und als die Kamera – nachdem sie durch den Alten Hof und den Portikus geschwebt war – die Plastikabdeckung des Turmes heranholte, stöhnte man im Gemeinschaftsraum wie aus einem Munde entsetzt auf.

»Was trieb einen brillanten jungen Wissenschaftler dazu, seinem Leben und dem einer älteren Frau auf so kuriose Weise ein Ende zu setzen?« fragte Carrington. Dann machte er sich daran, die näheren Umstände von Zipsers Tod auf eine Art zu beleuchten, die seiner Vorwarnung, die Zuschauer müßten damit rechnen, schockiert und überrascht zu werden, alle Ehre machte.

»Großer Gott«, rief Sir Cathcart, »was hat dieses Ekel bloß vor?« Der Dekan schloß die Augen, und Sir Godber nahm einen großen Schluck Cognac.

»Ich fragte den Herrn Dekan um seine Meinung«, fuhr Carrington fort, und der Dekan öffnete die Augen, um einen Blick auf sein eigenes Gesicht zu werfen, das nun auf dem Schirm erschien.

»Meiner Ansicht nach kommen die jungen Männer heutzutage mit dem Kopf voll von anarchistischem Unfug hierher. Offenbar sind sie überzeugt, die Welt unter Gewaltanwendung verändern zu können«, hörte der Dekan sich selbst der Welt sagen.

»So war das nicht gemeint«, rief der Dekan. »Von Zipser war nie die Rede!«

Carrington widersprach. »War es für Sie der selbstzerstörerische Nihilismus eines überarbeiteten jungen Mannes?« fragte er.

»Porterhouse war schon immer ein sportorientiertes College. Früher haben wir versucht, ein Gleichgewicht zwischen Wissenschaft und Sport zu schaffen«, erwiderte der Dekan.

»Die Frage hat er mir nie gestellt«, brüllte der echte Dekan. »Er reißt meine Worte aus dem Zusammenhang.«

»Das war in Ihren Augen kein Akt sexueller Verirrung?« unterbrach Carrington.

»Im Collegeleben spielt Promiskuität keine Rolle«, bestätigte der Dekan.

»Sie haben aber Ihre Meinung deutlich geändert, Dekan«, rief der Kaplan. »Das höre ich aus Ihrem Mund zum erstenmal.«

»Das habe ich nie gesagt«, brüllte der Dekan. »Ich sagte …«

»Pst«, sagte Sir Godber, »ich möchte gern hören, was Sie gesagt haben.«

Der Dekan lief puterrot an, während Carrington fortfuhr. »Ich unterhielt mich mit dem Kaplan von Porterhouse im Garten der Fellows«, teilte er der Öffentlichkeit mit. An die Stelle des Dekans und des Bischofs Firebrace waren Steingärten, Ulmen und zwei winzige Gestalten getreten, die über den Rasen schlenderten.

»Ich hätte nie gedacht, daß der Garten so groß ist«, sagte der Kaplan nach einem Blick auf seine weit entfernte Gestalt.

»Das liegt an der Verzerrung durch das Weitwinkelobjektiv …«, setzte Sir Cathcart zu einer Erklärung an.

»Verzerrung?« knurrte der Dekan. »Verzerrt ist gar kein Ausdruck, die ganze verfluchte Sendung stellt eine einzige Verzerrung dar.«

Die Kamera holte den Kaplan näher heran.

»Das College hatte früher mal ein Bordell, müssen Sie wissen. Die Leute tun gerne so, als sei es ein Nonnenkloster gewesen, doch in Wirklichkeit war's ein Puff. Im fünfzehnten Jahrhundert war so was ganz normal«, hallte die Stimme des Kaplans über den Rasen. »Brannte 1541 ab. Wirklich sehr schade. Soll nicht heißen, daß es keine Nonnen waren. In solchen Dingen waren die Katholiken immer sehr tolerant.«

»Soviel zur ökumenischen Bewegung«, murmelte der Obertutor.

»Sie sind also nicht der Meinung des Dekans, daß...«, begann Carrington.

»Der Meinung des Dekan? Auf gar keinen Fall«, rief der Kaplan. »Bin ich noch nie gewesen. Komischer Vogel, dieser Dekan. Die vielen Fotos von jungen Männern in seinem Zimmer! Außerdem wird er langsam alt. Wie wir alle, wie wir alle.« Langsam entfernte sich die Kamera und ließ den Kaplan als einsame Gestalt in der Landschaft zurück, deren Stimme leiser wurde, bis sie wie das entfernte Krächzen von Saatkrähen klang.

Der Kaplan wandte sich an den Obertutor. »Das war wirklich nett, sich so auf dem Bildschirm zu sehen. Ungemein aufschlußreich.« Aus der Ecke des Dekans ertönte ein ersticktes Grunzen. Auch der Obertutor schluckte und starrte auf den Fluß bei Fen Ditton. Ein Achter bog um die Flußbiegung namens Grassy Corner, hinter ihm her strampelte ein Berufsjugendlicher mit Sportjacke und Mütze. Als der Achter näher gekommen war und wieder verschwunden war, füllte das verschwitzte Gesicht des Obertutors das Bild. Er hielt an und stieg vom Rad. Carringtons Stimme durchbrach sein Japsen.

»Sie sind nun seit zwanzig Jahren Trainer, und in diesem Zeitraum müssen Sie einige grundlegende Veränderungen in Porterhouse miterlebt haben. Was halten Sie von der Sorte junger Männer, die heutzutage Cambridge besucht?«

»Ich habe in meinem Leben schon so manches hasenfüßige

Schwein gesehen«, brüllte der Obertutor, »aber etwas Derartiges ist mir noch nicht untergekommen. So eine erbärmliche Memmenhaftigkeit habe ich noch nie erlebt.«

»Würden Sie das aufs Rauchen von Gras zurückführen?« erkundigte sich Carrington.

»Natürlich«, antwortete der Obertutor, um gleich darauf vom Bildschirm zu verschwinden.

Im Gemeinschaftsraum war der Obertutor sprachlos vor Wut. »Solche Fragen hat er mir überhaupt nicht gestellt. Er war nicht mal da«, keuchte er schließlich. »Mir hat er erzählt, er würde mich einfach nur am Fluß filmen.«

»Das nennt sich dichterische Freiheit«, sagte der Kaplan und schwieg dann wieder, als Carrington und der Obertutor im Speisesaal zwischen den Tischen umherschlendernd auftauchten. Die Kamera richtete sich auf mehrere Porträts übergewichtiger Rektoren, ehe sie auf dem Obertutor verweilte.

»Schon seit langer Zeit erfreut sich Porterhouse des Rufes, daß man hier versteht zu leben«, sagte Carrington. »Würden Sie sagen, die mit der Bereitstellung von Kaviar oder getrüffelter Entenpastete verbundenen Ausgaben seien zur Erzielung wissenschaftlicher Leistungen wirklich notwendig?«

»Meiner Meinung nach läßt sich unser Erfolg weitgehend auf die in Porterhouse angebotene ausgewogene Ernährung zurückführen«, sagte der Obertutor. »Sie können von den Leuten keine guten Leistungen erwarten, wenn sie nicht angemessen ernährt werden.«

»Soviel ich weiß, geben Sie für das alljährliche Festmahl aber recht beträchtliche Summen aus. Würden Sie sagen, daß die Schätzung von 2000 Pfund für eine einzige Mahlzeit zutrifft?« erkundigte sich Carrington.

»Wir verfügen über eine gut ausgestattete Küche«, gab der Obertutor zu.

»Ich nehme an, das College spendet viel Geld an Brot für die Welt«, sagte Carrington.

»Das geht Sie verdammt noch mal gar nichts an«, rief der Obertutor. Die Kamera folgte ihm beim Verlassen des Speisesaals.

Während die niederschmetternden Enthüllungen fortgesetzt wurden, saßen die Fellows verdattert im Gemeinschaftsraum. Carrington verbreitete sich über die dürftigen Leistungen des Colleges auf wissenschaftlichem Gebiet und interviewte dann mehrere Studenten, die mit dem Rücken zur Kamera saßen, um ihre Anonymität zu wahren, und behaupteten, sie hätten eine Relegation zu befürchten, falls die leitenden Mitglieder ihre Identität erführen. Sie beschuldigten die Collegeleitung, borniert und politisch unglaublich reaktionär zu sein und... So ging es immer weiter. Sir Godber brach seine Lanze für soziales Engagement als Gütezeichen eines gebildeten Geistes, und plötzlich veränderte sich die Szenerie. Verschwunden waren die Bilder aus Cambridge, und die Fellows starrten mit aschfahlen Gesichtern auf Skullion, wie er breit auf seinem Stuhl im Studio saß. Die Kamera schwenkte auf Carrington. »In den soeben von uns gesendeten Interviews hörten wir vieles, was die von Institutionen wie Porterhouse gespielte Rolle rechtfertigt, aber auch anderes, das, wie manche sagen würden, diese in Frage stellt. Wir hörten, wie alte Traditionen verteidigt wurden. Wir hörten, wie Privilegien von der progressiven Jugend angegriffen wurden, und wir hörten sehr viel über soziales Engagement; doch jetzt haben wir einen Mann im Studio, der besser als jeder andere über Porterhouse Bescheid weiß, dessen Wissen vier Jahrzehnte umspannt. Sie, Mr. Skullion, waren also über vierzig Jahre lang der Pförtner von Porterhouse?«

Skullion nickte. »Ja«, sagte er.

»Sie traten Ihre Stellung 1928 an?«

»Ja.«

»Und 1945 ernannte man Sie zum Oberpförtner?«

»So ist es.«

»Dann waren Sie lange genug im College, um Zeuge einiger bemerkenswerter Veränderungen zu werden?« Skullion nickte folgsam. »Und jetzt sind Sie, wie ich höre, gefeuert worden«, sagte Carrington. »Können Sie sich denken, warum?«

Skullion machte eine Pause, während die Kamera zu einer Großaufnahme heranfuhr.

»Ich wurde entlassen, weil ich mich dagegen gewehrt habe, daß für die jungen Herren im College ein Kondomautomat aufgestellt wird«, verkündete Skullion drei Millionen Zuschauern. Es entstand eine Pause, während der die Kamera auf Carrington zurückschwenkte, der gebührend schockiert und überrascht aussah.

»Ein Kondomautomat?« wiederholte er. Skullion nickte.

»Ein Kondomautomat. Ich finde, es gehört sich nicht, daß die rangältesten Mitglieder eines College wie Porterhouse junge Männer auch noch ermuntern, so etwas zu tun.«

»O mein Gott«, sagte der Rektor. Der neben ihm sitzende Obertutor glotzte mit weit aufgerissenen Augen auf den Schirm, während der Dekan offenbar gerade an einem schrecklichen Krampf litt. Sämtliche Fellows starrten auf Skullion, als sähen sie ihn zum ersten Mal, als sei die ihnen bekannte Karikatur mittels des sie trennenden Gerätes unvermittelt lebendig geworden. Skullions Präsenz erfüllte den Raum. Selbst Sir Cathcart bemerkte die Veränderung und setzte sich stocksteif in seinem Sessel auf; neben ihm wimmerte der Schatzmeister. Nur den Kaplan ließ das alles kalt. »Skullion formuliert erstaunlich flüssig«, stellte er fest, »und vieles hat durchaus Hand und Fuß.«

Carrington schien an Statur verloren zu haben. »Sie billigen diesen Plan der Collegeleitung nicht?« fragte er matt.

»Natürlich nicht«, antwortete Skullion. »Man sollte jungen Menschen nicht beibringen, sie seien berechtigt zu machen, was sie wollen. So läuft es im Leben nicht. Ich wollte kein Pförtner werden. Ich mußte mir meine Brötchen verdienen. Nur weil einer in Cambridge war und einen Abschluß hat, muß ihn das Leben noch lange nicht anders behandeln. Seine Brötchen muß er trotzdem verdienen, stimmt's?«

»Wie wahr«, sagte Carrington und überlegte krampfhaft, wie er das Gespräch wieder auf den Ausgangspunkt zurückbringen konnte. »Und Sie glauben ...«

»Ich glaube, sie haben Angst bekommen«, sagte er. »Sie fürchten sich. Toleranz nennen sie's, dabei ist es ganz was anderes. Nämlich Feigheit.«

»Feigheit?« Carrington wurde immer perplexer.

»Ist doch überall das gleiche. Die geben ihnen Diplome, auch wenn sie keinen Finger gerührt haben. Lassen sie rumlaufen wie ungewaschene Vogelscheuchen. Schmeißen sie nicht mehr raus, wenn sie Rauschgift nehmen. Lassen sie nachts nach Hause kommen, wann sie wollen, und Frauen mit aufs Zimmer nehmen. Als ich Pförtner wurde, haben sie einen Studenten nur kurz gemustert und ihn gleich rausgeschmissen, und das war richtig so, aber heute, heute stellen sie einen Pariserautomaten aufs Klo, damit sie sich wohl fühlen. Und was ist mit den Homos?« Carrington erbleichte.

»Darüber müßten Sie eigentlich Bescheid wissen«, erklärte Skullion. »Sind damals in den Brunnen getaucht worden oder etwa nicht? Kann mich noch an den Abend erinnern, als man Sie getaucht hat. Und das war auch richtig so. Ist nichts als Feigheit. Hören Sie mir doch auf mit Toleranz.« Carrington schielte hektisch zum Aufnahmeleiter hinter der getönten Glasscheibe, doch sie blieben auf Sendung.

»Und was ist mit mir?« fragte Skullion in die vor ihm stehende Kamera. »Vierzig Jahre lang für einen Hungerlohn geschuftet, und dann feuern Sie mich wegen nichts. Ist das gerecht? Toleranz wollen Sie? Na, warum ist man nicht so tolerant und läßt mich arbeiten? Jeder Mensch hat ein Recht auf Arbeit, oder etwa nicht? Ich hab' ihnen Geld angeboten, damit sie mich behalten. Fragen Sie doch den Schatzmeister, ob ich ihnen nicht meine Ersparnisse angeboten habe, um dem College zu helfen.«

Carrington ergriff den Strohhalm. »Sie haben dem Schatzmeister Ihre gesamten Ersparnisse angeboten, um dem College zu helfen?« fragte er mit der ganzen Begeisterung, die ihm die Enthüllungen über sein Geschlechtsleben noch belassen hatten.

»Er sagte, sie könnten es sich nicht leisten, mich als Pförtner zu behalten«, erklärte Skullion. »Er sagte, sie müßten die Rhyder Street verkaufen, um die Reparaturen am Turm zu bezahlen.«

»Und Sie wohnen in der Rhyder Street?«

»Da wohnen alle College-Bediensteten. Sie haben kein Recht, uns aus unseren eigenen Häusern zu werfen.«

Im Gemeinschaftsraum sahen Rektor und Fellows von Porterhouse mit an, wie der Ruf des Colleges unter Skullions Anklagen zerbröselte. Das war nicht mehr »Carrington über Cambridge«. Jetzt hatte Skullion übernommen, und seine Nostalgie war echter und überzeugender. Einen bleichen und mitgenommenen Carrington neben sich, zog Skullion alle Register. Er sprach mit einer typischen englischen, maulfaulen Eloquenz von den alten Tugenden, von Mut und Loyalität. Er rühmte längst verstorbene Gentlemen und zog über noch lebende Männer her. Er betonte, wie wertvoll Traditionen für das Collegeleben seien, verglichen mit den schäbigen Neuerungen von heute. Er brachte seine Bewunderung für Gelehrsamkeit alter Schule zum Ausdruck und lehnte wissenschaftliche Forschung ab. Er pries die Weisheit und wehrte sich dagegen, diese mit Wissen zu verwechseln. Vor allem aber erhob er auf das Recht zu dienen Anspruch, verbunden mit dem Recht auf faire Behandlung. In Skullions Forderung schwang kein ungeduldiges Jammern mit. Eine mythische Vergangenheit ließ er hochleben, und das fand in einer Million Haushalte ein breites Echo.

Gegen Ende der Sendung war die Telefonzentrale der BBC durch die Anrufe von Menschen aus dem ganzen Land zusammengebrochen, die Skullions Kreuzzug gegen die Moderne unterstützten.

- 18 -

Noch lange, nachdem Skullions schreckliches Abbild verschwunden war und der Schatzmeister das Gerät ausgeschaltet hatte, saßen die Fellows vor dem leeren Bildschirm im Gemeinschaftsraum. Schließlich brach der Kaplan das Schweigen.

»Sehr interessanter Standpunkt, der von Skullion«, sagte er, »obwohl ich zugeben muß, daß ich wegen der Wirkung auf den Restaurierungsfonds so meine Zweifel hege. Was halten Sie von der Sendung, Rektor?«

Sir Godber unterdrückte einen Schwall von Flüchen. »Ich kann mir nicht denken«, sagte er in dem verzweifelten Versuch, Ruhe zu bewahren, »daß viele den Worten eines Collegeportiers Beachtung schenken werden. Die Öffentlichkeit hat glücklicherweise kein sehr gutes Gedächtnis.«

»Verfluchter Schurke«, knurrte Sir Cathcart. »Gehört ausgepeitscht.«

»Was? Skullion?« fragte der Obertutor.

»Dieses Schwein Carrington«, rief der General.

»Überhaupt war es Ihre Idee«, sagte der Dekan.

»Meine Idee?« brüllte Sir Cathcart. »Sie haben ihm diesen Floh ins Ohr gesetzt.«

Der Kaplan griff ein. »Ich bin schon immer der Ansicht gewesen, daß es ein Fehler war, ihn in den Brunnen zu tauchen.«

»Morgen früh werde ich meinen Anwalt konsultieren«, erklärte der Dekan. »Ich glaube, wir haben genug Gründe für eine Anzeige. Schließlich gibt es ja so etwas wie Verleumdung.«

»Ich muß gestehen, daß ich keinerlei Anlaß zu juristischen Schritten sehe«, sagte der Kaplan. Bei dem Gedanken an solche Schritte wurde Sir Godber ganz anders.

»Er hat sich Fragen auf bereits von mir gegebene Antworten aus den Fingern gesogen«, sagte der Obertutor.

»Das ist schon möglich«, räumte der Kaplan ein, »aber es zu beweisen, dürfte Ihnen schwerfallen. Würde man jedenfalls mich fragen, dann müßte ich antworten, daß er unsere Ansichten dem Geiste, wenn auch nicht dem Buchstaben nach korrekt wiedergegeben hat. Schließlich finden Sie ja wirklich, daß die jetzige Studentengeneration... wie hieß es doch gleich? ... ein Haufen hasenfüßiger Schweine ist. Daß Sie dies jetzt in aller Öffentlichkeit verkündet haben, mag zwar bedauerlich sein, aber wenigstens ist es ehrlich.«

Sie wetterten immer noch, als der Rektor eine Stunde später endlich den Gemeinschaftsraum verließ und sich durch den Garten in sein Haus begab, erschöpft von der Sendung und dem bösen Blut, das sie unter den Fellows erzeugt hatte. Über den Rasen stolpernd, war er sich immer noch nicht sicher, welche Folgen die Sendung haben würde. Er versuchte sich mit dem Gedanken zu beruhigen, daß die öffentliche Meinung im großen und ganzen fortschrittlich sei, und daß ihn sein Ruf als Reformpolitiker sicher durch den zu erwartenden Schrei der Entrüstung lotsen würde. Was hatte ihn eigentlich an seinem eigenen Fernsehauftritt so entsetzt? Zum ersten Mal im Leben hatte er sich so gesehen, wie andere ihn sahen: als alten Mann, der mit absolut nicht überzeugend wirkender Überzeugung Klischees herunterbetete. Er betrat das Haus und schloß die Tür.

Im Schlafzimmer im Obergeschoß entledigte Lady Mary sich träge ihres Korsetts. Sie hatte sich die Sendung allein angesehen und sie auf merkwürdige Weise anregend gefunden. Zum einen hatte sie ihre Meinung vom College bestätigt, zum anderen hatte sie der warme Hermaphrodismus Cornelius Carringtons aufs neue erregt. Das Alter und der Rubikon Klimakterium hatten Lady Marys Appetit auf solche Männer verstärkt, zudem fand sie seine verletzliche Mittelmäßigkeit anrührend. Wie immer bei Lady Mary wurde auch diese Zuneigung durch die Entfernung verklärt, und einen kurzen hemmungslosen Augenblick lang sah sie sich als intime Gönnerin dieses Idols der Medien. Sir Godber, das mußte sie zugeben, war verbraucht, Carrington dagegen immer noch einflußreich. Sie dämpfte diesen Impuls mit Gold Cream, doch es war noch genug Lebhaftigkeit vorhanden, um Sir Godber zu überraschen, als der ins Bett kam.

»Das ging doch alles in allem ziemlich gut, findest du nicht?« fragte sie, als der Rektor müde seine Schnürsenkel löste. Sir Godber sah niedergeschlagen auf.

»Natürlich, am Schluß kam dann diese gräßliche Kreatur«, gab Lady Mary zu. »Mir ist unbegreiflich, was der da zu suchen hatte.«

»Mir nicht«, sagte Sir Godber.

»Ansonsten hat mir die Sendung gefallen. Der Dekan gab eine sehr dümmliche Figur ab.«

»Wir haben alle eine unglaublich schlechte Figur abgegeben«, entgegnete Sir Godber.

»Gewarnt hat er dich ja«, erinnerte ihn Lady Mary. »Er sagte, er müsse beide Seiten des Problems zeigen.«

»Daß er es von unten zeigen müsse, hat er nicht gesagt«, fauchte

Sir Godber. »Er hat uns alle wie Vollidioten aussehen lassen, und was Skullion angeht, so könnte man meinen, wir hätten dem verdammten Kerl Unrecht getan.«

»Gehst du da nicht ein bißchen zu weit?« fragte Lady Mary. »Schließlich sah doch jeder, daß er ein entsetzlicher Hornochse ist.«

Sir Godber ging ins Bad und putzte sich die Zähne, während Lady Mary es sich mit der neuesten Verbrechensstatistik gemütlich machte.

Skullion saß im »Shepherd's Bush«, rauchte sein Pfeifchen und trank Whisky, während Carrington den Produzenten der Sendung anbrüllte.

»Sie hatten kein Recht, ihn weiterreden zu lassen«, schrie er. »Sie hätten ihm den Saft abdrehen müssen.«

»Es ist Ihre Sendung, mein Lieber«, sagte der Produzent. Das Telefon klingelte. »Außerdem weiß ich gar nicht, warum Sie sich so aufregen. Die Zuschauer fanden ihn ganz toll. Das Telefon klingelt ununterbrochen.« Er hörte einen Moment zu und wandte sich dann an Carrington. »Elsie ist dran. Sie will wissen, ob er für ein Interview zur Verfügung steht.«

»Elsie?«

»Elsie Controp. Vom *Observer*«, sagte der Produzent.

»Nein, tut er nicht«, schrie Carrington.

»Ja, er ist hier«, sagte der Produzent in die Muschel. »Wenn Sie vorbeikommen, erwischen Sie ihn vielleicht noch.« Er legte den Hörer auf.

»Ist Ihnen eigentlich klar, daß er uns wahrscheinlich verklagen wird?« fragte Carrington. Das Telefon klingelte. »Ja?« sagte der Abteilungsleiter. Er drehte sich zu Carrington um. »Sie wollen ihn am Montag für die Talk-Show haben. Geht das in Ordnung?«

»Um Gottes willen«, rief Carrington.

»Er sagt, das wäre prima«, sagte der Produzent.

Skullion saß mit Elsie Controp im Aufenthaltsraum. Es war schon elf Uhr durch, doch Skullion fühlte sich nicht müde. Sein Auftritt hatte ihn belebt, und der Whisky hatte ein übriges getan. »Soll das heißen, die Collegeleitung akzeptiert Kandidaten, die weder Aufnahmeprüfungen abgelegt noch Abitur haben?« wollte Miss Controp wissen. Skullion nahm noch einen Schluck Whisky und nickte.

»Und ihre Eltern spenden in einen Fonds?« Wieder nickte Skullion. Miss Controps Bleistift huschte über ihren Notizblock.

»Und das ist in Porterhouse ein gängiges Verfahren?« fragte sie. Skullion bestätigte dies.

»Und andere Colleges nehmen Kandidaten nach der gleichen Methode auf?«

»Wenn man reich genug ist, kommt man normalerweise in jedes College rein«, teilte Skullion ihr mit. »Das soll nicht heißen, daß sie alle wie in Porterhouse für einen Fonds spenden, aber rein kommen sie auch.«

»Aber wie machen sie ihr Examen, wenn sie keine Prüfungen bestehen?«

Skullion lächelte. »Oh, sie fallen durch die Abschlußprüfung. Dann bekommen sie ein ›Bestanden‹. Das College schlägt sie trotzdem für einen Titel vor, und den bekommen sie dann. Es ist Betrug.«

»Das können Sie aber laut sagen«, pflichtete ihm Miss Controp aus vollem Herzen bei. Skullion verbrachte die Nacht in einem Hotel in Bayswater. Samstag besuchte er den Zoo, und am Sonntag blieb er im Bett und las die *News of the World*; anschließend ging er nach Greenwich und sah sich das alte Segelschiff *Cutty Sark* an.

Als Sir Godber am Sonntag zum Frühstück kam, fand er Lady Mary in den *Observer* vertieft. Ihrem Gesichtsausdruck entnahm er, daß sich in irgendeinem Winkel der Welt ein Unglück ereignet hatte.

»Wo ist es denn diesmal?« fragte er müde. Lady Mary antwortete nicht. »Das muß ja wirklich eine entsetzliche Katastrophe sein«, dachte Sir Godber und nahm sich einen Toast. Er kaute geräuschvoll vor sich hin und schaute aus dem Fenster. Der Samstag war ein unangenehmer Tag gewesen. Etliche Ehemalige hatten ihm telefonisch mitgeteilt, wie sehr sie ihm den Rausschmiß von Skullion verübelten, und daß sie hofften, der Rektor werde sich in Zukunft jede Veränderung im College gut überlegen. Verschiedene führende Londoner Zeitungen hatten ihn nach seiner Meinung gefragt. Die BBC war mit der Bitte an ihn herangetreten, er möge doch in der Talk-Show *Talk-In* auftreten. Er war sogar vom Verband der Verhütungsmittelhersteller angerufen und zu seinem Standpunkt beglückwünscht worden. Alles in allem war der Rektor nicht in Stimmung, um Lady Marys Mitleid mit irgendwelchen elenden, erkrankten, verarmten oder katastrophengeschädigten Völkern am anderen Ende des Erdballs zu ertragen. Er hätte selbst etwas Mitgefühl vertragen können.

Er schaute von seinem Toast auf und bemerkte, daß seine Frau ihn ungewöhnlich streng ansah.

»Godber«, sagte sie, »es ist schlichtweg schrecklich.«

»Das habe ich mir fast gedacht«, sagte der Rektor.

»Du mußt sofort etwas unternehmen.«

Sir Godber legte die Toastscheibe wieder hin. »Meine Liebe«, sagte er, »meine Kapazität, etwas gegen das unmenschliche Vorgehen von Mensch gegen Mensch, Natur gegen Mensch oder Mensch gegen Natur zu unternehmen, ist äußerst begrenzt. Soviel habe ich inzwischen gelernt. Was auch immer dir heute morgen ob der mißlichen Lage der Menschheit solch heftige Besorgnis und Seelenpein bereitet, ich kann rein gar nichts dagegen tun. Mir fällt es schon schwer genug, im College ...«

»Ich spreche vom College«, unterbrach ihn Lady Mary. Sie warf ihm die Zeitung über den Tisch zu, und Sir Godber starrte auf die Schlagzeilen: COLLEGE IN CAMBRIDGE VERKAUFT AKADEMISCHE TITEL. PFÖRTNER ENTHÜLLT KORRUPTION, von Elsie Controp. Unter den Schlagzeilen fand sich ein Foto von Skullion, und mehrere Spalten waren einer Analyse finanzieller Verhältnisse von Porterhouse gewidmet.

Der Rektor atmete tief durch und las:

»In Porterhouse College, einem der gesellschaftlich exklusiveren Colleges von Cambridge, war es laut Mr. James Skullion, dem Collegepförtner, üblich, akademische Titel an unqualifizierte Söhne wohlhabender Eltern zu verkaufen.«

»Na?« sagte Lady Mary, bevor Sir Godber weiterlesen konnte.

»Na was?« sagte der Rektor.

»Du mußt etwas dagegen unternehmen. Es ist unerhört.«

Der Rektor schaute seine Frau böse an. »Wenn du mir Zeit lassen würdest, den Artikel zu lesen, fiele mir vielleicht etwas ein. Bisher hatte ich weder Zeit, seine Bedeutung noch das bißchen Frühstück zu verdauen, das ...«

»Du mußt in einer Presseverlautbarung diese Behauptungen dementieren«, verlangte Lady Mary.

»Ganz recht«, sagte Sir Godber. »Da sie aber nach dem, was ich bisher lesen konnte, offenbar völlig zutreffend sind, würde das niemandem – am allerwenigsten mir – irgend etwas nützen. Skullion bekäme vor Gericht vielleicht sogar ein Schmerzensgeld zugesprochen, weil man ihn einen Lügner genannt hat.«

»Willst du damit etwa andeuten, daß du den Verkauf von Titeln geduldet hast?«

»Geduldet?« schrie der Rektor. »Geduldet? Was zum Teufel willst du damit ...«

»Godber«, warnte ihn Lady Mary. Der Rektor verfiel in gekränktes Schweigen und versuchte, den Artikel zu Ende zu lesen, während Lady Mary einen Sermon über die Ungeheuerlichkeit von Bestechung und Korruption, Privatschulen und die kommerzielle Ethik oder deren Fehler in der Mittelklasse vom Stapel ließ. Als er zu Ende gefrühstückt hatte, fühlte sich der Rektor wie ein mißhandeltes Kleinkind.

»Ich gehe ein wenig spazieren«, sagte er und stand vom Tisch auf. Draußen schien die Sonne, und im Garten zeigten sich die ersten Osterglocken. Das gleiche galt für die Protestdemonstration. Vor dem Haupttor saßen mehrere Jugendliche auf dem Bürgersteig und hielten Transparente mit der Aufschrift SKULLION WIEDEREINSTELLEN in die Höhe. Gesenkten Hauptes ging der Rektor an ihnen vorbei in Richtung Fluß und fragte sich, warum seine wohlmeinenden Versuche, radikale Veränderungen zu bewirken, immer den Widerstand derjenigen provozierten, in deren Interesse er handelte. Aus welchem Grund besaß ausgerechnet Skullion, dessen Vorstellungen im höchsten Maße vorsintflutlich waren und der diese langhaarigen Jugendlichen vom Haupttor verjagt hätte, jetzt ihre Sympathie? Den politischen Einstellungen in England haftete etwas Perverses an, das sich jeder Logik entzog. Wenn er auf sein Leben zurückschaute, fühlte Sir Godber sich ungerecht behandelt. »Die Rechte kriegt die Macht, der Linken gibt man die Schuld«, dachte er. »Das übersteigt langsam meine Geduld.« Während er auf dem Fußweg quer über Sheep's Green auf Lammas Land zusteuerte, träumte er von einer Zukunft, in der alle Menschen glücklich und alle Probleme gelöst sein würden. Lammas Land. Das Land des Tages, der nie kommen würde.

Der Dekan las den *Observer* nicht. Daß dessen Berichterstattung auf die Fehlfunktionen des politischen wie des physischen Körpers besonders viel Wert legte, war ganz und gar nicht nach seinem Geschmack. Genauer gesagt, war keine der Sonntagszeitungen nach seinem Geschmack. Ihm war ein offener und ehrlicher Agnostizismus lieber, weswegen er auch den Morgengottesdienst in der Collegekapelle besuchte, wo man sich darauf verlassen konnte, daß die lautstark vorgetragene Predigt des Kaplans die Defizite seiner Gemeinde wettmachte, denn der betonte Dinge, die für die seelischen Bedürfnisse der wenigen Anwesenden völlig irrelevant waren, und gerade das fand der Dekan ungemein beruhigend. Daher stellte er ein wenig überrascht fest, daß der Kaplan einen Text aus Jeremia 17, Vers 11 gewählt hatte: »Denn gleichwie ein Vogel, der sich über Eier setzt, und brütet sie nicht aus, also ist der, so unrecht Gut sammelt; denn er muß davon, wenn er's am wenigsten achtet, und muß doch zuletzt Spott dazu haben.« Zum Glück für den Dekan machte er sich so viele Gedanken über die fortdauernde Existenz dieser als Eltern doch offenkundig ungeeigneten Vögel, daß er von den Ausführungen des Kaplans nicht viel mitbekam. Als er gegen Ende der Predigt aus seiner Träumerei erwachte, mußte er mitanhören, wie der Kaplan merkwürdig unverblümt die Praxis des Colleges kritisierte, Studenten aufzunehmen, deren einziges Verdienst darin bestand, Söhne betuchter Eltern zu sein. »Vergessen wir nicht die Worte des Herrn: ›Es ist leichter, daß ein Kamel durch ein Nadelöhr gehe, denn daß ein Reicher ins Reich Gottes komme‹«, rief der Kaplan. »Wir haben zu viele Kamele in Porterhouse.« Er stieg von der Kanzel herunter, und der Gottesdienst endete mit dem Lied »Löwen, laßt euch wiederfinden«. Der Dekan und der Obertutor gingen gemeinsam.

»Ein höchst sonderbarer Gottesdienst«, sagte der Dekan. »Offenbar setzen dem Kaplan die verschiedensten Tierarten mächtig zu.«

»Ich glaube, Skullion fehlt ihm«, sagte der Obertutor.

Nachdenklich schritten sie durch den Kreuzgang. »Nach dieser furchtbaren Sendung würde ich kaum soweit gehen zu behaupten, daß er mir fehlt«, sagte der Dekan, »obwohl ich einräume, daß er ein großer Verlust für das College ist.«

»In mehr als einer Hinsicht«, ergänzte der Obertutor. »Ich aß gestern im Emmanuel College zu Abend.« Er schüttelte sich bei dem Gedanken daran.

»Sehr empfehlenswert«, sagte der Dekan. »Ich versuche, Emmanuel tunlichst zu meiden. Ich aß dort einmal ein paar Koteletts, die mir schlecht bekommen sind.«

»Das Essen ist mir kaum aufgefallen«, sagte der Obertutor. »Ich fand die Unterhaltung nicht angenehm.«

»Carrington, nehme ich an?«

»Das Thema wurde kurz angeschnitten«, sagte der Obertutor. »Ich gab mir alle Mühe, es herunterzuspielen. Nein, ich dachte eigentlich eher an etwas, das mir der alte Saxton erzählt hat. Anscheinend kursiert das nicht einmal unbegründete Gerücht, Skullions Behauptung, er habe seine gesamten Ersparnisse dem College angeboten, sei nicht unfundiert.«

Auf der Suche nach Gewißheit quälte sich der Dekan durch diesen Sumpf doppelter Negationen. »Aha«, meinte er schließlich, nicht ganz sicher, wie weit er sich festlegen sollte.

»Wenn ich Saxton richtig verstanden habe, weiß er aus erster Hand, daß Skullions Vermögen viel größer ist, als man hätte annehmen können.«

»Ich habe ja schon immer gesagt, daß Skullion unbezahlbar ist«, sagte der Dekan.

»Es war von ungefähr einer Viertelmillion Pfund die Rede«, sagte der Obertutor.

»Kann man unmöglich annehm... Wieviel?« fragte der Dekan.

»Eine Viertelmillion Pfund.«

»Großer Gott!«

»Die ihm Lord Wurford hinterlassen hat«, erläuterte der Obertutor.

»Und der verfluchte Schatzmeister hat abgelehnt«, stammelte der Dekan.

»Dadurch bekommt die Sache freilich ein ganz anderes Gesicht, nicht wahr?«

Jedenfalls bekam das Gesicht des Dekans, der im Säulengang stand und nach Atem rang, eine ganz andere Färbung.

»Mein Gott, eine Viertelmillion Pfund. Und der Rektor hat ihm den Stiefel gegeben«, keuchte er. Der Obertutor stützte ihn.

»Kommen Sie doch auf ein Gläschen mit zu mir«, schlug er vor. Sie kamen am Haupttor vorbei, wo ein Jugendlicher ein Transparent hochhielt.

»Skullion wiedereinstellen«, las der Dekan vor. »Diesmal glaube ich, daß die Demonstranten recht haben.«

»Es besteht die Gefahr, daß irgendein anderes College ihn uns wegschnappt«, gab der Obertutor zu bedenken.

»Glauben Sie wirklich?« fragte der Dekan nervös. »Der gute alte Bursche war... ist solch ein treuer College-Bediensteter.« Sogar in den Ohren des Dekans klang das Wort »Bediensteter« jetzt falsch.

In der Wohnung des Obertutors hingen die Nippes eines begeisterten Ruders wie antike Waffen an den Wänden, ein wahres Trophäenarsenal. Versonnen nippte der Dekan an seinem Sherry.

»Für mich ist einzig und allein Carrington verantwortlich«, sagte er. »Die Sendung war eine Farce. Cathcart hätte ihn nie einladen dürfen.«

»Ich wußte gar nicht, daß er es getan hat«, sagte der Obertutor. Der Dekan wechselte das Thema.

»Ich muß gestehen, daß ich mit Skullion in vielen Dingen einer Meinung bin. Die meisten seiner Anschuldigungen bezogen sich auf den Rektor. Und Sir Godber ist für die ganze schändliche Angelegenheit verantwortlich. Seine Ernennung war ein schwerer Fehler. Er hat dem Renommee des Colleges irreparablen Schaden zugefügt.«

Der Obertutor starrte aus dem Fenster auf den Schaden, der dem Turm zugefügt worden war. Seine Animosität gegen den Dekan – ein Ersatz für die aufgelösten Bindungen seiner Jugend – schwand immer mehr. Ganz gleich, welche Fehler der Dekan haben mochte – und der Obertutor hatte sie im Laufe der Jahre minuziös aufgelistet –, niemand konnte ihm vorwerfen, ein Intellektueller zu sein. Gemeinsam, wenn auch nicht unisono, hatten sie Porterhouse aus dem Fahrwasser der akademischen Verlockungen gelenkt, in das die anderen Colleges in Cambridge geraten waren, und die Integrität der Unwissenheit gepflegt, die den Porterhouse-Männern das nötige Selbstbewußtsein gab, um mit der Komplexität des Lebens fertig zu werden, und das Männern mit einem verfeinerten Sensorium offensichtlich fehlte. Anders als der Dekan, dessen mangelnde Intelligenz natürlich und ungezwungen war, hatte der Obertutor einmal einen Verstand besessen, und nur durch strikteste Selbstdisziplin war es ihm gelungen, im Interesse des Collegegeistes seine Gelehrsamkeit zu unterdrücken. Er hatte eine intellektuelle Entscheidung getroffen, die auf seiner Überzeugung beruhte, daß ein wenig Wissen gefährlich sei, eine Menge jedoch tödlich. Der Schaden, den Zipsers Forschungen am Turm angerichtet hatte, bestätigte ihn in diesem Glauben.

»Ist Ihnen schon einmal der Gedanke gekommen«, sagte der Obertutor und beendete seine Betrachtungen über die Gefahren des Intellektualismus, »daß es möglich sein könnte, aus der Affäre um Carringtons Sendung und den Rausschmiß Skullions einen Nutzen zu ziehen?«

Der Dekan gestand, er habe gehofft, die Sache würde den Rektor schwächen. »Doch dafür ist es jetzt zu spät«, sagte er. »Wir wurden der Lächerlichkeit preisgegeben, wir alle. Es mag ja Collegepolitik sein, Narren mit Freuden zu ertragen, doch leider versteht die Öffentlichkeit unter Hochschulbildung etwas anderes.«

Der Obertutor schüttelte den Kopf. »Meiner Meinung nach übertreiben Sie den Pessimismus«, sagte er. »Ich interpretiere die Lage ganz anders. In gewisser Hinsicht sind wir im Vorteil. Zunächst einmal haben wir Skullion.« Der Dekan wollte schon protestieren, doch der Obertutor hob die Hand. »Hören Sie mich zu Ende an, Dekan, hören Sie mir zu. Ganz gleich, wie lächerlich Freund Carrington uns gemacht haben mag, Skullion hinterließ einen ungemein positiven Eindruck.«

»Auf unsere Kosten«, gab der Dekan zu bedenken.

»Zweifellos, aber Tatsache bleibt, daß die Öffentlichkeit ihm ihre Sympathie schenkt. Nehmen wir einmal an, daß wir – und mit wir meine ich den Collegerat, alle außer dem Rektor – gemeinsam die Wiedereinstellung Skullions fordern. Natürlich würde Sir Godber sich weigern, und es würde bekannt, daß er sich einem solchen Vorschlag widersetzt. Dann sähe man in uns die Fürsprecher des kleinen Mannes, und der Rektor befände sich in einer überaus verzwickten Lage. Wenn wir außerdem vernünftige Argumente für unsere Zulassungsbedingungen anführen ...«

»Völlig unmöglich«, unterbrach der Dekan. »Keiner wird uns ...«

»Ich bin noch nicht fertig«, sagte der Obertutor. »Für die Zulassung von Kandidaten ohne angemessene Qualifikationen lassen sich schlagende Argumente anführen. Wir stellen ein natürliches Ventil für unbegabte Jugendliche dar. Diese notwendige Funktion erfüllt kein anderes College. Nur die Klugen kommen nach King's oder Trinity. New Hall hat zwar auch, gelinde gesagt, merkwürdige Aufnahmebedingungen, aber das ist ein Frauencollege.«

Der Dekan rümpfte geringschätzig die Nase.

»Ganz recht«, sagte der Obertutor. »Worauf ich hinauswill: Ein geschickt formulierter Appell zugunsten der inzwischen Minderbemittelten könnte große öffentliche Unterstützung finden. Dazu unsere Forderung nach Wiedereinstellung Skullions, und schon könnten wir eine scheinbare Niederlage in einen Sieg verwandeln.« Der Obertutor holte die Karaffe und schenkte Sherry nach, während der Dekan über seine Worte nachdachte.

»Da könnte etwas dran sein«, gestand er. »Ich fand es schon immer hochgradig ungerecht, daß nur die intelligente Minderheit von einer Hochschuldbildung profitieren sollte.«

»Meine Rede«, sagte der Obertutor. »Wir sind nicht länger ein College der Privilegierten, sondern werden zum College der intellektuell zu kurz Gekommenen. Es ist lediglich eine Frage der Präferenzen. Mehr noch, da wir nicht auf öffentlich geförderte Studenten angewiesen sind, sparen wir selbstredend Steuergelder. Es bleibt die Frage, wie man diese neue Image der Öffentlichkeit verkauft. Ich muß zugeben, daß mir diese Frage schwer zu schaffen macht.«

»Als erstes müssen wir eine Dringlichkeitssitzung des Collegerates anberaumen und größtmögliche Einmütigkeit bezüglich der Wiedereinstellung Skullions erreichen«, stellte der Dekan fest.

Der Obertutor griff zum Telefon.

- 19 -

Der Collegerat trat am Montag morgen um zehn zusammen. Mehrere Fellows waren verhindert, hatten sich jedoch bereiterklärt, ihre Stimme dem Dekan zu übertragen. Sogar der Rektor, der über die Tagesordnung nur teilweise informiert war, war mit der Sitzung einverstanden. »Wir müssen diese Sache ein für allemal vom Tisch schaffen«, sagte er dem Schatzmeister auf dem Weg in den Sitzungsraum. »Nach den Behauptungen im gestrigen *Observer* ist es unbedingt erforderlich geworden, einen klaren Schnitt mit der Vergangenheit zu machen.«

»Jedenfalls waren sie sehr peinlich für uns«, sagte der Schatzmeister.

»Aber noch viel peinlicher für diese alten Knochen«, ergänzte Sir Godber.

Der Schatzmeister seufzte. Es würde bestimmt eine hitzige Sitzung geben.

In der Tat: Der Obertutor blies zum Angriff.

»Ich schlage vor, daß wir in einem Beschluß die Entlassung Skullions zurücknehmen«, teilte er dem Rat mit, nachdem die Präliminarien beendet waren.

»Kommt nicht in Frage«, knurrte der Rektor. »Skullion hat es so gewollt, er hat die öffentliche Aufmerksamkeit auf gewisse Details der Collegepolitik gelenkt und – da werden Sie mir sicherlich alle zustimmen – den Ruf von Porterhouse geschädigt.«

»Dem kann ich nicht zustimmen«, sagte der Dekan.

»Keinesfalls«, sagte der Obertutor.

»Aber jetzt weiß doch alle Welt, daß wir akademische Titel verkaufen«, erklärte Sir Godber.

»Vielleicht der Teil der Welt, der den *Observer* liest«, sagte der Obertutor, »doch Behauptungen sind noch keine Tatsachen.«

»In diesem Fall sind es zufällig Tatsachen«, sagte der Rektor. »Reine Tatsachen. Skullion hat nichts als die Wahrheit erzählt.«

»Wenn das so ist, verstehe ich nicht, weshalb Sie sich gegen seine Wiedereinstellung wehren«, sagte der Obertutor.

Sie stritten noch weitere zwanzig Minuten, doch der Rektor blieb hart.

»Ich schlage vor, daß wir über den Antrag abstimmen«, sagte schließlich der Dekan. Sir Godber sah sich wütend um.

»Vor der Abstimmung«, sagte er, »sollten Sie noch etwas wissen: Während der letzten Tage habe ich mich mit den Collegesatzungen beschäftigt, und es sieht ganz so aus, als sei ich, der Rektor – falls ich dies will – berechtigt, in Zulassungsfragen zu entscheiden. Da Sie sich weigern, einer Änderung der Collegepolitik hinsichtlich der Zulassung von Kandidaten zuzustimmen, bin ich entschlossen, den Obertutor von seiner Zuständigkeit auf diesem Gebiet zu entheben. Von jetzt an werde ich persönlich sämtliche Studienanfänger auswählen. Außerdem habe ich die Befugnis, College-Bedienstete auszuwählen und diejenigen zu entlassen, die ich für ungeeignet halte. Genau dies werde ich tun. Ganz gleich, wie Sie im Rat stimmen, ich als Rektor werde Skullion nicht wiedereinstellen.«

Auf die Bekanntgabe des Rektors folgte ein kurzes Schweigen. Dann ergriff der Obertutor das Wort.

»Das ist unerhört«, schrie er. »Die Satzungen sind veraltet. Die Stellung des Rektors ist eine rein formale.«

»Ich bewundere Ihre Konsequenz«, fuhr ihn der Rektor an. »Als Wahrer altmodischer Traditionen sollten Sie mir als erster dazu gratulieren, daß ich Befugnisse wiederaufleben lasse, die ein Erbe der Vergangenheit sind.«

»Ich bin nicht gewillt, untätig mit anzuhören, wie Collegetraditionen verhöhnt werden«, rief der Dekan.

»Sie werden nicht verhöhnt, Herr Dekan«, widersprach Sir Godber, »sie werden angewandt. Was das ›untätig‹ angeht, wenn Sie damit meinen, daß Sie nicht mehr länger Fellow sein wollen, so akzeptiere ich Ihr Rücktrittsgesuch gern.«

»Ich habe nichts davon gesagt«, stammelte der Dekan.

»Nicht?« unterbrach ihn der Rektor. »Ich dachte, das hätten Sie gesagt. Soll ich darunter verstehen, daß Sie Ihren Rücktritt ...«

»Den hat er nie verkündet.« Jetzt hatte sich der Obertutor erhoben. »Ich finde Ihr Benehmen absolut unpassend. Wir, Sir, sind nicht irgendwelche Schuljungen, denen Sie diktieren können, was ...«

»Wenn Sie sich wie Schuljungen betragen, dürfen Sie sich nicht wundern, wie solche behandelt zu werden. Außerdem stammt der Vergleich von Ihnen, nicht von mir. Wenn Sie jetzt so gut wären, wieder Platz zu nehmen, könnten wir die Sitzung fortsetzen.« Der Rektor musterte die Fellows mit eisigem Blick, und der Obertutor setzte sich.

»Ich werde diese Gelegenheit benutzen, meine Herren«, sagte Sir Godber nach langer Pause, »um Ihnen meine Ansichten über die Funktion des Colleges in der Welt von heute mitzuteilen. Ich muß gestehen, daß ich Ihre augenscheinliche Unkenntnis über die in letzter Zeit stattgefundenen Veränderungen mit Erstaunen registriere. Ihre Haltung läßt darauf schließen, daß Sie das College als Teil Ihrer Privatsphäre betrachten und sich selbst als deren Verwalter. Ich möchte Sie von diesem Irrglauben befreien. Sie sind Teil des öffentlichen Sektors und haben somit Pflichten, Aufgaben und Funktionen der Öffentlichkeit gegenüber zu erfüllen. Daß Sie diese ignorieren und die Collegegeschäfte lieber so führen, als handle es sich um Ihre Privatangelegenheiten, beweist mir, daß Sie Ihre Befugnisse überschreiten. Entweder wir leben in einer freien, offenen und egalitären Gesellschaft oder nicht. Ich werde als Rektor dieses Colleges dafür sorgen, daß wir denen Bildung zuteil werden lassen, die sie aufgrund ihrer Fähigkeiten verdienen, ohne Ansehen von Klasse, Geschlecht, finanziellen Verhältnissen oder Rasse. Die Zeit des Ämterkaufs ist passé.« Sir Godbers Stimme überschlug sich vor lauter drohendem Idealismus. Seit dem Protektorat der Cromwells im siebzehnten Jahrhundert hatte man im Sitzungsraum des Rates von Porterhouse kein solches Ungestüm mehr vernommen, und die Fellows saßen da und starrten den Rektor an wie ein seltsames Tier in Menschengestalt. Als er endlich fertig war, hatten sie keinerlei Zweifel mehr über seine Absichten. Porterhouse würde nie wieder wie früher sein. Zu der langen Liste von Veränderungen, die er bei vorangegangenen Sitzungen vorgeschlagen hatte, war nun noch die Einrichtung eines Studentenrates gekommen, der in Personalentscheidungen und Fragen der Collegepolitik mitentscheiden sollte. Der Rektor verließ das Sitzungszimmer erschöpft, aber zufrieden darüber, daß er seine Ansicht durchgesetzt hatte. Angesichts der von ihnen selbst heraufbeschworenen Krise blieben die Fellows entgeistert zurück. Es dauerte lange, bis jemand sprach.

»Ich begreife es nicht«, sagte der Dekan mit kläglicher Stimme, »ich begreife einfach nicht, was diese Leute wollen.« Es war klar, daß Sir Godbers Eloquenz ihn in der Phantasie des Dekans von einem Individuum zu einer sozialen Klasse aufgewertet oder vielleicht auch erniedrigt hatte.

»Ihren Willen durchsetzen«, antwortete der Obertutor verbittert.

»Das himmlische Königreich«, rief der Kaplan.

Der Schatzmeister blieb stumm. Seine gespaltene Loyalität hatte ihn sprachlos gemacht.

Das Abendessen war eine traurige Angelegenheit. Das Semester war zu Ende, und das Schweigen der am High Table speisenden Fellows wurde durch die fehlenden Gespräche von den Tischen unter ihnen nur noch hervorgehoben. Um alles noch schlimmer zu machen, war die Suppe kalt, und es gab Cottage Pie. Doch was sie so schwermütig stimmte, war das Wissen um ihre Entbehrlichkeit. Fünfhundert Jahre lang hatten sie und ihre Vorgänger wenigstens einen Teil der den Staat regierenden Elite gedrillt. Diese jungen Männer hatten sich durch die Maschen ihrer nachsichtigen Intoleranz gezwängt, um Richter und Anwälte, Politiker, Militärs und Geschäftsleute zu werden, durchdrungen von einer allen gemeinsamen Selbstzufriedenheit und einem jeglichen Veränderungswillen hemmenden intellektuellen Skeptizismus. Sie waren die Verwalter politischer Trägheit, und sie wurden nicht mehr gebraucht. Endlich hatten sie die Waffen gestreckt – und zwar vor dem untauglichsten aller Politiker.

»Ein Studentenrat soll das College leiten. Es ist ungeheuerlich«, sagte der Obertutor, doch Protestieren war zwecklos. Trotz seiner kultivierten geistigen Mittelmäßigkeit hatte der Obertutor Veränderungen schon seit langem kommen sehen. Er machte die Naturwissenschaften dafür verantwortlich, daß sie dem Trugbild »Wahrheit« zu neuer Blüte verholfen hatten, und andere so dubiose Fächer wie Anthropologie und Ökonomie, deren Anhänger unbrauchbare Statistiken an die Stelle ihrer minderwertigen Erkenntnisse setzten. Schließlich war da noch die Soziologie mit ihrer grotesken Maxime, die da lautete: »Das eigentliche Studienobjekt der Menschheit ist der Mensch«, das sie bezeichnenderweise von einem Mann bezogen hatten, den der Obertutor nicht einmal für fähig erachtet hätte, das Boot des Rugbyteams zu steuern. Und jetzt, da Sir Godber triumphierte – und zumindest insgeheim gab der Obertutor zu, daß der Rektor gewonnen hatte –, würde Porterhouse nicht einmal dem äußeren Anschein nach dem College ähneln, das er geliebt hatte. Ekliger Unisex würde an die Stelle der kräftigen und fröhlichen Flegel treten, die mitgeholfen hatten, die geistlose Unschuld und das Sportlertum zu bewahren, durch die allein er sich gegen die Schrecken des Denkens geschützt hatte.

»Wir müssen doch irgend etwas unternehmen können«, sagte der Dekan.

»Außer Mord fällt mir nichts ein«, erwiderte der Obertutor.

»Ist er laut Satzung wirklich berechtigt, die Zulassung zu übernehmen?«

Der Obertutor nickte. »So will es die Tradition«, antwortete er düster.

»Jetzt bleibt ihnen nur noch eins«, sagte Sir Godber beim Kaffee zu Lady Mary.

»Und das wäre, mein Lieber?«

»Kapitulieren«, sagte der Rektor. Lady Mary schaute auf. »Du klingst ja so martialisch, Godber«, sagte sie. Es hörte sich an wie ein Appell an Sir Godbers Pazifismus vergangener Zeiten. Der Rektor verweigerte sich dem Ruf.

»Im Rat klang ich noch viel kriegerischer«, sagte er.

»Das glaube ich unbesehen, mein Lieber«, parierte Lady Mary.

»Ich dachte, es wäre in deinem Sinne«, sagte Sir Godber. »Ginge es nach ihnen, würde das College schließlich weiterhin Titel verkaufen und keine Frau zulassen.«

»Glaube nur nicht, daß ich dich kritisiere«, sagte Lady Mary. »Es ist nur so, daß Macht einen Menschen verändert.«

»Das haben auch schon andere gesagt«, entgegnete Sir Godber müde. Die unersättliche Unzufriedenheit seiner Frau setzte ihn matt. Wenn er in ihr strenges Gesicht sah, fragte er sich manchmal, was sie an ihm fand. Es mußte etwas ziemlich Entsetzliches sein. Sie waren seit achtundzwanzig Jahren verheiratet.

»Ich lasse dich jetzt mit deinem kleinen Triumph allein«, sagte Lady Mary, stand auf und stellte ihre Tasse auf das Tablett. »Ich bin zum Abendessen nicht zu Hause. Heute abend arbeite ich als Samariterin.« Sie ging aus dem Zimmer, und Sir Godber stocherte lustlos im Kaminfeuer herum. Er war deprimiert. An dem, was seine Frau gesagt hatte, war wie üblich etwas Wahres gewesen. Macht veränderte einen, sogar die Macht, eine Gruppe ältlicher Fellows in einem viertklassigen College zu beherrschen. Und es war wirklich nur ein kleiner Triumph gewesen. Sir Godbers Humanität behielt die Oberhand. Es war nicht ihr Fehler, daß sie sich gegen die von ihm gewünschten Änderungen sträubten. Sie waren Gewohnheitstiere, die gemütlichen und wohligen Gewohnheiten frönten. Außerdem Junggesellen – dabei dachte er an den Dekan und den Obertutor –, ohne eine leere Ehe, die sie zu Leistungen auf anderem Gebiet anspornte. Auf ihre Art waren sie herzensgut. Selbst ihre privaten Animositäten und kleinen Eifersüchteleien rührten daher, daß sie sich zu oft sahen. Er überprüfte seine eigenen Motive und stellte fest, daß sie auf Unzulänglichkeitsgefühlen und privatem Groll beruhten. Er wollte sich noch einmal mit dem Obertutor unterhalten und versuchen, ihren Zwist auf eine rationalere Ebene zu stellen. Er stand auf, trug die Kaffeetassen in die Küche und spülte. Das Au-pair-Mädchen hatte heute seinen freien Tag. Dann zog er seinen Mantel an und ging hinaus in den Frühlingssonnenschein.

Skullion lag im Bett und starrte die hellblaue Decke seines Hotelzimmers an. Ihm war unbehaglich zumute. Zunächst einmal war es nicht sein Bett, und die Matratze war zu nachgiebig, wenn er sich bewegte. Sie war ihm nicht hart genug. Das ganze Zimmer war irgendwie unpersönlich, dadurch fühlte er sich unsicher und fehl am Platz. Es ließ sich nicht näher definieren, doch es erinnerte ihn an eine Hure, bei der er mal in Pompey gewesen war. Zu eifrig darauf bedacht, ihn zufriedenzustellen, so daß aus einer ursprünglich unpersönlichen und rauhen geschäftlichen Transaktion eine Konfrontation mit seinen Gefühlen geworden war. Mit diesem Zimmer war es das gleiche. Der Teppich war zu dick, das Bett zu weich. Im Waschbecken war zuviel heißes Wasser. Eigentlich gab es nichts zu meckern, und da er nichts Spezielles bekämpfen mußte, richtete Skullion seinen Groll gegen sich selbst. Er war hier fehl am Platz.

Auch seine Besichtigungstour hatte ihm nicht behagt. Er war weder an der *Cutty Sark* noch an der *Gypsy Moth* interessiert. Sie waren ebenfalls fehl am Platz, standen auf dem Trockenen, damit Kinder auf ihnen herumtollen und Matrose spielen konnten. Skullion hatte keine solchen romantischen Illusionen. Keinen Moment lang konnte er so tun, als sei er etwas anderes als ein arbeitsloser College-Bediensteter. Das Wissen, daß er ein reicher Mann war, machte den Verlust nur noch schlimmer. Es schien seine Entlassung zu rechtfertigen, da er nun sein Recht verwirkt hatte, sich ungerecht behandelt zu fühlen. Sogar seinen Auftritt in Carringtons Sendung bereute Skullion. Sie sagten, wie gut er gewesen sei, aber wer waren sie schon? Für diesen Haufen Großmäuler und Wortverdreher, die kichernd und quiekend umherschwirrten wie blauärschige Fliegen, hatte er keine Zeit. Sie konnten ihre verfluchten Komplimente für sich behalten. Skullion brauchte sie nicht.

Er stand auf, ging ins Bad und rasierte sich. Sie hatten ihm sogar einen neuen Rasierapparat und Rasierschaum in einer Spraydose gekauft, und die Leichtigkeit, mit der er sich rasierte, beraubte ihn seines gewohnten Rituals. Er legte Kragen und Schlips um und zog seine Weste über. Er hatte die Nase voll. Seinen Spruch hatte er aufgesagt, und er war in einem Fernsehstudio gewesen. Das reichte, beschloß er. Er würde nach Cambridge zurückfahren. Sie sollten gefälligst ohne ihn ihre Talk-Show abziehen. Er sammelte seine Sachen ein, ging zur Rezeption und bezahlte seine Rechnung. Zwei Stunden später saß Skullion pfeifeschmauchend im Zug und betrachtete die flachen Felder von Essex. Die Monotonie der Landschaft gefiel ihm und erinnerte ihn an die Fens um Cambridge. Wenn er wollte, konnte er sich dort ein Stück Land kaufen und wie sein Stiefvater Gemüse anbauen. Skullion dachte über diese Idee nach, verwarf sie jedoch. Er wollte kein neues Leben. Er wollte sein altes zurückhaben.

Als der Zug im Bahnhof von Cambridge hielt, hatte Skullion einen Entschluß gefaßt. Er würde noch einen letzten Versuch machen, diesmal nicht beim Dekan oder Sir Cathcart, sondern er würde mit dem Rektor persönlich reden. Er verließ den Bahnhof, ging durch die Bahnhofstraße und fragte sich, weshalb er nicht früher daraufgekommen war. Er hatte seinen Stolz, natürlich, und er hatte auf den Dekan gebaut, aber der Dekan hatte ihn schmählich enttäuscht. Außerdem war ihm Sir Godber zuwider, und er erwies ihm nur den mechanischen Respekt, der dem Rektor eben zustand. An der Ecke Lensfield Road blieb er unter dem Turm der katholischen Kirche stehen. Er konnte jetzt rechts abbiegen und über Parker's Piece zur Rhyder Street gehen oder links nach Porterhouse. Es war erst zwölf Uhr, und er hatte noch nichts im Magen. Am besten ging er in die Stadt, aß in einem Pub eine Kleinigkeit und legte sich seinen Plan zurecht. Skullion trottete über die Regent Street, betrat den »Brunnen« und bestellte sich ein großes Guinness und ein paar Sandwiches. Er saß am Tisch neben der Tür, trank sein Bier und versuchte sich vorzustellen, was der Rektor sagen würde. Bestimmt würde er ihn abweisen. Skullion dachte über diese Aussicht nach und entschied, es sei ein Versuch wert, auch wenn er dabei seine Selbstachtung aufs Spiel setzte. Aber tat er das wirklich? Schließlich wollte er nur sein Recht, außerdem besaß er eine Viertelmillion Pfund. Er war auf die Stellung nicht angewiesen. Niemand konnte von ihm behaupten, er sei kriecherisch. Er wollte sie einfach nur zurückhaben, wollte seinen guten Namen zurückhaben und weiter das machen, was er schon fünfundvierzig Jahre tat, er wollte der Pförtner von Porterhouse sein. Von der Überzeugungskraft seines eigenen Arguments beseelt, trank Skullion sein Bier aus und ging. Er schlängelte sich durch die Kauflustigen in Richtung Market Hill, immer noch über die Weisheit seines Vorhabens nachgrübelnd. Vielleicht sollte er ein, zwei Tage warten. Vielleicht hatten sie es sich schon anders überlegt, und zu Hause wartete ein Brief auf ihn, in dem man ihm seine alte Stellung wieder anbot. Skullion verwarf diesen Gedanken. Die ganze Zeit über war da eine unterschwellige Angst, daß er durch diesen Bittgang seine Selbstachtung gefährde. Er brachte die Angst zum Schweigen, doch sie ließ sich nicht mehr abschütteln und blieb so hartnäckig wie die natürliche Neigung seiner Schritte, in Richtung Porterhouse zu gehen. Zweimal beschloß er, nach Hause zu gehen, zweimal überlegte er es sich anders und verschob die Entscheidung, indem er durch die Sydney Street in Richtung Rundkirche ging, anstatt durch die Trinity Street. Er versuchte, seinen Entschluß zu festigen, indem er an Lord Wurfords Hinterlassenschaft dachte, doch der Gedanke an das viele Geld kam ihm genauso unwirklich vor wie die Ereignisse der beiden letzten Tage. Geld war kein Trost. Es konnte sein gemütliches Pförtnerhäuschen mit seinen Postfächern, der Telefonzentrale und dem Gefühl, gebraucht zu werden, nicht ersetzen. Er empfand die Summe fast als Affront, da ihre Zufälligkeit seinem jahrzehntelangen Dienst allen Sinn raubte. Er hätte kein Pförtner bleiben müssen. Er hätte – im vernünftigen Rahmen – alles sein können, was er wollte. Diese Erkenntnis ließ ihn noch zielstrebiger werden. Er würde mit dem Rektor reden. An der Rundkirche zögerte er. Er würde nicht durch das Haupttor gehen, sondern am Rektorhaus klopfen. Er drehte sich um und ging den Weg zurück, den er gekommen war.

Seinen spontanen Entschluß, zu einer Übereinkunft mit dem Obertutor zu gelangen, ließ der Rektor fallen, kaum daß er den Garten durchquert hatte. Jedweder Vorschlag würde, wie ihm klar wurde, falsch interpretiert und als Beleg für eine Schwäche seinerseits ausgelegt werden. Er hatte seiner Autorität Geltung verschafft. Sie jetzt zu untergraben war nicht ratsam. Doch da er schon einmal unterwegs war, fühlte er sich verpflichtet weiterzugehen. Er ging in die Stadt und kramte eine Stunde lang bei Heffer's herum, ehe er Butlers *Die Kunst des Möglichen* kaufte. Dieser Maxime konnte er nicht viel abgewinnen. Sie roch zwar nach Zynismus, aber Sir Godber war noch Politiker genug, um die Ironie des Autors würdigen zu können. Er spazierte weiter und überlegte, welchen Titel er seiner eigenen Autobiographie geben würde. *Das Prinzip Hoffnung* war wohl am besten geeignet, diese Kombination seines visionären Weitblicks mit einem Häppchen Gelehrsamkeit. Als er zufällig sein Spiegelbild in einem Schaufenster entdeckte, registrierte er erstaunt, daß er so alt war, wie er aussah. Seltsam, seine Ideale hatten sich nicht mit seinem Äußeren geändert. Die Methoden, wie er sie zu erreichen suchte, mochten mit zunehmender Erfahrung dezenter werden, doch die Ideale blieben die gleichen. Darum war es so wichtig, dafür zu sorgen, daß die Studenten von Porterhouse sich ihr eigenes Urteil bilden lernten, und noch wichtiger, daß sie überhaupt Urteile bilden konnten. Sie sollten gegen die überkommenen Dogmen derer aufbegehren, die älter und, wie Sir Godber fand, noch schlimmer waren als sie. Er trank im »Kupferkessel« einen Tee, dann begab er sich zurück nach Porterhouse, setzte sich ins Arbeitszimmer und las sein neues Buch. Draußen wurde der Himmel dunkler und mit ihm das College. In den Semesterferien war es leer, und keine Zimmerbeleuchtung erhellte den Hof. Um fünf stand der Rektor auf und zog die Vorhänge zu; gerade wollte er sich wieder setzen, als ihn ein Klopfen an der Haustür innehalten und in den Flur gehen ließ. Er öffnete die Tür und spähte hinaus in die Dunkelheit. Eine düstere, bekannte Gestalt stand auf der Schwelle.

»Skullion?« sagte Sir Godber, als wollte er die Existenz dieser Gestalt in Frage stellen. »Was machen Sie denn hier?«

Diese Frage vertiefte Skullions Unglück noch. »Würde gern mit Ihnen reden«, sagte er.

Sir Godber zögerte. Er wollte nicht mit Skullion reden. »Worüber?« fragte er. Jetzt war es an Skullion zu zögern. »Ich möchte mich entschuldigen«, sagte er endlich.

»Entschuldigen? Wofür?« Skullion schüttelte den Kopf. Er wußte nicht weswegen. »Na und, Mann? Wofür?«

»Ich möchte bloß…«

»Um Himmels willen«, sagte Sir Godber, entsetzt über Skullions ungeschickt formulierte Verzweiflung. »Kommen Sie rein.« Er drehte sich um und ging voran ins Arbeitszimmer, während Skullion brav hinter ihm hertrottete.

»Also, worum geht's?« fragte er, als sie in dem Zimmer angekommen waren.

»Es geht um meine Entlassung, Sir«, antwortete Skullion.

»Ihre Entlassung?« Sir Godber seufzte. Er war ein mitfühlender Mensch und mußte sich innerlich mit Ärger wappnen. »Darüber sollten Sie mit dem Schatzmeister sprechen. Ich habe mit solchen Dingen nichts zu tun.«

»Mit dem Schatzmeister habe ich schon gesprochen«, sagte Skullion.

»Ich wüßte nicht, was ich tun könnte«, erklärte der Rektor. »Außerdem bin ich wirklich nicht der Meinung, daß Sie nach dem, was Sie neulich abends gesagt haben, viel Verständnis erwarten können.«

Skullion musterte ihn verdrießlich. »Ich habe nichts Unrechtes gesagt«, murmelte er. »Nur, was ich denke.«

»Es wäre vielleicht angebracht gewesen, wenn Sie erst gedacht hätten, und dann …« Sir Godber gab auf. Die Situation war sehr unangenehm. Er wußte Besseres mit seiner Zeit anzufangen, als sich mit Collegepförtnern herumzustreiten. »Mehr gibt es dazu ohnehin nicht zu sagen.«

Skullion trat verärgert von einem Fuß auf den anderen. »Seit fünfundvierzig Jahren bin ich hier Pförtner«, sagte er.

Sir Godber wischte die Jahre mit einer Handbewegung beiseite. »Ich weiß, ich weiß«, sagte er. »Das ist mir bekannt.«

»Ich gab dem College mein Leben.«

»Aber gewiß doch.«

Skullion betrachtete den Rektor mit finsterer Miene. »Ich bitte nur darum, die Stelle behalten zu dürfen.«

Der Rektor drehte ihm den Rücken zu und trat mit dem Fuß nach dem Feuerholz im Kamin. Die unterwürfige Bitte dieses Mannes machte ihn wütend. Soweit er sich zurückerinnern konnte, hatte Skullion einen schlechten Einfluß im College ausgeübt. Er verkörperte alles, was Sir Godber verabscheute. Sein ganzes Leben lang war er grob, tyrannisch und aufdringlich gewesen, und der Rektor hatte sein unverschämtes Verhalten in der Nacht der Explosion nicht vergessen. Da stand er nun, den Hut in der Hand, und wollte seine Stellung wiederhaben. Am schlimmsten war, daß er dem Rektor Schuldgefühle bereitete.

»Wie ich vom Schatzmeister hörte, haben Sie Vermögen«, sagte er herzlos. Skullion nickte. »Können Sie davon leben?«

»Ja.«

»Dann verstehe ich wirklich nicht, warum Sie sich beschweren. Viele gehen mit sechzig in den Ruhestand. Haben Sie denn keine Familie?« Skullion schüttelte den Kopf. Wieder verspürte Sir Godber eine ganz unsinnige Entrüstung. Die Verachtung stand ihm ins Gesicht geschrieben, eine Verachtung, die genausosehr seiner eigenen Weichheit wie diesem erbärmlichen Menschen vor ihm galt. Skullion bemerkte die Verachtung, und seine kleinen Augen verfinsterten sich. Er hatte sich zu diesem Bittgang überwunden und seinen Stolz hinuntergeschluckt, doch als er den verärgerten Rektor sah, kam er wieder hoch. Dieser Stolz kehrte zurück aus der Vergangenheit, als Skullion noch ein freier Mann gewesen war, und überwand die Schranken seiner Ehrerbietung. Er war nicht gekommen, um sich auch nur insgeheim von Sir Godber und seinesgleichen beleidigen zu lassen. Ohne zu wissen, was er tat, trat er einen Schritt vor. Sir Godber wich instinktiv zurück. Er hatte Angst vor Skullion, und das sah man ihm an, genau wie seine Verachtung. Sein Leben lang hatte er vor Skullion Angst gehabt, vor den kleinen Skullions, die in heruntergekommenen Straßen wohnten, an denen er auf dem Schulweg vorbeigehen mußte, die ihn jagten, mit Steinen bewarfen und schmuddelige Kleider trugen.

»Nun sehen Sie mal«, sagte er und versuchte, seiner Stimme Autorität zu verleihen, doch Skullion hatte genug gesehen. Verbittert starrte er Sir Godber an, auch er im Griff der Vergangenheit mit ihren aggressiven Instinkten. Sein Gesicht war rot angelaufen, seine Hände, ohne daß er es wußte, zu Fäusten geballt.

»Du Scheißkerl!« schrie er und stürzte sich auf den Rektor. »Du verfluchter Scheißkerl!« Sir Godber taumelte nach hinten und stolperte über den Couchtisch. Er krachte gegen den Kaminsims, griff nach der Sessellehne und drohte im nächsten Moment rücklings in den Kamin zu fallen. Unter seinen Füßen rutschte die Brücke sacht weg, und Sir Godber sackte auf den Boden des Arbeitszimmers. Sein Kopf schlug gegen die Kante des eisernen Kaminsims. Wie vom Donner gerührt, stand Skullion über ihm. Blut sickerte auf das Parkett. Skullions Zorn verrauchte. Einen Augenblick lang starrte er auf den Rektor hinunter, dann wandte er sich um und lief. Er rannte durch den Flur, aus der Haustür und auf die Straße. Sie war leer. Skullion bog nach rechts ab und rannte über den Gehsteig. Kurz darauf war er in der Trinity Street. Passanten gingen an ihm vorbei, doch ein Collegepförtner in Eile war nichts Ungewöhnliches.

Im Rektorhaus lag Sir Godber reglos im flackernden Licht seines Kaminfeuers. Das seiner Kopfwunde entströmende Blut sammelte sich in einer Lache und trocknete. Eine Stunde verging, und Sir Godber blutete immer noch, wenn auch langsamer. Als er wieder zu Bewußtsein kam, war es acht Uhr abends. Das Zimmer sah verschwommen und weit entfernt aus, die Uhren tickten laut. Er versuchte aufzustehen, schaffte es aber nicht. Kniend stützte er sich am Kamin und hielt sich am Sessel fest. Langsam kroch er quer durchs Zimmer zum Telefon. Er mußte um Hilfe rufen. Er langte nach oben und zog das Telefon auf den Boden. Als er die ersten Zahlen des Notrufs schon gewählt hatte, zögerte er aus Furcht vor einem Skandal. Seine Frau? Er legte den Hörer wieder auf und tastete nach dem Notizblock mit der Nummer der Samariter. Er fand und wählte sie. Während er wartete, starrte er den Aufkleber an, den Lady Mary auf den Block gepappt hatte: »Sind Sie verzweifelt, denken Sie an Selbstmord? Dann rufen Sie die Samariter an.«

Das Freizeichen verstummte. »Hier sind die Samariter, kann ich Ihnen helfen?« Lady Marys Stimme klang so eindringlich mitfühlend wie eh und je.

»Ich bin verletzt«, brachte Sir Godber mühsam heraus.

»Was sind Sie? Sie müssen schon lauter reden.«

»Ich bin verletzt. Komm um Gottes willen ...«

»Was war das?« fragte Lady Mary.

»O Gott, o Gott«, stöhnte Sir Godber schwach.

»Na schön, erzählen Sie mir alles«, forderte Lady Mary ihn interessiert auf. »Ich bin hier, um Ihnen zu helfen.«

»Ich habe mich am Gitter gestoßen«, erklärte Sir Godber.

»Die Götter haben Sie verstoßen?«

»Nicht Götter«, sagte Sir Godber verzweifelt. »Gitter.«

»Verbittert sind Sie?« erkundigte sich Lady Mary, offensichtlich überzeugt, sie habe mit einem desillusionierten Größenwahnsinnigen zu tun.

»Der Kamin. Ich blute. Komm her zu mir, um Gottes willen…« Erschöpft, da seine Frau ihn nicht verstehen wollte, fiel Sir Godber auf den Fußboden zurück. Aus dem Telefon neben ihm tönte weiter das Quäken und Schnattern von Lady Marys Ermahnungen.

»Sind Sie dran?« fragte sie. »Sind Sie noch dran? Also, es besteht kein Grund zu verzweifeln.« Sir Godber stöhnte. »Legen Sie nicht auf. Bleiben Sie dran und hören Sie zu. Sie sagen also, die Götter hätten Sie verstoßen. Das ist nun wirklich keine sehr konstruktive Betrachtungsweise, stimmt's?« Sir Godbers stoßweises Atmen beruhigte sie. »Was bedeutet schließlich die Zuneigung der Götter? Wir sind alle nur Menschen und können nicht erwarten, ständig unseren eigenen Erwartungen zu genügen. Wir müssen einfach Fehler machen. Sogar die Besten von uns. Aber das heißt nicht, daß die Götter uns verlassen haben. So etwas dürfen Sie gar nicht denken. Sie sind doch nicht katholisch, oder?« Sir Godber stöhnte. »Das sage ich nur, weil Sie blutende Herzen erwähnten. Katholiken glauben an blutende Herzen, müssen Sie wissen.« Jetzt mischte Lady Mary auch noch Belehrungen unter ihre Ratschläge. Das sah der verfluchten Frau ähnlich, dachte Sir Godber hilflos. Er versuchte sich so weit aufzurichten, daß er den Hörer auflegen und Lady Marys erbarmungslose Philanthropie für immer abschalten konnte, doch er schaffte es nicht.

»Geh aus der Leitung«, stöhnte er. »Ich brauche Hilfe.«

»Natürlich brauchen Sie die, und dafür bin ich ja da«, sagte Lady Mary. »Um zu helfen.«

Sir Godber kroch vom Hörer weg, vertrieben von ihrer Begriffsstutzigkeit. Irgendwie mußte er Hilfe holen. Sein Blick fiel auf den neben der Tür stehenden Servierwagen mit Getränken. Whisky. Er kroch darauf zu und erwischte die Flasche. Er trank ein wenig und erreichte, die Flasche umklammernd, die Nebentür. Irgendwie öffnete er die Tür und schleppte sich in den Garten hinaus. Wenn er es nur bis zum Hof schaffte, vielleicht könnte er rufen, und jemand würde ihn hören. Im Gemeinschaftsraum brannte Licht. Wenn er es nur bis dahin schaffen könnte! Sir Godber richtete sich so gut es ging auf und fiel seitlich auf den Fußweg.

- 20 -

Sir Cathcart hatte Geburtstag, und wie üblich wurde auf Schloß Coft eine Party gegeben. Auf dem kiesbedeckten Vorhof drängten sich die eleganten Wagen im Mondlicht wie viele große Robben am Strand. Im Haus fand die Tieranalogie ihre Fortsetzung. Im Interesse mehrerer Gäste königlichen Geblüts und zügelloser Ausschweifungen trug man Masken und nicht viel mehr als das. Sir Cathcart hatte sich bezeichnenderweise als Pferd mit kurzem Maul getarnt, was sowohl der Konversation als auch seiner Vorliebe für Fellatio entgegenkam. Ihre Königliche Hoheit Prinzessin Penelope versuchte als Kapaun anonym zu bleiben, ohne irgendwen hinters Licht zu führen. Ein Richter vom Revisionsgericht ging als Ara. Es gab einen Bären, zwei Gnus und einen Panda mit Kondom. Die Loverley-Schwestern trugen gestreifte Dildos zur Schau und behaupteten, sie seien Zebras, während der übereifrige Labradorhund Lord Forsyth in der Bibliothek an eine Stehlampe urinierte und von Mrs. Hinkle, einer der Richterinnen im Crufts College, wiederbelebt werden mußte. Sogar die Detektive, die sich unter die Menge gemischt hatten, trugen Pumakostüme.

Nur der Dekan und der Obertutor kamen als Menschen, und sie waren nicht eingeladen.

»Cathcart ist der einzige Mensch, den ich kenne, der es könnte«, hatte der Dekan plötzlich beim Abendessen im leeren Speisesaal gesagt.

»Was könnte?« hatte sich der Obertutor erkundigt.

»Den Premier sprechen«, hatte der Dekan geantwortet. »Ihn dazu bringen, die Berufung des Rektors zu annullieren.«

Der Obertutor zerlegte geschickt eine Haxe und wischte sich die Finger ab. »Mit welcher Begründung?«

»Ganz generell schlechte Verwaltung«, sagte der Dekan.

»Schwer zu beweisen«, wandte der Obertutor ein.

Der Dekan nahm sich ein paar Nierchen aus der Soße, und Arthur schenkte Wein nach. »Lassen Sie uns noch einmal die Fakten durchgehen. Seit er im College eintraf, starben ein Student und eine Aufwartefrau, ein unter Denkmalschutz stehendes Gebäude wurde dem Erdboden gleichgemacht, von Veruntreuung war die Rede, es gab einen Skandal, in dem es um die Zulassung unqualifizierter Kandidaten ging, dann kam der Rausschmiß Skullions, und jetzt maßt sich der Rektor zu allem Überfluß auch noch diktatorische Vollmachten an.«

»Aber gewiß...«

»Geduld«, sagte der Dekan. »Wir beide mögen zwar wissen, daß der Rektor nicht für alles verantwortlich ist, doch die Öffentlichkeit denkt anders darüber. Haben Sie den *Telegraph* von heute gelesen?«

»Nein«, sagte der Obertutor, »aber ich kann mir denken, was Sie meinen. In der *Times* standen drei Spalten Leserbriefe, die alle Skullions Erklärungen in der Glotze bejubelten.«

»Genau«, sagte der Dekan. »Im *Telegraph* steht außerdem ein Leitartikel, in dem energische Maßnahmen gegen studentische Disziplinlosigkeit verlangt werden und eine Rückkehr zu den Werten, für die Skullion so beredt eintrat. Was auch immer man von Carringtons Sendung halten mag, sie hat jedenfalls einen öffentlichen Protest gegen Skullions Entlassung bewirkt. Na schön, Porterhouse wurde in den Schmutz gezogen, doch dafür macht man Sir Godber verantwortlich.«

»Als Rektor, meinen Sie?«

»Ganz genau«, fuhr der Dekan fort. »Er könnte zwar behaupten...«

»Als Rektor hat er die ganze Verantwortung zu tragen«, sagte der Obertutor.

»Dennoch kann ich mir nicht denken, daß der Premierminister

ihn so mir nichts dir nichts entläßt. Das würde ein schlechtes Licht auf seine eigene Urteilsfähigkeit werfen.«

»Die Regierung steht zur Zeit nicht gerade gut da«, sagte der Dekan. »Da fehlt nur ein kleiner Stups...«

»Ein Stups? Von wem?«

Der Dekan schmunzelte und bedeutete Arthur, er möge sich verziehen. »Von mir«, sagte er, als der Kellner in die Dunkelheit des tiefer gelegenen Speisesaals verschwunden war.

»Von Ihnen?« sagte der Obertutor. »Wie das?«

»Haben Sie schon einmal etwas von Skullions Schützlingen gehört?« sagte der Dekan. Sein aufgedunsenes Gesicht glänzte im Kerzenlicht.

»Ach, diese alte Geschichte«, sagte der Obertutor. »Ist doch bestimmt ein alter Witz?«

Der Dekan schüttelte den Kopf. »Mir liegen die Namen, Daten und Summen vor«, sagte er. »Ich habe die Namen der Studenten, die damals die Arbeiten verfaßten. Ich habe sogar einige Arbeitsproben.« Er legte seine Fingerspitzen gegeneinander und nickte. Der Obertutor starrte ihn an.

»Nein«, murmelte er.

»Doch«, versicherte ihm der Dekan.

»Aber wie?«

Der Dekan zog sich ein wenig zurück. »Sagen wir einfach, daß ich sie habe«, erklärte er. »Es gab eine Zeit, in der ich diese Praxis ablehnte. Damals war ich noch jung und steckte voller alberner Ansichten, die sich inzwischen geändert haben. Zum Glück habe ich die Beweisstücke nicht vernichtet. Verstehen Sie jetzt, was ich mit einem Stups meine?«

Der Obertutor verschluckte sich vor Verblüffung am Wein. »Doch nicht der Premier?« murmelte er.

»Nein«, gab der Dekan zu, »aber der eine oder andere seiner Kollegen.« Der Obertutor überlegte, welche Minister in Porterhouse studiert hatten.

»Mir liegen über achtzig Namen vor«, sagte der Dekan, »über achtzig *bedeutende* Namen. Die müßten meines Erachtens reichen.«

Der Obertutor wischte sich die Stirn. Er bezweifelte keineswegs, daß die Informationen des Dekans ausreichten. Damit ließe sich die Regierung zu Fall bringen. »Könnte man sich drauf verlassen, daß Skullion die Vorwürfe bestätigt?« fragte er.

Der Dekan nickte. »Soweit wird es wohl kaum kommen«, sagte er, »und falls doch, bin ich bereit, als Sündenbock herzuhalten. Ich bin ein alter Mann. Mir ist das egal.«

Sie saßen schweigend da. Zwei alte Männer vereint im Licht der Kerzen unter den geschwärzten Dachbalken des Speisesaals. Arthur stand gehorsam neben der mit grünem Boi bespannten Tür und beobachtete sie liebevoll.

»Und Sir Cathcart?« fragte der Obertutor.

»Und Sir Cathcart«, stimmte der Dekan zu.

Sie erhoben sich, und der Dekan sprach mit bebender und in dem riesigen Speisesaal widerhallender Stimme das Dankgebet. Dann begaben sie sich in den Gemeinschaftsraum, während Arthur leise zum High Table schlurfte und das Geschirr abtrug.

Eine halbe Stunde später verließen sie im Auto des Obertutors den Collegeparkplatz. Bei ihrem Eintreffen erstrahlte Schloß Coft in edwardianischem Glanz.

»Es scheint mir ein ungeeigneter Moment zu sein«, sagte der Obertutor, skeptisch die Automassen musternd.

»Wir müssen das Eisen schmieden, solange es heiß ist«, erklärte der Dekan. Im Haus sprach sie ein Puma an.

»Sehen wir vielleicht aus wie ungebetene Gäste?« fragte der Dekan streng. Der Puma schüttelte den Kopf.

»Wir müssen dringend mit Sir Cathcart D'Eath sprechen«, sagte der Obertutor. »Seien Sie so gut und teilen Sie ihm mit, der Dekan und der Obertutor seien eingetroffen. Wir werden in der Bibliothek auf ihn warten.«

Der Puma nickte gehorsam, und sie schoben sich durch ein Gedränge diverser Viecher in die Bibliothek.

»Ich muß gestehen, daß ich so etwas äußerst geschmacklos finde«, gestand der Obertutor. »Mich überrascht, daß Cathcart solch ein Treiben auf Schloß Coft zuläßt. Man sollte meinen, er hätte mehr Geschmack.«

»Er hatte schon immer einen gewissen Ruf«, sagte der Obertutor. »Das war natürlich vor meiner Zeit, aber die eine oder andere anstößige Geschichte ist mir doch zu Ohren gekommen.«

»Jugendliche Übertreibung ist eine Sache«, sagte der Dekan, »aber ein Bock im Lammpelz ist etwas ganz anderes.«

»Man sagt, die Katze läßt das Mausen nicht«, erklärte der Obertutor. Er ließ sich in einem Klubsessel nieder, während der Dekan träge einen schmuck gebundenen Band Stendhal untersuchte. Er enthielt, wie der Dekan aufgrund des Titels vermutet hatte, eine Flasche Likör.

Draußen ging der Puma nach Sir Cathcart auf die Pirsch, was gar nicht so einfach war. Er versuchte es erfolglos im Billardzimmer, im Herrenzimmer, im Damenzimmer und im Eßzimmer. In der Küche fragte er den Koch, ob er ihn gesehen habe.

»Falls ich ihn gesehen habe, hätte ich ihn nicht erkannt«, sagte der Koch steif. »Ich weiß nur, daß er als Pferd geht.«

Der Detektiv ging in die Menagerie zurück und fragte mehrere Gäste in Pferdemasken, ob sie Sir Cathcart seien. Das war nicht der Fall. Er genehmigte sich ein Glas Champagner und versuchte es noch einmal. Endlich stöberte er Sir Cathcart in Gesellschaft eines bekannten Jockeys im Wintergarten auf. Angeekelt musterte der Detektiv die Szene. »Zwei Gentlemen warten in der Bibliothek auf Sie«, sagte er.

Sir Cathcart rappelte sich auf. »Was soll das heißen?« nuschelte er. »Was machen die da? Ich sagte, niemand dürfe die Bibliothek betreten. Er torkelte durch den Flur in die Bibliothek, wo der Dekan gerade eine Flasche Liebfrauenmilch in einer Erstausgabe von *Große Erwartungen* entdeckt hatte.

»Was zum Teufel ...?« begann Sir Cathcart, bevor er merkte, wer sie waren.

»Cathcart?« erkundigte sich der Dekan und starrte den General zweifelnd an.

»Wer?« sagte Sir Cathcart.

»Wir würden gern mit Sir Cathcart D'Eath sprechen«, sagte der Dekan.

»Ist nicht da. Ist nach London gefahren«, behauptete der General mit verstellter Stimme und hoffte, die Maske würde seine Identität verbergen. Der Dekan ließ sich nicht überzeugen. Ihm kamen die Fesselgelenke des Generals bekannt vor.

»Ich bin bereit, diese Erklärung zu akzeptieren«, sagte er grimmig. »Wir sind nicht zum Herumschnüffeln gekommen.« Er stellte den Band *Große Erwartungen* an seinen Platz zurück. »Wir wollten Sir Cathcart nur mitteilen, daß die Sache mit Skullions Schützlingen bald an die Öffentlichkeit dringen wird.«

»Verflucht«, schrie der General, »wie zum Teufel...?« Er verstummte und musterte erbittert den Dekan.

»Ganz recht«, sagte der Dekan. Er nahm hinter dem Schreibtisch Platz, und der General ließ sich in einen Sessel sinken. »Die Angelegenheit ist dringend, sonst wären wir nicht hier. Wir haben nicht den Wunsch, Ihre Gastfreundschaft länger als unbedingt nötig zu mißbrauchen – falls das überhaupt möglich ist. Nehmen wir also an, daß Sir Cathcart sich zur Zeit in London aufhält.«

Der General erklärte kopfnickend sein Einverständnis mit diesem taktvollen Vorschlag. »Was wollen Sie?« fragte er.

»Wir stecken in einer Krise«, sagte der Obertutor und erhob sich aus seinem Klubsessel. »Wir wollen nur, daß der Premierminister eines erfährt: Sir Godber muß als Rektor abgelöst werden.«

»Muß?« sagte der General. Das Wort hatte einen gebieterischen Klang, den er nicht gewohnt war.

»Muß«, bekräftigte der Dekan.

Hinter seiner Maske schaute Sir Cathcart skeptisch drein.

»Das ist zweifellos happig.«

»Zweifellos«, sagte der Dekan. »Die mögliche Alternative wäre der Sturz der Regierung. Ich warte nur darauf, meine Informationen an die Presse zu geben. Die Konsequenzen können Sie sich wohl ausmalen.«

Sir Cathcart konnte. »Aber warum, um Gottes willen?« fragte er.

»Ich verstehe das nicht. Wenn das bekannt wird, ist das College ruiniert.«

»Falls der Rektor bleibt, wird es kein College mehr geben, das man ruinieren könnte«, entgegnete der Dekan, »sondern höchstens noch ein Wohnheim. Mir liegen mehr als achtzig Namen vor, Cathcart.«

Sir Cathcart spähte erzürnt aus seiner Maske hervor. »Achtzig? Und Sie sind gewillt, deren Ruf zu gefährden?«

Der Mund des Dekans verzog sich zu einem höhnischen Grinsen. »Unter diesen Umständen finde ich Ihre Frage geradezu anstößig.«

»Ich bitte Sie«, sagte der General. »Wir alle haben unsere kleinen Laster. Ich sage immer: Jedem Tierchen sein Pläsierchen.«

Als sie gingen, machte sich ein Federviech an sie heran. »Die Gentlemen gehen soeben«, erklärte Sir Cathcart hastig.

»Vor mir?« gackerte der Kapaun. »Das verstößt gegen das Protokoll.«

Schweigend fuhren sie nach Porterhouse zurück. Die Erlebnisse im Schloß hatten sie ihrer letzten Illusionen beraubt.

»Das ganze Land geht vor die Hunde«, verkündete der Obertutor, als sie den Neuen Hof durchquerten. Wie zur Antwort ertönte ein leises Stöhnen aus dem Garten.

»Was um alles in der Welt war das?« fragte der Dekan. Sie drehten sich um und spähten in die Dunkelheit. Unter den Ulmen rappelte sich ein Schatten, noch dunkler als seine Umgebung, auf und brach wieder zusammen. Vorsichtig überquerten sie den Rasen und starrten auf die am Boden liegende Gestalt.

»Ein Betrunkener«, sagte der Obertutor. »Ich hole den Pförtner«, doch der Dekan hatte schon ein Streichholz angezündet. Im Licht des kleinen flackernden Flämmchens sahen sie in das aschfahle Gesicht Sir Godbers hinunter.

»Großer Gott«, sagte der Dekan, »es ist der Rektor.«

Langsam und mühselig trugen sie ihn über den Kiesweg zum Rektorhaus, wo sie ihn auf das Sofa legten.

»Ich rufe einen Rettungswagen«, sagte der Obertutor, hob das

Telefon vom Boden auf und wählte. Während sie warteten, schaute der Dekan unverwandt in das Gesicht des Rektors. Sir Godber lag offensichtlich im Sterben. Er rang nach Worten, brachte aber keine heraus.

»Er will uns etwas sagen«, sagte der Obertutor leise. Alle Bitterkeit war fort. Im Sterben hatte der Rektor die Loyalität des Obertutors zurückerlangt.

»Er muß betrunken sein«, sagte der Dekan, der den Whisky in Sir Godbers schwachem Atem roch.

Der Rektor schüttelte den Kopf. Jetzt erwartete ihn eine unbestimmte Zukunft, in der er nur noch als Erinnerung existieren würde. Sein Andenken durfte auf keinen Fall durch falsche Gerüchte besudelt werden.

»Nicht betrunken«, stammelte er mit einem herzerweichenden Blick auf den Dekan. »Skullion.«

Dekan und Obertutor sahen sich an. »Was ist mit Skullion?« fragte der Obertutor, doch der Rektor blieb ihm die Antwort schuldig.

Sie gingen erst, als der Rettungswagen eingetroffen war. Lady Mary war nicht erreichbar gewesen. Sie telefonierte mit einem Depressiven, der drohte, seinem Leben ein Ende zu machen. Auf dem Rückweg durch den Garten entdeckte der Dekan die Whiskyflasche.

»Davon braucht die Polizei wohl nichts zu wissen«, sagte er. »Er war zweifellos betrunken und ist in den Kamin gestürzt. Ein tragisches Ende.«

Der Obertutor hing seinen Gedanken nach.

»Wissen Sie eigentlich, was er getan hat?« fragte er.

»Nur zu gut«, sagte der Dekan. »Ich werde Sir Cathcart anrufen und ihm sagen, er soll das Ultimatum vergessen. Das brauchen wir nicht mehr. Wir werden einen neuen Rektor wählen müssen. Wir sollten darauf achten, daß ihm die Collegeinteressen am Herzen liegen. Wir dürfen keinen zweiten Fehler begehen.«

Der Obertutor schüttelte den Kopf. »Eine Wahl erübrigt sich,

Herr Dekan«, sagte er. »Der Rektor hat schon selbst seinen Nachfolger bestimmt.«

Die beiden alten Männer starrten sich im Dunkeln an und verdauten die außerordentliche Tragweite von Sir Godbers letztem Wort. Es war zwar undenkbar, und doch...

Sie zogen sich zur Beratung in den Gemeinschaftsraum zurück. Die uralten holzgetäfelten Wände, die mit Wappen und grotesken Tierfratzen verzierte Stuckdecke, die Porträts früherer Rektoren und die silbernen Leuchter – das alles drängte sie geradezu, in der Vergangenheit nach Lösungen für ihr aktuelles Dilemma zu suchen.

»Es gibt vergleichbare Fälle«, sagte der Obertutor. »Thomas Wilkins war Konditor.«

»Und ein bedeutender Theologe dazu«, gab der Dekan zu bedenken.

»Dr. Cox begann seine Laufbahn als Friseur«, betonte der Obertutor. »Er verdankte seine Wahl seinem Reichtum.«

»Ich habe Ihren Wink verstanden«, sagte der Dekan. »Bei der jetzigen Lage sollte man ihn nicht unberücksichtigt lassen.«

»Außerdem muß man noch die öffentliche Meinung bedenken«, fuhr der Obertutor fort. »Im gegenwärtigen Klima wäre es keine unpopuläre Berufung. Sie würde unsere Kritiker total entwaffnen.«

»Das stimmt«, sagte der Dekan. »Das würde sie allerdings. Aber der Collegerat...«

»Hat in dieser Angelegenheit kein Mitspracherecht«, erklärte der Obertutor. »Traditionell stellen die letzten Worte des Rektors eine unanfechtbare Entscheidung dar.«

»Wenn sie in Anwesenheit von zwei oder mehr ranghohen Fellows fielen«, ergänzte der Dekan. »Es liegt also ganz bei uns.«

»Es besteht kaum ein Zweifel daran, daß er leicht beeinflußbar ist«, fuhr der Obertutor nach einer langen Pause fort. Der Dekan nickte. »Ich bekenne, daß mir dieses Argument zwingend erscheint«, sagte er. Sie erhoben sich und löschten die Kerzen.

Skullion saß zitternd in seiner dunklen Küche. Es war zwar eine kalte Nacht, doch Skullion spürte die Kälte nicht. Für seinen Schüttelfrost gab es andere Gründe. Er hatte den Rektor bedroht und sehr wahrscheinlich umgebracht. Die Erinnerung an den in einer Blutlache liegenden Sir Godber verfolgte ihn. An Schlaf war nicht zu denken. Er saß am Küchentisch und zitterte vor Angst. Er hatte keine Ahnung, was jetzt zu tun war. Die Polizei würde ihn finden. Skullions eingefleischter Respekt vor der Obrigkeit ließ den Gedanken, daß sein Verbrechen unentdeckt bleiben könnte, gar nicht erst aufkommen. Diese Vorstellung war beinahe ebenso ungeheuerlich wie die, ein Mörder zu sein. Als der Dekan und der Obertutor um acht an seine Tür klopften, saß Skullion immer noch da. Sie hatten den Prälektor mitgebracht. Wie üblich war er eigentlich überflüssig.

Skullion hörte sich das Klopfen ein paar Minuten lang an, ehe sein Pförtnerinstinkt die Oberhand gewann. Er stand auf, ging in den schmuddeligen Hausflur hinunter und öffnete die Tür. Blinzelnd stand er im Sonnenschein, das Gesicht vor Anspannung blaurot angelaufen, aber so ernst, wie es der Anlaß verlangte.

»Wenn wir kurz mit Ihnen sprechen dürften, Mr. Skullion«, sagte der Dekan. Die Anrede bestätigte Skullions schlimmste Befürchtungen. Sie erinnerte an die höflichen Formalitäten des Henkers. Er drehte sich um und ging voran in das Wohnzimmer, wo die durch Spitzenvorhänge fallenden Sonnenstrahlen den Sofaschonern ein neues Muster verpaßten. Die drei Fellows nahmen ihre Hüte ab und saßen verlegen auf den viktorianischen Stühlen. Wie die meisten Möbel im Haus waren sie von den gelegentlichen Neumöblierungen in Porterhouse verschont geblieben.

»Es wäre wohl besser, wenn Sie sich hinsetzen würden«, sagte der Dekan, als Skullion vor ihm stehenblieb. »Was wir Ihnen zu sagen haben, könnte ein gewisser Schock für Sie sein.«

Gehorsam setzte Skullion sich hin. Sie konnten nichts sagen, was ihn schockieren würde, da war er sich ganz sicher. Er war auf das Schlimmste gefaßt.

»Wir sind heute morgen hierhergekommen, um Ihnen mitzuteilen, daß der Rektor verstorben ist«, sagte der Dekan. Skullions Gesicht blieb unbewegt und gerötet. In den Augen der drei Fellows war seine augenfällige Selbstbeherrschung ein gutes Zeichen für die Zukunft.

»Auf seinem Totenbett nannte Sir Godber Sie als seinen Nachfolger«, sagte der Dekan langsam. Skullion hörte zwar die Worte, doch seine Erwartungen beraubten sie ihres Sinns. Was im ersten Moment dem Dekan und dem Obertutor undenkbar erschienen war, war für Skullion unvorstellbar. Er starrte den Dekan verständnislos an.

»Er ernannte Sie zum neuen Rektor von Porterhouse«, fuhr der Dekan fort. »Wir sind hier, um Sie im Namen des Collegerates zu bitten, diese seine Ernennung anzunehmen.« Er machte eine Pause, damit der Pförtner über den Vorschlag nachdenken konnte. »Wir verstehen natürlich, daß dies für Sie ebenso überraschend kommen muß wie übrigens auch für uns, doch wir würden Ihre Antwort gern so schnell wie möglich erfahren.«

Während der auf diese Bekanntgabe folgenden Stille ging eine schreckliche Veränderung mit Skullion vor. Ein Zittern überlief seinen Körper, und sein ohnehin schon blaurotes Gesicht lief noch dunkler an. Er rang mit der Unlogik dieser ganzen Sache. Er hatte den Rektor ermordet, und sie boten ihm das Amt des Rektors an! Es gab einfach keine Gerechtigkeit auf Erden, nur aberwitzige Verdrehungen der Ordnung, auf die er sich verlassen hatte. Einen Augenblick lang schien es, als würde er verrückt.

»Wir warten auf Ihre Antwort«, sagte der Dekan. Skullions Körper geriet außer Kontrolle, als ihn der Anfall überkam. Sein Kopf nickte hektisch.

»Dann dürfen wir davon ausgehen, daß Sie annehmen?« fragte der Dekan. Skullions Kopf nickte pausenlos.

»Dann möchte ich gern der erste sein, der Ihnen gratuliert, Magnifizenz«, sagte der Dekan, ergriff Skullions Hand und schüttelte sie krampfhaft. Der Prälektor und der Obertutor folgten seinem Beispiel.

»Der arme Bursche war ganz überwältigt«, sagte der Dekan, als sie wieder in den Wagen stiegen. »Es hatte ihm offenbar die Sprache verschlagen.«

»Das überrascht mich nicht, Herr Dekan«, sagte der Prälektor. »Mir fällt es auch jetzt noch schwer, meine Gefühle in Worte zu fassen. Skullion als Rektor von Porterhouse. Daß es soweit kommen mußte.«

»Wenigstens werden beim Festmahl keine Reden mehr gehalten«, sagte der Obertutor.

»Das spricht wohl für seine Ernennung«, sagte der Prälektor.

Im Wohnzimmer seines alten Hauses lag der neue Rektor von Porterhouse unbeweglich in seinem Sessel und glotzte stumm das Linoleum an. Im Chaos der vergangenen Minuten war ein neuer Frieden über Skullion gekommen. Jetzt gab es keine Widersprüche mehr zwischen richtig und falsch, Rektor und Pförtner, nur noch ein sonderbares Unvermögen, seine linke Körperseite zu bewegen.

Skullion hatte einen Schlaganfall erlitten, den berüchtigten Porterhouse Blue.

- 21 -

»Eigentlich ein Glücksfall«, sagte der Dekan beim Essen nach der formellen Zeremonie im Ratssitzungsraum, bei der der neue Rektor den Vorsitz geführt hatte, ehe ihn Arthur in das Rektorhaus zurückgeschoben hatte.

»Ich muß gestehen, ich kann Ihnen nicht ganz folgen, Dekan«, sagte der Prälektor angewidert. »Falls Sie sich auf die Erkrankung des Rektors beziehen ...«

»Ich versuchte lediglich, Ihre Aufmerksamkeit auf die Vorteile der Lage zu lenken«, sagte der Dekan. »Schließlich führt der Rektor ein recht sorgenfreies Leben, und wir ...«

»Genießen die Verwaltung des Colleges?« schlug der Obertutor vor.

»So ist es.«

»So kann man es wohl auch sehen. Jedenfalls wurden Sir Godbers Reformen vereitelt. Meiner Meinung nach hat sich Lady Mary sehr schofel benommen.«

Der Dekan seufzte. »Ich habe die Erfahrung gemacht, daß Liberale zu Überreaktionen neigen. Eine progressive Einstellung scheint schon per se etwas Hysterisches zu haben«, sagte er. »Dennoch gibt es keinerlei Entschuldigung dafür, die Polizei der Unfähigkeit zu bezichtigen. Es gab nichts Absurderes als ihre Behauptung, Sir Godber sei ermordet worden. Es fehlte nicht viel, und sie hätte auch noch den Obertutor und meine Wenigkeit beschuldigt.«

»Er war betrunken, nehme ich an«, sagte der Prälektor.

»Nicht laut Befund des Leichenbeschauers«, sagte der Schatzmeister.

Der Dekan rümpfte die Nase. »Gegenüber der Meinung von Experten war ich schon immer skeptisch. Ich habe seinen Atem gerochen. Er war blau wie ein Veilchen.«

»Jedenfalls ist dies die einzige rationale Erklärung, weshalb seine Wahl auf Skullion fiel«, sagte der Prälektor. »Meines Wissens konnte er den Mann nicht ausstehen.«

»Da muß ich Ihnen leider beipflichten«, sagte der Schatzmeister. »Lady Mary ...«

»Hat uns der Lüge bezichtigt«, sagten Dekan und Obertutor wie aus einem Munde.

»Sie sagten ja eben, Herr Dekan, sie war hysterisch«, sagte der Prälektor. »Sie war nicht sie selbst.«

Der Dekan blickte finster auf dem Tisch herum. Lady Marys Anschuldigung gärte in ihm weiter. »Verdammtes Weib«, sagte er, »sie ist eine Schande für ihr Geschlecht.« Er ließ seine Wut an dem neuen Kellner aus. »Die Kartoffeln sind verbrannt.«

»A propos verbrannt«, sagte der Obertutor, »was ist eigentlich im Krematorium schiefgelaufen? Da hat es anscheinend eine schreckliche Verzögerung gegeben.«

»Es gab einen Stromausfall«, erklärte der Dekan, »wegen eines Streiks.«

»Aha, daran lag's also«, sagte der Obertutor. »Zweifellos ein Sympathiestreik.«

Sie beendeten das Essen und nahmen den Kaffee im Gemeinschaftsraum ein.

»Da wäre immer noch die Frage offen, wer Sir Godbers Porträt malt«, sagte der Obertutor. »Wir sollten uns wohl für einen geeigneten Künstler entscheiden.«

»Bacon, wer sonst«, befand der Dekan. »Mir fällt kein anderer ein, der eine größere Ähnlichkeit auf die Leinwand bannen könnte.«

Die Fellows von Porterhouse hatten ihre Munterkeit zurückgewonnen.

Im Rektorhaus folgte Skullions Leben seinem immer gleichen Schema. Er wurde von einem Zimmer ins andere geschoben, damit er die Sonne genießen konnte, so daß man die Tageszeit anhand seiner Position an einem Fenster bestimmen konnte; nachmittags schob Arthur ihn durch den Garten und quer über den Neuen Hof zum Haupttor. Gelegentlich konnte man spätnachts den Rollstuhl in der Nähe des hinteren Tores mit seinem dunklen, den Bowlerhut tragenden Insassen sehen, der wartend und voll unverdrossener Sinnlosigkeit die spitzenbewehrte Mauer beobachtete, über die keine Studenten mehr kletterten. Doch wenn Skullions Horizont auch auf die engen Collegegrenzen beschränkt sein mochte, so erstreckten sie sich zeitlich bis in den Himmel. Jede Ecke von Porterhouse hielt Erinnerungen für ihn bereit, die die Gebrechen der Gegenwart wettmachten. Offenbar hatte der Schlaganfall seine Gedächtnislücken geschlossen, so daß er in seiner Unbeweglichkeit endlich durch die Jahre reisen konnte, wie er früher seine Runden durch die Höfe und Flure von Porterhouse gemacht hatte. Wenn er so im Neuen Hof saß, rief er sich die Bewohner jedes einzelnen Zimmers ins Gedächtnis zurück, ihre Namen und Gesichter, sogar ihre Herkunftsländer, so daß der Hof eine neue Dimension annahm, etwas Hymnisches und Stummes zugleich. In seinem Kopf war jeder Aufgang ein Labyrinth, in dem sich nicht mehr unter den

Lebenden weilende Männer tummelten, die ihm einmal die Ehre ihrer Gleichgültigkeit erwiesen hatten. »Skullion«, hatten sie gerufen, und die Rufe hallten in seiner Erinnerung wider, diese Aufforderung, ihnen zu dienen, die er nie wieder hören würde. Statt dessen nannten sie ihn jetzt Rektor, und schweigend erduldete Skullion ihren Respekt.

Um ihn her ging das Leben im College seinen gewohnten Gang. Lord Wurfords Vermächtnis hatte den Wiederaufbau des Turmes ermöglicht, und Skullion hatte die Papiere widerspruchslos mit seinem Daumenabdruck unterzeichnet. Als Zugeständnis an die Wissenschaft gab es ein paar Doktoranden, vor allem in Jura und den weniger kontroversen Wissenschaften, doch von diesen Konzessionen abgesehen hatte sich wenig verändert. Die Studenten gingen länger aus, ließen sich die Haare länger wachsen und frönten ihrer Vorliebe für Ansichten, die so trivial waren wie die, mit denen sie früher die Verkäuferinnen verführt hatten. Doch im Prinzip waren sie die gleichen geblieben. Wie auch immer, Skullion war das Denken nicht geheuer. Er hatte seinerzeit zu viele Gelehrte gekannt, um zu glauben, daß sie die Dinge ändern könnten. Was zählte, war Kontinuität von Sitte und Charakter, das, was ein Mann war, nicht was er sagte, und wenn er sich umsah, war er beruhigt. Die Gesichter, die er erblickte, und die Stimmen, die er hörte – wenn auch mittlerweile hinter Haaren und den geborgten Akzenten der Armen verborgen –, trugen immer noch die erkennbaren Klassenmerkmale; und mochte auch an die Stelle der alten, gefühllosen Arroganz eine sanfte Freundlichkeit getreten sein, die ihm zuwider war, so galt auch heute noch »Wir hier oben« und »Die da unten«, sogar wenn sich Mitgefühl einschlich. Und wenn ein Student sich erbot, den Rektor durch die Gegend zu schieben, schreckte ihn das Glitzern in Skullions Augen ab, das eine Verachtung verriet, die Skullions Abhängigkeit Hohn sprach.

Gelegentlich überwand der Obertutor seinen Widerwillen gegen körperliche Gebrechen und besuchte den Rektor, um ihm zu erzählen, wie sich der Achter schlug oder welchen Sieg die Rugbymannschaft errungen hatte, und täglich watschelte der Dekan ins Rektorhaus, um über die Ereignisse des Tages Bericht zu erstatten. Dieser merkwürdige Rollentausch gefiel Skullion gar nicht, doch dem Dekan gewährte er offenbar eine gewisse Befriedigung. Es schien, als lindere diese gespielte Unterwürfigkeit sein schlechtes Gewissen.

»Das sind wir ihm schuldig«, teilte er dem Obertutor mit, der fragte, warum er sich diese Mühe machte.

»Aber was erzählen Sie ihm eigentlich?«

»Ich frage ihn nach seiner Gesundheit«, verriet der Dekan vergnügt.

»Aber er kann doch nicht antworten«, erklärte der Obertutor.

»Das finde ich eben so beruhigend«, sagte der Dekan. »Außerdem sind keine Neuigkeiten bekanntlich gute Neuigkeiten, stimmt's?«

Donnerstags speiste der Rektor im Speisesaal zu Abend; Arthur schob ihn zu den Fellows, damit er am Kopfende der Tafel sitzen und das uralte Ritual des Dankgebets und das Auftragen der Speisen mit kritischem Blick beobachten konnte. Während sich die Fellows mästeten, fütterte Arthur Skullion mit einigen erlesenen Häppchen. Das war seine schlimmste Erniedrigung. Das und die Tatsache, daß seine Schuhe nicht mehr so glänzten wie zu der Zeit, als er sie noch selbst bespuckt und gewienert hatte.

Dem Dekan, gefühllos wie eh und je, blieb es überlassen, nach solch einem Essen im Gemeinschaftsraum das Schlußwort zu sprechen. »Er mag zwar nicht mit einem silbernen Löffel im Mund geboren sein, aber er wird weiß Gott mit einem sterben.«

In seiner Ecke am Kamin konnte man den Rektor über diesen auf seine Kosten geäußerten Scherz respektvoll zucken sehen, aber schließlich hatte Skullion schon immer gewußt, wohin er gehörte.